漢語詞法句法四集

湯 廷 池 著

臺灣 學 生 書 局 印行

獻給慎坊，

　並感謝她這三十五年來的任勞任怨

湯廷池教授

著者簡介

　　湯廷池，臺灣省苗栗縣人。國立臺灣大學法學士。美國德州大學（奧斯汀）語言學博士。歷任德州大學在職英語教員訓練計劃語言學顧問、美國各大學合辦中文研習所語言學顧問、國立師範大學英語系與英語研究所、私立輔仁大學語言研究所教授、《英語教學季刊》總編輯等。現任國立清華大學外語系及語言研究所教授，並任《現代語言學論叢》、《語文教學叢書》總編纂。著有《如何教英語》、《英語教學新論：基本句型與變換》、《高級英文文法》、《實用高級英語語法》、《最新實用高級英語語法》、《英文翻譯與作文》、《日語動詞變換語法》、《國語格變語法試論》、《國語

格變語法動詞分類的研究》、《國語變形語法研究
第一集：移位變形》、《英語教學論集》、《國語
語法研究論集》、《語言學與語文教學》、《英語
語言分析入門：英語語法教學問答》、《英語語法
修辭十二講》、《漢語詞法句法論集》、《英語認
知語法：結構、意義與功用（上集）》、《漢語詞
法句法續集》、《國中英語教學指引》、《漢語詞
法句法三集》、《漢語詞法句法四集》、《英語認
知語法：結構、意義與功用（中集）》等。

「現代語言學論叢」緣起

語言與文字是人類歷史上最偉大的發明。有了語言，人類才能超越一切禽獸成爲萬物之靈。有了文字，祖先的文化遺產才能綿延不絕，相傳到現在。尤有進者，人的思維或推理都以語言爲媒介，因此如能揭開語言之謎，對於人心之探求至少就可以獲得一半的解答。

中國對於語文的研究有一段悠久而輝煌的歷史，成爲漢學中最受人重視的一環。爲了繼承這光榮的傳統並且繼續予以發揚光大起見，我們準備刊行「現代語言學論叢」。在這論叢裏，我們有系統地介紹並討論現代語言學的理論與方法，同時運用這些理論與方法，從事國語語音、語法、語意各方面的分析與研究。論叢將分爲兩大類：甲類用國文撰寫，乙類用英文撰寫。我們希望將來還能開闢第三類，以容納國內研究所學生的論文。

在人文科學普遍遭受歧視的今天，「現代語言學論叢」的出版可以說是一個相當勇敢的嘗試。我們除了感謝臺北學生書局提供這難得的機會以外，還虔誠地呼籲國內外從事漢語語言學研究的學者不斷給予支持與鼓勵。

湯　廷　池

民國六十五年九月二十九日於臺北

語文教學叢書緣起

　　現代語言學是行爲科學的一環，當行爲科學在我國逐漸受到重視的時候，現代語言學卻還停留在拓荒的階段。

　　爲了在中國推展這門嶄新的學科，我們幾年前成立了「現代語言學論叢編輯委員會」，計畫有系統地介紹現代語言學的理論與方法，並利用這些理論與方法從事國語與其他語言有關語音、語法、語意、語用等各方面的分析與研究。經過這幾年來的努力耕耘，總算出版了幾本尚足稱道的書，逐漸受到中外學者與一般讀者的重視。

　　今天是羣策羣力和衷共濟的時代，少數幾個人究竟難成「氣候」。爲了開展語言學的領域，我們決定在「現代語言學論叢」之外，編印「語文教學叢書」，專門出版討論中外語文教學理論與實際應用的著作。我們竭誠歡迎對現代語言學與語文教學懷有熱忱的朋友共同來開拓這塊「新生地」。

語文教學叢書編輯委員會　謹誌

自　序

　　《漢語詞法句法四集》收錄筆者在一九九〇年六月到一九九一年八月間完成的論文五篇（〈漢語述補式複合動詞的結構、功能與起源〉、〈漢語動詞組補語的句法結構與語意功能：北平話與閩南話的比較分析〉、〈The Syntax and Semantics of Resultative Complements in Chinese〉、〈從動詞的「論旨網格」談英漢對比分析〉、〈原則參數語法、對比分析與機器翻譯〉）與綜合報告三篇（〈華語文教學仍需推廣與提昇〉、〈參加第三屆北美洲漢語語言學會議歸來〉、〈全國大學英語文教育檢討會議語言學組綜合報告〉）。這些文章與報告都先後在第一、二屆中國境內語言暨語言學國際研討會、第三屆北美洲漢語語言學會議、第三屆世界華語文教學研討會、第四屆計算語言學研討會、第一屆國際漢語語言學會議、第一屆全國大學英語文教育檢討會議上宣讀或發表。

　　對於這幾篇文章，尤其是在一九九一年裏完成的文章，我有特別的感觸。因為就在這一年的年初我忽然覺得身體不適，並在五月間的醫院檢查中，獲悉肝功能的異常。到了六月，我的體重驟然減少九公斤，脈搏每分鐘跳至一百二十次，不但心情煩躁，而且夜夜失眠。寫字的時候手會發抖，看書的時候視野會變得模

糊。連慢跑的時候都會心跳氣喘，必須咬緊牙關、鞭策自己纔能跑完全程。雖然扶病於這一年七月間在中研院史語所舉辦的第二屆中國境內語言暨語言學會議上宣讀自己的論文，但是第二天的研討會主席卻無法擔任而只得請人代理。雖然勉強支撐了為期八週的師大暑期英語教師研習班，但是上完課後卻累得連腰都挺不起來。到了七月底纔在林口長庚醫院發現真正的病因不在肝臟功能異常，而在甲狀腺機能障碍。

在佛教徒的人生哲學裏，"無常"與"生老病死"毋寧是生命的常規，我們在人生的旅途上盡心盡力地盡了"因"以後就要心甘情願地接受"緣"的安排。在過花甲的生日之年害了一場不輕不重的病，又一次使我感悟到生命的脆弱與可貴，也敎我體會到充滿於天上人間的慈悲。當我不懂得養身自愛的時候，我的心臟還是日夜不休地為我跳動，全身的細胞還是不屈不撓地為我奮鬥。今後我會以更深一層的感恩與惜福的心情來珍重我所擁有的一切。感謝長庚醫院肝膽科廖運範醫師與內分泌科莊峻鍠醫師細心替我診斷治療；感謝所有的親人、朋友、學生對我的關懷、慰問與鼓勵；也要感謝我的甲狀腺在服務了六十年以後纔對我長久不規則的生活提出抗議，並且還給我一次改過自新的機會。

但是，最要感謝的還是陪伴我婚前十年與婚後三十五年的妻子：在漫長四十五年的悲歡歲月裏，從不嫌棄我的任性與乖張，從不怨言我的不按牌理出牌；始終以忍讓與體貼來對待我的執拗與專橫。我們一起廝守了四十五年，不曉得前面還有多少日子可以彼此共享？我此刻的心情是："夕陽無限好，應照滿江紅"；"Let us grow gracefully old, the best is yet to be"。

就在結婚三十五週年「珊瑚婚」(the coral wedding) 紀念日的今天，把這一本書獻給妻子，做為送給她的小禮物；並且希望這只是送給她的第一件禮物，今後還有更多禮物可以送給她。

湯　廷　池

一九九二年五月五日

漢語詞法句法四集

目　錄

《現代語言學論叢》緣起 ……………………………………iii

《語文敎學叢書》緣起………………………………………iv

自　序…………………………………………………………v

目　錄………………………………………………………ix

漢語語法篇

漢語動詞組補語的句法結構與語意功能：
　北平話與閩南話的比較分析 ………………… 1

漢語述補式複合動詞的結構、功能與起源……95

The Syntax and Semantics of
Resultative Complements in Chinese…165

對比分析篇

從動詞的「論旨網格」談英漢對比分析⋯⋯⋯205

原則參數語法、對比分析與機器翻譯 ⋯⋯⋯251

參考文獻 ⋯⋯⋯⋯⋯⋯⋯329

綜合報告篇

華語文教學仍需推廣與提昇 ⋯⋯⋯⋯⋯337

參加第三屆北美洲漢語語言學會議歸來⋯⋯343

全國大學英語文教育檢討會議語言學組

綜合報告⋯⋯⋯⋯⋯⋯⋯⋯⋯349

英漢術語對照與索引⋯⋯⋯⋯⋯⋯353

漢語語法篇

漢語動詞組補語的句法結構與語意功能：
北平話與閩南話的比較分析

(The Syntax and Semantics of VP Complements
in Chinese: A Comparative Study of Mandarin
and Southern Min)

一、前　言

　　漢語的補語結構（包括可能補語、期間補語、回數補語、狀態補語與結果補語等）是當前漢語語法分析的主要論題之一。Huang (1982, 1984, 1985) 認爲這些補語結構是動詞組補語，並且主張以「詞組結構限制」(the Phrase Structure Constraint)、「重新建構」(Restructuring) 與「動詞重複」(Verb Copying) 等策略來規範漢語賓語名詞組無法 與這些補語結構鄰接共存。 Huang (1988) 更主張狀態補語與結果補語是「次要述語」(secondary predicate)，並且列舉許多語法事實與語法分析來

反駁 Dragnov (1952) 以來許多學者(包括 Chao (1968), Tai (1973), Tang (1977), Li & Thompson (1978,1981), C.-R. Huang & Mangione (1985)) 所採取的以這些補語爲「主要述語」(primary predicate) 的語法分析。但是 Ernst (1986a, 1986b)與 Tai (1986) 則從語法事實與理論的觀點來批評 Huang (1982,1984,1985) 有關期間補語、回數補語的分析與策略；Tai (1986) 並且提出「詞序調整規律」(a rule of reordering) 來處理有關的問題。同時，狀態補語與程度補語的句法結構分析並不侷限於「主要述語」與「次要述語」這兩種分析。因爲在理論上前後兩個謂語可能形成「連謂結構」(serial VP construction) ；也可能是前一個述語連同主語出現於主題部分，而後一個述語則出現於評論部分，形成主題句。

北平話裏出現於可能補語、狀態補語與結果補語前面的助詞‘得’，在語音形態、詞彙意義與句法功能上均已虛化。語音形態上的虛化表現於‘得’的讀輕聲。詞彙意義上的虛化表現於‘得’字與‘的’字的混用，以及無法從‘得’字的原義來窺探助詞‘得’的語法意義。而句法功能上的虛化則表現於‘得’字的成爲前面動詞的「依前成分」(enclitic)；因而不但‘得’字本身的語法身份不明，而且與後面句法成分之間的結構關係也變得晦暗模糊。北平話裏因助詞‘得’的虛化所導致的‘得’與其他成分之間結構關係的模糊不清，無疑增添了漢語動詞組補語結構分析上的問題與爭論。

閩南話也有相當於北平話的可能補語、狀態補語與結果補語，但在閩南話相對應的補語結構裏，‘得’字分別爲‘會、獪、Φ（即‘零’）、了、著、甲’等所取代。試比較：

① a. 他跑得快；他跑不快。

　 b. 伊走會緊；伊走繪緊。

② a. 我看得到；我看不到。

　 b. 我看會著；我看繪著。

③ a. 他跑得很快；他跑得不快。

　 b. 伊走{Φ/了/著}足緊；伊走{無/了無}緊。

④ a. 他跑得滿身都是汗。

　 b. 伊走甲歸身軀攏是汗。

而④裏的‘甲’似乎做‘到’解。試比較：

⑤ a. 我一直走到臺北去。

　 b. 我一直行甲臺北去。

⑥ a. 他一直等到十點。

　 b. 伊一直等甲十點。

可見閩南話的補語結構裏不但使用與北平話的補語結構裏‘得’字不同的語素‘會、Φ、了、著、甲’等，而且這些語素的虛化程度似乎沒有北平話的‘得’字來得徹底，仍然相當清晰的保持原來的詞彙意義與語法面貌，因而這些語素與其他句法成分之間的語法關係也似乎較為清楚。本文擬從這個觀點重新探討漢語可能、狀態、結果三種補語的句法結構與語意功能。

　　本文共分六節。在第一節前言之後，第二節概述漢語的補語。接著在第三、第四、第五這三節裏分別討論北平話的可能補語

、狀態補語、結果補語的句法結構與語意功能，並與閩南話的可能補語、狀態補語、結果補語加以比較對照。第六節是結語，除了略論方言在漢語句法研究的意義與重要性以外，並就當前的問題指出未來研究的可能方向。

二、漢語的補語

漢語的補語與賓語一樣，一般都出現於述語動詞的後面❶。如果補語與賓語同時出現，那麼一般的詞序是賓語在前面而補語在後面❷。例如，在下面含有「雙賓動詞」(double-object verb; ditransitive verb) 的例句裏，賓語名詞組都出現於補語名詞組或介詞組的前面❸。

⑦　a．我們稱他小李子。

---

❶ 在「把字句」(如‘我已經把書看完了’)與「主題句」(如‘書，我已經看完了’)裏的賓語當然可以在表面結構裏出現於述語動詞甚至主語名詞組的前面。

❷ 但是出現於「述補式複合動詞」(predicate-complement compound verb) 的可能補語則常出現於賓語名詞組的前面，例如：‘你找得到他嗎’、‘我拿不動這件行李’。

❸ 根據「原則參數語法」(Principles-and-Parameters Approach)，賓語名詞必須與及物動詞(相)鄰接以便獲得「賓位」(accusative Case)；而介詞的賓語名詞組則從介詞獲得「斜位」(oblique Case)，所以不必與及物動詞鄰接。至於⑦a的‘小李子’，在這裏係充當表示屬性的「虛指」(non-referring) 名詞組，所以不必指派「格位」(Case)。參漢語的‘今天星期六’、‘我山東人’與英語的‘They consider him *a genius*’、‘We elected her *our captain*’。

b. 他打了一封電報給我。

c. 她送了子女到美國。

賓語原則上由名詞、代詞等「體詞」(substantive) 來充當，但是動詞、形容詞等「謂詞」(predicative) 也可以經過「體語化」(nominalization) 來充當賓語❹，例如：

⑧ a. 他從來不聽我的勸。

b. 大家都在盼望春節的來臨。

c. 我最怕被人看不起。❺

另一方面，補語則多由謂詞來充當❻，例如：

⑨ a. 你看得見他嗎？

b. 我聽得出來她的聲音。

c. 她長得很漂亮。

---

❹ 關於漢語體詞與謂詞的畫分，參湯 (1990c) 的討論。

❺ ⑧c的例句可以分析為「控制結構」(control construction)，即以含有「空號代詞」(empty pronoun) 或「大代號」(PRO) 為主語的子句來充當賓語：'我ᵢ最怕〔s PROᵢ 被人看不起〕'。

❻ 在上面⑦a的例句裏由名詞組 ('小李子') 充當補語的情形，可以說是漢語裏極少數的例外；而在⑦b與⑦c裏充當補語的介詞組 ('給我'、'到美國') 則似乎可以視為「準謂詞組」(quasi-predicate)，因為介詞與賓語名詞組的關係在句法結構上酷似及物動詞與賓語名詞組的關係。

   d.　他把房間打掃得乾乾淨淨的。

   e.　他氣得說不出話來。

但是期間補語與回數補語則由體詞性的數量詞組爲補語，例如：

⑩　a.　他(讀書)讀了兩個小時。

   b.　我每天跑步跑八公里。

   c.　我總共見過他三次。

   d.　他把我罵了一頓。

   e.　她狠狠的刮了他一個耳光。

   f.　她順勢踢了他一脚。

在⑦、⑨、⑩這些例句中，⑨a 與⑨b 的補語（'見、出來'）與述語動詞（'看、聽'）的關係比較緊密，而在其他例句裏補語（'小李子、給我、到美國、很漂亮、乾乾淨淨的、說不出話來、兩個小時、八公里、三次、一頓、一個耳光、一脚'）與述語動詞的結合關係則較爲鬆懈。因此，湯 (1990) 乃把⑨a的'看見'與⑨b 的 '聽出來' 分別分析爲「述補式複合動詞」(predicate-complement compound verb) 與「述補式片語動詞」(predicate-complement phrasal verb)，而把其他例句的述語動詞與補語的結合關係分析爲「(句法上的) 述補結構」(syntactic predicate-complement construction)❼。

---

❼　朱 (1982:125) 把不含有 '得' 或 '不' 的 '抓緊、寫完、煮熟、說淸楚、寫上、走回去' 等列爲「粘合式述補結構」('bound' predicate-

三.一　北平話的可能補語

　　漢語的述補式複合動詞由述語動詞語素與補語動詞語素（如‘推開、打破、看見、學會、聽懂、殺死、弄丟’）或補語形容詞語素（如‘長大、曬乾、走遠、拉長、哭濕、煮熟’）合成。這些述補式複合動詞不僅可以出現於「完成貌標誌」‘了’的前面，而且也可以出現於「經驗貌標誌」‘過’的前面，例如：

⑫　a.　我已經學會了開車。

　　b.　他從來沒有看見過熊貓。

　　c.　我喝酒從來沒有喝醉過。

　　d.　她做事謹慎，從沒有打破過東西。❸。

　　另一方面，有些補語語素是「粘著性」（bound）的，不能單

（→）complement construction），而把含有‘得’或‘不’的‘抓{得/不}緊、寫{得/不}完、煮{得/不}熟、說{得/不}清楚’等列為「組合式述補結構」（‘free’ predicate-complement construction）。陸等（1975:78）則把不含有‘得/不’的述補式複合動詞視為「詞」（word）；而把含有‘得/不’的述補式結構視為「詞組」（phrase），並稱之為「離合詞」（separable word）。

❸　述補式複合動詞在句法功能上屬於「完成動詞」（accomplishment verb）如‘看完’，或「終結動詞」（achievement verb）如‘看到’，所以不能帶上表示「起動貌」（inchoative aspect）的‘起來’或表示「繼續貌」（continuous aspect）的‘下去’，也不容易藉重疊來表示「短暫貌」（tentative aspect）或「嘗試貌」（attemptive aspect），而且也不能與表示期間的數量詞組連用。

獨出現；而且，在語意與句法上具有表示達成、處理、耗盡、獲
得、留住等「動相」（phase）的功能，例如'做完、看完、聽到、
得到、用掉、丟掉、吃光、賣光、認得、記得、拿住、穩住'等
。因此，湯（1989b，1990a）把這些粘著性的補語語素稱爲「動
相標誌」（phase marker）。一般說來，漢語的動相標誌可以出
現於完成貌標誌'了'的前面，但是不能出現於經驗貌標誌'過'的
前面。試比較：

⑬　a.　他已經做完{了/*過}。

　　b.　我聽到{了/*過}他的聲音。

　　c.　他們早就賣掉{了'/*過}房子了。

　　d.　你喝光{了/??過}整瓶的高梁酒嗎？

　　至於述補式片語動詞則由述語動詞與「移動動詞」（move-
ment verb）'進、出、上、下、回、過、起、開'及「趨向動
詞」（deictic verb）'來，去'三者之間的組合而成，例如：

⑭　a.　他匆匆忙忙的走進教室來。

　　b.　我們不知道什麼時候才能跳出這個火坑。

　　c.　她們已經回去了。

　　述補式複合動詞與述補式片語動詞一般都可以在述語動詞與
補語動詞或補語形容詞之間插入'得'與'不'來分別表示'可能'與

'不可能'❾，例如：

⑮　a.　我看{得/不}見她。

　　b.　你一定做{得/不}完這件事。

　　c.　他們走{得/不}進來。

　　述補式複合動詞有「及物」(transitive) 與「不及物」(in-transitive) 的區別，而及物動詞中又有「使動及物」(causative transitive) 與「非使動及物」(non-causative transitive) 之分。湯（1989b, 1990a）的分析指出：漢語的述補式複合動詞中有以述語動詞為「主要語」(head) 的，也有以補語動詞或補語形容詞為主要語的。以述語動詞為主要語的述補式複合動詞係以述語動詞的及物或不及物來決定整個述補式複合動詞的及物或不及物。試比較：

⑯　a.　他看到我們了。

　　b.　她賣掉了房子了。

　　c.　我一定要學會英語。

　　d.　他們聽不懂我們的話。

---

❾　有些由述語動詞與補語形容詞合成的述補式複合動詞（如'改良、改善、擴大、縮小、澄清、革新、扶正、鞏固、提高、降低'）不能插入'得/不'，而有些由述語動詞與動相標誌合成的述補式複合動詞（如'用(得)著、吃(得)消、忘(得)了、對(得)起、住(得)起、賽(得)過、說(得)過'）則非插入'得/不'不可。

⑰ a. 我們到處走動走動。

　　b. 她雖然搖晃了一下，但是立刻又站穩了。

　　c. 這幾天的股市雖然走軟，但是過年後仍有走挺甚至走紅
　　　　的可能。

　　另一方面，在以補語動詞或補語形容詞爲主要語的述補式複
合動詞裏，補語動詞與補語形容詞實際上充當「使動動詞」，因而
可以有「使動及物」與「起動不及物」（inchoative intransitive）兩種用法❿。試比較：

⑱ a. 他打開了門了。（使動及物句）

　　b. 他把門打開了。（把字句）

　　c. 門打開了。（起動不及物句）

⑲ a. 這種食物可以降低血壓。（使動及物句）

　　b. 這種食物可以把血壓降低。（把字句）

　　c. 血壓降低了。（起動不及物句）

　　因此，連由不及物動詞（如⑳、㉑、㉒句）或形容詞（如㉓、
㉔句）充當述語的述補式複合動詞也可以有使動及物與起動不及
物兩種用法⓫。

---

❿ 有一些文獻把這類動詞的「起動不及物用法」稱爲「作格動詞」
　（ergative verb）。

⓫ 名詞的'尿'只在孩童語中當動詞用（如'我要尿尿'），但是與使動用法
　的形容詞'濕'形成述補式複合動詞以後就可以有使動及物'他又尿濕
　了褲子；他又把褲子尿濕了'）與起動不及物（'他的褲子又尿濕了'）的
　用法。

⑳　a.　他跌斷了腿了；他把腿跌斷了。

　　b.　他的腿跌斷了。

㉑　a.　她哭濕了手帕了；她把手帕哭濕了。

　　b.　她的手帕哭濕了。

㉓　a.　我喊啞了喉嚨了；我把喉嚨喊啞了。

　　b.　我的喉嚨喊啞了。

㉓　a.　他累壞了身體了；他把身體累壞了。

　　b.　他的身體累壞了。

㉔　a.　你差一點氣死他了；你差一點把他氣死了。

　　b.　他差一點氣死了。

又有一些述補式複合動詞的述語動詞本來是及物動詞，但是如果補語形容詞（如‘貴’）不具有使動及物用法，那麼整個述補式複合動詞也不能在後面帶上賓語。試比較：❷

㉕　a.　我去年買了這一部汽車。

　　b.　*我去年買貴了這一部汽車。

　　c.　這一部汽車我去年買貴了。

我們把述補式複合動詞做為詞（複合動詞）儲存於詞庫裏，而不做為句法結構（詞組）來衍生。其理由，主要有下列五點：

---

❷　例句的合法度判斷，參朱（1982:127）。㉕b的不合語法顯示‘買貴’不能做及物動詞使用，而㉕c的合語法則暗示主題名詞組‘這一部汽車’可能在深層結構裏直接衍生於大句子指示**語**的位置。

(一) 許多述補式的述語動詞(如'擊落、擴大、澄清、賽(得)過、對(得)起')、補語動詞(如'看到、賣掉、拿住、用(得)著、吃(得)消、付(得)起'與補語形容詞(如'改良、改善、鞏固')在語法功能上屬於「黏著語」(bound morph)。有些述補式複合動詞(如'擊落、擴大、澄清、改良、改善、鞏固')甚且不能插入'得/不',而有些述補式複合動詞(如'用(得)著、吃(得)消、付(得)起、對(得)起')則非插入'得/不'不可。如果把這些動詞分析爲複合動詞而儲存於詞庫裏,那麼這些複合動詞的能否或應否與可能補語連用則可以在各個複合動詞的詞項記載裏做爲「特異屬性」(idiosyncratic property) 來處理。

(二) 許多具有使動及物用法的述補式複合動詞,其補語動詞(如'打破、打倒、打碎、灌醉、叫醒、殺死、消滅、說服')與補語形容詞(如'升高、降低、扶正、改善、革新、鞏固、漂白、弄濕、喊啞')在現代漢語中已經不能做爲使動動詞使用⓭,而只有在複合動詞裏纔可以有使動用法。

(三) 有些述補式複合動詞的述語動詞本來是不及物動詞(如'哭濕、喊啞')或形容詞(如'累壞、氣死'),但是整個述補式複合動詞卻做及物動詞使用。另一方面,有些述補式複合動詞的述語動詞本來是及物動詞(如'買貴'),但是整個述補式複合動詞卻做不及物動詞使用。

⓭ '破門而入、倒閣運動、令人碎心、酒不醉人(人自醉)'等不及物動詞的使動用法是漢語文言用法的殘留。

(四) 許多述補式複合動詞的述語動詞在單獨使用的時候是「行
動動詞」(activity verb)，因而可以與'起來'、'下去'
或期間數量詞組連用，也可以藉重疊而表示短暫或嘗試。
但是形成述補式複合動詞以後卻變成「完成動詞」(如'看
完、賣掉')或「終結動詞」(如'看到、聽見')；因而一方
面失去了行動動詞的句法功能，而另一方面則呈現了完成
動詞或終結動詞的句法表現。

(五) 有些述補式複合動詞(如'澄清(疑點)、提高(待遇)、革新
(風氣)、鞏固(基礎)、吃(得)消、吃(得)開')，整個複合
動詞的含義並不等於其成分語素的語義之總和。'打開(窗
戶)、打消(主意)'等的'打'並不表示'打擊'，'氣死(人)
、笑死(人)'等的'死'也並非表示'死亡'。

　　另一方面，我們把以移動動詞'進、出、上、下、回、過、
開'與趨向動詞'來、去'為補語的述語動詞分析為「片語動詞」
(phrasal verb)，其主要理由有四：⓮

(一) 移動動詞可以單獨與述語動詞形成述補式片語動詞(如㉖
句)，也可以連同趨向動詞與述語動詞形成述補式片語動
詞(如㉗句)，還可以與趨向動詞共同形成述補式片語動詞
(如㉘句)⓯，例如：

⓮ 朱(1982:128)把由移位動詞與趨向動詞合成的補語稱為「趨向補語」
，以資與「可能補語」區別。
⓯ 北平話裏沒有'起去'與'開去'這樣的說法；而'開來'則不能單獨使用
，必須與前面的動詞連用，如'散開來、拆開來'。

㉖　a.　請你暫時不要走開。

　　b.　我們什麼時候才能跳出這個火坑。

㉗　a.　讓我們趕快跳上去。

　　b.　他們慢吞吞的走過來。

㉘　a.　他已經進來了。

　　b.　我要回去了。

述補式片語動詞的述語動詞與(第一個)補語動詞之間都能插入'得/不'而且在北平話裏充當補語的移動動詞或趨向動詞都讀輕聲。在北平話裏讀輕聲的詞語，一般說來都與前面的詞語形成合成詞、複合詞或詞組❻。

(二)　充當述補式片語動詞補語的移動動詞與趨向動詞在詞彙意義與語法功能上常相當於英語的「介詞」(preposition)或「介副詞」(adverbial particle)，並且常可以有表示方位的「字面意義」(literal reading)與由此引伸得來的「比喻意義」(figurative reading)。試比較：

㉙　a.　他衝進屋子來；He rushed *into* the room.

　　b.　他衝進來；He rushed *in*.

㉚　a.　他走出大門來；He came *out of* the main gate.

　　b.　他走出來；He came *out*.

---

❻　也可能成為前面詞語的「依前成分」（enclitic），例如'跳得高；叫他來；住在隔壁的孩子'。

㉛ a. 她走過去；She went *over*.

　　b. 她昏過去；She fainted *away*.

㉜ a. 她走過來；She came *over*.

　　b. 她醒過來；She came {*around/to*}.

㉝ a. 他要跳下去了；He is going to jump *down*.

　　b. 我們的文化傳統必須傳下去；Our cultural heritage must be handed *down*.

（三）　出現於述補式片語動詞的述語動詞本質上屬於「自由語」（free morph）；而且，表示可能與不可能的‘得’與‘不’可以出現於第一個補語動詞的前面，賓語名詞組則可以出現於第一個補語動詞的後面❼，例如：

㉞ a. 你的頭探得出來嗎？；探不出來。

　　b. 他從窗戶裏探出頭來。

㉟ a. 你今晚上出得來嗎？；出不來。

　　b. 大家都出點錢來好嗎？

（四）　漢語的動詞（包括單純動詞與複合動詞）至多只能包含三音節，但是三音節動詞是「有標」（marked）的動詞，因而不能直接出現於賓語的前面，也不能帶上動貌標誌或藉重

---

❼　處所賓語只能出現於第一個補語動詞（即移動動詞）的後面（如‘走進屋裏來、跳下水去、送回新竹來、拿出圖書館去、爬上山頂去’，但是一般無定賓語則可以有三種不同的位置（如‘拿了一封信進來、拿進一封信來、拿進來一封信’）。參朱（1982:129）。

疊來表示各種動貌。試比較：

㊱ a. 請你{按摩/?*馬殺鷄}我一下。

b. 請你給我{按摩按摩/*馬殺鷄馬殺鷄}。

c. 你正在替誰{按摩著/?*馬殺鷄著}？

㊲ a. 我們應該早日{美化環境/?*電氣化農村}。

b. 我們應該早日把{環境美化/農村地區電氣化}。

c. 讓我們來把{環境美化美化/*農村地區電氣化電氣化}。

d. 我們從來沒有把{環境美化過/?*農村地區電氣化過}。

三.二 閩南話的可能補語

閩南話可能補語的句法表現大致上與北平話可能補語的句法表現相同。不過閩南話與北平話不同，表示可能有'有'（〔已實現〕；〔+Realized〕）與'會'（〔未實現〕；〔−Realized〕）兩種說法，而表示不可能也有'無'（〔已實現〕）與'獪'（〔未實現〕）兩種說法。試比較：

㊳ a. 這個門我打{得/不}開。

b. 這個門我打{會/獪}開。

㊴ a. 那個人我看{得/不}到。

b. 彼個人我看{會/獪}著。

㊵ a. 那個人我{看到了/沒有看到}。

b. 彼個人我看{有/無}著。

㊶ a. 他跑{得/不}快。   a. 他{看完了/沒有看完}書。

b. 伊走{會/獪}緊。   b. 伊册{看有了/看沒有了}。

　　出現於閩南話可能補語前面的'會、獪、有、無'都可以充當自由語的動詞來使用，例如：

㊷　a.　伊會来無？；伊獪来。　　（他會来嗎？；他不會来。）
　　b.　伊有錢無？；伊無錢。　　（他有錢嗎？；他沒有錢。）
　　c.　伊有来無？；伊無来。　　（他来了嗎？；他沒有来。）

在這些例句裏，閩南語的'會、獪、有、無'分別相當於北平話的自由語動詞'會、不會、{有/了}、沒有'，在語意上表示'可能性'、'所有'或'達成'。因此，我們擬設：出現於北平話可能補語前面的'得'来自表示'獲得、得到'的動詞'得'。

四.一　北平話的狀態補語

　　所謂「狀態補語」（descriptive complement）是指述語動詞後面以形容詞做補語，而且補語形容詞前面必須插入'得'字的表示狀態的補語，例如：

㊸　他{跑得快/寫得好/洗得乾淨/看得清清楚楚/看得一清二楚}。

但是狀態補語與前面所討論的以形容詞充當補語的可能補語不同：(一)'得'字不表示可能；(二)補語形容詞可以用程度副詞修飾或重疊；(三)補語形容詞可以用'不'来否定，因而'得'字與'不'字可以連用。例如：

㊹ a. 他{跑得很快/寫得最好/洗得非常乾淨/住得舒舒服服的
/弄得骯裏骯髒的}。

b. 他{跑得不快/寫得不很好/洗得不乾不淨}。

試比較狀態補語(a句)與可能補語(b句)的否定式以及正反問句。

㊺ a. 他{跑得不快/寫得不好}。

b. 他{跑不快/寫不好}。

㊻ a. 他{跑得快不快/寫得好不好}？

b. 他{跑不跑得快/寫不寫得好}？

b'. 他{跑得快/跑不快/寫得好/寫不好}？

以上有關句法表現的觀察顯示:可能補語是形容詞（A），並與
述語動詞合成複合動詞或片語動詞；而狀態補語則是形容詞組
（AP）。但是狀態補語與前面述語動詞的句法關係究竟是怎樣的
關係？尤其是在含有狀態補語的句法結構中,「主要謂語」(main
predicate) 究竟是述語動詞(組)還是補語形容詞(組)？

　　Hashimoto (1966) 曾把「主語＋述語動詞＋{得/的}」的詞
組結構(如'他說{得/的}(很清楚)')分析爲名詞組(卽〔NP S{得/
的}〕),並稱此爲「動作(性名物)子句」(active nominalization)
；而把不含'{得/的}'的「主語＋述語動詞＋φ」(如'他來(沒有
用)')分析爲名物子句(卽〔NP S〕),並稱此爲「事實(性名物)子
句」(factive nominalization)。但是 Paris (1978) 指出:

(一)指涉代詞'那'與疑問代詞'什麼'都只能指代事實子句，卻不能指代動作子句；(二)述語動詞後面出現賓語或補語的時候，動作子句的述語動詞必須重複，而事實子句的述語動詞則不能重複；(三)出現於動作子句的副詞（如'連……{也/都}'）與情態動詞（如'能'），其「(修飾)範圍」(scope) 可以及於子句之外，而出現於事實子句的副詞或情態動詞，其範圍不能及於子句之外⑱。試比較：

㊼　a.　他說得很清楚。
　　a'.　*那很清楚；*什麼很清楚？
　　b.　他來沒有用。
　　b'.　那沒有用；什麼沒有用？
㊽　a.　他說話說得很清楚。
　　a'.　他住這裏住得舒舒服服的。
　　b.　他來這裏(*來)沒有用。
　　b'.　他說話(*說)也沒有用。
㊾　a.　連他{也/都}說得不清楚。
　　a'.　他能說得很清楚。
　　b.　連他{也/都}不來很遺憾。
　　b'.　他能來很好。

因此，Paris (1978) 的結論是：只有事實子句 ($[_{NP}$ S$]$) 具有名

---

⑱　因此，㊾b句與'很遺憾，連他{也/都}不來'在認知意義上同義。參Paris (1979:88)。

詞組或「體語」(nominal) 的句法功能；所謂動作子句(〔S{得/的}〕)並不形成名詞組或充當體語，而是由述語動詞與形容詞組補語 (V(P)+AP〕) 形成「合成述語」(complex predicate)，並組成如⑤⓪的結構佈局。⑲

⑤⓪

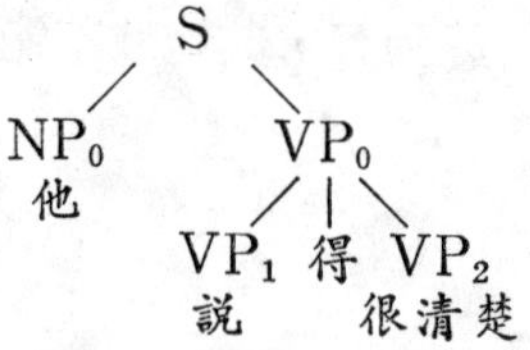

Paris (1978,1979) 並不嚴格區別以形容詞組(AP)爲補語的「狀態補語」(如⑤⓪)與以子句(S或S')爲補語的「結果補語」(如⑤①)，而統稱爲「狀態補語」(descriptive complement)。

⑤① a. 他寫中國字寫得很累。

b. 他洗衣服洗得很乾淨。

Paris (1979:30) 仿照 Hashimoto (1966) 的分析，爲⑤①a與⑤①b

---

⑲ Paris (1979:28) 並主張漢語裏虛詞'的'與'得'的意義與用法必須加以區別：'的'出現於名詞組或相當於名詞組的句法成分的前面(如關係子句與中心語的中間、準分裂句的中間)或句尾(如分裂句的句尾)；而'得'則出現於謂語的前面。因此，下面(i)與(ii)的兩個句子並不同義。

(i) 〔NP 窮的我〕〔Vp 流出眼淚來〕。

(ii) 〔VP 窮得〕〔s 我流出眼淚來〕。

句分別擬設⑤a與⑤b的結構佈局，然後利用「同指涉名詞組刪除」
(Equi-NP Deletion) 把補語子句裏與母句主語指涉相同(如⑤
a)或與母句賓語指涉相同（如⑤b）的子句主語加以刪除。

⑤ a.

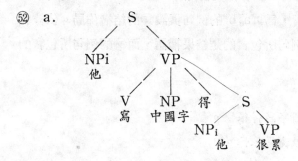

⑤ b.

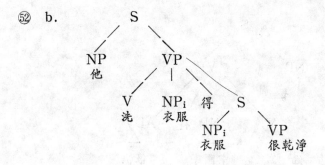

她並援用 Mei (1972:10) 有關漢語同指涉名詞組可以「順向刪除」
(forward deletion)亦可以「逆向刪除」(backward deletion)
的建議，從⑤a的基底結構一方面經過順向刪除來衍生⑤b的句
子，而另一方面則經過逆向刪除來衍生⑤c的句子。

⑤ a.〔我激動得〔我流出了眼淚來〕〕。

b. 〔我激動得〔e流出了眼淚來〕〕。

c. 〔e激動得〔我流出了眼淚來〕〕。

但是 Paris (1979:29-30) 卻又仿照 Mei（1972:29-30）與 C. Li (1975) 的分析，爲㊺a,b 的例句擬設㊻的結構佈局。依據我們的分析，㊿的例句所包含的是結果補語，而㊺的例句所包含的是狀態補語。

㊺ a. 他寫中國字寫得很快。

b. 他洗衣服洗得很忙。

㊻

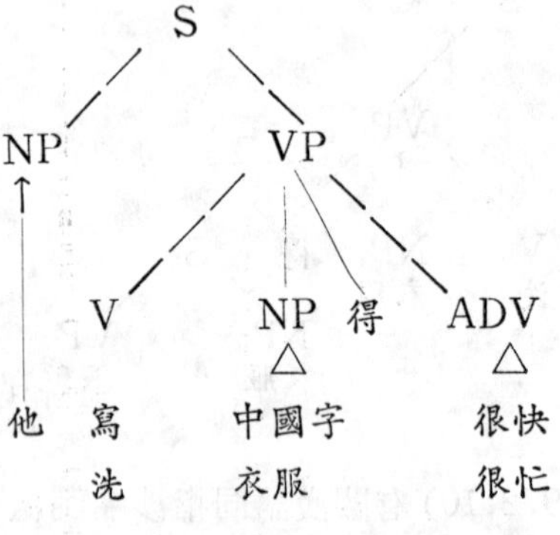

Paris (1979:31-32) 還提出下面的語法事實來支持她的分析：

(一) 母句賓語與子句主語的指涉相同（如㊿b句）時，纔可以有「把字句」（如'他把衣服洗得很乾淨'）與「被字句」（如'衣服被他洗得很乾淨'）。

(二) 由子句(S)支配的補語(如(51)句)允許形容詞的重疊(如'他吃得{很飽/飽飽的}'、'他把衣服洗得{很乾淨/乾乾淨淨的}')，卻不允許形容詞在狀語的位置重疊(如'*他飽飽的吃'、'他乾乾淨淨的洗衣服')；而由狀語(ADV)支配的補語(如(54)句)則不允許形容詞的重疊(如'*他走得慢慢的')，卻允許形容詞在狀語的位置重疊(如'他慢慢的走')。她的分析確實顯示：主語名詞組、述語動詞、賓語名詞組與'得'並不形成詞組單元(S, S'或NP)；也顯示副詞與情態動詞的修飾範域可以及於述語與謂語。但是受狀語(ADV)支配的狀態補語，卻無法說明這些補語在句子裏充當實質上的述語，因而可以否定(如'他(寫中國字)寫得不快')或形成正反問句(如'他(寫中國字)寫得快不快？')。而且，下列例句顯示有些形容詞在補語與狀語這兩個位置都可以重疊。

(56) a. 他說話說得客客氣氣的；他客客氣氣的說話。
　b. 她吃飯吃得斯斯文文的；他斯斯文文的吃飯。
　c. 他走得匆匆忙忙的；他匆匆忙忙的走了。
　d. 她走得慢吞吞的；她慢吞吞的走。

另外，她的分析並沒有交代'得'字的句法身份與功能(因而(50)、(52)、(55)的樹狀圖解裏支配'得'的節點都沒有標名)，也沒有交代帶有賓語或補語後面的述語動詞究竟是由於什麼樣的動機以及經

過怎麼樣的過程來重複的。⑳

Huang (1988) 區分狀態補語(如57句)與結果補語(如58句)。這兩種補語結構都含有述語,但是只有結果補語可以含有主語(如58句)。試比較:

57 我跑得很快。

58 a. 他們跳得很累。

    b. 他們哭得手帕都濕了。

狀態補語與結果補語都以動詞或形容詞為述語,結果含有這些補語的句子都含有前後兩個述語:「主要子句」(host clause) 的述語在前面,而「補語子句」(complement clause) 的述語則出現於後面。因而,在語法分析上產生了前後兩個述語中究竟那一個述語纔是句子的「主要動詞」(main verb) 這一個問題。

---

⑳ Paris (1988:434-436) 在漢語期間補語的討論中,曾經指出:述語動詞應否重複,與述語動詞的「動貌結構」(aspectual structure)有密切的關係。如果述語動詞所表達的動作是「不受限制」(atelic; unbounded) 的,那麼這個述語動詞必須在賓語名詞與期間補語之間重複(如'修水管已經修了一個鐘頭了')。 相反的, 如果述語動詞所表達的動作是「受限制」(telic; bounded) 的,那麼這個述語動詞就不能重複(如 '* 他修完水管已經修完了一個鐘頭了')。 另外,Paris (1988:46) 還指出:述語動詞與動貌結構不僅與述語本身的語意屬性有關,而且還與賓語名詞的定性有關。例如,帶無定賓語的行動動詞常要出現於期間補語的前面(如'我昨天等一個朋友等了一個鐘頭');而帶有定賓語的行動動詞則不必出現於期間補語的前面(如'我已經等你(等了)一個鐘頭了')。

Huang（1988:275ff）主張：出現於補語子句的述語是「次要述語」(secondary predicate)，整個補語在句子裏充當「附加語」（adjunct），而出現於主要子句的述語總是「主要述語」（primary predicate)。根據這樣的分析❷，⑰句的狀態補語具有下面⑩a或⑩b的結構佈局。

⑩　a.　　　　S　　　　　　　b.　　　　S

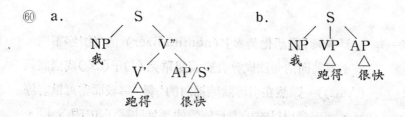

他並列舉下面一些語法事實與分析來反駁 Dragnov（1952）與 Chao（1968）以來許多學者❷所採取的以補語子句爲主要述語的結構分析，如⑪a與⑪b。

---

❷　根據 Huang（1988），Mei（1972,1978），Paris（1979），Zhu（1982），Huang（1982），Ross（1984），Li（1985）等都屬於「以補語結構爲次要述語的分析」(the Secondary Predication Hypothesis)。

❷　根據 Huang（1988），Chao（1968），Dragnov（1952），Tai（1973），Tang（1977），Li & Thompson（1978, 1981），C.-R. Huang & Magione（1985）等都屬於「以補語結構爲主要述語的分析」(the Primary Predication Hypothesis)。

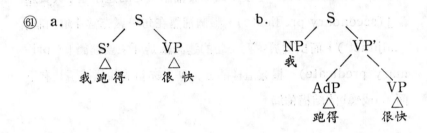

(一) '得'字與「體語化語素」(nominalizer) 的'的'字不同，並不與前面的句法成分合成詞組單元(句子(S')或副詞組(AdP))。雖然在引導狀態補語的'得'字後面常可以有停頓，甚至常可以安挿表示停頓的語氣助詞(如'啊、呀、哪')，但是這並不表示'得'一定與前面的句法成分形成詞組單元。因爲這裏的'得'字可能在句法上原本有獨立的地位，而只是在語音上依附前面的句法成分而成爲「依前成份」(enclitic)。Huang (1988:277) 認爲：這裏的'得'字可能是引導補語子句 (S') 的「補語連詞」(complementizer; COMP)，或是引導形容詞組(AP)做爲「狀語」(adverbial modifier) 的「標誌」(marker)㉓，也可能分析爲動詞的「詞尾」或「後綴」(suffix)。

(二) 出現於狀態補語的述語形容詞可以形成正反問句(如㉒a)，也可以形成否定句(如㉒b)。相形之下，出現於主要子

㉓ 參 Ross (1984)。

句的述語動詞則比較不容易形成正反問句(如⑥a)或否定
句(如⑥b)。試比較：

⑥ a. 他們跑得快不快？
　 b. 他們跑得不快。
⑥ a. *他們跑不跑得快？
　 b. *他們不跑得快。

但是 Huang（1988:279-282）認爲：補語子句裏述語形容詞的
形成正反問句或否定句，並不能證明這個形容詞是主要述語，因
爲在下面⑥的例句裏正反問句也出現於從屬子句。❷

──────────

❷ '認爲、以爲、猜、覺得'等是 Li & Thompson（1979:205）所謂
的「語意空靈的動詞」（semantically bleached verb）。以這些動
詞充當述語的句子都以補語子句所表達的命題爲「信息焦點」（infor-
mation focus），因而例外的允許正反問句出現於補語子句。湯
（撰寫中b）把例句⑥a分析爲具有下面(i)的深層結構與(ii)的表層結
構或邏輯形式。
（ⅰ）[cpe [c'[IP 你認爲 [cpe [c'[IP 他們會不會來] [c呢]]]] [ce]]]？
（ⅱ）[cpe [c'[IP你認爲 [cpe [c'[IP他們會不會來] [cti]]]] [c呢i]]]？
述語動詞'認爲'等只能以「命題」（proposition; P）或「陳述」
（statement）爲補語子句，而不能以「疑問」（question; Q）爲補
語子句；也就是說，補語子句的補語連詞不含有疑問屬性(亦卽含有
[-WH])，而主要子句的補語連詞則含有疑問屬性(卽含有[＋WH])
。因此，出現於補語子句裏補語連詞的疑問助詞'呢'在表層結構或
邏輯形式裏經過「主要語(至主要語的)移位」（Head（-to-Head）
Movement)) 而移入主要子句裏補語連詞的位置。因此，補語子句
(→)

⑭ a. 他認為他會不會來(呢)？

    b. 我不知道你喜不喜歡他(*呢)。

    c. 你喜不喜歡他(*呢)並不重要。㉕

(→)的「疑問範域」(scope of question) 獲得及於整句的「寬域解釋」wide-scope interpretation)，疑問助詞'呢'就可以出現。相形之下，在⑭b 與⑭c 的例句裏，補語子句與主語子句的補語連詞分別含有疑問屬性。因此，疑問範域都只及於從屬子句而只能獲得「狹域解釋」(narrow-scope interpretation)，疑問助詞'呢'就無法出現於從屬子句。

㉕ Huang (1988:281-282) 還指出：在(i)到(iii)的例句裏，含有疑問詞的「特殊問句」可以出現於從屬子句，而「正反問句」則不能出現於從屬子句。

（i） a. 誰在公司的時候你正要找我？

     b. *我在不在公司的時候你正要找我？

（ii） a. 我看什麼書比較好？

     b. *我看不看什麼書比較好？

（iii） a. 你最喜歡讀用哪一種文字寫的文章？

     b. *你最喜歡讀用不用英文寫的文章？

他認為：這是由於在這些例句裏，特殊疑問詞'誰、什麼(書)、哪一種(文字)'都出現於「論元位置」(A-position; 如主語與賓語的位置)，而正反疑問詞('在不在、看不看、用不用')卻出現於「非論元位置」(A'-position; 如「附加語」(adjunct) 的位置或屬於「功能範疇」(functional category) 的主要語的位置)。特殊疑問詞與正反疑問詞都在「邏輯形式」(LF) 裏移到「C統制」(c-command) 這些疑問詞的非論元位置(根據 Huang (1988:281) 的分析，可能是「加接到」(be adjoined to) 主要子句(S)的左端)。結果，特殊疑問詞的「移位痕跡」(trace) 因受到「適切的管轄」(proper government) 而獲得認可；另一方面，正反疑問詞的移位痕跡則未受到適切的管轄而無法獲得認可。關於 Huang (1988) 有關漢語正反問句的分析，我們將另文評介。

（三）　帶有描述補語與結果補語的述語動詞，一般都不能帶上
　　　　「動貌標誌」（aspect marker）'了、著'等。相形之下，
　　　　出現於結果子句的述語動詞卻可以帶上動貌標誌。試比
　　　　較：

⑥⑤　a.　他氣得流出了眼淚。
　　　b.　*他氣了得流出（了）眼淚。

但是 Huang（1988:282-286）指出：完成貌標誌'了'的「同位
語」（allomorph）'（沒）有'卻可以與主要子句的述語動詞連用而
否定整個謂語，因而也可以在主要子句裏形成正反問句，例如：

⑥⑥　a.　他（並）沒有氣得流出（了）眼淚？
　　　b.　他（並）沒有跑得很快。
⑥⑦　a.　他有沒有氣得流出（了）眼淚？
　　　b.　他有沒有跑得很快？

而且，主要子句的述語動詞也可以用'（不）是、（不）會、（不）能'
等來否定整個謂語或形成正反問句，例如：

⑥⑧　a.　他不是氣得流出（了）眼淚（，而是氣得面孔發青）。
　　　b.　他是不是跑得很快？
⑥⑨　a.　他決不會氣得流出（了）眼淚。
　　　b.　他能不能跑得很快？

Huang（1988:305）還指出⑯到⑲的例句顯示：這些句子的
「否定範域」（scope of negation）或「疑問範域」（scope of
question）應該及於補語子句；也就是說，主要子句的述語應該
是整個句子的主要述語。因此，他認為：如果補語子句的述語
動詞或形容詞前面緊跟著出現否定詞‘不’或正反疑問語素‘〔＋
WH〕’時，這個述語動詞或形容詞就形成否定句或正反問句；反
之，如果否定詞或正反疑問語素出現於主要子句裏「屈折語素」
(INFL) 的位置時，包含補語子句在內的整個謂語就形成否定句
或正反問句。❷ Huang（1988:289）還注意到，在下面⑳的例句
裏，否定詞與正反疑問語素都出現於主要子句。

⑳　a．　如果你不跑得快，你就得不到獎品。
　　b．　不管你跑不跑得快，你都得不到獎品。

他認為：這些例句的存在否定了以補語子句的述語為主要述語的
分析，卻並未否定以主要子句的述語為主要述語的分析。根據他

---

❷　Huang（1988:286-287）援用 Koopman（1984）有關「動詞移位」
　　（Verb-movement）的理論來主張：漢語的「否定詞」（NGR）與
　　「正反疑問語素」（〔＋WH〕）都在深層結構中以「粘著語」（bound
　　form）的形式衍生於屈折語素底下，並與「時制語素」(tense)、「呼
　　應語素」（AGR）等一樣經由動詞提升而「依附」(be attatched to)
　　於「主要語動詞」（V°）或與主要語動詞「形成詞語」(be lexically
　　realized with V°)。結果，否定詞或正反疑問語素都與提升的動詞
　　共同形成單元，因而也形成了‘(不要＞) 別、(不有＞) 沒 (有)、(不
　　用＞) 甭’等否定詞與動詞的「融合語式」(fused form)。

的分析，⑦句裏的主要語動詞'跑'並未提升而移入屈折語素的位置；因為在這些例句裏的屈折語素底下出現不具語音形態的「情態詞」（modality element），在語意功能上相當於表示「預斷」（future prediction）的'會'或表示「意願」（volition）的'想'。補語子句述語的否定與主要子句述語的否定二者之間的語意差異，可以從下面⑦裏兩個例句的比較中看得出來。

⑦　a．他跑得不快，是因為他跑不快。
　　b．他不跑得快，是因為他不想跑。

他的結論是：述語動詞之能否帶上完成貌標誌'了'，與該述語動詞的是否充當主要述語無關，而與述語動詞（以及其賓語或補語）之是否表示「受限制的事件」（bounded event）有關。因此，在下面的例句裏，⑦a的補語子句由於表示受限制的事件而可以使用完成貌標誌，而⑦b的句子則由於不表示受限制的事件而不能使用完成貌標誌。

⑦　a．你以為你欺騙了他。
　　b．＊你喜歡了他。

同樣的，⑦a句表示特定的事件而可以使用完成貌標誌，而⑦b句則表示一般的事態而不能使用完成貌標誌。

⑦　a．他很快的跑了。
　　b．＊他跑了得很快。

(四)　Huang (1988:305-307) 還援用 Huang (1982:41) 所提出的「詞組結構限制」(the Phrase Structure Constraint) ⑭，藉以限制在漢語動詞後面出現兩個或兩個以上的句法成分。

⑭　漢語的「X標槓結構」(X-bar structure) 必須具備下列形式：

　　a.　(如果 n 等於 1，而 X 不等於 N) $[_{X^n}\ X^{n-1}\ YP*]$

　　b.　(在其他條件下) $[_{X^n}\ YP*\ X^{n-1}]$⑳

根據這個限制，漢語裏名詞以外的「X單槓範疇」(V', A', P') 都是「主要語在首」(head-initial) 的結構；而所有的「X雙槓範疇」(即 NP, VP, AP, PP) 以及名詞的 X 單槓範疇 (即 N') 都是「主要語在尾」(head-final) 的結構。如此，動詞、形容詞與介詞的補述語都必須出現於主要語的後面，而修飾動詞、形容詞、介詞的狀語則出現於主要語的前面。也就是說，漢語的述語動詞不能同時帶上賓語與狀語 (包括回數補語、期間補語、狀態補語、結果補語等)，例如：

⑮　a.　他唸書*(唸)了兩次。

　　b.　他唸書*(唸)了兩個鐘頭。

　　c.　他唸書*(唸)得很快。

---

⑳　Huang (1984:45) 把這個限制的有關動詞部分簡化為：漢語動詞組的主要語 (V) 只能在最低槓次的投射 (即 V') 裏向左分枝。

d.　他唸書*(唸)得很累。

⑦⑤裏「動詞的重複」（Verb-copying），以及⑦⑥a裏「賓語名詞的提前」（Object-preposing）、⑦⑥b裏「賓語名詞的主題化」（Object-topicalization）、⑦⑥c裏「把字句」（BA-construction）與⑦⑥d裏回數補語與期間補語的「併入」（incorporation）都是漢語的句子爲了遵守⑦④的「詞組結構限制」所發生的句式變化。

⑦⑥　a.　他書唸{了兩次／了兩個鐘頭／得很快／得很累}。
　　b.　書，他唸{了兩次／了兩個鐘頭／得很快／得很累}。
　　c.　他把書唸{了兩次／了兩個鐘頭／得很快／得很累}。
　　d.　他唸了{兩次書／兩個鐘頭的書}。

Huang（1988:306-307）認爲：如果把主要子句的述語動詞分析爲動詞組的主要語，而把狀態補語與結果補語連同回數補語與期間補語分析爲狀語或附加語，那麼⑦⑤與⑦⑥裏一些例句的合法度判斷就獲得了適當而統一的處理。

　　Huang（1988）可以說是迄今有關漢語補語結構最爲詳盡而有力的分析❷⑧，不但指出了「以補語子句述語爲主要述語的分析」所犯的缺失，而且還提出了一些有意義的語法分析，包括：（一）擬設「否定詞」（NEG）與「正反疑問語素」（〔+WH〕）在深層結構裏出現於屈折語素底下，並經由「動詞提升」（V-raising）或

---

❷⑧　其中有關漢語結果補語部分的分析，我們將另節討論。

「動詞移位」（V-movement）而與述語動詞融合爲一；（二）以「詞組結構限制」這個「表層結構濾除」（S-structure Filter）來規範各種詞組結構裏「主要語」（head）與「補述語」（complement）、「指示語」（specifier）或「附加語」（adjunct）之間的線性次序，並藉此統一處理動詞組在賓語（補述語）之後不能緊接著出現狀語或補語（附加語）；（三）在結果補語之中區別「使動式」（causative）與「起動式」（inchoative），不但爲這兩種句式擬設不同的深層結構與衍生過程，而且還藉此突顯了「使動結構」（phrasal causativization; 如‘這瓶酒醉得張三站不起來’）與「使動複合動詞」（lexical causativization; 如‘這瓶酒醉倒了張三’）之間在「語意與論旨關係上的對稱性」（semantic-thematic parallelism）。不過，下列幾個問題似乎尚未完全解決。

(一)　Huang（1988）雖然在名稱上區別了狀態補語與結果補語，卻未針對這兩種補語結構分別就(甲)主要子句述語動詞的語意屬性或類型、(乙)‘得’字的詞法身份或句法地位、(丙)補語子句的句法範疇或內部結構等做非常清楚的討論或交代㉙。另一方面，朱（1984:133-137）並未區分狀態補語與結果補語，不過把狀態補語分爲A與B兩式。A式的狀態補語只包含未修飾或重疊的形容詞（如⑦ a 的例句），而B式的狀態補語則含有以程度副詞修飾的形容詞或經

㉙　Huang（1988）僅在276頁與299頁分別提出有關狀態補語與結果補語的樹狀結構分析，但是狀態補語的結構分析相當簡陋；不但述語動詞與‘得’字共同形成‘V’或‘VP’，而且狀態補語本身也由‘AP’或‘S’’支配，似乎並未就這些結構做出具體的決定。

過重疊的形容詞(如⑦b與⑦c的例句)。試比較： ❸

⑦ a. 他{飛得高/走得遠/洗得乾淨}。

b. 他{飛得很高/走得老遠/洗得挺乾淨}。

c. 他{飛得高高的/走得遠遠的/洗得乾乾淨淨}。 ❸

根據朱（1982），A式與B式兩種狀態補語有下列幾點語意與句法上的差別：

（i）　A式表示斷言，而B式則表示描寫。

（ii）　A式是靜態的，而B式却是動態的。

（iii）　A式不包含量的概念，而B式則包含量的概念。

（iv）　B式可以受'早就、已經、連忙、馬上'等時間副詞的修飾，例如：

⑦ a. 他{早就想得很透徹/已經走得很遠/馬上忘得乾乾淨淨/連忙躲得遠遠的}。

b. *他{早就想得透徹/已經走得遠/馬上忘得乾淨/連忙躲得遠}。

（v）　B式可以與'把、被、給'等介詞連用，而A式則不能，例如：

---

❸　以下⑦到⑦的例句與合法度判斷均採自朱（1982:134-136）。

❸　漢語形容詞的重疊還包括'亮晶晶、糊裏糊塗'等不同的形式，程度副詞的修飾也包括'雪白、通紅、烏黑、稀爛、一乾二淨'等比較特別的形式。

⑲　a．{他把眼睛瞪得大大的/一筐雞蛋被壓得稀爛／兩只手給
　　　捆得緊緊的}。

　　b．*{他把眼瞪得大/一筐雞蛋被壓得爛/兩只手給捆得緊}。

(vi)　B式可以做狀語用，而A式則不能，例如：

⑳　a．{他站得高高的往下瞧/她把衣服洗得乾乾淨淨的收著}。

　　b．*{他站得高的往下瞧/她把衣服洗得乾淨的收著}。

　　　朱(1982)所謂的A式狀態補語，其實就是我們在前面所討論
的由形容詞充當的可能補語。由於是形容詞(A)來充當，所以不
能重疊或受程度副詞的修飾而形成形容詞組（AP），也就不含量
的概念而屬於靜態的敍述。含有可能補語的動詞組表示涉及過去
、現在、未來「一切時」(generic time)的能力，在敍述的性質上
屬於斷言而不屬於描寫；因而不受時間副詞的修飾，也不出現於
表示處置的「把字句」與表示被動的「被字句」或「給字句」㉜。又
含有可能補語的複合詞在句法範疇上屬於動詞，因此不能加上後
綴而充當狀語。另一方面，朱(1982)的B式狀態補語纔是我們這
裏所謂的狀態補語。這一種補語由形容詞組充當，所以受程度副
詞的修飾並可以重疊，也就含有量的概念而表示「主觀」(sub-
jective)與「情緒」(emotive)意義的動態描寫。狀態補語並不
一定表示涉及一切時的能力，所以可以受時間副詞的修飾，也可

㉜　在不含‘得’字的述補式複合動詞裏，補語動詞或形容詞在句法與語意
　　功能上屬於結果補語，所以可以出現於「把字句」(如‘他把杯子摔破
　　了、你快要把我逼瘋了’)與「被字句」(如‘杯子{被/給}他摔破了、
　　我快要{被/給}你逼瘋了’)。

以出現於「把字句」與「被字句」。同時，狀態補語在句法範疇上屬於形容詞（組），所以猶如一般的形容詞（組）可以加上後綴'的'（或'地'）而充當狀語。

朱（1982）並未提及「結果補語」（resultative complement）這個類名，卻提到除了形容詞以外，動詞、動詞性結構或主謂結構也可以充當狀態補語，並舉了下面⑧1到⑧3的例句。

⑧1　a.　〔他〕疼得直叫喚。

　　b.　〔我〕忙得沒工夫吃飯。

　　c.　〔鞋跟〕磨得只剩下一小截了。

　　d.　〔車燈〕亮得睜不開眼睛。

⑧2　a.　〔他的字〕寫得誰也看不懂。

　　b.　〔我〕熱得滿頭大汗。

　　c.　〔他〕笑得氣都喘不過來。

　　d.　〔那可憐的小孩子〕嚇得臉色都變了。

　　e.　〔他把我〕說得一個錢不值。

⑧3　a.　走得我累死了。

　　b.　氣得他直哆嗦。

　　c.　愁得他吃不下飯、睡不著覺。

　　d.　嚇得那孩子直哭。

　　e.　吃得他越來越胖。

我們認為這些例句裏的補語結構都屬於結果補語，並且與狀態補語之間在句法結構與語意功能上有下列幾點差別：

(甲) 狀態補語的主要子句述語似乎限於「動態」（actional; dynamic）動詞❸；而結果補語的主要子句述語則似乎不受這種限制，「靜態」（stative）動詞（如⑧①的'磨'、⑧① d 的'亮'、⑧②d與⑧③d的'嚇'、⑧①a的'疼'、⑧③a的'愁'）與形容詞（如⑧①a的'疼'、⑧①b的'忙'、⑧②b的'熱'）也都可以充當主要子句的述語。

(乙) 狀態補語本身的述語似乎限於形容詞組，而結果補語的述語則似乎不受這種限制。因此，除了形容詞組（如⑧③ a 與⑧③e句）以外，動詞組（如⑧①句）與主謂結構（如⑧②句與⑧③句）也都可以充當結果補語的述語。而且，⑧①到⑧③句裏的動詞組補語實際上也可以分析為含有以「空號代詞」（empty pronoun），亦卽不具語音形態「隱形的稱代詞」（covert pronominal）'pro'❸，為主語的主謂結構，例如：

---

❸ 因此，我們認為在'他像父親像得很'、'她氣得不得了'等例句裏出現的補語結構並不屬於純粹的狀態補語，而屬於由「數量詞組」（quantifier phrase; QP）充當的「程度補語」（degree complement）。

❸ 由於具有語音形態的「顯形名詞組」（overt NP）也可以充當結果補語的主語，而且空號代詞還可以出現於結果子句賓語的位置，所以我們暫且把這裏的空號代詞分析為「小代號」（pro）。但是漢語的「小代號」與「大代號」（PRO）都可能概括為「空號代詞」（Pro）。參 Huang（1989），Mei（1990）與湯（1990e）。在「原則參數語法」（the Principles-and-Parameters Approach）裏，這種空號代詞的存在是「投射原則」（the Projection Principle）與「擴充的投射原則」（the Extended Projection Principle）的要求下必然的結果。

⑧④ a. 他疼得 pro 直叫喚。
　　　　・
　b. 我忙得 pro 沒工夫吃飯。
　　　・
　c. 鞋跟磨得 pro 只剩下一小截了。
　　　　・
　d. 車燈亮得 pro 睜不開眼睛。
　　　　・

⑧⑤ a. 他的字寫得誰也看不懂 pro。
　　　　　　　・
　b. 我熱得 pro 滿頭大汗。
　　　・
　c. 他笑得 pro 氣都喘不過來。
　　　・
　d. 那可憐的小孩子嚇得 pro 臉色都變了。
　　　　　　　　・
　e. 他把我說得 pro 一個錢不值。
　　　　・

⑧⑥ a. 走得我 pro 累死了。
　　　　・
　b. 氣得他 pro 直哆嗦。
　　　　・
　c. 愁得他 pro 吃不下飯、睡不著覺。
　　　　・
　d. 嚇得他 pro 那孩子直哭。
　　　　・
　e. 吃得他 pro 越來越胖。
　　　　・

在⑧④與⑧⑤的例句裏，補語子句的空號代詞都與主要子句裏標有黑
點的主語名詞組（如⑧④a，b，c與⑧⑤b，c，d）、賓語名詞組（如⑧⑤e）或
主題名詞組（如⑧⑤a）的指涉相同。

（丙）　在狀態補語裏，‘得’字與述語形容詞組之間可以出現停頓
　　　　或表示停頓的語氣詞（如‘啊、呀、哪、吧’，如⑧⑦（＝⑧①）
　　　　與⑧⑧（＝⑧②））。但是在結果補語裏，停頓或表示停頓的語氣
　　　　詞則出現於‘得’字與後面的名詞組之間，如⑧⑨（＝⑧③）：❸⑤

---

❸⑤　例句⑧⑨、⑨⓪、⑨①與合法度判斷均採自朱（1982：136）。

⑧⑦ a. 他疼得啊直叫唤。

　　b. 我忙得啊沒工夫吃飯。

　　c. 鞋跟磨得啊只剩下一小截了。

　　d. 車燈亮得啊睜不開眼睛。

⑧⑧ a. 他的字寫得啊誰也看不懂。

　　b. 他熱得啊滿頭大汗。

　　c. 他笑得啊氣都喘不過來。

　　d. 那可憐的小孩子嚇得啊臉色都變了。

　　e. 他把我說得啊一個錢不值。

⑧⑨ a. 走得我啊，累死了。

　　b. 氣得他啊，直哆嗦。

　　c. 愁得他啊，吃不下飯，睡不著覺。

　　d. 嚇得那孩子啊，直哭。

　　e. 吃得他啊，越來越胖。

在⑧⑨裏五個例句的主要子句裏，表面上找不到主語，卻分別與⑨⓪
句與⑨①句的五個例句在「認知意義上同義」（cognitively syn-
onymous）。

⑨⓪ a. 我走得累死了。

　　b. 他氣得直哆嗦。

　　c. 他愁得吃不下飯，睡不著覺。

　　d. 那孩子嚇得直哭。

　　e. 他吃得越來越胖。

⑨1 a. 把我走得累死了。
b. 把他氣得直哆嗦。
c. 把他愁得吃不下飯，睡不著覺。
d. 把那孩子嚇得直哭。
e. 把他吃得越來越胖。

⑧9與⑨1的句式是結果補語獨有的句式，在狀態補語裏找不到這樣的句式。這些觀察顯示：⑧3(＝⑧6＝⑧9)的例句是含有賓語名詞組的「使動句」(causative sentence)。因此，⑧9裏'得'後面的賓語名詞組'我、他、他、那孩子、他'不表示「主事者」(agent)而表示「受事者」(patient) 或「感受者」(experiencer)；也就是說，'得'後面的名詞組都是受了某種外來的誘因纔會成為結果子句裏的空號主語(pro)。這種主要子句裏賓語名詞組與結果子句裏主語名詞組(pro)的指涉相同關係，表現於這些名詞組之在⑨0句裏成為受事者或感受者主語，以及在⑨1句裏成為「把字句」的受事者賓語。

(丁) 含有狀態補語的句子，在不受時間副詞的修飾或不帶情態動詞的情形下，常做「有關一切時的陳述」(generic statement)。但是含有結果補語的句子卻通常都不做這樣的陳述。試比較：

⑨2 a. 他跑得很快。
b. 他昨天跑得很快。
c. 他明天一定會跑得很快。

　　d. 他跑得越來越快。

㉝ a. 他(昨天)跑得很累。

　　b. 他明天一定會跑得很累。

漢語 的狀態 補語常 可以翻譯 成英語的「情狀副詞」（manner adverb），而漢語的結果補語則常可以翻譯成由 'so much so that' 引導的兼表「結果」(result) 與「程度」(extent) 的狀語子句。試比較：

㉞ a. He runs very fast.

　　b. He ran very fast yesterday.

　　c. He will surely run very fast tomorrow.

　　d. He is running faster and faster every day.

㉟ a. He ran so much so that he got very tired (yesterday).

　　b. He will surely run so much so that he will get very tired tomorrow.

(二) Huang (1988:277) 對於‘得’字的詞法身份與句法範疇只含糊的提到：(i)‘得’字可能是「引導子句的補語連詞」(a clausal COMP of S'), (ii)可能是依附於動詞的「表示後面的形容詞組是狀語的標誌」(a marker of the following AP as an adverbial modifier), (iii) 也可能視爲「動詞的某種後綴」(a suffix of the verb)。在這三

種選擇中，(i)的「補語連詞」(complementizer) 似乎應該以句子 (S) 而非以形容詞組（AP）為補述語；而且，湯(1989a:233-236,540-543;1989:96-97)提出了一些理由與證據來支持漢語的句尾語氣詞(如'的、了、嗎、呢、啊')與「體語化語素」(nominalizer）或「關係子句標誌」(relative-clause marker) '的' 應該出現於漢語「大句子」(S') 的主要語（C）的位置，也就是英語的補語連詞'that, whether, if, for'等出現的位置。而 (ii) 的「狀語標誌」(adverbial marker) 則不但與漢語裏在形容詞等後面充當後綴'的/地'來形成狀語（如'他 {慢吞吞/急急忙忙/三番兩次/若有所思/充滿喜悅/心懷感激}{的/地}到我家裏來')的情形有異，而且也與漢語裏一般「構詞詞尾」或「派生詞尾」(derivational suffix) 之屬於後綴或後加成分的情形不符。至於(iii)的「動詞後綴」(verb suffix)，則究竟屬於那一種後綴？是表示「動貌」的後綴？表示「動相」的後綴？還是具有其他功能的後綴？根據 Huang (1988:299) 有關'這瓶酒醉得張三站不起來'的分析，'得'字要依附述語動詞'醉'從補語子句主要語動詞的位置移入主要子句屈折語素的位置來。但是如果'得'字是動詞後綴，那麼為什麼與其他動詞後綴不同，要在深層結構中直接衍生於補語子句的述語動詞底下，而不衍生於支配這個述語動詞的其他位置（例如，主要子句裏屈折語素的位置）？這些問題似乎都無法在他的論文裏獲得答案。

(三) Huang (1988) 詳盡的論證了主要子句的主語名詞組與述

語動詞不能合成主語子句，也論證了狀態補語的形容詞組
不是主要述語。但是這個補語形容詞組與主要子句裏述
語動詞之間的句法關係究竟是怎樣的關係？述語動詞之確
與補語形容詞組合成謂語動詞組，可以從下面 ⑨ 例句裏
的「並列結構」(coordinate structure) 與「選擇問句」
(alternative question) 看得出來。㊱

⑨ a. 他跑得快也跑得很好看。
   b. 他跑得快還是(跑得)不快？

但是述語動詞與補語形容詞組之間的關係，究竟是主要語動詞
(V)與補述語的關係，是動詞節(V')與附加語的關係，還是兩個
主要語動詞的「連謂結構」(serial-VP construction)？又補語
結構的形容詞組是否含有空號代詞做爲補語子句的主語？

在 Huang (1988:276) 的樹狀結構分析 (a)＝⑥⓪a裏，狀態
補語'很快'與述語動詞'跑(得)'的結構關係似乎是動詞節（V'）
與附加語 (AP/S') 的關係；而在 (1988:277, 299) 的樹狀結構分
析裏，述語動詞'醉得'與結果補語'pro 站不起來'的結構關係卻
似乎是主要語動詞(V)與補述語(S')的關係。但他並沒有提出任
何理由或證據來支持這個結構分析上的區分。

狀態補語與結果補語都不是述語動詞的「必用論元」(obli-

㊱ 根據這個理由，Huang (1988:276) 的樹狀結構分析 (b) (＝⑥⓪b)裏
補語形容詞組'很快' (AP/S')與述語動詞組'跑得'(VP)不合成謂語
動詞組的結構分析，應該是有問題的分析。

gatory argument)，也都不受述語動詞的「論旨管轄」(θ-government)。因此，這兩種補語結構照理不應該充當主要語動詞(V)的補述語，而只能充當動詞節(V')或屈折詞節(I')的附加語。但是如果主要子句的述語動詞與'得'共同形成複合動詞，那麼這兩種補語結構就可能分析為補述語。（關於這一個可能性容後詳論。）同時，充當狀態補語的形容詞組既然能形成正反問句而具有述語的功能，似乎應有其陳述的對象做為這個形容詞組句法上或語意上的主語。狀態補語形容詞組所陳述的對象或狀態補語形容詞組語意上的主語，有兩種可能性：一種可能是主要子句的主語或賓語；另一種可能性是除了補語結構以外的整個主要句子。下面⑰的例句之分別與⑱的例句同義，似乎顯示：⑰a的'很快'、⑰b'的很好看'、⑰c'很頹喪'與⑰d的'很潦草'是分別以'他跑(步)'、'他跳(舞)'、'字'、'他'為陳述的對象的。

⑰ a. 他(跑步)跑得很快；?*他步跑得很快；*他把步跑得很快。

b. 他(跳舞)跳得很好看；?*他舞跳得很好看；*他把舞跳得很好看。

c. 他(寫字)寫得很潦草；他字寫得很潦草；他把字寫得很潦草。㊲

㊲ '他(寫字)寫得很潦草'與'他字寫得很潦草'可能是「有關一切時的陳述」；但含有處置意義的'他把字寫得很潦草'卻通常不表示「有關一切時的陳述」，除非加上適當的時間副詞(如'他{經常/老是}把字寫得很潦草')。

　　d. 他{顯/變}得很頹喪。㊳

⑨⑧　a. 他跑(步)的速度很快。

　　b. 他跳(舞)的樣子很好看。

　　c. 他寫的字(跡)很潦草。

　　d. 他(的形貌){顯/變}得很頹喪。

如果狀態補語的句法範疇是句子（S'或 S）而不是形容詞組，那麼
⑨⑦的狀態補語就可能要分析爲以空號代詞 'pro' 爲主語（標有黑
點的部分與 pro 的指涉相同）：

⑨⑨　a. 他跑(步跑)得 pro 很快。

　　b. 他跳(舞跳)得 pro 很好看。

　　c. 他寫(字寫)得 pro 很潦草。

　　d. 他{顯/變}得 pro 很頹喪。

我們把狀態補語結構的空號代詞分析爲小代號（pro），而不分析
爲大代號（PRO），因爲：（i）狀態補語是附加語，而不是補述語
，所以狀態補語不可能是由主句主語或賓語「義務控制」（oblig-
atory control) 的「控制結構」（control construction）；（ii）
⑨⑦a與⑨⑦b裏狀態補語的空號代詞不以主句主語或賓語爲「控制語」

㊳　⑨⑦d的'顯(得)、變(得)'是靜態動詞，而且⑨⑦d也不是「有關一切時的
　　陳述」。因此，'很頹喪'可能是結果補語，而不是狀態補語。但是我
　　們仍然列在這裏以供比較與參考。

(controller)，而以整個主句爲控制語，屬於 Williams (1985)
所謂的「句子控制」(S-control)，似乎以小代號代表爲宜❸。又
充當附加語(可用論元)的形容詞組(如⑩句)與充當補述語(必用
論元)的形容詞組 (如⑩句)似應區別。前者在賓語後面必須重複
述語動詞；後者則不能在賓語後面重複述語動詞。

⑩　a.　他做菜*(做)得{很好。/不好。/好不好？}
　　b.　*他做菜很好。❹

⑪　a.　*他待朋友待得很好。
　　b.　他待朋友{很好。/不好。/好不好？}❹

目前，我們並沒有充分的證據來支持狀態補語裏確實有空號主語
的存在，但是如果要仿襲 Huang (1988) 的分析而擬設述語動詞
移入屈折語素位置並與疑問語素〔＋ＷＨ〕融合來形成正反問句，
那麼既然狀態補語的形容詞組也可以形成正反問句，似乎也應該
在補語子句裏承認屈折語素(I)的存在而間接支持句子 (IP) 與句
子指示語 (specifier of IP) 'pro'的存在。❹

---

❸　參❸。
❹　'〔s他做菜〕〔AP 很好〕'是合語法的句子；但這裏的'很好'是以子句
　　'他做菜'爲主語的述語形容詞組，而不是狀態補語。
❹　⑩b 的例句不能分析爲'〔s他待朋友〕〔AP 很好〕'；因爲述語動詞'待'
　　是「三元述語」(three-term predicate)，除了主語與賓語以外，
　　還必須帶上情狀副詞。
❹　不過，如此一來，也要根據同樣的理由來承認補述語形容詞組亦受句
　　子的支配。關於漢語的正反問句應該如何形成以及爲何正反問句無法
　　充當子句主語等問題，我們將另尋機會評論。

(四) Huang (1988) 以「詞組結構限制」(Phrase Structure Constraint) 的表層結構濾除來禁止漢語裏主要語動詞後面連續出現兩個以上的句法成分。但是如 Huang (1988: 306)所說，這個限制只是「描述上的條理化」(a descriptive generalization)，在本質上是專爲漢語句法擬定的「規範性濾除」(stipulative filter)，因而並不具有眞正的「詮釋功效」(explanatory power)。他在305頁的註35裏甚至懷疑這個限制可以從普遍語法的原則系統演繹出來。Li (1985) 雖然試圖利用「格位理論」(Case theory) 的「格位濾除」(Case Filter) 來詮釋爲什麼回數補語、期間補語、狀態補語、結果補語等與賓語連用時必須重複述語動詞，但是她的處理方式似乎在語法事實與分析方面含有一些瑕疵❸。針對漢語裏在述語動詞後面例外允許兩個句法成分出現的情形(例如，雙賓動詞後面出現直接賓語與間接賓語)，Huang (1982) 提議動詞組直接支配動詞、間接賓語與直接賓語(如〔$_{VP}$〔$_V$ 給了〔$_{NP}$ 我〕〔$_{NP}$ 一本書〕〕) 形成「三叉分枝」(ternary-branching) 的結構。結果，由於動詞組 (V"; n=2) 不經過動詞節 (V'; n=1) 而直接支配動詞(V; n=0) 與雙種賓語，所以可以不受 ⑭「詞組結構條件」裏有關 'X^n' 與 'X^{n-1}' 詞組成分之間的限制。另一方面，Li (1985) 則主張在這種情形下利用「名詞組併入」(NP-incorporation) 與「重新分析」(reana-

---

❸　參湯 (1988a:501-507) 與 C.J. Tang (1990a,1990b)的有關討論。

lysis) 把原來的詞組結構'〔$_{VP}$〔$_{V'}$〔$_{V'}$〔$_{V}$ 給〔$_{NP}$ 我〕〕〔$_{NP}$ 一本書〕〕〕轉變爲'〔$_{VP}$〔$_{V'}$〔$_{V}$ 給我〕〔$_{NP}$ 一本書〕〕〕',然後由「合成述語」(complex predicate)'給我'來指派格位給名詞組'一本書'以便符合「格位濾除」的要求。但是這兩種處理方式都缺乏獨立自主的證據,似乎有點任意武斷之嫌。而且,這兩種分析都無法充分詮釋在狀態補語與賓語之間必須重複動詞的動機或理由。

　　C.J. Tang (1990a, 1990b) 則提議藉用 Larson (1985) 的「論元顯現的原則」(Principle of Argument Realization) 與「論旨階層」(Themartic Hierarchy) 的理論,讓所有擔任「論旨角色」(θ-role) 的論元都依序出現於動詞組的「X標槓結構」(X-bar structure) 裏。她並參酌 Larson (1988) 與 Bowers (1989) 的動詞組與「述詞組」(predicate phrase; PrP) 的結構分析,爲漢語謂語擬設「二叉分枝」(binary-branching) 的X標槓結構分析;凡是屬於「可用論元」(optional argument) 或「語意論元」(semantic argument) 的期間補語、回數補語、狀態補語、結果補語或目的狀語(如'我自己煮鷄湯來喝、我可以借錢給你買房子')都可以充當動詞節的附加語❹,而直接賓語與間接賓語則分別充當動詞節的指示語與動詞的補述語。述語動詞經過「動詞提升」而移入述詞組主要語位置(Pr)的結果,這些語

---

❹　C.J. Tang (1990b:15) 認爲這些語意論元充當述語動詞的補述語。但是我們認爲這些論元與述語動詞的「次類畫分」(subcategorization) 無關,應不受述語動詞的「θ管轄」(θ-government);因而似宜分析爲附加語。

意論元與間接賓語都可以與直接賓語共同出現於述語動詞的後面
，例如：

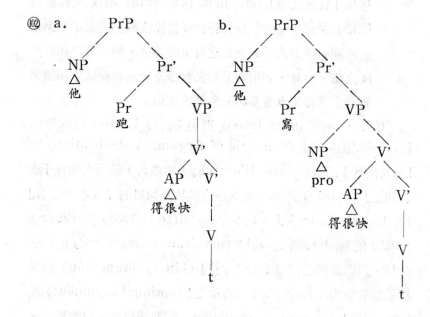

至於‘得’字不可以與顯形賓語名詞組一起出現於述語動詞後面這
個句法限制（如‘＊他寫字得很快’），則依‘得’字的依附性質來
處理；卽‘得’字在「表面結構」(surface structure) 或「語音
形式」(PF) 中必須遵守「鄰接接件」(Adjacency Condition)
而依附於前面的述語動詞。根據「投射原則」，⑩b的空號代詞
(pro) 必須投射於深層結構、表層結構與邏輯形式這三種句法表
顯層次上，卻不出現於與語音形式有關的表面結構中。因此，在
句法表顯層次裏空號代詞的存在並無礙於‘得’字在表面結構裏依

附述語動詞而出現。

C.J. Tang（1990a，1990b）的分析似乎較能妥善處理漢語動後成分的分佈與限制[45]，但是她的分析仍然留下兩個問題：

（i）　'得'字的詞法身份與句法功能並未交代清楚。而且，究竟是什麼理由使得'得'字必須依附述語動詞而存在？

（ii）　針對著帶有補語的主要子句含有顯形賓語名詞組時，述語動詞常在賓語的前後重複出現的情形（如'他寫字寫得很快'），C.J. Tang（1990a：199）認爲述語動詞與賓語名詞組（如'寫字'）在這裏合成「述詞組」並充當表示「領域」（domain）的狀語。但是這種「領域狀語」的分佈似乎只限於與回數、期間、狀態、結果等補語結構連用的時候。因此，似乎需要一些獨立自主的證據來支持這樣的分析。

四.二　閩南話的狀態補語：

閩南話裏與北平話裏含有狀態補語的例句⑩a相對應的例句是⑩b。試比較：

---

[45]　有關雙賓動詞間接賓語與直接賓語的格位指派問題，可以藉雙賓動詞的分別指派「固有格位」（inherent Case）與「結構格位」（structural Case）給雙種賓語的方式來處理。另外，C.J. Tang（1990a，1990b）建議從「功能背景」（functional perspective）的觀點來處理狀態補語形容詞組之可以形成正反問句的問題。也就是說，在具有語音形式的表面結構裏主要子句可以充當「主題」（theme），而狀態補語則可以充當「評論」（rheme）；因此，狀態補語形成「信息焦點」（information focus）而可以形成否定句或正反問句。

⑩⑬ a． 他跑得很快。

b． 伊走{φ/了/著/甲}足緊。

在⑩⑬ b 的例句裏，閩南話與北平話不同，述語動詞後面不帶‘得’字，而可以有‘φ’（即在述語動詞與狀態補語之間不需要帶任何句法成分）、‘了’、‘著’、‘甲’❹ 等幾種不同的選擇。其中‘了’與‘著’似乎是表示「動相」（phase）的後綴❹，因為在句法與語意功能上分別相當於北平話的‘了’（讀〔ㄌㄧㄠ∨〕）或‘完’與‘著’（讀〔ㄓㄠ∨〕）或‘到’，而且可以在動詞與這些後綴之間插入表示有無或可能的‘有/無’與‘會/𣍐’，例如：

⑩⑭ a． 這本册我看{有/無/會/𣍐}了。

（這本書我{看完了/沒(有)看完/看得完/看不完}。）

b． 這款代誌阮攏想{有/無/會/𣍐}著。

（這種事情我們都{想到了/沒(有)想到/想得到/想不到}。）

至於‘甲’則似乎是表示終點的介詞（後面接名詞組）或連詞（後面

---

❹ 依照鄭(1989)的閩南話羅馬拼音，‘了’、‘著’與‘甲’分別讀做〔liau〕、〔tioh〕與〔kah〕。其中‘了’與‘甲’常分別弱化爲 〔lo〕與〔ah〕。

❹ 楊(1989:46)認爲‘了、著、甲’都是動詞的詞尾（即後綴），並以下面(i)到(iii)的例句說明這些詞尾在語意功能上的差異：(i)評論那匹馬跑的結果；(ii)肯定那匹馬潛在的能力；(iii)敘述那匹馬跑的情況。(i)彼隻馬走了眞緊。（那匹馬跑得很快。）(ii)彼隻馬走著眞緊。(iii)彼隻馬走甲眞緊。

接子句），相當於北平話裏表示終點的介詞或連詞'到'，例如：

⑩ a. 伊一直等甲十點。（他一直等到十點。）
　　b. 伊一直等甲我來。（他一直等到我來。）

　　根據上面的語料，我們似乎可以透過閩南話就北平話的狀態補語做下列幾點推測：

(一) 北平話裏表示體語化的語素（常寫做'的'）與引導狀態補語的'得'（亦寫做'的'），雖然二者讀同音（〔ㄉㄜ・〕），但是應該分屬於兩個不同的語素。因為閩南話裏的體語化語素讀〔e〕，與出現於狀態補語的〔liau, tioh, kah〕是全然不同的發音。❹這似乎顯示：狀態補語的'得'與表示體語化的'的'是不同的語素，'得'字也就不太可能與主要子句的主語與述語合成句子或子句。

(二) 閩南話裏出現於述語動詞與補語形容詞組之間的'了'與'著'很可能是表示動相或動貌的詞尾。關於'了'，梅(1981) 認為漢語完成貌詞尾的形成可以分為兩個階段：

　　(i) 在南北朝到中唐之際，〝動詞＋賓語＋完成動詞（'訖、畢、已、竟'）〞的句式早已形成，後來詞彙發生變化，形成唐代〝動詞＋賓語＋'了'〞的句式。

　　(ii) 從中唐到宋代之際'了'字移到動詞與賓語之間的位

---

❹ 朱(1982:134)也指出：在上海話與廣州話裏這兩種語素也分別有〔gɔʔ〕與〔tɔʔ〕以及〔kɛ〕與〔tɐk〕的區別。

置，形成完成貌補語❹。楊 (1990:49-50)更指出：
唐五代的"動詞＋'了'＋賓語"在閩南話裏的演變卻
把賓語提前，形成"動詞＋賓語＋'了'"的句式。如
果'了'後面不接補語，'了'本身就成爲補語；如果
'了'後面再接補語，'了'就成爲動詞詞尾，與主流
漢語的把'了'移前成爲動詞詞尾的情形，大異其趣
。勢至今日，動詞詞尾'了'在北平話（出現於動詞
與賓語之間，表示動作的完成貌）與閩南話（出現於
動詞與補語之間，連繫這兩個句法成分）扮演不同
的句法與語意功能；也就說明了這兩種方言之間下
列例句在合法度判斷上的差異。❺

⑩⑥ a. 他洗了衣服了。
  b. *伊洗了衫矣。❺

⑩⑦ a. *他洗了很乾淨。
  b. 伊洗了真清氣。

  如果含有補語 結構的句子同時又 帶有賓語 ，那麼閩南話
的詞尾'了'只能出現於述語動詞的後面。這時候，閩南話

---

❹ 梅(1981)更指出：完成動詞移前插入動詞與賓語之間的原因有二：
 (i)動詞組後面的'(不)得'與結果補語同時往前移；
 (ii)放在動詞與賓語之間的結果補語早就表示完成貌。

❺ ⑩⑥與⑩⑦的例句與合法度判斷採自楊(1990:49)。

❺ '矣'在這裏是借字，讀〔ɑ〕，在句法與語意功能上相當於北平話的句
 尾語助詞'了'。

'了'的分佈與北平話'得'的分佈完全相同。試比較：

⑩⑧ a. 他洗衣服洗{得/*了}很乾淨。

b. 伊洗衫洗了真清氣。

⑩⑨ a. 他衣服洗{得/*了}很乾淨。

b. 伊衫洗了真清氣。

⑪⑩ a. (這件)衣服他洗{得/*了}很乾淨。

b. (這領)衫伊洗了真清氣。

⑪⑪ a. *他洗衣服{得/了}很乾淨。

b. *伊洗衫了真清氣。

⑪⑫ a. *他洗{得/了}衣服很乾淨。

b. *伊洗衫了真清氣。

　　關於'著'，梅(1988)認爲虛詞'著'在漢語方言裏有三種用法：(i)方位介詞，相當於'坐在椅子上'的'在'字；(ii)持續貌詞尾，相當於'坐著吃'的'著'字；(iii)完成貌詞尾，相當於'坐了一會就走'的'了'字。❺❷ 根據他的分析，'著'的方位介詞用法是持續貌與完成貌用法的來源；而在閩南語裏方位介詞用法分佈得最廣，保存得也最爲完整。'著'的方位介詞用法在表示靜態的動詞

---

❺❷ 梅(1988)還引用趙金銘(1979)、邢公畹(1979)、王育德(1969)等來指出：(i)'附著'的'著'是介詞'著'的直接來源，持續貌詞尾'著'的間接來源；(ii)上海話、安慶話、長沙話都分別用'仔'、'著'、'達'來表示持續貌與完成貌詞尾；(iii)閩南話裏'坐咗椅仔頂'(坐在椅子上)的'咗'〔ti〕字，其本字也是'著'。

後面(如'坐著殿上''藏著瓶中')相當於北平話的'在'字,而在表
示動態的動詞後面(如'送著寺中''擲著門外')則相當於北平話的
'到'字。但是'{看/見/聽/想/買/拍…}({有/無/會/燴})著'
('({有/沒(有)/會/不會}{看/見/聽/想/打…})到')等衆多
例詞的存在顯示:閩南話裏以'著'表示動相詞尾的用法也相當普
遍❸。楊(1990:46)也認爲閩南話裏出現於補語結構前面的'著'
是主要動詞的詞尾,而且還指出唯有與潛能有關的動補結構纔能
與'著'連用❺;也就是說,動詞的語意屬性與詞尾'著'之間有一
定的選擇限制,一如動詞與其他動相詞尾(如北平話裏的'到、掉
、完、住')之間有一定的選擇限制。

(三) 至於'甲'❺的詞法、句法與語意功能,則似乎較少人討論
。'甲'在現代閩南話似乎不做動相詞尾使用,因爲我們並

---

❸ 這種'著'字的動相詞尾用法,可能是經過動詞與方位介詞的重新分析
(如'〔v 看〕〔pp〔p 著〕〔NP 伊〕〕〕→〔v 看著〕〔NP 伊〕')而成爲動詞的
詞尾(如閩南話),也可能是經過"動詞+賓語+'著'→動詞+'著'+
賓語"的句式演變而成爲動詞的結果補語(如北平話)的。這樣的分析
似乎也暗示:漢語的動貌詞尾是經過'動詞→動相詞尾(或結果補語)
→動貌詞尾'的演變而發展出來的。

❺ 楊(1990;46)除了提到"無關乎潛能的動補結構便不能用詞尾'著'"與
"凡用詞尾'著',都和能力或者性質有關"以外,並未就"潛能、能力
、性質"這些詞的語意內涵做更進一步的討論。不過,她在文中所舉
的病句包括'*衫(穿)著無好勢也敢出門'(衣服沒有穿得整齊也敢出
門)、'*睏著飽眠始有精神'(睡得飽纔有精神)等。

❺ '甲'(讀音〔kah〕)這個訓讀字的選擇是根據鄭(1988:101)北平話虛詞
'得'的注字,而楊(1990)則直接用〔ᴄka〕的注音來表示。因此,我
們推測鄭(1988)裏'甲'字的選擇可能是以語音上的相似性爲主要的考
慮。參❺。

沒有'{看/聽/想/買/拍}{有/無/會/蟾}甲'等說法。我
們認爲這裏的'甲'可能是表示終點的連詞用法，在句法與
語意功能上相當於北平話裏表示終點的介詞或連詞的'到'
。介詞與連詞，在X標槓結構上可以視爲歸屬於同一個句
法範疇(卽介詞組)，二者的不同在於：介詞以名詞組爲補
述語，而連詞則以小句子 (S=IP) 或大句子 (S'=CP) 爲
補述語❺。閩南語的'甲'〔kah〕與'到'〔kau〕不僅在語音
上相似❺，而且在語意上(表示終點)也極爲相近；所不同
的是在句法功能上'到'字可以做動詞與動相詞尾使用。試
比較：

⑬ a. 伊一直等{到/甲}十點。

b. 伊一直等{到/甲}我來。

c. 伊底當時{到/*甲}日本？(他什麼時候到日本？)

---

❺ 如果以小子句(IP)爲連詞的補述語，那麼就可以自然的說明：(i) 爲
什麼漢語的句尾語助詞無法出現於附加語子句裏面，以及 (ii)爲什麼
這些附加語子句會形成移位上的「孤島」(island; 參 Huang (1982)
有關「移位領域的限制」(Constraint on Extraction Domain))。
我們不擬在這裏就此問題詳論。

❺ 我們因而推測閩南語的訓讀字'甲'會不會是由動詞'到'演變而來的。
連金發先生 (p.c.) 指出：《臺日大辭典》162頁認爲'〔kah〕2a' ('到
達(目標)')與 '〔kah〕4a' ('到達(某個程度)')之間有語意上的關連
。連先生也指出：閩南話裏文讀 '孝'〔hau〕、'敎'〔kau〕與白讀的
'孝'〔ha〕、'敎'〔ka〕等的對比顯示〔au〕與〔a〕之間有「語音變換」
(alternation) 的現象。另外，《臺日大辭典》162頁不以 '甲' 而以
'敎'來訓讀'〔kah〕4a'。

d. 伊底當時{到/*甲}位？（他什麼時候到達？）

e. 我絕對做{會/燴}{到/*甲}。（我絕對做{得/得到}。）

把引導補語子句的'甲'字分析爲與表示終點的連詞'到'字同義且同功能（甚至把'到'字的動詞用法視爲介詞、連詞與動相詞尾用法的來源，並把'甲'字視爲'到'字在語音上的弱化與句法功能上的虛化），不僅有助於說明閩南語裏出現於補語結構前面'甲'字的語意功能，而且也有助於說明'甲'字的句法功能、分佈與限制。由於'甲'字表示終點而與'到'字同義，由'甲'字所引導的補語子句自然可以表示結果或程度（'到…'的{結果/地步/程度}）'）。又由於'甲'字引導子句，所以補語結構裏可以出現主謂結構（包括以空號代詞（pro）爲主語的主謂結構）。在漢語裏表示終點的補語經常出現於述語動詞的後面（如'我要寄些錢{到美國/給弟弟}'、'我一直會等到{九點鐘/你來（爲止）}'）。但是閩南語裏表示終點的'甲'與表示終點的'到'不同；'甲'字不但不能做動詞與動相詞尾使用（如⑬c,d,e 句），而且也不能引導處所終點介詞組出現於述語動詞的前面做狀語（如⑮ c 句）；就是出現於述語動詞後面做結果補語的時候，也似乎不容易允許賓語出現於動詞與結果補語之間（如⑯c句）。試比較：

⑭ a. 他到九點才來。

b. 伊到九點始來。

c. 伊甲九點始來。

⑮ a. 他到公園（去）散步。

    b. 伊到公園(去)散步。

    c. *伊甲公園(去)散步。

⑯ a. 我會等你到我太太來。

    b. 我會等你到阮太太來。

    c. ??我會等你甲阮太太來。

⑭c與⑮c兩句的對比顯示：在'甲'字的時間終點用法裏'到'字的動詞意義雖然已經虛化，但是處所終點用法裏'到'字的動詞意義卻依然存在。而⑯c句的瑕疵則似乎暗示：在述語動詞與'甲'字所引導的補語子句之間可能有某種動相或動貌詞尾的存在。❺⑧ 而這個不具語音形態的動相或動貌詞尾可能就是我們在⑩⑧ b 句裏，與閩南語的動相詞尾'了、著'並行擬設的'ϕ'。一般說來，閩南話的動相詞尾具有下列三點句法分佈上的特徵：（i）可以出現於動詞與狀態補語之間；（ii）不能出現於動詞與介詞組或從屬子句之間；(iii)不能出現於賓語與補語之間。試比較：

⑰ a. 伊走({了/著})足緊。

    a'. 他跑*(得)很快。

    b. 伊(跳舞)跳(*{了/著})到九點。

    b'. 他(跳舞)跳(*{了/過/著/完})到九點鐘。

    c. 我(等伊)等(*{了/著}){甲/到}伊來。

❺⑧ 有不少本地人認爲：⑯ c 句如果解釋爲表示時間終點的補語，就似乎可以通；但是如果解釋爲表示結果或程度的補語，就顯得不太自然。

c'. 我(等他)等(*{了/過/著/完})到他來。

d. 我等(*{了/著})伊等{甲/到}伊來。

d'. 我(等他)等(*{了/過/著/完})到他來。

e. 伊(跳舞)跳(*{了/著})甲歸身軀攏是汗。

e'. 他(跳舞)跳(*{了/過/著/完})得滿身都是汗。

由於我們所擬設的動相或動貌詞尾‘ϕ’不具有語音形態，所以我們無法利用⑪等實際的例句來檢驗其分佈，但是我們可以推測這個不具有語音形態的詞尾與其他具有語音形態的動相詞尾‘了、著’在句法分佈上受同樣的限制。

⑱ a. 伊走ϕ足緊。

b. 他(跳舞)跳(*ϕ)到九點。

c. 我(等伊)等(*ϕ){甲/到}伊來。

d. 我等(*ϕ)伊等{甲/到}伊來。

e. 伊(跳舞)跳(*ϕ)甲歸身軀攏是汗。

如此，我們可以推測⑯ c 的例句必然不合語法，因為詞尾‘ϕ’既不能出現於動詞‘等’與賓語‘你’之間(參⑰ d 與⑱ d 句)，也不能出現於賓語‘你’與補語‘阮太太來’之間(因為在這個位置裏詞尾‘ϕ’沒有動詞可以依附)。

(四) 如果把‘了、著、ϕ’等分析為表示「完成」(accomplishment) 或「終結」(achievement) 的動相詞尾❺，那麼

---

❺ 李臨定(1963:399)也認為帶有北平話‘得’與補語結構的動詞或形容詞一般都表現"肯定的，已發生的"事實。

不僅可以說明爲什麼這些句法成分一定要依附動詞而存在
，而且也可以說明爲什麼帶有補語結構的述語動詞都以單
音節的爲多，雙音節的較少⑩。因爲雙音動詞，再加上動
相詞尾以後就形成三音動詞，而在漢語裏含有三音節的動
詞是屬於「有標」（marked）或例外的動詞⑪。雙音動詞
與形容詞⑫之所以很少充當主要子句的述語可能還有一個
理由：那就是，含有‘了、著、φ’與補語結構的句式多見
於口語，雙音動詞與形容詞多半屬於書面語詞彙，因而不
容易出現於狀態補語與結果補語這種口語形式。如果我們
把北平話的‘得’比照閩南語的‘了、著、φ’分析爲動相或
動貌詞尾，那麼主要子句的述語動詞就與詞尾‘得’形成複
合動詞或合成動詞。李（1988）也把‘得’字的一些用法分析
爲：(i)表示動作的可能(如‘你打得別人，近得我？’)；
或(ii) 表示動作的時態與結果(如‘你拿得張三時，…’、‘

---

⑩　李(1963:396)也指出：‘寫、找、考、關、跳’等單音動詞都可以充當
　　主要子句的述語，但是與這些單音動詞同義的雙音動詞‘書寫、尋找
　　、考試、關閉、跳躍’等則不能充當主要子句的述語。另外，根據李
　　思明 (1988:151) 有關《水滸全傳》裏「動詞＋‘得’」式(表示動作的
　　可能)的統計，單音動詞佔82.4％，而雙音動詞則佔17.6％。

⑪　因此，三音節動詞既不能帶上動貌標誌或形成重疊，也不能出現於賓
　　語名詞組的前面(‘感覺到、意識到、體會到、覺悟到’等含有動相詞
　　尾‘到’的三音動詞是極少數的例外)，也不容易形成正反問句。參湯
　　(1989a:5-6)。

⑫　李(1963:396)也指出：‘窮、密、醜’等單音形容詞都可以充當主要子
　　句的述語，但是與這些單音形容詞近義的雙音形容詞‘貧窮、稠密、
　　醜陋’等則不能充當主要子的句述語。

方才吃得兩盞，…'、'那裏捉得這個和尚來'、'這許多人
來搶奪得我回來'）的助詞（即詞尾）⑥ ，而現代漢語詞彙裏
也發現'覺得、曉得、認得、記得、懂得、省得、免得、
值得、變得、顯得、懶得、捨得、曉得'等含有'得'字的
複合動詞。

(五) 如果把閩南話裏「動詞＋'了/著/ϕ'」的組合與北平話裏
「動詞＋'得'」的組合視爲複合動詞，那麼這些複合動詞就
可以分析爲在「次類畫分」（subcategorization）上以形
容詞組爲補述語（即＋〔＿AP〕）。漢語裏有些動詞確實以
形容詞組爲補述語（例如'感到、覺得、顯得、變得、待
（朋友）、做（事情）'⑥），一如有一些由'動詞＋得'合成的
動詞以名詞組爲補語（例如'認得、記得、懂得'），以動詞
組爲補語（例如'懶得、捨（不）得'），以句子爲補語（例如
'曉得、省得、免得、值得、覺得'）或以名詞組與句子爲
補語（例如'使得'）。而且，這些以形容詞組爲補述語的
複合動詞，一如帶上狀態補語的句子，既可以在補述語形

---

⑥ 李(1988)的例句皆採自《水滸全傳》。另外，李(1963:399)也認爲出
現於補語結構前面的'得'字應該是"一個特殊的詞尾或助詞"，其作用
在使"前面的動詞、形容詞固定化，失去獨立性，使聽者期待著後面
的補語"。

⑥ '感到'與'覺得'這兩個動詞在次類畫分上的差別在於前者只能以形容
詞組爲補述語（即＋〔＿AP〕），而後者則可以以形容詞組或子句爲補
述語（即＋〔{＿AP/S}〕）；例如：'我感到（*他）很快樂'與'我覺得
（他）很快樂'。另外，'待'與'做'兩個動詞是三元述語，都兼以名詞
組與形容詞組爲補述語（即＋〔＿NP AP〕）；例如'他待朋友很誠懇'
與'他做事情很認眞'。

容詞組裏形成正反問句，也可以在主要子句裏以'有沒有'
或'是不是'來形成正反問句，例如：

⑪⑨ a. 你覺得很舒服。

　　 b. 你覺得舒(服)不舒服？

　　 c. 你有沒有覺得很舒服？

⑫⓪ a. 他顯得很俗氣。

　　 b. 他顯得俗(氣)不俗氣？

　　 c. 他有沒有變得很俗氣？

⑫① a. 他待朋友很誠懇。

　　 b. 他待朋友誠(懇)不誠懇？

　　 c. 他是不是待朋友很誠懇？

⑫② a. 她做事情一向很負責。

　　 b. 她做事情一向負(責)不負責？

　　 c. 她是不是做事情一向很負責？

由於閩南話裏由「動詞＋'了/著/φ'」合成的複合動詞以及
北平話裏由「動詞＋'得'」合成的複合動詞都在次類畫分上以形
容詞組爲補述語，所以含有這些複合動詞與狀態補語的北平話與
閩南話的例句分別具有⑫③a與⑫③b的詞組結構分析，而且分別可
以有⑫④b,c與⑫⑤b,c兩種正反問句❻。試比較：

---

❻　正反問句之能否形成，一方面決定於述語的種類(通常只有述語動詞
　　與形容詞纔能形成正反問句，但是有些靜態動詞(如'以爲')則例外的
　　不能形成正反問句,而有些副詞(如'常')則例外的可以形成正反問句)
　　(→)

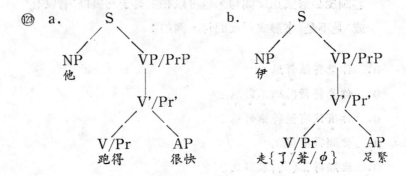

⑫ a. 他跑得很快。

　　b. 他跑很快(跑)不快？

　　c. 他{是不是/有沒有}跑得很快？

⑫ a. 伊走{了/著/φ}足緊。

　　b. 伊走{了/著/φ}有緊(抑)無(緊)？⑯

　　c. 伊{是嘸是/有(抑)無}走足緊？

(→)；而另一方面則決定於述語所代表的「信息價值」（information value），唯有句子的「信息焦點」（information focus）纔能形成正反問句而成為「疑問焦點」（question focus）。參湯（1988:339-347,597-612）。

⑯ ‘有緊抑(是)無緊？’是選擇問句，‘有緊無緊？’可能是受北平話句法的影響之下產生的正反問句，而‘有緊無？’是閩南話固有的正反問句。這種正反問句可以與強調選擇的語氣副詞‘到底’連用，例如‘伊到底{會/有}去無？’。在閩南話的正反問句裏出現的‘無’，本來是‘有’的否定式（相當於北平話裏的‘沒有’），但是似乎已逐漸虛化而在句法與語意功能上接近疑問助詞（相似於北平話裏的‘嗎、呢’）。不過‘無’與‘到底’的連用似乎顯示：‘{會/有}…無？’的疑問句式在句法與語用功能上仍然屬於正反問句，而不屬於「是非問句」。

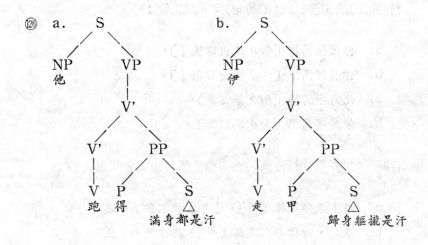

（六） 如果把閩南話裏引介結果補語的‘甲’與北平話裏引介結果
補語的‘得’分析爲在句法（充當介詞與連詞）❻與語意（表
示終點、結果與程度）功能上相當於‘到’，那麼我們就可
以把由‘甲’與‘得’所引介的結果補語分析爲修飾主要子句
述語的附加語。如此，含有結果補語的北平話與閩南話的
例句分別具有⑫a與⑫b的詞組結構分析。

⑫ a.　 S　　　　　　 b.　 S

結果補語子句的主語可能是顯形的名詞組（如⑫句）；也可能
是隱形的空號代詞（如⑫句）❻，例如：

---

❻ 閩南話的‘甲’具有介詞用法，而北平話的‘得’則不具有介詞用法。參
　例句⑩a與⑭c。

❻ 在⑫的結果補語子句裏也可能在‘滿身’與‘歸身軀’的前面包含空號代
　詞‘pro（的）’。

⑫ a. 他罵得〔大家都傷心起來了〕。

b. 伊罵甲〔大家攏傷心起來了〕。

⑫ a. 他氣得〔*pro* 話都說不出來〕。

b. 伊氣甲〔*pro* 話攏講繪出來〕。

空號代詞可能與主語名詞組的指涉相同(如⑫句),也可能與賓語名詞組的指涉相同(如⑫句),甚至可能與整個主要子句(包括主語與述語)的指涉相同(如⑬句)❻。試比較:

⑫ a. 你把他罵得〔*pro* 流出眼淚了〕。

b. 你將伊罵甲〔*pro* 流出目屎了〕。

⑬ a. 他寫字寫得〔*pro* 很認真〕。

b. 伊寫字寫甲〔*pro* 真認真〕。

有時候,'得'與'甲'後面的整個補語子句都被省略,例如:

⑬ a. 哎!啾你說得〔φ〕,老年人就不興美一美了?❼

b. 孩兒,看你那鞋爛得〔φ〕,把這雙鞋穿上。

⑬ a. 看你水甲〔φ〕!(看你美得!)❼

---

❻ ⑫到⑫例句裏的'pro'可以說是由「名詞組控制」(NP-control) 的;包括⑫與⑫句的「主語控制」(subject control) 與⑫句的「賓語控制」(object control)。⑬句可以說是「句子控制」(S-control) 的例句,參 Williams (1985)。

❼ ⑬的例句採自李 (1963:400),不過我們把例句裏的'的'字改爲'得'字。

❼ ⑬裏閩南話的例句以及北平話裏與此相對應的說法分別採自鄭等 (1989:102) 與呂等 (1980)。

b.　看你講甲〔φ〕！(瞧你説得！)

我們可以在⑬a,b裏‘φ’的位置分別填入‘那樣’與‘那麼厲害’，也可以在⑫a,b裏‘φ’的位置填入‘按呢’或‘卽呢激動’等字樣，來補述省略的語意。這種結果補語的省略顯示：‘得’字不一定與後面的結果補語形成詞組單元，反而可能與前面的動詞形成複合動詞。同時，閩南語裏‘了、著、甲’的混用卻又暗示，這兩種補語結構的界限似乎越來越模糊。這可能是由於動相詞尾‘了、著’與連詞‘甲’都是輕讀的虛詞，都依附前面的述語動詞存在；因而模糊了原有的詞法身份與句法地位上的區別。而且，結果補語與狀態補語兩種補語結構在語意功能上的差別，仍然可以從句法結構(一個以子句為補語，一個以形容詞組為補語)與語意解釋(一個表示結果，一個表示狀態)中加以判斷。根據這樣的觀察，⑫的詞組結構分析也可能經過動詞‘跑、走’與介詞‘得、甲’的「重新分析」(reanalysis)而成為⑬的詞組結構分析。

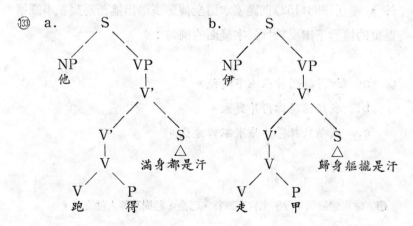

⑬　a. 他 跑 得 滿身都是汗　　b. 伊 走 甲 歸身軀攏是汗

我們甚至可以擬設：在現代北平話裏，動詞（如‘跑’）與引介
結果補語的‘得’合成複合動詞（如‘跑得’），並以子句爲補述語；
一如動詞與引介狀態補語的‘得’合成複合動詞，並以形容詞組爲
補述語。

(七)　最後，我們討論所謂「動詞重複」的問題。根據李 (1963:
　　　402)，漢語裏有時候例外的允許述語動詞在不經過重複的
　　　情形下直接出現於‘得’字前面（如⑬句）或出現於‘得’字的
　　　後面（如⑮句）⑫。

⑬　a.　我們實在感激你得了不得。
　　b.　他掛念小明得不得了。
⑮　a.　……早就恨得小芹了不得。
　　b.　……攻得我也最猛烈。

但是這些例句可能是在方言差異或個人風格影響之下的說法。另
外，李 (1988:152)也從《水滸全傳》裏舉出述語動詞在不經過
重複的情形下出現於‘得’字後面的例句：

⑯　a.　打得蔣門神在地下叫饒。
　　b.　我只咒得你肉片幾飛。
　　c.　我今只殺得你片甲不回才罷。

---

⑫　⑬與⑮的例句分別來自丁西林、巴金、趙樹理等人的文章。

這種用法今天似乎仍然在北平話裏保留❼，而且常成爲不含有表面結構主語的「無主句」，例如：❼

⑬ a. 走得我累死了。
　　b. 氣得他直哆嗦。
　　c. 愁得他吃不下飯，睡不著覺。

我們把⑬句的及物動詞‘打、罵、殺’與⑬句的不及物動詞‘走、氣、愁’❼與‘得’字的組合分析爲「使動及物」（causative-transitive）複合動詞，而把含有這些動詞的句子分析爲「兼語式」或「控制結構」。因此，根據我們的分析，⑬b與⑬a,b的例句分別具有⑬a,b,c的詞組結構。

⑬ a. 我只罵得你〔*pro* 肉片幾飛〕。
　　b. (這一段路)走得我〔*pro* 累死了〕。
　　c. (那一件事)氣得他〔*pro* 真哆嗦〕。

李(1988:147-148)指出：動詞‘得’有表示「致使」的使動用法，並從《水滸全傳》中舉出下面的例句：

⑬ a. 把梯子上去拆了，也得耳根清淨。

---

❼ 在閩南話裏並無相當於北平話⑬的說法。
❼ 例句⑬採自朱 (1984;135-136)。
❼ 其中‘氣’與‘愁’似可分析爲來形容詞的起動與使動用法。

　　b.　若得此人上山，宋江情願讓位。

　　c.　似此怎得城子破？

因此，及物動詞或不及物動詞與這個表示「致使」的‘得’字合成複合動詞是頗有些道理的❼。而且，⑬的詞組結構分析可以說明為什麼在下面⑭與⑭的例句裏，（a）句都「涵蘊」(entail) (b)句與(c)句，而在(d)與(e)句裏停頓語助詞‘啊’都出現於「兼語」（即與補語子句主語‘pro’同指涉的主要子句賓語）或以‘把’字提前的兼語與複合動詞後面❼。試比較：

⑭　a.　我只咒得你〔pro 肉片幾飛〕。

　　b.　你(將被咒得)肉片幾飛。

　　c.　我只把你咒得〔pro 肉片幾飛〕。

　　d.　我只咒得你啊，〔pro 肉片幾飛〕。

　　e.　我只把你咒得啊，肉片幾飛。

⑭　a.　(這一段路)走得我〔pro 累死了〕。

　　b.　我(給這一段路)走得累死了。

　　c.　(這一段路)把我走得〔pro 累死了〕。

　　d.　走得我啊，累死了。

---

❼　湯 (1990a) 有關漢語述補式「使動及物」複合動詞的分析與討論。

❼　李 (1963:399) 也舉了‘你看把朝鮮毀得，什麼都沒有了’、‘把我恨得呀，拳頭捏得水出了’等例句。李 (1963:402) 還指出：這類句式不能重複動詞，例如‘我們剛吃完了飯，你的電話就來了，(*急我)急得我要命’。

e. （這一段路）把我走得啊，累死了。

有時候，這一類結果補語也與例句⑭裏的結果補語一樣，可以省略，例如：⑱

⑭ a. 我看他那個可憐樣子，我就覺得是我累得他〔φ〕。

b. 還不是那個沒有良心東西氣得我〔φ〕。

述語動詞與動相詞尾‘得’（相當於閩南話的動相詞尾‘了、著’）或終點連詞‘得’（相當於閩南話的終點連詞‘甲’，但是在北平話裏經過虛化或語法化而成爲依前成分）組合或連繫的結果，分別以形容詞組（AP）、小句子（IP）或「大句子」（CP）爲補述語，因而無法在這些述語動詞與‘得’字之間或‘得’字之後安挿賓語名詞組。我們把例句⑭裏「動詞＋賓語＋動詞＋‘得’＋補語」的句式分析爲由兩個謂語「動詞＋賓語」與「動詞＋‘得’＋補語」合成的「連謂結構」（serial VP construction）。⑲

⑱ 例句⑭來自曹禺的文章，係由李（1963:400）間接引用。

⑲ 另外一個分析的方法是把「主語＋動詞＋賓語」與「動詞＋‘得’＋補語」分別分析爲「主題」（topic）與「評論」（comment）。但是我們認爲：主題與評論的畫分是屬於句子「信息結構」（information structure）的問題，而不屬於「句法結構」（syntactic structure）的問題；因此，嚴格說來，並不隸屬於「句子語法」（sentence grammar）的範圍。從主題與評論的觀點討論漢語補語結構的分析，參Tsao（1990:445-471）。但是他所提出的「相同主題刪略」（Identical Topic Deletion）與「主題提升」（Topic-raising）都似乎不是「原則參數語法」所能允許或認可的規律。而且,漢語補語結構的關鍵問題，並不在於如何分析其信息結構，而在於如何衍生其句法結構。

⑭ a. 他〔VP〔VP 寫字〕〔VP 寫得〔AP 很漂亮〕〕〕。

b. 他〔VP〔VP騎馬〕〔VP騎〔PP得*pro*（的)屁股都疼起來〕〕〕。

c. 他〔VP〔VP 騎那隻馬〕〔VP 騎〔PP 得 *pro*（的)四條腿斷了一條〕〕〕。

另一方面，含有使動動詞'得'（在意義與用法上與複合動詞'使得'相似，在閩南話裏並無類似的用法)的述語動詞則在'得'字的後面帶上賓語名詞組與補述語子句。由於述語動詞本身已經有賓語，不必也不能在前面重複動詞，例如：

⑭ a. 我(*咒你)只咒得你〔pro 肉片幾飛〕。

b. （這一段路)(*走我)走得我〔pro 累死了〕。

c. （那一瓶酒)(*醉張三) 醉得他〔pro 站不起來了〕。

我們把⑭分析爲「連謂結構」，而不分析爲「動詞重複」，是由於下列幾點理由：

（ i ）「動詞重複」勢必在原來的詞組結構之外創造新的「結構節點」(structural node)；結果非但違背「結構保存的假設」(Structure-preserving Hypothesis)，而且過份膨脹句法的「描述能力」(descriptive power)。

（ii）「動詞重複」的句法動機並不十分清楚，與名詞組的「格位指派」(Case-assignment) 並無絕對的關連；結果「格位指派語」(Case-assigner) 勢必從及物動詞與介詞擴張到不及物動詞(如'他躺了三個小時'、'(我走那一段路)走

得我累死了)'與形容詞(如'他累得半死'、'我忙得沒有工
夫吃飯'),「格位被指派語」(Case-assignee) 也勢必從
名詞組擴張到形容詞組與子句❽。

(iii) 「連謂結構」是漢語裏常見的句式(如⑭⑤句)❽,而且有些含
有補語結構的句子似乎非得分析為「連謂結構」不可(如⑭⑥
句):

⑭⑤ a. 他〔VP 走路〕〔AP 很快〕。

b. 他〔VP 買票〕〔VP 進去〕。

c. 他〔VP 騎馬〕〔VP 抽菸〕。

d. 他〔VP 穿了衣服〕〔VP 出去〕。

e. 他〔VP 站著〕〔VP 看書〕。

f. 他〔VP 閂著頭〕〔VP 走得飛快〕。

⑭⑥ a. 會場上〔AP 一片寂靜〕,〔AP 靜得針落地上的聲音都聽
得見〕。

---

❽ 參 Li (1985) 的有關討論。

❽ 在廣義的「連謂結構」裏,兩個(或兩個以上的)動詞組之間的句法與
語意關係並不相同:(一)有表示兩個動作同時發生或進行(如'他〔又
學英語〕,〔又學日語〕'、'他們〔邊唱歌〕,〔邊跳舞〕'),因而應該分析
為兩個動詞組對等並列的;(二)有表示動作與目的(如'他〔買(了)票〕
〔(就)進場〕'、'我〔推門〕〔出去〕'),因而應該把第二個動詞組分析為
表示目的的狀語子句的;(三)有表示情狀與動作的(如'她〔抿著嘴〕
〔笑了〕'、'他竟然〔戴著帽子〕〔在吃飯〕')的;(四)有兩個動詞組表
示轉接或遞繫的關係而共用同一個論元 (shared argument) 的(如
'我〔有一個弟弟〕〔住在美國〕'、'她〔煮稀飯〕〔給我吃〕');不一而
足。又「連謂結構」似可以分析為動詞組的並列,亦可以分析為句子
的並列。試比較:(→)

(→)(ⅰ) a.

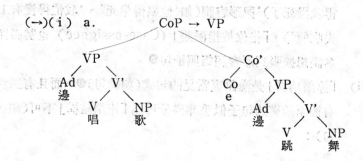

b.

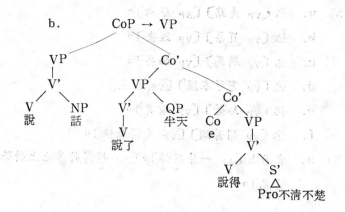

(ⅱ) a.

（→）

b. 昌林〔vp 可把腦袋扭過一邊〕，〔vp 光笑〕─〔vp 笑得傻裏傻氣的〕。

c. 問得大家〔vp 又笑起來〕，〔vp 比剛才笑得更響亮、更長久〕。

d. 他〔vp 笑了〕，〔vp 笑得那麼天真〕。

e. 當初〔vp 我賣給你〕〔vp 賣得真便宜〕。⑧

f. 他講呀、講呀、講的一直講個不停。

g. 他說話，說了半天、說得不清不楚。

這些連謂結構在本質上屬於「並列結構」(coordinate struc-ture)。我們利用下列⑭的詞組結構分析，把「並列詞組」(coor-

_____

(→)　　　　b.

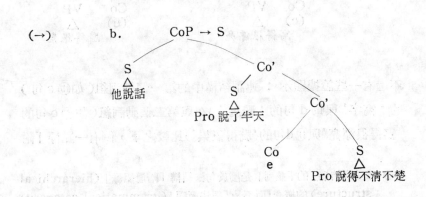

⑧　⑭ a 到 e 的例句來自朱自清、康濯、趙樹理、老舍等人的文章，係由李(1963)間接引用。

dinate phrase; CoP) 納入「X標槓結構」裏面。㉟

(147) a.
```
        CoP→XP
       /      \
     XP       Co'
            /     \
          Co      XP
```

b.
```
            S
          /   \
        NP    CoP/VP
        他    /     \
            VP      Co'
            笑了    /    \
                  Co     VP
                  (e)    △
                      笑得那麼天真
```

c.
```
          S
        /   \
      NP    CoP/VP
      他    /     \
          VP      Co'
          寫字   /    \
               Co     VP
               (e)    △
                   寫得很漂亮
```

d.
```
          S
        /   \
      NP    CoP/VP
      他    /     \
          VP      Co'
          騎馬   /    \
               Co     VP
               (e)    △
                   騎得很累
```

不過有一些證據顯示：連謂結構中的第一個動詞組（如(147)c句）的‘寫字’與(147)d句的‘騎馬’）在與第二個動詞組（如(147)c句的‘寫得很漂亮’與(147)d句的‘騎得很累’）比較之下，倒有一點像「附

㉟ 「並列結構」的「並列」是屬於句法結構「階層組織」（hierarchical structure）的概念，而不是「語法範疇」（grammatical category）的概念。因此，我們權宜的約定：這個時候把並列結構裏面的「連接項」（conjunct）的句法範疇屬性（即(147)a裏的‘XP’與(147)b,c,d裏的‘VP’）都往上「滲透」（percolate）而成為整個並列結構的句法範疇。

加語」(deverbalized adjunct)。例如，在⑭句含有起動結果補語的例句裏，第一個動詞組裏的‘騎馬’既不能形成「把字句」(如⑭b句)，也不能形成「被字句」(如⑭c句)，卻可以加以刪略(如⑭d句)。

⑭ a. 張三ᵢ〔〔騎馬〕〔騎得〔Proᵢ 很累〕〕〕。

b. *張三ᵢ把馬騎得〔Proᵢ 很累〕。

c. *馬被(張三ᵢ)騎得〔Proᵢ 很累〕。

d. 張三ᵢ(騎馬)騎得〔Proᵢ 很累〕。

但是在⑭句含有使動結果補語的例句裏，主句動詞組裏的‘騎得馬’則可以形成「把字句」(如⑭b句)，也可以形成「被字句」(如⑭c句)，但不能加以刪略(如⑭d句)。試比較：

⑭ a. (張三)〔騎得馬ᵢ〔Proᵢ 很累〕〕。

b. (張三)〔把馬ᵢ騎得〔Proᵢ 很累〕〕。

c. 馬ᵢ〔被(張三)騎得〔Proᵢ 很累〕〕。

d. (張三)〔騎得*(馬ᵢ)〔Proᵢ 很累〕〕。

被動句⑭c的不合語法與被動句⑭c的合語法符合「Visser 的原理」(Visser's Generalization)：即只有由賓語控制的述語(⑭a句的‘騎得(馬)’)纔能經過被動變形而成爲「被字句」，而由主語控制的述語(⑭a句的‘騎得’)則無法形成「被字句」[84]。⑭d句裏賓語

---

[84] 參 Visser (1973) 與 Huang (1989b)。

名詞組‘(騎)馬’的可以刪略與⒁d句裏賓語名詞組（‘(騎得)馬’）的可以刪略也符合「Bach 的原理」(Bach's Generalization)：卽只有由主語控制的動詞賓語纔能刪略，而由賓語控制的動詞賓語則不能刪略❽。這些句法事實都與我們以「起動結果補語」可以含有「受主語控制的空號主語」，而「使動結果補語」則必須含有「受賓語控制的空號主語」的結構分析完全契合。

根據以上的討論，我們的分析旣不完全屬於以補語子句述語爲主要述語的「主要述語假設」(the primary predication hypothesis)，也不完全屬於以主要子句述語爲主要述語的「次要述語假設」(the secondary predication hypothesis)，而可以說是把主要子句的述語與補語子句的述語都視爲述語的「雙重述語假設」(the double predication hypothesis)。就「主謂理論」(Predication Theory) 的觀點而言，主要子句的述語與補語子句的述語都是分別以主要子句主語與整個主要子句或補語子句主語(包括空號主語)爲陳述對象的述語，而且在句法表現(如形成否定句或正反問句)上也確實具有述語的句法功能。不過，主要子句的述語是句子的必要成分，而補語子句卻在某種情形(參例句⒀與⒁)下可以省略(或可以用‘φ’或‘Pro’取代)；同時，主要子句的述語還決定補述語的次類畫分。因此，就這點意義而言，主要子句的述語是「主要述語」。我們的分析把主要子句的述語與‘得’字分析爲複合動詞或合成動詞❽，因而能補救前

❽　參 Bach (1979) 與 Huang (1989b)。
❽　我們在這裏暫不做「複合動詞」(compound verb) 與「合成動詞」(complex verb) 的區別。但是出現於並列式複合動詞的‘得’(如‘獲得、取得、贏得、博得’)都讀本調，而動相詞尾‘得’則常讀輕聲而可以分析爲合成動詞，以資區別。

兩種分析的一些缺失，但是仍然有兩個尚待解決的問題：

（i） 既然主要子句的述語與補語子句的述語都是述語，而且主
要子句的述語是主要述語，那麼為什麼補語子句的述語比
主要子句的述語更容易形成否定與正反問句？這個問題似
乎與句子信息結構的「功能背景」（function perspec-
tive），特別是「從舊到新的原則」（From Old to New
Principle）有關；也就是說，代表信息焦點的句子成分
盡量靠近句尾的位置出現。補語子句的述語出現於句尾而
充當句子的「信息焦點」㊾，並形成否定句與正反問句而分
別成為句子的「否定焦點」與「疑問焦點」。另一方面，主
要子句的述語則出現於句中的位置，由於並非信息焦點，
也就不容易成為否定焦點與疑問焦點。同樣的原則也適用
於不含有補語子句的連謂結構，如⑭的例句。在這些例句
裏，一般都由第二個謂語充當信息焦點；而第一個謂語則
除非藉用表示判斷的動詞‘是’或表示發生的動詞‘有’，否
則不容易形成否定句或正反問句。

（ii） 在連謂結構的分析下衍生「動詞＋賓語＋動詞＋‘得’＋補
語」這個句式的結果，由⑮a的深層結構衍生⑮b的「把

㊾ Tsao（1990:450-451）也指出：以含有補語結構的句子做答句時，
主要子句的述語可以省略，而補語子句的述語則不能省略，例如：
(i) A: 老李念書念得怎麼樣？ B: (念得)不太好。
(ii) A: 你的工作怎麼樣？ B: (做得)很有意思。

字句」與⑮c,d 的「主題句」時會多出一個'騎'而必須加以
刪除：

⑮ a.　他騎那隻馬騎得四條腿斷了一條。

　　b.　他把那隻馬(*騎)騎得四條腿斷了一條。

　　c.　他那隻馬(*騎)騎得四條腿斷了一條。

　　d.　那隻馬他(*騎)騎得四條腿斷了一條。

雖然「疊音刪簡」（haplology）在漢語句法裏有其他類似的事例
（例如'他已經吃了飯了→他飯已經吃(*了)了'裏完成貌詞尾'了'
與句尾語助詞'了'之間的疊音刪簡、'他給錢給我→他給(*給)我
錢'裏動詞'給'與終點介詞'給'之間的疊音刪簡、以及'記得、認
得、懂得、捨得、吃得'等含有動相詞尾'得'的述補式複合動詞
在中間插入表示可能的'得'時，經過'(記)得得'的疊音刪簡而變
成'(記)得')，但是這樣的處理方式並不能令人感到滿意。不過
「動詞重複」這個句法手段也相當任意武斷，不見得比「疊音刪
簡」這個語音處理方式⑧⑧來得高明。因此，這個問題的解決恐怕
要等待將來更進一步的研究。

五、漢語的結果補語

在前一節有關狀態補語的分析裏，我們附帶的討論了不少有

---

⑧⑧　「疊音刪簡」應該在「語音形式」部門適用，以便從「表層結構」衍生
「表面結構」。

關結果補語的句法結構與語意功能的問題。如前所述，狀態補語與結果補語在句法功能與表現方面具有許多共同特徵。因此，在這一節裏，我們簡單整理漢語結果補語的特徵，並扼要評介 Huang (1988) 有關「主要述語假設」的批評與他自己的分析或論證。

「結果補語」（resultative complement）又稱爲「程度補語」（extent complement），在語意上表示動作與變化的結果或變化與事態的程度，常可以用英語 "so much so that S" 來翻譯。結果補語的主要子句述語可能是動詞（包括動態與靜態動詞）或形容詞；而補語子句本身也沒有什麼特別的限制，主語可能是顯形名詞組或是空號代詞，述語也可能是動詞或形容詞。漢語的結果補語大致可以分爲三類。

(一)第一類結果補語包括表示「程度」的‘很、慌、厲害❽、要命、要死、可以、不行、不成、不得了、了不得、…一樣、…比…還…、像…、…似的’等，似乎可以用「數量詞組」（quantifier phrase; QP）這個句法範疇來概括起來。這個「概化的數量詞組」（generalized QP），除了一般的數量詞組以外，還包括程度副詞與比較結構等。這類結果補語多半出現於描寫性的形容詞或動詞（如‘尊敬、敬佩、喜歡、同情’）的後面。由於補語本身是表示程度的，所以帶有這類補語的主要子句述語都不能在前面加‘很、更、太、有點、相當、特別、非常’等程度副詞或在後

---

❽ 李(1963:401)指出：在這一類補語裏，‘厲害’是唯一可以用程度副詞修飾（如‘熱得更厲害些’）而且可以用正反問句提問（如‘熱得厲害不厲害？’）的形容詞。

面加'些、極、了'等程度副詞來修飾。

(二)第二類結果補語是由表示「起動」的不及物動詞來引介，因而不能直接帶上賓語名詞組，而只能帶上以顯形名詞組或空號代詞爲主語的補語子句；而且，空號代詞可以出現於補語子句的賓語位置(如'他的字寫得〔誰也看不懂 pro〕')。有關這一類結果補語請參考前面的例句⑧⑴、⑧⑵、⑧⑷、⑧⑸、⑼⑺、⑼⑻、⑼⑼、⑴⑵⑺、⑴⑵⑻、⑴⑵⑼、⑴³⑴、⑴³⑴以及⑴⑵⑹與⑴³³的詞組結構分析。

(三)第三類結果補語是由表示「使動」而可以帶上賓語名詞組的及物動詞引介而必須由以空號代詞爲主語的子句來充當；如前面出現的例句⑧⑶，並參考例句⑻⑹、⑻⑼、⑼⁰、⑼⑴與⑴⁴⑵。

Huang (1988) 對於「主要述語假設」的批評，不僅適用於狀態補語，而且也適用於結果補語。除此以外，他還針對⑸⑴的例句討論了「主要述語假設」與「次要述語假設」這兩種分析之間的優劣。

⑸⑴ a. 醉得張三站不起來。

b. 激動得張三說不出話來。

Huang & Mangione (1985) 認爲：根據「次要述語假設」，⑸⑴的例句應該具有⑸⑵的詞組結構分析，並且主要子句的空號主語'pro'與補語子句的顯形主語'張三'之間具有指涉相同的關係。由於⑸⑵裏主要子句的空號代詞都「片面的C統制」(asymmetrically c-command) 子句的顯形主語，結果必然違背「約束原則」(Binding Principle) 的「條件C」(Condition C)；卽

「指涉詞」（R-expression），如'張三'，不得「受到約束」（be bound ；即受到同指標前行語的Ｃ統制），因而被判爲不合語法。但是⑤是合語法的句子，因此⑤的詞組結構分析顯然有瑕疵。

⑤ a. *pro* 醉得〔張三站不起來〕。

　　b. *pro* 激動得〔張三説不出話來〕。

但是 Huang（1988:293-300）卻認爲⑤的例句與⑤的例句並不同義。試比較：

⑤ a. 張三醉得〔*pro* 站不起來〕。

　　b. 張三激動得〔*pro* 説不出話來〕。

在⑤句句首的位置裏，有一個不具語音形態或「未指明」（implicit) 的「起因」（causer ；如'那一瓶酒'或'這一件事'），因而這兩個例句都表示「使動」。另一方面，在⑤的例句裏卻沒有這種未指明的「起因」的存在，因而這兩個例句都只能表示「起動」。換句話説，在⑤的詞組結構分析裏，空號代詞應該代表未指明的「起因」，因而不可能與'張三'同指標，也就不可能會發生違背「約束原則條件Ｃ」的問題。

　　根據我們的分析，例句⑤的詞組結構分析應該是⑤，出現於主語位置的空號代詞（pro）代表與顯形主語'那一瓶酒、那一件事'相對應的「未指明的起因」。

⑮ a. ｛那一瓶酒/pro｝醉得張三〔pro 站不起來〕。

　b. ｛那一件事/pro｝激動得張三〔pro 說不出話來〕。

Huang（1988:299）的分析，基本上與我們的分析相似，雖然他並沒有對'得'字的來源與功能做很清楚的交代。根據他的分析，⑮a的深層結構與表層結構分別如⑮a與⑮b。

⑮ a.

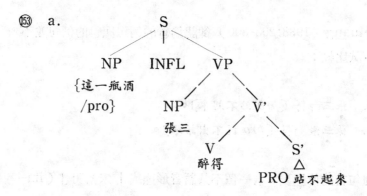

b.

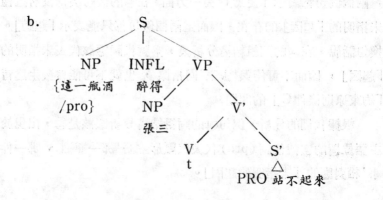

在⑯ a 的深層結構裏，賓語名詞組'張三'出現於動詞組裏指示語的位置（如此'張三'才可以「C 統制」並「控制」大代號 (PRO) 而與此同指標），而動詞'醉得'也從動詞組主要語的位置移入小句子主要語的位置❾。

六、'得'字與「得字句」的歷史演變

我們對於現代漢語的可能補語、狀態補語與結果補語，提出了如上的觀察與分析。但是這種「共時」或「斷代」(synchronic) 的分析，能否獲得「異時」或「連代」(diachronic) 的證據來支持？岳俊發(1984)認為動相標誌的'得'❾起源於動詞，而本義是'獲得、得到'。在甲骨文與金文裏，'得'已經有這種意義的述語動詞用法，例如：❾

⑭　a.　貞，其得盒。
　　b.　乃弗得。

可見，此時的'得'字已經有及物動詞（如⑭ a 句）與不及物動詞（如⑭ b 句）用法。到了先秦時期，'得'字可以出現於另一動詞的前面，或單獨出現而有表示'可能'的情態(助)動詞用法，例如：

---

❾　這種分析與衍生過程基本上與 Larson（1988）及 Bowers（1989）的分析相似。

❾　岳（1984）把虛化的'得'字泛稱為「助詞」。

❾　本節例句均從岳（1984）間接引用，並省略例句的典籍來源。

⒂ a. 子曰："里仁為美，擇不處仁，焉得知？"

　　b. 信禮之亡，欲免得乎？

這種'得'的用法可能是現代漢語裏引介可能補語的'得'字之先聲。自漢代開始，'得'字也開始出現於另一動詞的後面，而產生「動詞＋得」的及物動詞與不及物動詞用法，例如：⓽

⒃ a. 其後有人盜高廟前玉環，捕得。

　　b. 民採得日重五銖之金。

⒃a的'捕得'是不及物用法（＋〔＿＃〕），而⒃b的'採得'則是及物用法（＋〔＿NP〕）。到了東漢末，以'得'字為第二項詞根的及物複合動詞用法越來越普遍，不但以名詞組為補述語（如⒄a,b），而且還以數量詞組（＋〔＿QP〕；如⒄c)甚或動詞組（＋〔＿VP〕；或以空號代詞為主語之子句，＋〔＿S〕)為補述語（如⒄d)。試比較：

⒄ a. 先嫁得府吏，後嫁得郎君。

　　b. 醫得眼前瘡，剜却心頭肉。

　　c. 賣得數斛米。

　　d. 牡丹枉用三春力，開得方知不是花。

⓽ 王力先生以嵇康《養生論》中'得'與'致'的對舉為例，指出這種'得'字具有很明顯的'獲得'的意義。參岳（1984:11）。

在這些例句裏，'得'字的'獲得'意義已經明顯地消失，而且逐漸虛化而具有動相標誌的句法功能。這一點，從例句⑰b裏'(醫)得'與'(剗)卻'的對舉可知一斑❹。從南北朝到唐代中葉，這種'得'字的虛化用法繼續擴大使用範圍，除了以數量詞組（如⑱a,b）與動詞組（如⑱c句）為補述語以外，還以形容詞組（+〔__AP〕，如⑱d句）、趨向動詞'來'（+〔__V〕，如⑱e句）與子句（+〔__S〕，如⑱f,g,h）為補語。例如⑱i的'攄得你來'（＝攄得你〔Pro 來〕），甚至可能是「使動及物」（卽+〔__NP S〕）用法的先驅。試比較：

⑱ a. 鋤得五遍已上，不須搆。

　　b. 李性耐久，樹得三十年，老雖枝枯，子亦不細。

　　c. 平子鑑力，爭得脫，踰窗而走。

　　d. 清泉洗得潔，翠靄侵來綠。

　　e. 彩贅揣瘤剜得來，莫怪家人畔邊笑。

　　f. 別來老大苦修道，煉得離心成灰。

　　g. 練得身形似鶴形。

　　h. 映得美蓉不是花。

　　i. 況是攄得你來，交我如何賣你。

另一方面，岳（1981:13）也指出：先秦後期裏出現的情態用法的'得'字（如前面⑮的例句），在漢代裏獲得「動詞＋得」（如

---

❹ 參岳（1984:11）。

⑲a句）與「動詞＋（賓語）＋不＋得」（如⑲b,c句）的用法，在南
北朝更有「動詞＋得＋賓語」（如⑲d句）的用法，而到了唐代中
葉則更出現「動詞＋得＋動詞」（如⑲e,f句）與「動詞＋得＋形
容詞」（如⑲g句）的用法。試比較：

⑲　a　擊城之人，〔誠〕如何耳；使誠若申包胥，一人擊得。
　　b．田為王田，賣買不得。
　　c．今壹受詔如此，且使妄搖手不得。
　　d．大率三升地黃，染得一匹御，地黃多，則好。
　　e．氣象四時清，無人畫得成。
　　f．氣待路寧歸得去，酒樓漁浦重相期。
　　g．劉項真能釀得平。

情態用法的‘得’字，似乎也從原先表示‘可能’的動詞，逐漸虛化
而成為表示‘動作完成的可能性’的助詞；因而與⑱的例句裏從原
先表示‘獲得’的動詞逐漸虛化而成為表示‘動作完成並有所得’
的‘得’字形成相輔相成的關係。我們似乎可以擬設：⑱的例句是
現代漢語狀態補語與結果補語的起源，而⑲的例句則是現代漢語
可能補語的前身。這幾種補語，從漢代經過魏晉南北朝而到唐代
中葉時，已經成型而趨向於固定化。無論在句法結構與語意功能
上，都與這些補語相對應的現代漢語各種補語非常相似。

七、結　語

　　以上從北平話與閩南話比較分析的觀點，對於漢語的補語結

構，包括可能補語、狀態補語與結果補語，做了相當詳盡的分析
與討論。我們發現在北平話裏引介這三種補語結構的詞語都經過
語音上的弱化與語法上的虛化而變成詞法身分未明、句法功能曖
昧、而語法內涵模糊的‘得’字。另一方面，在閩南話裏則由動詞
意義與作用都相當明確的動詞‘會’與‘𣍐’來分別引介表示可能與
不可能的補語。閩南話並用由動詞‘了’與‘著’虛化得來的動相詞
尾來引介狀態補語，而由介詞兼連詞的‘甲’（在句法與語意功能
上與另一個在閩南話與北平話裏兼充介詞與連詞的‘到’字相近）
來引介結果補語。結果，針對北平話的虛字‘得’，閩南話則有動
詞‘有、會’、動相詞尾‘了、著’與介詞兼連詞‘甲’這三種不同的
對應關係。

我們利用北平話‘得’字與閩南話相關字的對應關係，爲北平
話述語動詞與補語成分之間在句法上的結構關係做了如下的擬設
，並依據這個擬設來分析、研究、討論三種補語結構在句法結構
、語法功能與語意內涵上的特徵。

（一）　我們把出現於「動詞＋‘得’＋可能補語」裏面的‘得’字分
　　　　析爲由動詞‘得’（＝‘得到、獲得’）的情態用法演變而來的
　　　　「詞嵌」或「中加成分」（infix）⑨⑤。在閩南話裏與這個‘得
　　　　’字相對應的‘會’⑨⑥則至今仍然具有動詞的意義與作用。

（二）　我們把出現於「動詞＋‘得’＋狀態補語」裏面的‘得’字分
　　　　析爲表示完成或終結的動相詞尾（在句法與語意功能上與

---

⑨⑤　關於表示可能的‘得’與‘不’在漢語裏的由來與演變，參呂(1984:132-
　　144)。

⑨⑥　閩南話裏另有中加成分‘有’（如‘聽有著、看有起’）來表示‘已發生’。

現代漢語的動相詞尾‘到’或‘了’相近）；結果，動詞與動相
詞尾‘得’合成複合動詞，並在次類畫分上以形容詞組爲補
述語（卽＋〔__AP〕）。在閩南話裏與北平話動相詞尾‘得’
相對應的‘了、著’，不但確實具有動相詞尾的功能（由動
詞與‘了、著’合成的複合動詞中間還可以插入表示可能的
‘會’與表示不可能的‘獪’），而且都是從完整的動詞虛化
而來的。

(三)　我們把結果補語分成三類。第一類結果補語由表示終點或
程度的‘得’字引介，並以概化的數量詞組爲補述語（卽＋
〔__QP〕）。這一類結果補語的‘得’字在語音與語意上與表
示終點的介詞‘到’（‘到……的程度’）相似。由於補述語是
由數量詞組充當，所以除了極少數的例外（如‘厲害’）以外
，補語本身不能形成否定句或正反問句。第二類結果補語
由表示終結或結果的‘得’字引介，並以子句爲補述語（卽
＋〔__S’〕）。補語子句的主語可能是顯形名詞組，也可能
是空號代詞；而空號主語可能指涉主要子句的主語、賓語
或整個主要子句。這一類結果補語的‘得’字與表示終點或
結果的連詞‘到’（‘到……的結果或地步’）在句法與語意功
能上相似。但是從‘得’字本身的歷史演變看來，似乎也是
由表示‘獲得、得到’的動詞虛化成爲動相詞尾，並與前面
的述語動詞合成複合動詞。第三類結果補語由主句述語動
詞與表示‘致使’的補語動詞‘得’合成使動及物動詞，並在
次類畫分上以賓語名詞組與含有空號主語的子句爲補述語
（卽＋〔__NP S〕）。這一類複合動詞在本質上屬於「賓語控

制動詞」（object-control verb），因而結果補語的空號
主語必須受到主要子句賓語的控制。在閩南話裏，與引介
北平話前兩類結果補語的‘得’字相對應的訓讀字‘甲’（或
‘敎’），兼充表示終點的介詞或連詞，在句法與語意功能
上與‘到’字極爲相似，甚至可能由‘到’字演變與虛化而來
。至於第三類結果補語，則無法在閩南話裏找到相對應的
用法，因而可能是屬於比較「有標」（marked）的句法結
構。

(四)　我們對於「主要述語假設」與「次要述語假設」之爭，採取
較爲折衷的立場而提議「雙重述語假設」。我們認爲無論
是主要子句的述語或是補語子句的述語都是「主述理論」
（Predication Theory）上的述語；不但在主要子句的主
語與述語之間存在著主述關係，而且在主要子句與補語子
句之間也存在著主述關係。我們把因動詞重複所產生的前
後兩個述語之間的句法關係，暫且分析爲廣義的「連謂結
構」的關係，因爲在我們的語感裏主要子句的述語與補語
子句的述語都分別做了兩個相關但不相同的「敍述」（pr-
edication）或「主張」（assertion），如‘他昨天〔騎(了)
那隻馬〕(，)〔騎得四條腿都斷了一條〕’❾。「連謂結構」
的分析雖然可以避免「動詞重複」的句法手段，卻難免要
訴諸「疊音刪簡」的語音策略。關於這個問題的解決，尚
待將來更進一步的研究。

---

❾　同樣的，含有期間補語‘半天’的例句‘他〔做作業〕〔做了半天〕，〔還
沒有做完〕’則可以分析爲含有三個敍述或主張。

(五) 補語子句的述語，在動詞或形容詞的功能與作用上(例如
動貌詞尾的附加，以及否定句與正反問句的形成)，似乎
強過主要子句的述語。以靠近句尾的句法成分爲信息焦點
的「從舊到新的原則」似乎是大多數自然語言共同遵守的
功能原則。就是在主要子句裏賓語名詞組的前後出現的兩
個動詞中間，我們也只能把後一個動詞反覆重疊來強調動
作的連續(如'他講話，講呀、講呀、講的講了半天')，卻
不能把前一個動詞反覆重疊來達到同樣的效果(如'*他講
呀、講呀、講的講話講了半天')❾❾。由於在一般「無標」
(unmarked) 的情形下，補語子句的述語都充當「信息焦
點」，所以比主要子句的述語更容易形成否定句或正反問句
而分別充當「否定焦點」與「疑問焦點」。也由於主要子句
的述語在信息結構上居於次要的地位，而由補語子句的述
語傳達主要的信息，所以主要子句的述語不容易或不必要
成爲「信息焦點」。但是如果有需要，仍然可以借助'(是)
不是、(有)沒有、(會)不會、(能)不能'等來形成否定句
與正反問句，而這個時候補語子句的信息內涵仍然包含於
「否定」與「正反疑問」的範域中。

這篇文章是筆者個人對於漢語方言比較語法的第一次試探。
由於個人對漢語「異時」(diachronic) 的歷史演變與漢語方言
「共時」(synchronic) 的描述都缺少研究與造詣，所以這篇文

---

❾❾ 如果把後一個動詞加以省略而說成'?? 他講呀、講呀、講的講話了半
天'就似乎較能接受。

章雖然提出了"大膽的假設"，卻恐怕忽略了"小心的求證"。我們知道要眞正了解現代漢語，不但必須追溯根源探討漢語演變與歷史過程，而且還要涉獵全國各地研究漢語方言的事實眞相。我們更明白絕對不能以閩南話一個方言來論斷北平話或現代漢語的補語結構。筆者希望這篇文章能引起大家對漢語方言比較語法的興趣與關心，更希望大家能從衆多的漢語方言中提出各種佐證與反證來討論漢語的補語結構，以便眞正達到拋磚引玉的效果。

　　＊　本文初稿原擬於1990年 7 月20日至22日在中央研究院歷史語言研究所召開的第一屆中國境內語言暨語言學國際術研討會上發表，後來因爲在國外講學而未能及時回國而作罷。

漢語述補式複合動詞的結構、功能與起源
(The Structure, Function and Origin of V-C Compound Verbs in Chinese)

一、前　言

　　傳統的漢語語法，一般都把述補式複合動詞分析為‘由表示動作的動詞或形容詞’與‘表示結果的動詞或形容詞’合成的複合動詞；並在詞法功能上以述語動詞或形容詞為主要語，形成「主要語在左端」（left-headed）的「同心結構」（endocentric construction），例如：

① 「聽v 到v」v；「移v 開v」v；「看v 見v」v；

「跌v 倒v」v；「擴v 大A」v；「提v 高A」v；

「吃v 飽A」v；「哭v 濕v」v；「忙A＞v 壞A」v

其實，漢語述補式複合動詞的內部結構、外部功能與語意作用都相當的豐富而複雜，值得我們做更深入的分析與討論。

廣義的漢語述補式補合動詞可以大別為下列五類：

（一） 由述語動詞與「動相標誌」合成的「述補式動詞」，如‘看完、聽到、賣掉、吃光、用盡、認得、迷住、用著’等。

（二） 由述語動詞與「移動」及「趨向」動詞合成的「述補式片語動詞」，如‘提上(來)、放下(去)、走進(來)、跑出(去)、爬過(去)、拿起(來)’等。

（三） 由述語及物動詞與補語動詞或形容詞合成的「述補式及物動詞」，如‘看見、聽懂、學會、推倒、吃飽、喝醉’等。

（四） 由述語不及物動詞與補語動詞或形容詞合成的「述補式不及物動詞」，如‘跌倒、跑動、站穩、走慢、走軟、走挺、走紅’等。

（五） 由述語動詞或形容詞與補語動詞或形容詞合成的「述補式使動動詞」，如‘擴大、縮小、降低、跌斷、累壞、哭濕、喊啞’等。

以下就這五種述補式補合動詞的內部結構、外部功能與語意作用分別加以討論。

二、由述語動詞與動相標誌合成的「述補式動詞」

漢語裏表示動作的到達、完成、處置、停留等的「動相標誌」

（如‘到、完、掉、好、光、盡、得、住、了、消、及、著、過、起’等）與「動貌標誌」（如‘了、著、過’等）不同：（一）前者常讀本調（如‘了（liao∨）、著（zhao∨）、過（guo∖）’）❶，而後者則常讀輕聲（如‘了（le.）、著（zhe.）、過（gue.）’）；（二）動詞與動相標誌之間可以出現表示可能與不可能的‘得、不’（如‘看{得/不}到、完{得/不}了、用{得/不}著、賽{得/不}過’），而動詞與動貌標誌之間則不能出現表示可能與不可能的‘得、不’；（三）如果二者同時出現，那麼動相標誌經常出現於動貌標誌（‘了’）的前面（如‘聽到了聲音了、看完了書了’）。❷

　　動相標誌係由動詞虛化而來，在句法功能上與動貌標誌一樣屬於不能獨立出現的「黏著語」（bound form），在語意作用上也不再表示動作或行為而只表示「動相」（phase）。由行動動詞（如‘看’）與動相標誌合成的述補式動詞在語意類型上不再屬於「行動動詞」（activity verb），而屬於「完成動詞」（accomplishment verb）（如‘看完’）或「終結動詞」（achievement verb）（如‘看到’）。因此，述補式動詞不能與表示持續的期間補語連用。試比較：

② ａ． 他看書（看了三個小時）。（行動動詞）

---

❶ 但是‘認得、記得’等的‘得’常讀輕聲，而且北京人中亦有把‘住、掉’等讀輕聲的。

❷ 動相標誌與動貌標誌‘著、過’等則由於語意上的限制，所以不容易一起出現。

    b. 他看完書(？看完了三個小時)。(完成動詞) ❸

      (比較：他花了三個小時的時間看完了書。)

    c. 他看到書(*看到了三個小時)。(終結動詞)

述補式動詞包括及物動詞(如'看完、聽到、賣掉')與不及物動詞(如'死掉、睡著')，而及物動詞中的完成動詞一般都可以出現於「把字句」，但是終結動詞卻很少出現於「把字句」。試比較：

③ a. 他把{書看完/飯吃光/作業做好/局勢穩住}了。

    b. *他把{書看到/獎品得到/朋友認得/答案記得}了。

另外，述補式動詞只有「起動」(inchoative) 意義，而沒有「使動」(causative) 作用；因而只能充當單純的及物動詞，不能充當使動及物動詞。試比較：

④ a. 他看完了書；書*({他/Pro})看完了。

    b. 我對不起朋友；*朋友對不起。

    c. 他提高了我的待遇；我的待遇提高了。

    d. 我累壞了身體；(我的)身體累壞了。

    根據以上的討論，我們可以用下面⑤的樹狀結構分析來表示這類述補式動詞的內部結構與外部功能。

---

❸ 如果②b的例句通，也只能解釋為'看完書'（動作的完成）之後經過了三個小時，而不是'看書'的動作持續了三個小時。

⑤ a.

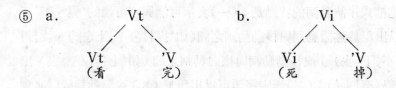

⑤的結構分析表示：述補式動詞的主要語是述語動詞（包括及物動詞（Vt）與不及物動詞（Vi）），而動相標誌（'V）❹則具有補述語的功能，因而形成主要語在左端的同心結構。由於主要語是動詞，所以動詞的句法屬性（包括詞類、次類畫分、論旨屬性等）都經過「屬性滲透」（feature percolation）輸送到整個述補式動詞（卽結構樹頂端的'Vt'或 'Vi'）上面來。

三、由述語動詞與'移動'及'趨向'動詞合成的「述補式片語動詞」

漢語的述語動詞可以以表示'移動'的動詞（如'上、下、進、出、回、過、起'等）及表示'趨向'的動詞（如'來、去'）爲補語合成「雙詞動詞」或「三詞動詞」（如'提上(來)、放下(去)、走進(來)、跑出(去)、爬過(去)、拿起(來)、跑來、跑去、跳來、跳去'等）；述語移動動詞也可以以趨向動詞爲補語合成「雙詞動詞」（如'上來、下去、進來、出去、過來'等）。這一類述補式動詞在句法結構與語意功能上，頗與由英語動詞與介副詞合成的「片語動詞」（phrasal verb）相似，故稱「述補式片語動詞」。這一類

---

❹ 我們用詞類變數'X'左上角的一撇（卽''X'）來表示「語素」（morpheme）或「語」（morph）。

述補式片語動詞的特點是：（一）表示可能與不可能的'得、不'可以出現於述語動詞與移動動詞之間（如'提{得/不}上（來）、放{得/不}下（去）'）或移動動詞與趨向動詞之間（如'上{得/不}去、出{得/不}去'）；（二）無定賓語可以出現於（ａ）述語動詞後（如'拿了一本書出來'，'飛了一隻蜜蜂進來'）、（ｂ）移動補語與趨向補語之間（如'拿出一本書來'、'飛進一隻蜜蜂來'）、（ｃ）趨向補語之後（如'拿出來一本書'、'飛進來一隻蜜蜂'）；（三）有定賓語可以出現於（ａ）述語動詞之後（如'拿那一本書出來'、'趕那一隻蜜蜂出去'）與（ｂ）移動補語與趨向補語之間（如'拿出那一本書來'、'趕出那一隻蜜蜂去'）；（四）處所賓語只能出現於移動補語與趨向補語之間（如'拿出閱覽室去'、'飛進屋裏去'）；（五）出現於述語動詞後面的移動補語與趨向補語常讀輕聲；（六）述補式片語動詞的移動補語與趨向補語除了表示「字面意義」（literal meaning）以外，還可以表示「引申」（extended）或「譬喻」（figurative）意義（試比較：'跳起來；胖起來'、'跳下去；瘦下去'、'跑過來；醒過來'、'跑過去；昏過去'等）。

根據以上的分析，我們可以用下面⑥的樹狀結構分析來表示這類述補式動詞的內部結構與外部功能。❺如果我們參照 Larson（1988）與 Bowers（1989）有關謂語結構的分析，讓賓語名詞組出現於動詞組（VP）指示語的位置，而讓動詞組成為主要語「述詞」（predicate）❻的補述語並與出現於述詞組指示語位

---

❺　移動補語與趨向補語都在句法與語意功能上經過相當的虛化而讀輕聲；因此，在詞法上視為語素而賦予 ''V' 的地位。

❻　或為主要語「動貌」（aspect）的補述語，並與出現於指示語位置的主語名詞組合成「動貌詞組」（aspect phrase; AsP）。

⑥ a.

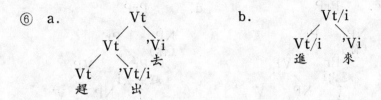

置的主語名詞組合成「述詞組」(predicate phrase; PrP)；那麼⑥a的述語動詞'趕'(Vt)，與移動補語'出'的複合'趕出'(Vt)，以及述語動詞'趕'、移動補語'出'與趨向補語'去'的複合'趕出去'(Vt) 都可以移入述詞組主要語的位置而衍生⑦ b、c、d 的結構。

⑦ a.

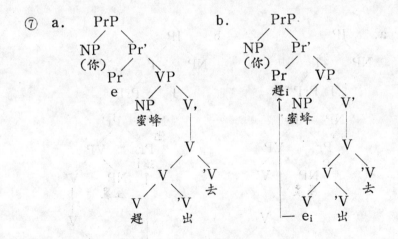

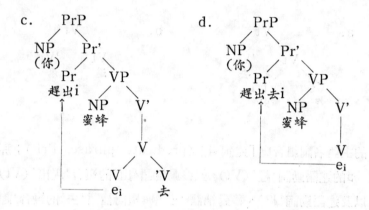

同樣的，⑧a、⑧b 與 ⑧c 分別代表'他進屋裏來'這個句子的「基底結構」、「中間結構」與「表面結構」。

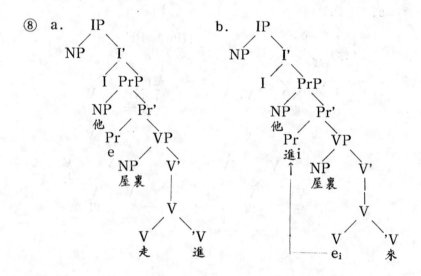

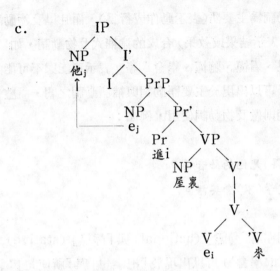

c.

述補式片語動詞與述補式動詞不同，除了主要語述語動詞的句法
屬性可以往上滲透以外，補語移動動詞的句法屬性也似乎可以往
上滲透而成爲述補式片語動詞句法屬性的一部份。因此，雖然述
語動詞‘跑’是不及物動詞，但是如果以及物移動動詞‘進’爲補語
形成片語動詞，那麼就可以帶上處所賓語，如‘他跑進教室去’。
❼

四、由述語及物動詞與補語動詞合成的「述補式 及物動詞」

　　由述語及物動詞與補語動詞或形容詞合成的及物複合動詞叫
做「述補式及物動詞」。述補式及物動詞，可以分爲下列三類：

---

❼　不過不及物動詞‘跑’也有‘跑厠所’、‘跑短跑’等及物用法。

（一） 以及物動詞為主要語（表示動作或行為），而且以及物動詞
　　　 為補語（表示結果或效果）合成的述補式及物動詞，如‘看
　　　 見、聽見、看懂、聽懂、學會’等。表示可能與不可能的
　　　 ‘得，不’可以出現於主要語動詞與補語動詞之間，而整個
　　　 複合動詞則做及物動詞使用，例如：

⑨　a.　你聽(得)見他的聲音嗎？
　　b.　我一定學(不)會英語。

這一類複合動詞亦有「動態」（actional）與「靜態」（stative）之
分：動態動詞（如‘學會’）可以出現於「把字句」與「祈使句」；而
靜態動詞（如‘聽見’）則不能出現於「把字句」與「祈使句」。試比
較：

⑩　a.　*你把他的聲音聽見了嗎？；*趕快聽見他的聲音！
　　b.　我一定要把英語學會；趕快學會英語！

（二） 以及物動詞為主要語，而以不及物動詞為補語的述補式及
　　　 物動詞，如‘推倒、敲開、打死’等。這一類動詞的主要語
　　　 動詞仍然表示主事者主語的動作，補語動詞表示客體或受
　　　 事者賓語的結果，而整個複合動詞則做及物動詞使用。表
　　　 示可能與不可能的‘得，不’可以出現於主要語與補語動詞
　　　 之間，例如：

⑪　a.　我推(不)倒這一棵樹。

　　b.　你能敲(得)開這一個胡桃嗎?

這一類及物動詞大都屬於動態動詞,因而可以出現於「把字句」與
「祈使句」,例如:

⑫　a.　我終於把這一棵樹推倒了;趕快推倒那一棵樹!

　　b.　他一下子把胡桃敲開了;請替我敲開胡桃!

(三)　以及物動詞為主要語來表示主事者主語的動作,而以不及
　　　物動詞或形容詞為補語來表示主事者主語的結果或狀態,
　　　如'吃飽、喝醉、看慣、住慣'等,例如:

⑬　a.　他吃飽了飯、喝醉了酒,就回去了。

　　b.　我看慣了這些人,也住慣了這個地方。

這一類及物動詞的補語動詞表示主事者主語的結果或狀態,因而
與上一類(卽(二)類)補語動詞的表示客體或受事者結果的情形不
同。試比較:

⑭　a.　我推這一棵樹,這一棵樹倒。

　　b.　他敲胡桃;胡桃開。❽

───────────

❽　我們一般都不說'胡桃開',可見這裏的'開'字已經虛化了。

⑮　a．他吃了飯，他飽了；他喝了酒，他醉了。

　　b．我看了這些人，我慣了；我住了這個地方，我慣了。

這一類及物動詞可以與'得，不'連用，但是不能出現於「把字句」
或「祈使句」。試比較：

⑯　a．他已經把飯{吃完/*吃飽}了；飯，趕快{吃完/*吃飽}！

　　b．我終於把酒{喝掉/*喝醉}；酒，想辦法{喝掉/*喝醉}！

「述補式及物動詞」與第一類「述補式動詞」一樣，只有使動及物
用法，而沒有起動不及物用法。

　　以上三類述補式及物動詞的內部結構與外部功能，可以分別
用⑰a、b、c 的樹狀結構分析來表示：

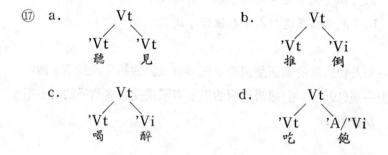

⑰　a.

```
        Vt
       /  \
     'Vt   'Vt
     聽     見
```

b.

```
        Vt
       /  \
     'Vt   'Vi
     推     倒
```

c.

```
        Vt
       /  \
     'Vt   'Vi
     喝     醉
```

d.

```
        Vt
       /  \
     'Vt   'A/'Vi
     吃      飽
```

五、由述語不及物動詞與補語動詞或形容詞合成
　　的「述補式不及物動詞」

　　由述語不及物動詞與補語動詞或形容詞合成的不及物複合動

詞，叫做「述補式不及物動詞」。這一類述補式複合動詞與前三類
述補式複合動詞不同，只能充當不及物動詞用，因而不能帶上賓
語。述補式不及物動詞可以分爲下列兩類。

(一)　以表示動作的不及物動詞爲主要語，而以表示結果或狀態
　　　的不及物動詞或 形容詞爲補語的述 補式不及物動詞 ，如
　　　'跌倒、跑動、站穩、走慣'等。這一類述補式不及物動詞
　　　，一般都可以在主要語與補語之間插入表示可能與不可能
　　　的'得、不'，但是不能帶上賓語或出現於「把字句」，例
　　　如：

⑱　a.　他不但跑不動，而且也站不穩。
　　b.　?*站穩你的身體；?*設法把你的身體站穩。
　　c.　?*我走不慣這一條路❾ ；*設法把這一條路走慣。

(二)　以表示動作的不及物動詞爲主要語，而以表示變化或情狀
　　　的形容詞爲補語的述補式不及物動詞，例如近年來在股市
　　　行情上常用的' 走軟、走疲、走俏、走紅、走黑、走挺、
　　　看好、看俏 '等。這一類述補式不及物動詞的主要語動詞
　　　，如'走、看'在語意與句法上都已經虛化，不再是不及物
　　　或及物行動動詞；而且無法在主要語與補語之間插入' 得
　　　、不'，也無法帶上賓語或出現於「把字句」，例如：

────────

❾ '這一條路，我走不慣' 這個例句似乎可以通，但在這個例句裏'這一
　條路'可能是在深層結構直接衍生的主題 ，而不是複合動詞'走(不)
　慣'的賓語。

⑲　a.　銀行股繼續走俏，但是水泥股却開始走疲了。

　　b.　?*你想績優股會走得俏嗎？

　　c.　*你有沒有辦法走俏銀行股？

述補式不及物動詞的主要語所表達的動作與補語表達的結果或變化都以主語為陳述的對象，而完全不涉及賓語的存在。這兩類述補式不及物動詞的內部結構與外部功能，可以分別用⑳a、a'、b、b' 的樹狀結構分析來表示：

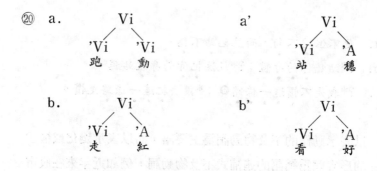

六、由述語動詞或形容詞與補語動詞或形容詞合成的「述補式使動動詞」

　　由述語動詞或形容詞與補語動詞或形容詞合成而兼有使動及物與起動不及物兩種用法的複合動詞，叫做「述補式使動動詞」。這一類述補式複合動詞，在使動及物用法裏充當二元述語；述語動詞或形容詞表示主事者主語所做的動作或行為，而補語動詞或形容詞則表示受事者賓語所發生的變化。而在起動不及物用法裏

則充當一元述語，在未有「暗含的主事者」（implicit agent）或主語之情形下，由述語動詞或形容詞表示原因，而由補語動詞或形容詞表示客體或受事者所發生的變化。述補式使動動詞，與前四類述補式複合動詞不同，整個複合動詞的主要語不在述語動詞或形容詞，而在補語動詞或形容詞。這是因為在這一類述補式動詞裏，補語動詞或形容詞都充當具有「使動及物」與「起動不及物」兩種用法的「作格動詞」（ergative verb），而整個複合動詞也可以兼有使動及物與起動不及物兩種用法。試比較下列㉑句裏‘開’、‘打開’與‘推開’這三種動詞的用法。

㉑　a.　他開了門；門開了；門自動開了。
　　b.　他打開了門；門打開了；門自動打開了。
　　c.　他推開了門；門（被他）推開了；*門自動推開了。

㉑a 的‘開’是具有使動及物與起動不及物兩種用法的作格動詞，因而在起動不及物用法裏不需要暗含的主語，可以與‘自動、自己’等副詞連用。‘打開’是述補式使動動詞，因而與作格動詞‘開’一樣，可以有使動及物與起動不及物兩種用法。另一方面，‘推開’是述補式及物動詞，只有及物用法，卻沒有不及物用法❿。我們主張述補式使動動詞的主要語在於補語，而不是傳統漢語語法所主張那樣在於述語。除了例句㉑的比較以外，還有下列四點根據。

---

❿　‘打開’與‘推開’在內部結構與外部功能上的區別，可能與動詞‘打’的虛化有關。

（一） 述補式使動動詞可以以具有作格用法的動詞爲補語，出現
　　　於使動句、起動句與把字句；但是不一定能插入'得，不'
　　　，而且通常不能與表示持續的期間補語連用，例如：⓫

㉒　a. 他用力搖動樹枝；樹枝搖動了；他用力把樹枝（給）搖動
　　　　；你搖（得）動樹枝嗎？；?*樹枝搖動了三個小時嗎？

　　　b. 他一番勸說動搖了我的決心；我的決心動搖了；他一番
　　　　勸說把我的決心（給）動搖了；他的勸說動（?*得）搖你的
　　　　決心嗎？；?*你的決心動搖了三個小時嗎？

　　　古漢語裏動詞的使動用法相當普遍，連一般不及物動詞都可
以有使動用法，例如：'小子鳴鼓而攻之可也'（《論語》，〈先進〉）
；'已而見之，坐之堂下，賜僕妾之食'（《史記》，〈張儀列傳〉）；
'且壬之所求者，鬭晉楚也'（《史記》，〈越王勾踐世家〉）；'乃與趙
襄等謀，醉重耳'（《史記》，〈晉世家〉）；'項王東擊破之，走彭越'
（《史記》，〈項羽本紀〉）等。這一種單音節不及物動詞的使動用法
（也就是作格用法），在現代漢語裏幾已消失；取而代之的是以作
格動詞爲補語的述補式使動動詞。

（二） 述補式複合動詞可以以具有作格用法的形容詞爲補語，出
　　　現於使動句、起動句與把字句；但是不一定能插入'得、
　　　不'，而且通常不能與表示持續的期間補語連用，例如：

⓫　另有一個可能是'搖動'是述補式，而'動搖'則是並列式，所以只有前
　　者可以插入'得、不'。又述補式複合動詞在語意類型上都屬於「完成
　　動詞」，所以不能與表示持續的期間量詞組連用。

㉓ ˊa. 這種食物可以降低血壓；血壓可以降低；這種食物可以
把血壓降低；血壓降(?*得)低嗎？；?*血壓降低了一個
小時嗎？

b. 誰來澄清這個問題？；這個問題已經澄清了嗎？；誰要
把這個問題澄清？；這個問題澄(?*得)清嗎？；?*問題
澄清了很久嗎？

在古漢語裏，形容詞的使動用法也相當普遍，例如：'夫子
欲寡其過而未能也'(《論語》，〈憲問〉)；'登泰山而小天下'(《孟
子》，〈盡心上〉)；'王請大之'(《孟子》，〈梁惠王（下）〉)等。但在
現代漢語裏，這種形容詞的使動用法則頗受限制，僅在'硬著頭
皮、挺著胸膛、彎著腰、直一直腰、狠著心、充實生活、豐富人
生、壯大陣容'等用例上發現古漢語形容詞使動用法的痕跡。另
一方面，以形容詞爲補語的述補式使動動詞乃是中古漢語以後的
產物，其功用顯然是在於代替古漢語形容詞的使動用法。

(三) 述補式使動動詞中，有以不及物動詞爲述語，而以作格用
法的不及物動詞或形容詞爲補語的複合動詞。由於述語是
不及物動詞，而整個複合動詞卻兼具使動及物與起動不及
物兩種用法，這個使動及物性與起動不及物性應該來自補
語不及物動詞或形容詞的作格性，例如：

㉔ a. 他跌斷了(他的)腿了；(他的)腿跌斷了；他把腿跌斷了
；他的腿會跌(?*得)斷嗎？；?*他把腿跌斷了三天了

⑫

b. 她哭濕了（她的）手帕了；（她的）手帕哭濕了；她把手帕
哭濕了；她的手帕哭（?*得）濕了嗎？；?*她把手帕哭濕
了三天了。

（四）　述補式使動動詞中，有以形容詞為述語，而以作格用法的
形容詞或不及物動詞為補語的複合動詞。這些複合動詞的
使動及物與起動不及物用法也來自補語作格動詞的使動及
物與起動不及物用法，例如：

㉕ a. 他累壞了（他的）身體了；（他的）身體累壞了；他把身體
累壞了；他的身體累（?*得）壞嗎？；?*他把身體累壞了
三天了。

b. 你差一點氣死他了；他差一點氣死了；你差一點把他氣
死了；你氣（?*不）死他的；?*你把他氣死了三天了。

又‘尿’字在漢語裏多半當名詞用，除了兒童語中的‘尿尿’以外，
似乎很少當動詞使用。但是‘尿’字以作格動詞‘濕’為補語以後，
卻可以成為不折不扣的使動動詞，例如：

㉖ a. 他又尿濕了（他的）褲子了；（他的）褲子又尿濕了；他又
把褲子尿濕了。

---

⑫ 這裏的‘三天’不能表示動作持續的期間，而只能表示結果發生後所經
過的時間（如‘他的腿跌斷了三天了’）。以下㉔b、c 的有關例句亦同。

　　根據以上的分析與討論，所有述補式使動動詞都屬於完成動詞，而且都具有使動及物與起動不及物兩種用法。由於述補式使動動詞的述語動詞（如'打(開)、澄(清)、擴(大)、跌(斷)、哭(濕)、喊(啞)'）、形容詞（如'累(壞)、忙(壞)、氣(死)'）或名詞(如'尿(濕)')本身並不具有使動及物與起動不及物兩種用法，我們把這些使動複合動詞的補語動詞(如'(打)開、(跌)斷、(哭)濕、(喊)啞、(氣)死、(尿)濕'）與形容詞(如'(澄)清、(擴)大、(累)壞'）分析爲具有使動及物與起動不及物兩種用法的作格動詞，並以這個作格動詞做爲述補式複合動詞的主要語。主要語作格動詞的句法屬性也就往上滲透成爲整個複合動詞的句法屬性。因此，述補式使動動詞的內部結構與外部功能可以用㉗的樹狀結構分析來表示（'Ve' 代表作格動詞）。

㉗　a.　Ve　　　　b.　Ve　　　　c.　Ve
　　　'Vt　'Ve　　　'Ve　'Ve　　　'Vi　'Ve
　　　打　開　　　　搖　動　　　　跌　斷

　　　d.　Ve　　　　e.　Ve　　　　f.　Ve
　　　'Vi　('Vi>)'Ve　'A　('A>)'Ve　'Vi　('Vi>)'Ve
　　　哭　濕　　　　忙　壞　　　　尿　濕

七、述補式複合動詞的內部結構、外部功能與語意作用

　　從以上五類述補式複合動詞的分析與討論，我們可以獲得下列六點結論。

（一）　所有五類述補式複合動詞都由表示主語名詞組（多半扮演「主事者」、「感受者」、「起因」與「客體」等論旨角色）的動作、行爲或狀態的述語動詞或形容詞及表示主語或賓語名詞組的動相、結果或變化的補語動詞或形容詞合成。

（二）　除了述補式使動動詞以補語作格動詞爲主要語，因而形成「主要語在右端」（right-headed）的同心結構來決定整個複合動詞的句法屬性以外，其他四類述補式複合動詞都以述語動詞爲主要語，因而形成「主要語在左端」（left-headed)的同心結構來決定整個複合動詞的句法屬性❸。因此，一般說來，主要語動詞的論元屬性（如及物、不及物、單賓、雙賓、作格等）與論旨屬性（如論旨網格的內容)決定整個複合動詞的論元屬性與論旨屬性。不過，在述補式片語動詞裏，除了述語動詞的句法屬性（如‘跑’的不及物性)以外，補語移動動詞的句法屬性（如‘進’的及物性)也可以滲透到整個複合詞裏面。另外，在述補式使動動詞裏，雖然其句法屬性由補語作格動詞(如‘濕’與‘壞’)來決定，但是使動及物用法的主事者主語卻由述語動詞或形容詞(如‘哭’與‘忙’)來引介，所以述語動詞與形容詞的論旨屬性也應該滲透到整個複合詞裏面。❹

（三）　述補式複合動詞，一般都允許在述語語素與補語語素之間插入‘得，不’來表示可能性或不可能性，但是述補式使動動詞卻似乎比較不容易插入‘得，不’。這可能是由於這類

---

❸　這就是所謂的「主要語屬性滲透」（head-feature percolation）。
❹　這是所謂的「非主要語滲透」（foot-feature percolation）。

複合動詞以作格動詞爲主要語，作格動詞本身具有使動及
物與起動不及物兩種用法；而且，複合動詞的組成成分中
常含有書面語黏著語素（如‘擴大、澄清、革新、改良、美
化’等），因而述語語素與補語語素之間的結合關係較爲緊
密的緣故。

（四）　述補式複合動詞，在語意類型上多屬於完成動詞（如‘看完
’）或終結動詞（如‘看到’），而不屬於行動動詞。因此，一
般都不能與表示持續的期間補語連用，也很少藉重疊來表
示「嘗試貌」或「短暫貌」。另外，述補式複合動詞常有兩
種不同的否定方式：一種是以‘沒有’來否定整個複合動詞
所表達的動作或行爲已經發生（如‘沒有看見’）；另一種是
把‘不’插入於述語語素與補語語素之間來否定補語動詞或
形容詞所表達的結果或變化已經發生。述補式片語動詞含
有移動與趨向兩種補語，因此無定賓語可以出現於述語動
詞之後（如‘拿一本書出來’）、移動補語之後（如‘拿出一本
書來’）、或趨向補語之後（如‘拿出來一本書’）。「隱現動
詞」的無定主語也可以出現於這三種位置（如‘（有）一隻蜜
蜂從窗戶裏飛進來；從窗戶裏{飛一隻蜜蜂進來/飛進一隻
蜜蜂來/飛進來一隻蜜蜂’}）。有定賓語、處所賓語與有定
主語在述補式片語動詞裏出現的位置較受限制（如‘拿那一
本書出來，拿出那一本書來；拿出閱覽室去；那一隻蜜蜂
又飛進來’）。這些限制與句子的「功能背景」（functional
perspective）與「信息結構」（informational　struc-
ture）有關，因而似乎不必在句法部門處理，而可以在功

能部門或「交談分析」(discourse analysis) 裏來詮釋。

（五） 述補式複合動詞的樹狀結構分析，基本上根據「X標槓理論」(X-bar theory) 所擬定的公約㉘而來，並把這個公約從句法㉘a、b、c 延伸到詞法㉘d、e 上面來。

㉘　a.　XP→XP, X' （詞組→指示語，詞節）「指示語規律」

　　b.　X'→XP, X' （詞節→附加語，詞節）「附加語規律」

　　c.　X'→XP, X （詞節→補述語，詞語）「補述語規律」

　　d.　X→'X, 'X （詞語→語素，語素）「複合詞規律」

　　e.　'X→'X, 'X （語素→語素，語素）「複合語素規律」

㉘的公約裏出現的 'X' 是代表各種詞類的變數 ，而 ''X, X, X', XP' 則分別代表「語素」(morph(eme))、「詞語」(word)、「詞節」(intermediate projection) 與「詞組」(maximal projection)。所有詞組結構與詞語結構的投射都必須遵守「同心結構的限制」(Endocentricity Constraint ；卽任何詞組結構與詞語結構的主要語 (詞語與語素)都必須與其投射結構 (包括語素、詞語、詞節與詞組)屬於相同的語法範疇；也就是說，必須與組合語素、補述語 、附加語或指示語共同形成同心結構)與「二叉分枝的限制」(Binary-Branching Constraint ；卽詞組結構與詞語結構最多只能分叉為兩個組成成分，不能分叉為三個或三個以上的組成成分) 這兩個條件；因而對於自然語言裏可能的詞組結構與詞語結構的「階層組織」(hierarchical structure) 提出相當具體而嚴密的規範。至於詞組結構或詞語結構內部組成成

分的語法範疇與線性次序，則不在Ｘ標槓理論規範之列。我們就
五類述補式複合動詞所擬設的樹狀結構分析都符合以上有關「Ｘ
標槓公約」的限制。

(六) 述補式複合動詞都由兩個或兩個以上(如述補式片語動詞)
的語素組成而來。在以動相標誌爲補語的述補式動詞裏，
動相標誌已經虛化而不具有動詞的句法功能；因而以述語
動詞爲主要語，也以述語動詞的論旨網格爲整個複合動詞
的論旨網格。述補式片語動詞，原則上也以述語動詞爲主
要語；也就是，以述語動詞的論旨網格爲整個片語動詞的
論旨網格。不過，補語移動動詞的及物性(如‘進、出、上
、下’)可能影響述語不及物動詞(如‘走、跑、跳’)而改爲
及物動詞(如‘走進屋子去、跳出火坑外、跑上主席臺’)；
因此，補語移動動詞的句法屬性(卽及物或不及物)也應該
滲透到片語動詞上面來。述補式及物動詞與不及物動詞，
分別以述語及物動詞與不及物動詞爲主要語；因此，述語
動詞的論元屬性與論旨屬性都往上滲透成爲整個複合動詞
的論元屬性與論旨屬性。至於述補式使動動詞的情形，則
較爲複雜。我們把補語作格動詞(如‘打開、搖動、降低、
累壞、哭濕’)分析爲述補式使動動詞的主要語，但是作格
動詞有起動不及物的一元用法(卽以客體或受事者爲主語)
與使動及物的二元用法 (卽以客體或受事者爲賓語，而以
主事者或起因爲主語)。述補式使動動詞的述語動詞表達
主語的動作(如‘打開、搖動、哭濕’)、作用(如‘降低’)或
狀態(如‘累壞’)，而這個述語動詞的主語就要充當補語作

格動詞的主語。因此，述補式使動動詞的述語動詞(包括及物、不及物動詞)的論旨網格與補語作格動詞(包括由形容詞轉類而來的使動動詞)的論旨網格必須合併而成爲整個複合動詞的論旨網格 ，而整個複合動詞的句法屬性(卽兼有使動及物與起動不及物的作格用法)則由充當主要語的補語作格動詞來決定。根據這樣的觀察，湯 (1990a) 爲漢語的述補式使動動詞擬設了下面的衍生過程。

㉙ a. $NPi \{Vi/A/Vt \ NPj\}$ 〔$NPj \{Vi/A\}$〕

↓ 「述語的作格化」

b. $NPi \{Vi/A/Vt \ NPj\}$ 〔$(\{Vi/A\}>)Ve \ NPj$〕

↓ 「子句合併與動詞的重新分析」

c. $NPi \ [_{ve} \{V_i/A/Vt\} \ Ve] \ NPj$

㉙a的結構佈局由兩個子句合成。一個子句含有主語名詞組(NPi；如'他')，並以不及物動詞 (V_i；如'哭')、形容詞 (A；如'累')或及物動詞(Vt；如'打')與賓語名詞組 (NP_j；如'門')爲謂語。另外一個子句則含有主語名詞組(NPj；如'門、手帕、身體')，而以不及物動詞(Vi；如'開、濕')或形容詞(A；如'壞')爲謂語。又第一個子句的賓語名詞組(NPj)與第二個子句的主語名詞組(NPj)必須指涉相同，纔能引起兩個子句的合併而產生述補式使動動詞。合併的過程是：(一)第二個子句的述語不及物動詞或形容詞經過「作格化」(ergativization)而變成具有使動及物與起動不及物兩種用法的作格動詞(Ve)，因而形成㉙b的結構

佈局；(二)經過兩個子句的「合併」(merger) 與兩個述語動詞的「重新分析」(reanalysis) 而衍生㉙c的結構佈局與述補式使動動詞，如 '(他)〔ve Vt (打) Ve (開)〕(門)'、'(他)〔ve Vi (哭) Ve (濕)〕(手帕)'、'(他)〔ve A (累) Ve (壞)〕(身體)' 等。

八、漢語述補式使動動詞的由來與演變

古代漢語的詞彙，除了少數聯綿詞以外，極大多數都是「單音詞」(monosyllabic word) 或「單語詞」(monomorphemic word)，而複合詞則很少出現。由於字數本身的限制以及複合詞的尚未大量出現，可供使用的詞數非常有限。影響所及 ，「一詞多義」、「一詞多類」或「破讀」的現象就相當普遍，例如原屬形容詞的'老'與'幼'在'老吾老以及人之老，幼吾幼以及人之幼'中則做爲動詞與名詞使用。古代漢語的「詞類轉化」中，最顯著的轉類現象就是不及物動詞、形容詞、甚至名詞的「使動化」(causativization) 與「及物化」(transitivization)。因此，我們可以說：古漢語有「使動動詞」或不及物動詞與形容詞的「使動用法」，卻尚未產生「使動複合動詞」。

有關漢語使動複合動詞產生的時期，學者間仍有異論。王力(1957)《漢語史稿中冊》405 頁認爲使動複合動詞在漢代裏已經產生，而周遲明 (1958) 則主張「合用式使動性複式動詞」(如'撲滅')起於殷代而「分用式使動性複式動詞」(如'射之死')則起於先秦。日人太田辰夫(1958)與志村良治(1984)則認爲使動式複合動詞大約起於六朝，而普遍於唐代。也就是說，使動複合動詞開

始於古漢語與中古漢語的交接期，而定型於唐代。

　　使動複合動詞的產生似乎與漢語詞彙的「多音節化」，特別是「雙音節化」有密切的關係。六朝佛經的漢譯引進了許多多音詞與雙音詞；六朝「四六駢文」的流行更是觸發了二字並用的雙音化或複合化。根據志村 (1984:25)，上古漢語的文獻中，已有‘擾亂’（《左傳》）、‘剿絕’（《尚書》）等複合動詞的出現，但這些複合動詞可能是「並列式」，而不是「述補式」。而‘辨明’（《史記》）雖在結構與語意上較像述補式，但是在六朝以前的文獻中這類用例則不多。到了唐代，‘打殺、弄殺、妒殺’（《遊仙窟》）、‘螫死’（《朝野僉載》）、‘撲死’（《開天傳信記》）等明顯的述補式及物動詞則大量出現。

　　志村(1984:229ff)把漢語述補式使動複合詞，從上古漢語到中古漢語成立的經過分析爲下列三個階段，並把各階段裏所常用的使動說法的類型與例句列舉出來。

(一)　「動詞的連續用法」：所用的型式包括：(a)「Ｘ而Ｙ之」型（如‘射而殺之’（《左傳》）、‘擊而殺之’（《左傳》）、‘撞而破之’（《史記》））；(b1)「Ｘ之Ｙ」型（如‘射之殪’（《左傳》）、‘射之死’（《左傳》））；(b2)「Ｘ兼語Ｙ」型（如‘吹我羅裳開’（〈子夜四時歌〉）、‘風吹窗簾動’（〈華山畿〉）、‘寡婦哭城頹’（〈懊惱曲〉））；(b3)「Ｘ賓語Ｙ」型（如‘整頓乾坤濟事了’（杜甫〈洗兵行〉）、‘冷落若爲留客住’（白居易〈寒亭留客〉）、‘願聞法音合掌著’（〈八相押座文〉））。

(二)　「動詞的複合用法」：包括（ａ）「動詞的並立連用」，（ｂ）

「連用動詞的慣用法與定型法」與 (c)「第二個動詞的不及物化」，如‘拔濟、化成、喫飽、拔出、槌碎、顚倒、斷絕、斷決、斷送、奪取、奪落、感動、毀辱、減損、燒盡、驚動、破裂、飄散、破裂、破碎、破壞、打死、羞死、刺殺、愁殺、愣住、留住、抱著……’等。

(三) 「使動複合動詞的成立」：包括(a)「前後兩個動詞的詞義對等性的消失」與(b)「前後兩個動詞的複合與單詞化」。

志村 (1984) 把述補式複合動詞的成立經過分析爲：(a)「X而Y之」(如‘射而殺之’)→(b)「XY之」(如‘射殺之’)→(c)「XY」(如‘射殺’)三個階段。(a) 階段裏兩個動詞藉連詞‘而’的連接，已見於先秦文獻(如‘趨而辟之’(《論語》)、‘受而喜之，忘而復之’(《莊子》))，述語動作動詞與補語結果動詞的連用(如‘射而殺之、擊而殺之、撞而破之’)也見於《左傳》、《史記》等文獻中，已經爲述補式複合動詞的產生先行舖了路。在 (b) 階段裏，補語動詞(Y)提前而與述語動詞(X)對等並列；而在(c)階段裏賓語‘之’的存在與否已經無關重要，形成了獨立的複合動詞。從「X兼語Y」型的說法裏產生了述補式使動動詞(如‘吹動、顚倒、斷絕、感動’等)；而從「X賓語Y」型的說法裏卻產生了述補式複合動詞(如‘留住、濟了、焚盡、懷住、合著’等)。述補式複合動詞成型之後，在比照與類推 (analogy) 的壓力下，述語動詞從及物動詞擴及不及物動詞(如‘哭壞、笑殺、墮落、落盡、迷亂、飄散’與形容詞(如‘愁殺、壞盡、淨開、飽滿、零落、惱亂、明了、壞破’)；補語動詞也包括及物動詞(如‘翻成、度脫、斷送、奪取、放捨、破除、驅逐’)、不及物動詞(如‘墮落、傾倒、

壞爛、取盡、驚起、打死'）、形容詞（如'迷亂、喫飽、耽荒、耽惑'）與動貌或動相動詞（如'戀著、忍著、愣住、留住、變卻、燒卻、喝盡、用盡'）。志村(1984)所謂的「第二個動詞的不及物化」，其實是除了補語不及物動詞的增加以外，還包括補語形容詞與動貌、動相動詞以及作格動詞（如'顛倒、醉倒、感動、搖動、敗壞、餓死、凍死、破裂、破碎、震動'）的導入，在述補式複合動詞的內容上與現代漢語頗為相似。因此，我們比較贊成志村(1984)有關漢語述補式使動動詞起於六朝而定型於唐代的主張，因為六朝之前單音不及物動詞與單音形容詞的使動及物用法頗為常見，但是唐代之後這種使動及物用法的功能就由述補式複合動詞取代來擔任，一直繼續到現代漢語。述補式複合動詞從「X而Y之」經過「XY之」到「XY」的演變過程也與漢語動貌標誌'了'與'著'的演變過程同出一軌❺，成為從上古漢語到中古漢語句法演變上的一大特徵。

九、現代漢語述補式複合動詞的衍生與條件

現代漢語裏述補式複合動詞的孳生能力非常旺盛，隨著文化背景與社會生活的演變，新的述補式複合動詞不斷的產生。因此，這些複合動詞是否應該做為「詞項」預先儲存於詞彙之中？還是應該由「構詞規律」或「句法規律」來逐一衍生？還是應該任憑儲存抑或衍生，但要藉適當的「合格條件」來加以檢驗或認可？

Huang (1989b:36-37)以'我把他綁了票了；他被我綁了票

---

❺　關於漢語動貌標誌'了'與'著'的歷史演變，參梅 (1981，1988)。

；我綁了他票；我綁了他的票'爲例，主張從⑳的深層結構靠句
法規律來衍生這些例句。

⑳

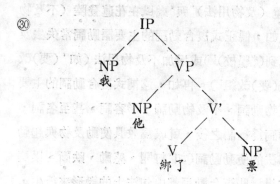

但是我們根據下面的理由，不贊成把'綁票'等複合動詞分析爲由
動詞與名詞組合成的動詞組，並且也不贊成完全以句法規律來處
理有關的現象。

(一) 我們主張把'綁票'分析爲由動詞語素('V)'綁'與名詞語素
('N)'票'合成的複合動詞（〔ᵥ'V'N〕）；如此；'票'不是
名詞組，也沒有指涉對象，既不能移位(如'票，我綁了(他
的)')，也不能以疑問詞來代替(如'你綁了他的什麼？')，
更不能以數量詞修飾(如'*我綁了他的一張票')。

(二) 許多複合動詞由黏著語素合成（如'*我綁票、擴大、革新
、改善'等），而黏著語素一般都無法直接或獨立出現於句
法結構裏面，常常失去一般名詞或形容詞的句法功能。

(三) 許多複合動詞的述語動詞語素與補語、賓語、修飾語等語
素結合以後，常改變其「次類畫分屬性」(subcategori-
zation feature)。例如，有些述賓式複合動詞雖然在內

部結構裏已經含有賓語名詞語素，但是經過「併入」（in-corporation）之後仍然可以帶上句法上的賓語名詞組（如'颱風登陸花蓮（及物用法）'與'颱風在花蓮登陸（不及物用法）'）。又如，偏正式複合動詞的主要語動詞常失去及物用法（如'遲到（*學校）'或增加不及物用法（如'（要）改組內閣、內閣（要）改組'）。再如，述補式複合動詞的主要語素可能是及物動詞、不及物動詞、形容詞、甚至名詞，但是以作格動詞爲補語之後，就成爲兼具使動及物與起動不及物兩種用法的使動動詞（如'打開、感動、跌斷、累壞、尿濕'）。如果這些複合動詞都由句法上的變形來衍生，就不容易處理這些次類畫分屬性改變的問題。

(四) 不少複合動詞（如'吃醋、綁票、打開'等）的語意內涵並不等於構成語素語意內涵的總和。如果以句法上的變形來衍生這些複合動詞，就不容易處理這種因變形而改變語意的問題。

(五) 複合動詞裏構成語素與構成語素之間的「搭配」（colloca-tion）有其句法上或語意上相當「獨特」（idiosyncratic）的限制。這些獨特的限制不容易用句法上的一般原則來處理，似乎在詞庫或詞項記載中加以處理爲宜。

不過，我們並非完全排斥利用句法規律來衍生複合動詞。在述補式複合動詞中，特別是以不及物動詞或形容詞爲補語語素的述補式使動動詞（如'跌斷、笑破、哭濕、喊啞、笑歪、吃壞、餓壞、嚇呆、累壞'等），不但前後兩個語素都是自由語素，而且前後兩個語素之間都成立「動作、狀態」與「結果、情狀」的句法與

語意關係。同時，述語語素雖然都是不及物動詞或形容詞，整個複合動詞卻是使動及物動詞。因此，我們可以把這些述補式複合動詞分析為「合成述語」（complex predicate），並且用下面③①的結構與變形來衍生'(他)哭濕了(手帕了)'。

③①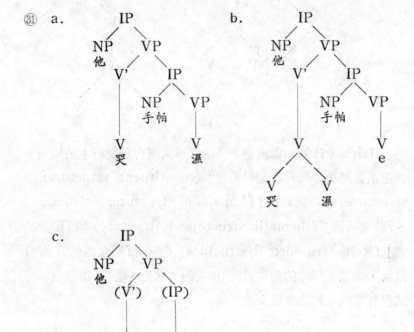

同樣的，述補式(非使動)及物動詞(如'吃飽、喝醉、看慣、住慣'等)也都由自由語素構成，並且也都在述語語素與補語語素之間成立「動作」與「結果」的句法與語意關係，似乎也可以用③②的

合成過程來衍生‘(他)吃飽了(飯了)’這樣的例句。

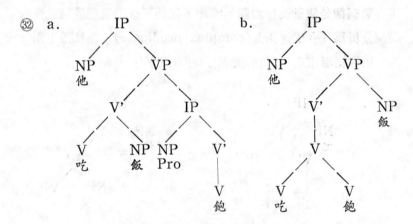

③②　a.　　　　　IP　　　　　　　　b.　　　　　IP

Hsieh（1991）也談到了漢語述補式複合動詞衍生的問題。他把語言結構分析為「詞組結構」（constituent structure; c-structure)、「功能結構」（functional structure; f-structure)、「論旨結構」（thematic structure; t-structure）與「圖像結構」（iconicstructure; i-structure)（亦卽「概念結構」）四個層次，並以下列③③的例句來對照‘吃飽、吃光、吃完’這三個述補式複合動詞在句法表現上的差異。

③③　a.　他吃飯吃｛飽/光/完｝了。

　　　b.　他把飯吃｛？飽/光/完｝了。

　　　c.　他吃｛飽/光/完｝飯了。

根據 Hsieh（1991），所有③③的例句都由③④的三個概念成分 ‘d1, d2, e1’ 而成。（「概念角色」（conceptual role) ‘ACT’ 代表「施

事」(actor); 'PART' 表示「受事」(partner)。）

㉞　(d1)　他ᵢ　　　吃　　　　飯。
　　　　　ACT　　　　　　　PART

　　　(d2)　他ᵢ　　　飽。
　　　　　ACT

　　　(e1)　了

其中，(d1) 與 (d2) 是「敍述的事件」(descriptive event; d)，而 (e1) 則是「評斷的事件」(evaluative event; e)。在概念結構裏，'d1, d2, e1' 這三個概念成分組合成爲'＜＜(d1), (d2)＞, e1＞'。因爲 (d1) 的動作發生於 (d2) 的結果之前，所以根據 J. H-Y. Tai 的「時間先後次序的原則」(Principle of Temporal Sequence)，敍述事件的 (d1) 在概念成分的線性次序上應該出現於敍述另一事件的 (d2) 之前。又表示評斷的 (e1) 有陳述表示敍述的 ＜(d1), (d2)＞ 的功能，所以'(e1)'必須出現於'＜(d1), (d2)＞'之後。其次「成分組合性的原則」(Principle of Compositionality) 規定：敍述與評斷必須依其線性次序組合成句。因此，㉞裏面的三個概念成分就組合成爲㉟的概念結構。

㉟　＜＜他ᵢ　吃　飯　　　他ᵢ　飽＞，了＞
　　　　N　V　N　　　　N　V　　V
　　　ACT　　PART　ACT

依據 Hsieh 與 Tai 的看法，在漢語的概念結構裏只需要名詞 (N) 與動詞 (V) 這兩種語法範疇；因而㉟的概念結構就可以轉換成爲㊱的「記號結構」(symbolic structure)。

㊱ 〈〈他ᵢ 吃 飯 他ᵢ 飽〉，了〉
　　　 N　 V　N　 N　 V　V
　　　ACT　　 PART　 ACT

記號結構在句子結構的層次上居於概念結構與論旨結構之間。在記號結構裏，具體的「圖像概念」(iconic conceptual image) 轉換成抽象的語法範疇名詞與動詞。但是以「時間先後次序的原則」、「敍述先評斷後的原則」、「成分組合性的原則」爲基礎來決定詞序的「概念結構」以及由抽象的語法範疇名詞與動詞來組合的「記號結構」二者之間，爲了同時爭取「表達的需要」(expressive need) 與「經濟的需要」(economic need)，必然產生某種磨擦或糾紛。爲了協調這種糾紛，Hsieh (1991) 提出了下列三種方法。

（一）　保持㊱的記號結構，並刪除除了第一個'他'以外的（所有與這個'他'指涉相同的）'他'，然後把第一個動詞'吃'的「替身」(copy；即保留原來的'吃'，另外再加一個'吃') 插入第二個動詞'飽'的前面；結果衍生㊲的例句。

㊲　他ᵢ吃飯 eᵢ 吃{飽/光/完}了。

（二） 在保存原有詞序的條件下，把句子裏所有的名詞與動詞，
　　　　依名詞前而動詞後的順序分別聚集在一起，並且在第二個
　　　　名詞‘飯’之前加上介詞‘把’；因而衍生㊳的例句。

㊳　他把飯吃{？飽/光/完}了。

（三） 把第一個‘他’以外的（所有與這個‘他’指涉相同的）‘他’加
　　　　以刪除，並且把第二個動詞‘飽’移到第一個動詞‘吃’的後
　　　　面；因而衍生㊴的例句。

㊴　他吃{飽/光/完}飯了。

Hsieh（1991）認爲，這三種協調糾紛的方法是爲了解決概念結
構與記號結構之間的矛盾：前者要求個別的概念成分應依照原先
的發生次序個別地出現；而後者則要求把名詞與動詞分別集中在
一起，並把重複多餘的名詞加以刪除，或把有關的動詞與動詞加
以複合，以求表達上的經濟有效。結果是：概念結構的要求向記
號結構的壓力讓步，因而衍生了㊲、㊳、㊴等表面結構。Hsieh
（1991:28-30）進而討論「論旨結構」與「語意解釋」之間的關係，
並提出了下面㊵的結構分析。

㊵　a.　他$_i$　　吃　飽　　飯$_j$　　e$_i$　了（表面結構）
　　b.　N　　　V　V　　N　　N　V　（記號結構）
　　c.　ACT　　　　　　PART ACT　（概念角色）

d. ⟨ACT,ACT⟩　　　⟨PART⟩　　0　　（概念角色的合
　　　　　　　　　　　　　　　　　　　　併與刪除）
e.　AGENT　　　　　PATIENT　　（論旨結構）
f.　SUBJ　　　　　　OBJ　　　　（功能結構）

在⑩a裏，第二個‘他ᵢ’被刪除之後仍然在原位留下痕跡‘eᵢ’，並
且保留其概念角色‘ACT’（參⑩c）。又名詞刪除後所保留的概念
角色（卽‘ACT’）必須指派給與所刪除的名詞指涉相同的名詞（卽
‘他ᵢ’）；因而‘他ᵢ’就獲得了 ⟨ACT,ACT⟩ 的雙重角色，而‘飯ⱼ’
則只獲得 ⟨PART⟩ 的單一角色（參⑩d）。其次，概念角色‘ACT’
與‘PART’分別翻成「主事者」（AGENT）與「客體」（THEME）
的論旨角色，而最後這些論旨角色則在功能結構中分別充當「主
語」（SUBJ）與「賓語」（OBJ）的語法功能。同樣的，‘他吃光飯
了’可以分析爲⑪的結構，而‘他吃完飯了’則因有‘他吃完’與‘飯
吃完’兩種岐義而可以分析爲⑫與⑬的結構。

⑪　a.　　他ᵢ　　吃　光　　　飯ⱼ　　　　eᵢ　　了
　　b.　　N　　V　V　　　　N　　　　N　　V
　　c.　　ACT　　　　　PART　　ACT
　　d.　⟨ACT⟩　　　　⟨PART,ACT⟩　　0
　　e.　AGENT　　　　　THEME
　　f.　SUBJ　　　　　　OBJ
⑫　a.　　他ᵢ　　吃　完　　　飯ⱼ　　　eᵢ　　了
　　b.　　N　　V　V　　　N　　　N　　V

c. ACT　　　　　PART　ACT

d. 〈ACT,ACT〉　　〈PART〉　0

e. AGENT　　　　PATIENT

f. SUBJ　　　　　OBJ

㊽ a. 他ᵢ　吃　完　飯ⱼ　eᵢ　了

b. N　V　V　N　N　V

c. ACT　　　　　PART　ACT

d. 〈ACT〉　　　〈PART,ACT〉 0

e. AGENT　　　　THEME

f. SUBJ　　　　　OBJ

Hsieh（1991）對於句子結構四種不同的層次，特別是概念結構、記號結構與論旨結構之間的聯繫，提出了相當有趣的分析與主張，並且在這個理論模式之下討論如何衍生‘吃飽、吃光、吃完’等動詞的連動結構、述補式複合動詞與把字句。但是他的分析與討論仍然留下下列幾個問題。

（一） 主語相同的兩個述語動詞(如‘吃’與‘飽’、‘喝’與‘醉’)或主語不相同的兩個述語動詞(如‘吃’與‘光’、‘吃’與‘完’)要形成連動結構、複合動詞或把字句時，除了「時間先後次序」的原則以外，還必須在兩個述語之間成立一定的語意與句法關係，並非任何兩個述語動詞都可以合成複合動詞。Hsieh（1991）對於成立複合動詞的語意與句法條件甚少討論。

（二） Hsieh（1991）把動相標誌(如‘光、完’)分析為述語動詞

（如'（飯)光、(飯)完'）。但是'飯完'的說法似乎有語意上的瑕疵，如果把'(賣)掉(房屋)、(抓)住(我的手)、(看)到(一隻小鳥)、(認)得(從前的老師)、(用不)著(這些舊家具)、(忘不)了(他)'，等動相標誌也做同樣的述語動詞分析，那麼就會出現'房子掉、我的手住、一隻小鳥到、從前的老師得、這些舊家具著、他了'等病句。同時，他把句尾助詞'了'分析為表示評斷的動詞，並且依據「敍述先而評斷後」的原則讓句尾助詞出現於句尾。但是漢語裏表示評斷的詞語究竟還有那些？是否也包含情態助動詞、情態副詞、動貌標誌等？而這些詞類是否也依「敍述先、評斷後」的原則來決定其詞序？

（三）　Hsieh（1991）所提出的從概念結構到表層結構的衍生方法中，第一種方法裏第二個指涉相同名詞（'他$_i$'）的刪除是「並列結構刪簡」（Coordinate Structure Reduction）中常見的現象，但是把第一個動詞的替身（'吃'）插入第二個動詞（'飽'、'光'、'完'）的前面卻似乎缺乏句法上的動機或語意上的理由。因為這裏第一個動詞替身的插入，既與格位的指派無關，又與語意的釐清無涉（'他吃飯飽了'仍然可以表達完整的語意）。事實上，把第一個動詞的替身（'吃'）插入第二個動詞（'飽、光、完'）的前面的結果，產生的是述補式複合動詞（'吃{飽/光/完}'），整個句子也就變成「連動（或連謂）結構」（serial-{verb/VP} construction）。但是，如前所述，　第一個動詞與第二個動詞之能否合成述補式複合動詞，有其句法上與語意上的成

立要件，並非隨便兩個動詞都可以合成述補式複合動詞。
Hsieh (1991) 的第二種方法要求分別把名詞(如'他，飯')
與動詞(如'吃，{飽/光/完}')集中在一起，並在第二個名
詞('飯')之前加上動詞(或介詞)'把'。但是爲什麼要把名
詞與動詞集中在一處？兩個名詞所扮演的論旨功能（主事
者與客體)與所擔任的語法功能（主語與賓語)都不相同，
兩個名詞集中之後也不合成「詞組單元」(constituent)
，而且最後還要借動詞'把'來把兩個名詞隔開，究竟其背
後的動機是什麼？其實，眞正的動機是把前後兩個動詞放
在一起來合成複合動詞，前後兩個名詞則無需集中或放在
一起；而介詞'把'的挿入顯然是爲了指派賓位給第二個名
詞，以符合「格位濾除」(Case Filter) 的要求。至於第
三種方法，是把第二個指涉相同的名詞（'他$_i$')刪除以後
，再把第二個動詞('飽，光，完')移到第一個動詞('吃')
的後面，其目的仍然在於把前後兩個動詞放在一起來形成
述補式複合動詞。因此，在漢語述補式複合動詞的分析
上最重要的問題是：前後兩個動詞在什麼樣的句法與語意
限制下如何形成述補式複合動詞。Hsieh (1991) 的三種
衍生方法或許能滿足「觀察上的妥當性」(observational
adequacy)，但是似乎尚未達成「描述上的妥當性」(de-
scriptive adequacy) 與「詮釋上的妥當性」(explana-
tory adequacy)。

Li（1990）則從述語動詞與形容詞的「論旨網格」(theta-
grid; θ-grid）裏論旨角色指派的觀點來討論漢語述補式複合動

詞的衍生與限制。首先，他指出下面含有述補式複合動詞'騎累'
的例句㊷a可以有㊷b與㊷c兩種不同的語義解釋。

㊷　a.　他騎累了那匹馬。

　　b.　他騎了那匹馬，他累了。

　　c.　他騎了那匹馬，那匹馬累了。

在複合動詞'騎累'中，述語動詞'騎'是二元述語，應該有兩個論
元；補語動詞'累'是一元述語，應該有一個論元。但是由'騎'
與'累'合成的'騎累'卻是二元述語，只能與兩個論元連用。如果
說複合動詞'騎累'的論元與論旨屬性是由'騎'與'累'兩個動詞
的論元與論旨屬性合成的，那麼在複合動詞的論旨網格裏顯然少
掉了一個論元。這個少掉的論元是那一個動詞的什麼論元？是怎
麼少掉的？這種論元的消失會不會違背要求論元與論旨角色之間
必須有一對一之對應關係的「論旨準則」（theta-criterion; θ-
criterion）？又充當補語的一元述語動詞'累'，可能以主事者
'他'為論元，也可能以客體'那匹馬'為論元。這種岐義的存在應
該如何處理？與論旨網格的規畫與解釋有怎麼樣的關係？

　　Li（1990）承襲 Williams（1981）與 Grimshaw ＆
Mester (1988) 的主張，接受「具有階層組織的」(hierarchical-
ly structured) 論旨網格。依照這個主張，一元述語'累'、二元
述語'騎'、三元述語'給'分別具有下列㊺a、b、c 的論旨網格。

㊺　a.　累：〈客體〉

b. 騎：〈主事者，〈客體〉〉

c. 給：〈主事者，〈終點，〈客體〉〉〉

在論旨網格裏出現的論旨角色中，包孕越深而且越靠近網格右端的論旨角色是在「論旨角色顯要次序」(theta-role prominency) 中越居於低階位的論旨角色；而論旨角色的指派是從最低階位的論旨角色最先開始的。以動詞'給'爲例，「客體」是包孕最深、最靠近網格右端、而且顯要性最低的論旨角色，所以最先從動詞接受論旨角色的指派。其次接受論旨角色的是「終點」，而最後接受論旨角色的是「主事者」。這種論旨角色的顯要次序（以及與這個次序正好相反的論旨角色指派次序）可以用'給〈1,2,3〉'的符號來表示。Li (1990) 也接受「主要語屬性滲透」的公約（卽複合詞主要語的論元與論旨屬性決定整個複合動詞的論元與論旨屬性），並更進一步主張：複合動詞論旨網格裏論旨角色的顯要次序，必須與主要語動詞論旨網格裏論旨角色的顯要次序相一致。

以二元複合動詞'騎累'爲例，其主要語'騎'的論旨角色是〈1,〈2〉〉，而補語'累'的論旨角色是〈1'〉；因此，整個複合動詞的論旨網格也是〈1,〈2〉〉，可以用下面㊺的符號與公式來表示複合動詞與其構成成分動詞間的關係。

㊺ a. 騎累(〈1,〈2〉〉)⟺騎(〈1,〈2〉〉) CAUSE 累(〈1'〉)

b.　　　　V　　　　騎累：〈1-1',2〉, 〈1,2-1'〉
　　　／　　＼
　　　V　　　V
　騎〈1,〈2〉〉累〈1'〉

⑤a的 'CAUSE' 代表「動因」與「結果」之間關係的「語意運符」（semantic operator）；因此，'騎累'這個二元複合動詞含有'騎而使之累'或'因騎而累'的意思。⑤b的'〈1,〈2〉〉'與'〈1'〉'分別標示二元述語'騎'與一元述語'累'的論旨網格，而根據「主要語屬性滲透」的公約，複合詞'騎累'的論旨網格是二元述語'〈1-1',2〉'與'〈1,2-1'〉'。論旨網格裏面的'〈1-1'〉'表示：'騎'的外元（如'他'）與'累'的外元（亦卽'他'）的指涉相同（卽同一個人），而'〈2-1'〉'則表示'騎'的內元（如'那匹馬'）與'累'的外元的指涉相同（卽同一匹馬）。Li（1990）認為：在指涉相同的情形下，把同一種論旨角色指派給兩個論元（如〈1〉與〈1'〉，或〈2〉與〈1'〉），並不違背「論旨準則」，並把這種把同一種論旨角色同時指派給「同指標」（coindexed）的兩個論元的情形稱為「論旨認同」（theta-identification）。

再以一元述語'跑累'為例，其主要語'跑'的論旨角色是〈1〉，而補語'累'的論旨角色是〈1'〉；因此，經過論旨認同（〈1〉＝〈1'〉）以後，整個複合動詞的論旨網格就成為〈1-1'〉，而'跑累'的語意內涵則表示某人（X）的'跑'引起這個人（X）的'累'，可以用⑯來表示。

⑯　a.　跑累（〈1,1'〉）⟺跑（〈1〉）CAUSE 累（〈1'〉）

　　b.

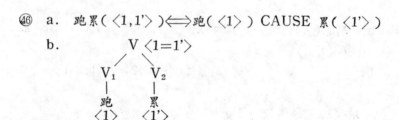

接著，Li (1990) 就構成語素前後兩個動詞的論旨網格與整個複合動詞的論旨網格之間做了下列幾點討論。

(一)　如果前後兩個動詞是由一元或二元述語合成而具有「述補」關係，那麼在邏輯上可以有㊼四種構成語素動詞論旨網格的排列組合可能，而分別針對㊼a、b、c、d 則可以有㊽、㊾、㊿、(51)四種複合動詞論旨認同的排列組合可能。

㊼　a.　V_1〈1,2〉V_2〈1',2'〉　　b.　V_1〈1,2〉V_2〈1'〉

　　c.　V_1〈1〉V_2〈1',2'〉　　d.　V_1〈1〉V_2〈1'〉

㊽　a.　〈1-1',2-2'〉　　a.　〈2-2',1-1'〉

　　c.　〈1-2',2-1'〉　　d.　〈2-1',1-2'〉

㊾　a.　〈1,2-1'〉　　a.　〈1-1',2〉

　　c.　〈2-1',1〉　　d.　〈2,1-1'〉

㊿　a.　〈1-1',2'〉　　b.　〈2',1-1'〉

　　c.　〈1-2',1'〉　　d.　〈1',1-2'〉

(51)　a.　〈1-1'〉　　b.　〈1,1'〉⓰

但是從㊽到(51)的十四種可能的論旨認同中，只有㊽a（如(52)句的'下輸、打贏、背會'）、㊾a（如(53)句的'騎累、氣哭'）、㊾b（如(53)句的'改良、用光'）、㊿a（如(54)句的'玩忘、哭(不)懂'）、(51)a（如(55)句的'笑瘋、跳煩'）與(51)b（如(55)句的'哭走、笑煞、跳煩'）

⓰　(51)的前項動詞(V_1)與後項動詞(V_2)都是一元述語，所以只有(a)與(b)兩種排列組合。

六種是漢語裏合語法的複合詞。⑰

⑤ a. 寶玉下輸了棋。

b. 焦大的主人打贏了這一仗。

c. 香菱背會了這首詩。

⑤ a. 寶玉騎累了馬。

b. 這一個農民改良了鋤頭。

c. 寶玉氣哭了黛玉。

d. 寶玉用光了毛筆。

e. 鳳姐吃膩了好東西。

⑤ a. 他玩忘了自己的職責。

b. 你哭不懂這道題。

⑤ a. 番琴笑瘋了。

b. 小丑跳煩了。

c. 黛玉哭走了很多客人。

d. 他笑煞了我了。⑱

e. 小丑跳煩了我了。⑲

---

⑰ 例句與合法度均採自 Li (1990)，但也有些人對有些例句(如⑤a,b、
⑱ b、⑲ b 與⑳ d,e,f,g 等)表示懷疑或不贊同。又例句中有些人名
(諒係採自《紅樓夢》)無法從拼音中推測確切的漢字，只好隨便猜測
。例如⑤句的原文爲 Fanjin，在《紅樓夢》中一時找不出確切的對
象，只好以‘番琴’敷衍。

⑱ Li (1990:189, fn.7) 認爲這裏的‘煞’應該是不及物動詞或形容詞。

⑲ 根據 Li (1990) 的分析，似乎是說：⑤b句的‘跳煩’(＜1-1’＞)經過
論旨認同而成爲一元(不及物)動詞，而⑤e句的‘跳煩’(＜1,1’＞)則
不經過論旨認同而成爲二元(及物)動詞。

根據 Li（1990:185-189），在⑱ b 的論旨角色認同裏主事者（〈1-1'〉）的指派先於客體（〈2-2'〉）的指派，因而違背「論旨角色的顯要性」。同時，主要語（即前項動詞（V_1））的〈1〉無法成爲複合動詞最顯要的論旨角色；而前項動詞的〈2〉也無法成爲次要的論旨角色，因而也違背主要語屬性在整個複合動詞裏必須維持不變的要求❷⓪。又在⑱c 的論旨角色認同裏，前項動詞（V_1）的〈1〉固然成爲複合動詞裏最顯要的論旨角色而符合「主要語屬性滲透」的條件；但是後項動詞（V_2）的〈1'〉則先於〈2〉指派而違背「論旨角色顯要性」的條件❷①。至於在⑱ d 的論旨角色認同裏，雖然後項動詞（V_2〈1',2'〉）的論旨角色指派滿足所有條件，但是前項動詞（V_1〈2,1〉）的論旨角色指派卻違背「主要語屬性滲透」與「論旨角色顯要性」這兩個條件。同樣的，在⑲a 與⑲ b 的論旨角色認同裏，前項動詞的論旨屬性都在複合動詞裏維持不變；而後項動詞的論旨角色則可能與前項動詞〈2〉的論旨角色認同（如⑲ a 的〈2-1'〉）或〈1〉的論旨角色認同（如⑲b的〈1-1'〉），因而㊂a 的例句可以有'寶玉(騎)累'與'馬(被騎)累'兩種不同的解釋。另一方面，⑲c的論旨角色認同裏前項動詞的論旨角色指派（即〈2,1〉）與⑲ d 裏前項動詞的論旨角色指派（即〈2,1〉）都違背論旨角色顯要性的條件❷②。再就㊿的認同

---

❷⓪ 根據 Li（1990:185），⑱ b 這樣的「認同類型」（identification pattern）會衍生'這首詩背會了香菱'這樣主語與賓語顛倒的不合語法的例句。

❷① 根據 Li（1990:186），⑱c 這樣的認同類型會衍生'武術學傷了他'這樣主語與賓語顛倒的不合語法的例句。

❷② 結果，分別會衍生'黛玉氣哭了寶玉'（要做與㊂c同義解）、'毛筆用光了寶玉'這樣主語與賓語顛倒的不合語法的例句。

類型而言，㉓只有㊿a的論旨角色認同沒有違背主要語屬性滲透與論旨角色顯要性的條件以外，㊿b與㊿c裏後項動詞(〈2',1'〉)的論旨角色指派都違背論旨角色顯要性的條件；而㊿d裏前項動詞的〈1〉與後項動詞的〈2'〉認同而充當賓語，後項動詞的〈1'〉則充當主語，結果違背主要語屬性滲透的條件㉔。至於(51)裏一元述語前項動詞與後項動詞的論旨角色，則可以如㊿a經過認同，也可以如㊿b不經過認同㉕。由於前後兩項動詞都只含有一個論旨角色，而且主要語的論旨角色都滲透到複合動詞上面去，所以都沒有違背論旨角色顯要性與主要語屬性滲透的條件。

(二)　如果前後兩項動詞的句法關係是「並列」關係的複合動詞(如'建築、檢查、來往、艱難'等)㉖，那麼前項動詞與後項動詞都是主要語；因此，無論是一元述語或是二元述語，動詞的論旨角色都在顯要性的條件下經過認同而滲透到複合詞上面去，例如：㉗

㉓ Li (1990:188) 指出：㊿的認同類型正好與㊾的認同類型形成前後次序相反的「鏡像關係」(mirror image)，例如㊿a與㊾d、㊿b與㊾b、㊿c與㊾c、㊿d與㊾a。

㉔ 結果，分別會衍生'這道題哭不懂你'、'寶玉玩忘了黛玉'、'黛玉玩忘了寶玉'這樣顛倒主語與賓語或違背主要語屬性滲透(前項動詞裏最顯要的論旨角色<1>未能成爲主要語而滲透到複合詞裏面去)的不合語法的例句。

㉕ Li (1990:189) 認爲在㊿b裏毋需經過論旨角色的認同；因爲複合動詞的賓語論元在未經過前後項動詞論旨角色的認同下仍然可以根據「格位指派」(Case-assignment) 而獲得「結構賓位」(structural accusative Case) 的指派，所以前後兩項動詞的論旨角色都可以獨立地指派給兩個論元。

㉖ Li (1990:190) 把並列式複合動詞分析爲兩個主要語動詞用「語意運符」'AND'來連繫，例如'檢查 (x,y)⟺檢(x,y) AND 查(x,y)'。

㉗ 湯(1988)<爲漢語動詞試定界說>指出：並列式複合動詞兩個並列語素的「詞類」與「次類畫分」都必須相同。因此，並列式複合動詞只有一元述語動詞之間或二元述語之間的並列結合，而不可能有一元述語與二元述語之間的並列結合。

⑤ a. 一元述語動詞的並列：〈1-1'〉

　他們常常來往。
　　　　　　‧‧

b. 二元述語動詞的並列：〈1-1', 2-2'〉

　賈政檢查了寶玉的功課。
　‧‧

與⑤由兩個一元述語動詞合成的述補式複合動詞不同，由兩個一
元述語動詞合成的並列式複合動詞必須經過論旨角色的認同（即
只能有〈1-1'〉，不可以有〈1,1'〉）。這是由於主要語論旨角色
的顯要性必須在複合動詞裏維持不變，所以兩個主要語動詞的論
旨角色都必須經過認同而雙雙滲透到複合動詞上面去。同樣的，
由兩個二元述語動詞合成的並列式複合動詞也只能有〈1-1', 2-2'
〉的認同類型，而不可能有其他類型。

（三）　以上，就由一元述語或二元述語動詞合成的述補式或並列
式複合動詞，討論構成動詞語素之間論旨角色的認同問題。這種
論旨角色的認同，是由於在一般的情形下，述語動詞都只能指派
「賓位」（accusative Case）與「主位」（nominative Case）
❷，所以必須經過認同或同指標來解決可能多出來的論元的格位
指派問題。但是如果複合動詞在所出現的句法結構裏可以獲得多
餘的格位指派語，那麼由兩個二元述語動詞合成的複合動詞就可
以指派格位給三個論元。針對這種「三元複合動詞」（three-
argument compound）的論旨網格裏論元角色的認同，Li

---

❷ 嚴格的說，由述語單獨指派「賓位」，並由述語連同賓語（或補語）共
　同指派「主位」。

(1990:191)提出了下面㉗裏六種排列組合的可能性。

㉗　a.　$\langle 1, 2\text{-}1', 2' \rangle$　　　　b.　$\langle 1\text{-}1', 2, 2' \rangle$

　　c.　$\langle 1, 1', 2\text{-}2' \rangle$　　　　d.　$\langle 1', 1, 2\text{-}2' \rangle$

　　e.　$\langle 1\text{-}1', 2', 2 \rangle$　　　　f.　$\langle 1', 1\text{-}2', 2 \rangle$

根據主要語屬性的滲透，只有㉗a與㉗b是合語法的認同類型，而㉗c、㉗d、㉗e與㉗f是不合語法的認同類型；因為在後面四個認同類型裏前項動詞的〈2〉並沒有成為複合動詞論旨網格裏次要的論旨角色(即〈2〉沒有出現於複合動詞論旨網格的中央第二項)，而且㉗d與㉗f的前項動詞的論旨角色裏最顯要的〈1〉也並未成為複合動詞裏最顯要的論旨角色(即〈1〉沒有出現於複合動詞論旨網格的左端第一項)，所以不但違背論旨角色顯要性的條件，而且也違背主要語屬性滲透的條件。Li（1990:192-193）認為㉗a與㉗b的認同類型可以出現於㉘的「把字句」裏。

㉘　a.　〔僕人們〕把〔焦大〕打丟了〔一隻鞋〕。

　　b.　〔寶玉〕把〔黛玉〕嚇忘了〔要說的話〕。

在這兩個例句裏，後項動詞的〈1'〉都與前項動詞的〈2〉認同(即都屬於㉗a的認同類型)；結果，前項動詞的〈1〉成為複合動詞論旨網格裏最左端、最顯要的〈1〉而獲得主位的指派，後項動詞的〈2'〉成為複合動詞論旨網格裏最右端、最不顯要的〈2'〉而獲得賓位的指派，而前項動詞〈2〉與後項動詞〈1'〉認同而合成的〈2-1'〉則居於複合動詞論旨網格裏的中央，並由介

詞'把'獲得格位的指派。結果，〈2-1'〉具有類似「兼語」(pivotal object) 的功能；一方面表示前項動詞動作的對象（如⑤⑧a的'僕人們打了焦大'），另一方面表示後項動詞動作或行為的主體（如⑤⑧a的'焦大丟了一隻鞋'）。至於⑤⑦b的認同類型〈1-1', 2,2'〉，Li (1990:194-195) 則認為具有這些論旨網格的複合動詞可以出現於牽涉到「動詞重複」(verb copying) ㉙的例句，如⑤⑨。

⑤⑨ a. 〔香菱〕問〔問題〕問懂了〔這一首詩〕。

　　b. 〔寶玉〕下〔棋〕下贏了〔賈政〕。

　　c. 〔僕人〕打〔焦大〕打丟了〔一隻鞋子〕。

在這些例句裏，主語名詞組（如⑤⑨a的'香菱'）從前項動詞與後項

㉙　Li (1990)的原文是「動詞重疊」(verb-reduplication)，但是我們認為「動詞重疊」（如'騎騎馬、唱唱歌'）與「動詞重複」（如'騎馬騎累了、唱歌唱得很好'）應該加以區別。又 Li (1990) 反對 Huang (1982) 以出現於賓語前面的第一個動詞為「替身」(copy) 的分析，而主張出現於賓語後面的第二個動詞纔是「替身」。他的理由是只有第二個動詞可以帶上動貌標誌（參 Li & Thompson (1981:450)），並在196至199頁就 Tsao (1987) 以第一個動詞與其賓語為「（次要）主題」((secondary) topic) 的分析做了相當詳細的討論。關於這一點，請參湯 (1990b)〈漢語動詞組補語的句法結構與語意功能：北平話與閩南話的比較分析〉與湯 (1991a) 'The Syntax and Semantics of Resultative Complements in Chinese: A Comparative Study of Mandarin and Southern Min' 的有關分析與討論。

動詞第一個論旨角色的認同（〈1-1'〉）獲得論旨角色的指派，第
一個賓語名詞組（如⑤a的'問題'）獲得前項動詞第二個論旨角色
〈2〉的指派，而第二個賓語名詞組（如⑤a的'這一首詩'則獲得
後項動詞第二個論旨角色〈2'〉的指派。⑩又根據Li（1990:195）
，⑤c的例句除了因爲具有〈1-1',2,2'〉的論旨網格而可以解釋
爲焦大丟了一隻鞋子以外，也因爲具有〈1,2-1',2'〉的論旨角色
而可以解釋爲僕人丟了一隻鞋子。至於⑤c、d、f等認同類型的不
合語法，則可以從下面代表⑤d〈1',1,2-2'〉的例句⑩看得出來。

⑩　a.　*黛玉把寶玉唱會了這一首歌。

　　b.　*黛玉唱這一首歌唱會了寶玉。

Li（1990:196）承認：由於對漢語動詞的「（域）內（論）元」
（internal argument）缺乏確切的了解，無法在經驗證據上把
⑤e（卽〈1-1',2',2〉）與⑤b（卽〈1-1',2,2'〉）兩種認同類型加以
區別；因而用來代表認同類型〈1-1',2,2'〉的例句⑤a似乎也可
以解釋爲代表認同類型〈1-1',2',2〉的例句。

⑥（=⑤a）香菱問問題問懂了這一首詩。

Li（1990:196）認爲：根據他的分析，在句法部門中所插入或重

---

⑩　關於如何指派格位給⑤的例句，Li（1990）並未討論，但可能是主語
　　名詞組從呼應語素獲得主位，而前後兩個賓語名詞組則分別從前後兩
　　個及物動詞獲得賓位。

複的動詞（如⑥句的'問'）連同在深層結構所衍生的名詞組論元
（如⑥句的'問題'）經過「主題化變形」（Topicalization）而移
出動詞組之後成爲「次要主題」（secondary topic）；因而幾乎
無法辨認㊼ b 與㊼ e 這兩種認同類型。

（四）　以上僅提到由一元述語或二元述語動詞合成的複合動詞。
根據 Li（1990:200），動詞'給'是漢語裏唯一能成爲複合動詞後
項動詞的三元述語，而這可能是由於'給'兼具動詞與（表示接受
者或受惠者的）介詞雙種性質。試比較下面⑥（動詞用法）與⑥（介
詞用法）的例句。

⑥　a.　〔寶玉〕送給〔黛玉〕〔一本書〕。
　　b.　〔寶釵〕帶給〔妙玉〕〔一些茶〕。
⑥　a.　〔寶玉〕給(*了)〔黛玉〕送了〔一本書〕
　　b.　〔寶釵〕給(*了)〔妙玉〕帶了〔一些茶〕。
　　c.　〔寶玉〕給(*了)〔寶釵〕道歉。

介詞用法的'給'與動詞用法的'給'不同；前者不能帶上動貌標誌
（如'了'），而後者則可以帶上動貌標誌。但是二者都能指派格位
（動詞指派「賓位」，而介詞則指派「斜位」（oblique Case））給
後面的賓語名詞組。漢語裏，除了'給'以外，沒有其他三元述語
可以充當複合動詞的後項動詞 ❸ 。另一方面，Li（1990:201-

---

❸　Li（1990:200-201）認爲，一般說來，複合動詞的後項動詞都傾向於
　「靜態動詞」（stative verb）與形容詞，而較少使用「動態動詞」
　（action verb）。由於三元述語都屬於動態動詞，所以不太可能成爲

203) 認爲漢語複合動詞的前項動詞則可能是三元述語（如'問、送'），而提出下面以三元述語（〈1,2,3〉）爲前項動詞而分別以一元述語（〈1'〉）與二元述語（〈1',2'〉）爲後項動詞時可能產生的認同類型（包括未經過認同的⑭d 與⑮ g）⑭與⑮。

⑭　a.　〈1-1',2,3〉　　　　b.　〈1,2-1',3〉

　　c.　〈1,2,3-1'〉　　　　d.　〈1,2,3,1'〉

⑮　a.　〈1-1',2-2',3〉　　　b.　〈1-1',2,3-2'〉

　　c.　〈1,2-1',3-2'〉　　　d.　〈1-1',2,3,2'〉

　　e.　〈1,2-1',3,2'〉　　　f.　〈1,2,3-1',2'〉

　　g.　〈1,2,3,1',2'〉

⑭裏以一元述語爲後項動詞的認同類型都是合語法的類型，都可以在漢語裏找到屬於這些類型的例詞；但是需要額外的句法措施（例如動詞的重複或介詞'把、給、替、向'等的引介）來爲多出來的名詞組論元指派格位。試比較：⑫

―――――――――

（→）複合動詞的後項動詞。但是事實上充當複合動詞後項動詞的動態動詞並不少（⑫例句的'給'便是一例），所以這種解釋並不能完全令人信服。我們當然可以仿照 Li（1984）的分析，把'送給、帶給'等三元述語複合動詞分析爲由動詞與介詞（即'V〔pp P NP〕'）經過「重新分析」（reanalysis；即'V〔pp P NP〕→〔v VP〕NP'）而得來，但是仍然要設法說明爲什麼漢語複合動詞（而且，根據 Li（1990）只有後項動詞）的構成語素必須限於一元或二元述語動詞。

⑫　Li（1990）的原文中，只列出⑯a,b,d、⑰a,c、⑱a,b,c與⑲a,b 的例句與合法度判斷，其他的例句與合法度判斷是由筆者提供的。

66 〈1-1',2,3〉

a. 〔寶玉〕問了〔黛玉〕〔一個問題〕。〈1,2,3〉

b. 〔寶玉〕問累了〔黛玉〕(*〔問題〕)。

c. 〔寶玉〕問累了(*〔黛玉〕)〔問題〕。

d. 〔寶玉〕問〔黛玉〕〔問題〕問累了。

e.*〔寶玉〕問〔黛玉〕問累了〔問題〕。

f. 〔寶玉〕問〔問題〕問累了〔黛玉〕。

67 〈1,2-1',3〉

a. 〔寶玉〕問煩了〔黛玉〕(*〔問題〕)。

b.?? 〔寶玉〕問煩了〔問題〕(了)。

c. 〔寶玉〕問〔問題〕問煩了〔黛玉〕。

d.?〔寶玉〕問〔黛玉〕〔問題〕問煩了。

e.?〔寶玉〕問〔黛玉〕問煩了。

68 〈1,2,3-1'〉

a. 〔寶玉〕送了〔黛玉〕〔很多禮物〕。

b. 〔寶玉〕送丟了(*〔黛玉〕)〔一件禮物〕。

c.(?)〔寶玉〕給〔黛玉〕送丟了〔一件禮物〕。

d.?〔寶玉〕送丟了〔一件禮物〕給〔黛玉〕。

e. 〔寶玉〕送〔一件禮物〕送丟了。

69 〈1,2,3,1'〉

a.*〔寶玉〕問煩了〔黛玉〕〔問題〕〔寶釵〕。

b. 〔寶玉〕問〔黛玉〕〔問題〕問煩了〔寶釵〕。

c.?〔寶玉〕向〔黛玉〕問〔問題〕問煩了〔寶釵〕。

另一方面，⑥裏以二元述語爲後項動詞的認同類型，則除了⑥ c
以外都是合語法的類型，都可以在漢語裏找到屬於這些類型的例
詞，但是仍然需要動詞的重複或介詞等額外的格位指派語。試比
較：

⑦　a.〔寶玉〕問〔問題〕問贏了〔黛玉〕。(⑥a)

　　b.〔寶玉〕問〔黛玉〕問明白了〔這一個問題〕。(⑥b)

　　c.〔黛玉〕敎懂了〔香菱〕〔這一首詩〕。(⑥c)

　　d.〔寶玉〕問〔黛玉〕〔問題〕問會了〔英語〕。(⑥d)

　　e.(?)〔寶玉〕問〔問題〕把〔黛玉〕問會了〔英語〕。(⑥e)

　　f.(?)〔他〕給〔我〕送〔包裹〕送出了〔國〕。(⑥f)

　　g.〔寶玉〕問〔黛玉〕〔問題〕把〔寶釵〕問忘了〔要說的
　　　話〕。(⑥g)

Li（1990:205-206）附帶的結論是：漢語的述補式複合動詞(他
所謂的'the resultative V-V compound')不太可能如 Baker
(1988) 所主張，從下面⑦這樣的「主要語移位」(X⁰-movement)
來形成。

⑦

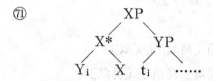

根據 Baker（1988），如果'X'屬於「詞彙性範疇」(lexical

category）而指派論旨角色給‘YP’，那麼‘Y’就可以移位並加
接到‘X’來形成複合詞‘X*’。同時，在移位與加接的過程中不會
越過任何「屏障」（barrier）。❸ 但是這樣的分析似乎不能適用於
漢語的複合動詞，因為前項動詞（卽‘V₁’而相當於⑦的‘X’）並
不指派論旨角色給後項動詞（卽‘V₂’）的「最大投影」（maximal
projection；在這裏係指‘VP’而相當於⑦的‘YP’）；因而後項
動詞的移位與加接到前項動詞，必然越過後項動詞的最大投影這
個「屏障」而違背「空號原則」（the Empty Category Princi-
ple），卽移位痕跡‘tᵢ’無法獲得主要語‘X’或移位語‘Yᵢ’的「適
切管轄」（proper government）而被判為不合語法❸。

　　由於 Li（1990）的論文內容相當重要，卻可能不易為一般讀
者所瞭解，所以我們花了相當的篇幅做了詳盡的介紹。Li（1990）
利用 Higginbotham（1985）的「論旨認同」（theta-identifi-
cation）、Grimshaw（1990）的「具有(階層)組織的論旨網格」
（(hierarchically) structured theta-grid）、「論旨指派」
（theta-assignment）與「格位指派」（Case-assignment）等
概念，不但為漢語的述補式複合動詞與並列式複合動詞提出了敏
銳而有意義的觀察與分析，而且還利用「論旨角色的顯要性」與
「主要語屬性的滲透」這兩個條件為形成複合動詞的前項動詞論
旨網格與後項動詞論旨網格之間的論旨認同類型提出了辨別「可

---

❸ 事實上，Baker（1988）主張：動詞的「使動形」並非由「構詞規律」
　（word-formation rule）形成，而依⑦的「主要語移位」把動詞‘Y’
　加接到「使動化詞綴」（causative affix）來形成動詞的使動形。

❸ 根據湯（1990a）＜漢語語法的「併入現象」＞的分析，漢語的複合動詞
　由動詞語素（’V）或形容詞語素（’A）等合成，而「語(素)」（mor-
　ph(eme)）則與「詞」（word）不同，不可能有「最大投射」。

能的複合動詞」（'possible' compound）與「不可能的複合動詞」（'impossible' compound）的客觀而具體的標準；因而對於漢語詞法的「形式化」（formalization）與「條理化」（generalization）做出了相當的貢獻。但是他的分析與結論仍然留下下列幾個問題。

（一）　Li（1990）認爲在述補式複合動詞的主要語一定是前項動詞，而他所舉的唯一理由是：在'跑累'這樣的述補式複合動詞裏'跑'是動詞而'累'是形容詞；只有前項動詞是主要語的時候，動詞這個句法屬性纔能往上滲透成爲整個複合動詞的屬性。但是這樣的觀察與推論顯然並不周延；因爲我們在前面有關「述補式使動動詞」的分析與討論裏，列舉以不及物動詞（如'跌斷、哭濕、喊啞'）、形容詞（如'累壞、忙急、氣死'）、甚至名詞（如'尿濕'）❸為主要語的述補式複合動詞來主張這一類複合動詞的主要語是「作格化」（ergativized）的後項動詞或形容詞。如此，'打敗'（使動及物）與'打勝'（一般及物）在句法表現上的差異（如'老張打敗了老李→老李打敗了；老張打勝了老李→＊老李打勝了'）纔可以從後項動詞的是否屬於作格動詞獲得說明。就是以不及物動詞與形容詞為前後項動詞的複合動詞如'跑累'與'跑壞'，也在'他老人家天天跑步，把身體都{跑累／跑壞}了'這樣的例句裏可以具有使動動詞的功能。　由於'跑'本來是不及物動詞❸，所以

---

❸　其他如虛化的及物動詞（'打開'）、不及物動詞黏著語素（'澄清'）與及物動詞黏著語素（'擴大'）。

❸　'跑步、走路'等例詞裏的'步、路'是充當不及物動詞「同源賓語」（cognate object）的名詞黏著語素。

'跑累、跑壞'等使動及物用法不可能由'跑'的屬性滲透來說明，而應該由作格動詞'累、壞'的屬性滲透來處理。Li（1990）也與湯(1988、1989a、1989b、1990a)一樣，承認「並列式複合動詞」具有「主要語在兩端」(double-headed；卽以前後兩項語素均爲主要語)的內部結構；而湯（1988、1989a、1989b、1990a）更主張「述賓式複合動詞」與「偏正式複合動詞」分別具有「主要語在左端「(left-headed；卽以前項語素爲主要語)與「主要語在右端」(right-headed；卽以後項語素爲主要語)的內部結構。因此，我們必須擬定一套判斷複合詞主要語的客觀標準，纔能仔細檢討「主要語屬性滲透」與「非主要語屬性滲透」(foot-feature percolation) 的問題❸。

（二） Li（1990）把複合動詞的構成成分分析爲「詞」（卽'X'或'X⁰'），甚至談到這些詞的「最大投射」（卽'XP'或'X'')的問題。另一方面，湯（1990a等）則把複合動詞的構成成分分析爲「語」（卽''X'）；並以「語(素)」爲「詞法」的基本單元，而以「詞」爲「句法」的基本單元。只有「詞」可以投射而成爲「詞節」（卽'X''）或「詞組」，而「語」則只能投射成爲「詞」；這是「句法」與「詞法」之間主要的區別之一。在 Li（1990） 所舉出的例詞中，也不乏由黏著語素（''X'）合成的複合動詞(如'改良、來往、建築、檢查、艱難')。 我們有理由相信出現於漢語的複合動詞(甚至所有的「根幹複合詞」(root compound))都由「語(素)」構成，因爲出現於複合動詞的名詞(語素)（如'跑步、走路、上臺、下海、路祭、空襲'等）都是「非指涉性」(non-referential）或

---

❸　關於漢語複合詞裏主要語與非主要語的判斷依據，參湯(撰寫中a)。

「虛指」(non-referring) 的。如果「指涉」(reference) 是名詞組的屬性，那麼名詞語素的「非指涉性」是自然的結果。這種名詞組與名詞語素的區別也可以發現於由及物動詞與賓語名詞組合成的動詞組‘〔vp〔v 吃〕〔vp 醋〕〕’與述賓式複合動詞‘〔v〔v 吃〕〔n 醋〕〕’的對比上面。具有動詞組的內部結構時，照「字面意義」(literal meaning) 做‘喝醋酸’解；而充當述賓式複合動詞時，則以「引申意義」(extended meaning) 或「譬喻意義」(figurative meaning) 做‘嫉妒’解。在動詞組裏出現的‘醋’是名詞組，所以可以移到句首充當主題(如‘(那瓶)醋$_i$，我們已經吃(掉) t_i 了’)，也可以用疑問詞來代替(如‘你在吃什麼？’)；在述賓式複合動詞裏出現的‘醋’是名詞語素，所以不能移到句首充當主題(如‘*(*那瓶)醋$_i$，我已經吃(*掉) t_i 了’)，也不能用疑問詞來代替(如‘* 你在吃什麼？’[38])。如果只有名詞組可以移位，也可以用(包括疑問詞在內的)稱代詞來代替，而名詞語素則不能如此移位或代替，那麼上面句法表現上的差異也就得到了自然合理的解釋。

(三) Li (1990) 把‘打丟、嚇忘’的二元述語用法(如‘僕人們打丟了一隻鞋’、‘寶玉嚇忘了要說的話’)與三元述語用法(如‘僕人們把焦大打丟了一隻鞋’、‘寶玉把黛玉嚇忘了要說的話’)分別用〈1-1',2'〉與〈1,2-1',2'〉的論旨認同類型來區別與處理。在二元(及物)述語用法的‘嚇忘’裏，‘嚇’是一元(不及物)述語(〈1〉)，而‘忘’是二元(及物)述語(〈1',2'〉)；‘寶玉嚇忘了要

---

[38] 這一個例句前面的「星號」(*)表示：這一個問句只能用字面意義的‘吃醋’回答，不能用譬喻意義的‘吃醋’回答。

說的話'在認知意義上相當於'寶玉ᵢ嚇得〔Proᵢ忘了要說的話〕'。因此,如果說一元述語的前項動詞'嚇'是主要語,那麼就無法直截了當地說明爲什麼整個複合動詞'嚇忘'必須是二元述語。可見,二元述語的句法屬性來自二元述語的後項動詞'忘'。另一方面,在三元((使動及物) 述語用法的'嚇忘'裏,'嚇'是二元(使動及物)述語(⟨1,2⟩ ;但是(起動)及物動詞可以有'小明嚇了小華一跳'與'小華嚇了一跳'兩種說法,而且前一種說法必然「涵蘊」(entail) 後一種說法),而'忘'仍然是二元(及物)述語(⟨1',2'⟩ ;但是只有'小明忘了小華'的說法,而這一種說法並不涵蘊'小華忘了');'寶玉把黛玉嚇忘了要說的話'在認知意義上相當於'寶玉把黛玉ᵢ嚇得〔Proᵢ忘了要說的話〕'或'(寶玉(的某種行爲))嚇得黛玉ᵢ〔Proᵢ忘了要說的話〕'。可見,在二元與三元述語用法裏後項動 詞'忘'的論旨網格都維持不變;但是前項動詞'嚇'在二元述語(起動不及物)與三元述語(使動及物)的用法裏卻顯然不同。我們甚至可以說:在三元述語用法裏,主要語是使動及物用法的'嚇',因而整個複合動詞也具有使動及物用法。在 Li (1990) 的論旨認同類型裏,我們看不出這種主要語位置的改變,而且無論是「起動及物」(inchoative transitive)或是「使動及物」(causativetransitive) 都毫不加區別地用⟨1,2⟩的論旨網格來標示。另外,在二元述語用法的'嚇忘'裏,前項動詞'嚇'與後項動詞'忘'都以「感受者」(Experiencer)爲「外元」(即⟨1⟩)。但是在三元述語用法裏,後項動詞'忘'仍然以「感受者」爲「外元」而以「客體」(Theme) 爲「內元」(即⟨2⟩);而前項動詞'嚇'卻以「起因」(Cause) 爲「外元」而以

「感受者」為「內元」。這種有關動詞論旨網格裏論旨角色的改變，也無法在 Li（1990）所擬設的論旨網格或論旨認同類型裏看得出來。同樣的，在二元（及物）述語用法的'打丟'裏，'打'是以「主事者」（Agent）為外元而以「客體」為內元的二元（及物）述語，而'丟'是以「客體」為外元的一元（不及物）述語。但是在三元（使動及物）用法裏，'打'的論旨網格雖然維持無變，'丟'卻是以「受事者」（Patient）⑲為外元而以「客體」為內元的二元（使動及物）述語（因而可以有'小明丟了錢包'與'錢包丟了'這兩種說法，並且前一種說法必然涵蘊後一種說法）。從 Li（1990）以外元〈1〉與內元〈2〉為單元的論旨網格與論旨認同類型裏，這些微妙的角色變化都無法表達出來。

(四) Li（1990）把'寶玉騎馬騎累了'與'他打我打痛了'等例句分別分析為〈1-1',2；1,2-1'〉與〈1,2-1'〉這兩種認同類型的「具現」（realization）。他認為'寶玉騎馬騎累了'與'寶玉騎累了馬'同義，'累'的可能是主事者'寶玉'，也可能是受事者'馬'。他也認為'他打我打痛了'與'他打痛了我'同義；卻只提出了受事者的'我'痛這一個解釋，而沒有提到主事者的'他'痛這一個解釋。⑳'騎'與'打'都是以主事者為外元而以受事者為內元的二元（及物動詞）述語（即〈1,2〉）而'累'與'痛'都是以受事者為外元

---

⑲ 或包括「受益者」（Beneficiary）與「受害者」（Maleficiary）在內的「（概化的）受惠者」（（generalized）Benefactive）。參湯（1991b、1991c）。

⑳ Li（1990:194）對這兩個例句（即他的㉝a,b）所提供的英語解義是 'He beat me（and as a result I）felt a pain'。

的一元(形容詞)述語(卽〈1〉),無論是從「論旨角色顯要次序」、「主要語屬性滲透」或是「論旨角色認同」的觀點看來,乎不似應該有這樣的差異。或許是「語用上的考慮」(pragmatic consideration) 影響了 Li(1990)有關例句的語意判斷❹,但是許多筆者周圍的人都認爲在'寶玉騎累了馬'裏'累'的是受事者的'馬'(至少這是「較爲自然的解釋」(preferred reading)),而在'寶玉騎馬騎累了'裏'累'的是主事者的'寶玉';因此,「把字句」'他把馬騎累了'(這裏'累'的是受事者的'馬')的深層結構與'寶玉騎累了馬'的深層結構相類似,而與'寶玉騎馬騎累了'的深層結構完全不同。 又在這些例句裏, 前面單獨出現的單純動詞'騎、打'與後面經過認同而與'累、痛'合成的複合動詞'騎累、打痛'似乎應該分析爲兩個獨立的動詞,而不應該把前面的'騎、打'視爲從後面的複合動詞'騎累、打痛'分化出來的動詞替身。因爲所謂動詞的重複與「把字句」也可以在同一個句子裏同時出現,如'寶玉騎馬把馬騎累了'與'他打我把我打痛了',所以不如把這些例句分析爲由兩個動詞組聯合而成的「連動結構」(serial verb construction) 或「連謂結構」(serial VP construction)❷;否則,同一個動詞'騎、打'同時指派同一個論旨角色(「受事者」)給出現於前後兩個位置的賓語名詞組('馬'或'我')

---

❹ 請注意在'他ᵢ打我打得〔(Proᵢ 的)手都痛起來〕'這個例句裏,'手'似乎可以指主事者'他'的手。又語意判斷上的不同, 也可能牽涉到「方言差別」(dialectal variation) 甚至「個人差異」(idiolectal difference) 的問題。

，雖然這兩個名詞組是「同指標」（coindexed），可能還是違背了要求論元與論旨角色之間必須形成「一對一對應關係」（one-to-one correspondence）的「論旨準則」（θ-criterion)。同時，並非所有具備 'V($\cdots$)$\Longleftrightarrow$V$_1$($\cdots$) CAUSE V$_2$($\cdots$)' 這個句法與語意要求的述補式複合動詞就可以「重複」前項動詞。如果前項動詞已經虛化（如⑫ a 句的'打'）或是屬於黏著語素（如⑫ b 句的'擴'與⑫ c 句的'提'）、形容詞（如⑫ d）句的'忙'與⑫ e 句的'忙'）或不及物動詞（如⑫f 句'跌'、⑫g 句的'哭'與⑫h 的'喊'），那麼前項動詞就無法重複來指派格位給賓語名詞組。試比較：

⑫　a.　他打開了門了；?*他打門打開了。

　　b.　他們擴大營業範圍了；*他們擴營業範圍擴大了。

　　c.　老闆提高我們的待遇了；*老闆提我們的待遇提高了。

　　d.　她忙壞了身體了；*她忙身體忙壞了。

　　e.　這件工作簡直累死我們了；?*這件工作累我們簡直累死了。

　　f.　他跌斷了腿了；*他跌腿跌斷了。

　　g.　她哭濕了手帕了；*她哭手帕哭濕了。

　　h.　他喊啞了喉嚨了；*他喊喉嚨喊啞了。

---

❷　參湯（1990d）的有關分析。

但是⑫裏所有的複合動詞都可以出現於「把字句」，例如：

⑬ a. 他把門打開了。

    b. 他們把營業範圍擴大了。

    c. 老闆把我們的待遇提高了。

    d. 她把身體忙壞了。

    e. 這件工作簡直把我們累死了。

    f. 他把腿跌斷了。

    g. 她把手帕哭濕了。

    h. 他把喉嚨喊啞了。

而且，同樣的動詞可以前後帶上不同的賓語名詞組，例如：

⑭ 他尿牀尿濕了褲子。

因此，Li (1990) 所提出的漢語動詞的「重複」是爲了複合動詞提供額外的「格位指派語」(Case-assigner) 這個主張並不能完全令人信服。㊸

(五) 最後，我們討論 Li (1990)有關分析的理論背景。他所採

㊸ 我們既不能贊同複合動詞重複前項動詞以便指派格位的說法，也不能完全同意 Li (1990) 與 Tsao (1987) 以第一個動詞與其賓語名詞組爲「(次要)主題」的分析。不過這一個問題牽涉較廣，不擬在此詳論。

　　用的「具有階層組織的論旨網格」與「論旨角色顯要次序」
的概念來自 Grimshaw (1987,1990) 與 Grimshaw &
Mester （1988） 所提議的「論元結構」（argument
structure）。這種論元結構以整數 '1,2,3' 來表示論元
，並以這些整數的線性次序來表示論元的階層組織與顯要
次序（例如'〈1,2,3〉'代表'〈1〈2〈3〉〉〉'：越是
靠近右端、越低層的論元（即'3'），其顯要性越低；越是
靠近左端、越高層的論元（即'1'），其顯要性越高。根
據 Grimshaw (1990)，論元結構裏論元的顯要次序以表
示「論旨角色高低」（thematic hierarchy）的「論旨
關係」(thematic relation) 與表示「事件結構」(event
structure) 內部的「動貌關係」（aspectual relation）
兩個「分層」(tier) 為基礎，可以分別表示如下：

⑦　〈主事者〈感受者〈起點/終點/處所〈客體〉〉〉〉 ❹
⑭　〈起因〈其他〈…〉〉〉

她認為⑦與⑭的顯要次序，不但可以區別「外元」（主語）與「內
元」（賓語與補語），並決定「主語的選擇」（subject selection）
，而且還可以說明「心理狀態動詞」（psychological　state
verb; 如'fear'）、「心理使動動詞」(psychological causative
verb; 如 ' frighten '） 與 「 主事心理使動動詞 」（agentive

---

❹　Grimshaw (1990:175, fn.1) 承認這個論旨角色的顯要次序尚無定
　　論。

psychological causative verb; 如 'frighten' ⑮)之間諸多句法表現上的差異以及判斷複合詞或「體語化」(nominalization) 的合語法與不合語法（如 'gift-giving to children v. *child-giving of gift, flower-arranging in vases v. *vase-arranging of flowers, cookie-baking for children v. *child-baking of cookies, book-reading by students v. *student-reading of books) 等許多功能來證明這些顯要次序確實有「獨立自主的存在理由」(independent motivation)。Li (1990) 雖然蹈襲了 Grimshaw (1987, 1990) 的理論架構與分析模式，但是對出現於論旨網格裏的整數所代表的意義與貢獻卻很少討論。結果，整數‘1’與‘2’僅分別代表外元與內元，至於這些論元在「論旨關係」與「動貌關係」上所扮演的角色以及形成複合動詞時所發揮的功能則完全沒有提及。例如，在「論旨角色的認同」中，有關兩個論元論旨角色的相同與否（identity）以及這兩個論元在論旨關係與動貌關係兩個分層上的搭配與否（matching），會不會影響認同的合語法與不合語法？湯（1988）以 ''X||'Y'、''X|'Y'、''X／'Y'、''XX∩'Y'、''X＼'Y' 的符號來分別表示「主謂式」、「述賓式」、「偏正式」、「並列式」與「述補式」⑯複合詞的內部結構。湯 (1991a, 1991b) 並用「具有線性次序的論旨網

---

⑮ 英語動詞 ' frighten ' 可以有「心理使動」（如'John('s mere presence in the room) *frightened* Mary') 與「主事心理使動」（如'John *frightened* Mary (by threatening to kill her)'）兩種用法。

⑯ 述補式使動動詞或許可以用''X→'X' 的符號來表示。

格」(linear-ordered θ-grid) 來表示述語動詞的論元結構與論旨屬性。例如，'〔X$_x$〕'代表「一元」(monodactic) 述語(如'笑'〔Ag〕、'停'〔Th〕、'死'〔Pa〕)，'〔X$_x$,Y$_y$〕'代表「二元」(didactic) 述語(如'看'〔Th,Ag〕，'看見'〔Th,Ex〕、'收到'〔Th,Go〕)，'〔X$_x$,Y$_y$,Z$_z$〕'則代表「三元」(tridactic) 述語 (如'放'〔Th,Lo,Ag〕、'賣'〔Th,Go,Ag〕、'告訴'〔Go,Th,Ag〕)[47]；而論旨網格中的論旨角色是以「內元」(包括「賓語」與「補語」)先、「外元」(即「主語」)後的前後次序出現的[48]，可以根據「投射理論」、「X標槓理論」、「格位理論」、「論旨理論」等原則系統的條件與限制投射成為句子結構。由於篇幅的限制，我們僅以'跑累'與'騎累'這兩個複合動詞為例來說明在湯(1988,1989a,1989b,1990a)的理論與分析模式下如何產生複合動詞裏論旨角色的「認同」或「合併」。⑦a與⑦b分別表示'跑累'與'騎累'的一元述語 (不及物) 用法(如'他跑累了'、'他騎累了')。試比較：

⑦ a.

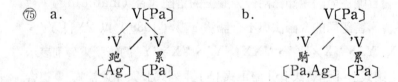

b.

---

[47] 'Ag'、'Th'、'Pa'、'Ex'、'Go'、'Lo'等分別代表「主事者」、「客體」、「受事者」、「感受者」、「終點」、「處所」等；參湯（1991a, 1991b, 1991c) 的有關討論。

[48] 至於可用亦可不用的「(語)意(論)元」(semantic argument; 如「狀語」) 則用「詞彙冗贅規律」(lexical redundancy rule) 安插於內元與外元之間。

在'跑累'與'騎累'這兩個複合動詞裏述語動詞'跑'與'騎'都表示「行動」(activity)而補語動詞'累'⑲則表示因這個行動而發生的「結果狀態」(resultant state)。因此，'跑累'與'騎累'都是「靜態」的「終結動詞」；既不能重疊或出現於祈使句，又不能與期間補語連用。

⑦⑥　a.　*跑累！

　　b.　*你跑累跑累(比較：你跑一跑/你跑跑看)。

　　c.　*我跑累了三個小時了(比較：我跑了三個小時跑累了)。

⑦⑦　a.　*騎累！

　　b.　*你騎累騎累(比較：你騎一騎馬/你騎騎馬看)。

　　c.　*我騎累了半天了(比較：我(騎馬)騎了半天騎累了)。

根據這些觀察，我們把'跑累'與'騎累'的'累'分析爲主要語，因而其論旨網格(〔Pa〕；卽以受事者爲唯一論元(外元))就往上滲透成爲整個複合動詞的論旨網格。其次，⑦⑧a與⑦⑧b分別表示'跑累'與'騎累'的二元述語(使動及物)用法(如'千萬不要跑累身體'、'千萬不要騎累馬')。

⑦⑧　a.　　　V〔Pa,{Ca,Ag}〕　　b.　　　V〔Pa,{Ca,Ag}〕

　　　　　　'V ／ 'V　　　　　　　　　'V ／ 'V

　　　　　跑　　　累　　　　　　　騎　　　累

　　　　〔Ag〕〔Pa,Ca〕　　　　〔Pa,Ag〕〔Pa,Ca〕

⑲　這個動詞用法可以分析爲由形容詞'累'的「起動化」(inchoativization)得來。

在⑱裏，'跑累'與'騎累'的'跑'與'騎'仍然表示行動，而'累'則仍然表示因這個行動而發生的結果狀態；但補語動詞'累'在這裏是以受事者 (Pa) 爲內元而以「起因」(Ca) 爲外元的使動及物用法。又二元述語(使動及物)用法的'跑累'與'騎累'仍然以補語動詞'累'爲主要語；不過在'跑累'裏可能發生'跑'的主事者與'累'的起因之間的認同或合併，而在'騎累'裏則可能發生'騎'的主事者與'累'的起因之間以及'騎'的受事者與'累'的受事者之間的認同或合併。受事者與受事者是同一種論旨角色之間的認同或合併，所以應無問題。而主事者與起因則不但論旨功能與句法功能相近（比較'他把樹推倒'裏的主事者'他'與'颱風把樹吹倒'裏的起因'颱風'），而且分別在 Grimshaw (1990) 的論旨階層與動貌階層裏佔居最顯要的地位；所以也應該可以獲得認可。結果，'跑累'與'騎累'這兩個複合動詞都獲得 '〔Pa, {Ca,Ag}〕' 的論旨網格，而可以有⑲與⑳裏(a)句的「（結果）使動」((resultant) causative) 與(b)句的「主事使動」(agentive causative) 兩種用法。試比較：

⑲ a. 他一連跑了六個小時，(結果){跑累了身體/把身體(給)跑累}了。

　　b. 我最近一直失眠，所以想{跑累身體/把身體跑累}，看看會不會想睡。

⑳ a. 他一連騎了整天的馬，(結果){騎累了馬/把馬(給)騎累}了。

　　b. 你爲什麼非得{騎累馬/把馬(給)騎累}不可？難道沒有

一點憐憫動物的心嗎？

⑧a的例句更表示：二元述語（使動及物）用法‘騎累’的賓語名詞
組必須是有生名詞，而這正是論旨角色「受事者」的語意屬性之一
❺。另一方面，⑧ b 的例句則表示：這裏的‘騎累’只能解釋為一
元述語（起動不及物）用法。而⑧c的例句更顯示：‘騎車子’的‘騎’
是二元述語（主事及物）用法（即〔Th, Ag〕），而‘騎累’則是一元
述語（起動不及物）用法（即〔Pa〕）。為了滿足「投射條件」與「論
旨準則」，我們或許應該擬設「空號代詞」（empty pronoun）
‘Pro’ 的存在；而空號代詞的存在則支持我們先前所做的⑧ c 這
類句子是屬於「連動結構」或「連謂結構」的主張。

⑧　a. ＊他一連騎了六個小時的車子，（結果）{騎累了車子/把
　　　車子給騎累}了。

　　b. 他一連騎了六個小時的車子，（結果）騎累了?＊（車子了）。

　　c. 他騎車子，Pro 騎累了。

十、結　語

　　以上針對漢語述複式複合動詞，就其結構、功能、起源以及
衍生的條件，提出了相當詳盡的分析與討論。由於 Li（1990）對

---

❺　如果「（概化的）受惠者」可以包括「受益者」與「受害者」，那麼也可以
　　用「受惠者」代替「受事者」，而有生名詞組也是「受惠者」的語意屬
　　性之一。

漢語動詞的衍生條件提出最明確的主張，所以我們特別仔細的評介他的論文，並且也扼要介紹了另一種可能的分析。依照當代語法的理論所做的漢語詞法研究，可以說是剛剛起步，仍然有許多問題等待大家去尋求、發掘並加以解決。我們將在以後的文章裏繼續追求這些問題❺，並以研究所得就教於大家。

    * 本文初稿曾於1991年8月9日至11日在中央研究院歷史語言研究所召開的第二屆中國境內語言暨語言學國際研討會上以口頭發表。

---

❺　如　湯（撰述中 a）。

The Syntax and Semantics of Resultative Complements in Chinese: A Comparative Study of Mandarin and Southern Min

There are three types of complement constructions in Mandarin which are introduced or mediated by the particle 得; namely, the potential complement (as in ①), the descriptive complement (as in ②) and the resultative complement (as in ③).

① 他{跑得快／跑不快}。

② 他{跑得很快／跑得不(很)快}。

③ 他{氣得發抖/氣得說不出話來}。

The controversy as well as intricacy involved in the
analysis of Chinese complement constructions have
been brought into fcous since publication of Huang
(1982, 1984, 1985), immediately followed by critiques
by Ernst (1986a, 1986b) and Tai (1986). At issue are
the adequate D-stucture and S-structure analyses of
Chinese complement constructions which include among
other points: (i) What is the morohological and syntactic
status of the particle 得? (ii) Which is the main pred-
icate of the sentence, the matrix verb that precedes the
particle 得, or the constituent verb phrase or adjective
phrase that follows it? (iii) What is the syntactic cate-
gory and constituent structure of the complement? Is
it simply an AP or VP, or is it an S or S'? And how
is it related to the rest of the sentence? (iv) What is
the syntactic motivation which lies behind the redu-
plication of the matrix verb when followed by an ob-
ject NP? And how is this reduplication licensed?

Based on a comparative analysis of Mandarin and
Southern Min sentences such as ④ and ⑤, it is sug-
gested in Tang (1990c) that the potential 得 in Mandarin
may have derived from the verb 得 (close in meaning

to complex verbs such as 得到 and 獲得).

④　a.　我看得到；我看不到。

　　b.　我看會著；我看艙著。

⑤　a.　他跑得快；他跑不快。

　　b.　伊走會緊；伊走艙緊。❶

In ④ and ⑤, the Southern Min equivalents of the Mandarin 得 and its negative counterpart 不 are respectively 會 and its negated form 艙(＜不＋會). This shows that, in contrast with the phonologically reduced and morphologically neutralized Mandarin 得, Southern Min uses a full-fledged verb 會, which seems to suggest that the postulation that the potential 得 in Mandarin derives diachronically from a verb is by no means implausible.

　　Tang (1990c) also postulates that the descriptive 得 in Mandarin may function as (and even derive from) an achievement phase marker, like the Southern Min counterparts 了/著, as illustrated in ⑥, and further suggests that the combination of the verb and 得 may be analyzed as a complex verb that subcategorizes for an AP complement. It must be noted that there are

❶　Chinese characters used in the exemplifying Southern Min sentences are mainly based on Cheng et al. (1988).

numerous verbs in Mandarin which combine with 得 to form a complex verb and subcategorize for NP (e.g., 認得，記得，懂得), AP (e. g., 顯得，變得，覺得), VP (e.g., 懶得，捨(不)得), S' (e. g., 曉得，省得，免得，值得，覺得), or NP⌢S' (e.g., 使得).

⑥　a.　他跑得很快。

　　b.　伊走{φ／了／著}足緊。❷

In this paper, we will discuss the structure and function of the resultative complements in Mandarin, with special reference to the corresponding constructions in Southern Min. It is hoped that our discussion will lead to a better understanding of the resultative complement in Chinese and contribute to settling the issues raised above.

The resultative complements in Mandarin have been classified in Tang (1990c) into three subtypes: (i) the 'degree' complement which consists of QP (as in ⑦), (ii) the 'extent' complement which is composed

---

❷ It is also possible to say '伊走甲足緊' in Southern Min, but we think that the presence of 甲 shows that this sentence falls under the category of resultative complement.

of S or S' (as in ⑧), and (iii) the 'ergative' comple-
ment which follows the matrix causative verb (as in
⑨) ❸.

⑦　他緊張得 {很／要死／要命／不得了／了不得}。

⑧　a.　他嚇得說不出話來。

　　b.　他罵得大家都傷心起來。

⑨　a.　走得我累死了。

　　b.　吃得他越來越胖。

The complement in ⑦ is analyzed as a genera-
lized QP, which includes degree adverbs, comparative
expressions and quantificational expressions, because:
(i) only the descriptive predicate may take this subtype
of complement, (ii) the descriptive predicate may take
either a degree adverb or a degree complement, but
not both, and (iii) this subtype of complement does not
generally form a negation or a V-not-Vquestion ❹,

---

❸　Admittedly, the borderlines between these subtypes are
　by no means firm or clear, and overlap on occasions.
　Thus examples such as '他緊張得{像隻驚弓之鳥／比我還要緊
　張}', which resemble a degree complement in semantic
　function, may have to be analyzed as an extent comple-
　ment on syntactic grounds.

❹　Other expressions that fall under this subtype are 慌，
　厲害，可以，不成，不行，要不得，etc. Perhaps with the
　(→)

There seems to be no counterpart in Southern Min that exactly corresponds to the degree complement in Mandarin. However, whenever there is a correspondence, the particle used in Southern Min is 甲 (as in ⑩ b), which is equivalent in syntactic and semantic function to Mandarin 到 (as in ⑪b)❺. Compare, for example:

⑩　a.　他緊張得要死。

　　b.　伊緊張甲會死。

⑪　a.　阮一直等〔PP 甲〔NP 九點〕〕。/阮一直等〔PP 到〔NP 九點〕〕。

　　b.　阮一直等〔PP 甲〔S, 伊來〕〕。/阮一直等〔PP 到〔S, 伊來〕〕。

(→) exception of 厲害, all the degree complements listed may not form a V-not-V question, and with the exception of such negative polarity items as 不得了，了不得，要不得，不成，不行, which contain a lexicalized negative as an integral part of the expression, they may not form a negation either.

❺ This seems to indicate that, in deeper and more abstract analysis, the 'degree' complement may be generalized under the 'extent' complement. Thus, '會場裏擠得〔QP 慌〕' may be structurally related to '會場裏擠得〔S, 我心慌〕' or '會場裏擠得我〔S, Pro 心慌〕'.

This seems to suggest that 甲 in Southern Min functions both as a preposition, which takes NP as complement, and as a subordinate conjunction, which takes S or S' as complement, and that ⑩b may be analyzed as ⑫, in which the complement contains a null subject that is coreferential with the matrix subject.

⑫ 伊緊張 [PP 甲 [S' Pro 會死]]。

The extent complement in ⑧, on the other hand, is analyzed as S or S' because the complement may contain a covert (null) subject, as in ⑧a, or an overt (lexical) subject, as in ⑧b. The covert subject is analyzed as a generalized null pronominal (Pro) **❻**, which is coreferential with the matrix subject 他 (as in ⑯a), the matrix object (as in ⑯b), and the entire matrix sentence (as in ⑯c). The particle 得 is analyzed as a subordinate conjunction, possibly a phonologically reduced form of 到, which originally means 'till, until' but comes to be used as a subordinate conjunction meaning '…so much so that…', as in ⑬. **❼** Compare, for

---

❻ See Huang (1989a, 1989b) for a theory of generalized control.

❼ Chao (1968:353-355) has pointed out the alternation that exists between 得 and 到 in such expressions as '說{得/到} (→)

example:

⑬ a. 我們一直等〔_{PP} 到 〔_{NP} 九點鐘〕〕。

b. 我們一直等〔_{PP} 到 〔_{S'} 他來了〕〕。

c. 我們一直等〔_{PP} 到 〔_{NP} 〔_{S'} 〔_S 連脚都酸(了)〕的〕 程度〕〕。

d. 我們一直等〔_{PP} 得 〔_{S'} 連脚都酸了〕〕。

This analysis of the extent complement in Mandarin is parallel to that in Southern Min, as illustrated in ⑭ and ⑮.

⑭ a. 他嚇〔_{PP} 得 〔_{S'} 話都說不出來〕〕。

b. 伊驚〔_{PP} 甲 〔_{S'} 話也講獪出來〕〕。

⑮ a. 他罵〔_{PP} 得 〔_{S'} 大家都傷心起來〕〕。

b. 伊罵〔_{PP} 甲 〔_{S'} 大家攏傷心起來〕〕。

The constituent subject in the extent complement is analyzed as the generalized Pro, because the distribution of pro and PRO in Chinese is rather difficult to define, and because the empty subject can be coreferential with the matrix subject (as in ⑯a), the matrix object (as in ⑯b), and even the entire matrix sentence

---

（→）嘴乾，累 {得/到} 走不動；他搬{到/得}那兒去了，頭髮掉{到/得}地下了'.

(as i n ⑯c).

⑯　a.　他嚇得〔Pro 話都說不出來〕。
　　b.　你把他罵得〔Pro 眼淚都流出來了〕。
　　c.　他慘敗得〔Pro 出了大家意料之外〕。

Thus sentences ⑯a, b) mean, respectively, 'He was frightened so much so that he couldn't say a word,' and 'You scolded him so much so that tears came into his eyes.' This observation has led Tang (1990c) to postulate the following D-structure analyses ⑰ and ⑱ for sentences ⑯a and ⑩a, respectvely ❽.

⑰
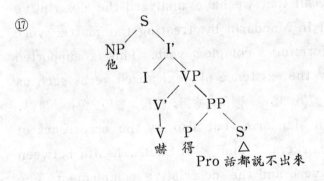

───────────────

❽　For ease of comparison, we will model our structural description of the sentences after those presented in Huang (1988).

⑱

```
              S
          ／  ＼
        NP      I'
        他    ／  ＼
            I      AP
                ／  ＼
              A'      PP
              |     ／  ＼
              A    P      QP
             緊張  得      △
                         要死
```

There is an alternative analysis to sentence ⑰, however, which was first proposed in Huang (1988, 1989b). We will pursue his line of analysis, elaborate on his arguments and fill in the details whenever possible. Recall that we have analyzed the descriptive complement in Mandarin by treating the matrix verb and 得 as forming a complex verb. This is supported not only by the existence of lexicalized verbs such as 認得，記得，懂得，顯得，懶得，捨得，曉得，省得，免得，值得，變得，使得 in Mandarin, but also by the occurrence of the phase markers 了 and 著 in Southern Min between the matrix verb and the descriptive complement. The combination of the verb with 得，了，著，moreover, may affect the subcategorization property of the verb, as briefly mentioned above. The 得 in question, which seems to be closely related to 到 in semantic function and/or morphological status, has come to acquire a phase-marker status like that of 到 (as in 看到, 聽到, 想到, 做到, 拿到, 買到, 要到, 嚇到, etc.) and become a rather productive phase-marker itself, almost as productive as 到, and even more so. The combination of a verb with the phase-marker 得 also changes this verb into an an achievement verb, which disallows cooccurrence with the perfective marker 了, the progressive marker 在 and 著, the past-experience marker 過, the continuous marker 下去, the inceptive marker 起來, the tentative marker (i.e., the reduplication of the verb), the duration complement (e.g., 兩小時), and the measure complement (e.g., 三次) ❾. Syntactically, the verb that takes the phase marker 得 subcategorizes for an S' (i.e., +〔__S'〕), with an overt or a covert NP as subject. Under this analysis, sentence ⑯a will have the D-structure representation ⑲: ❿

---

❾ Other phase markers in Mandarin (e.g., 到，完，掉，住) also have a very limited occurrence with various aspect markers and complements.

❿ It is possible, and even plausible, that VP in ⑲ is dominated by an aspect phrase (AsP), which is the maximal projection of a functional head, aspect (As), and the verb (e.g., 嚇) is raised from the head position of the VP into the head position of the AsP, where it is adjoined (→)

⑲

```
              S
          ╱      ╲
       NP          I'
       他        ╱    ╲
              I        VP
                     ╱    ╲
                   V        S'
                  嚇得       △
                        Pro 話都説不出來
```

As for the ergative complements as shown in ⑨, they are so called because the matrix verbs seem to combine with 得 to form a causative transitive verb or 'ergative' verb. That is, we analyze '走得' and '吃得'

───────────

(→) to the aspect marker (e.g., 得), as illustrated below.

```
              S
          ╱      ╲
       NP          I'
       他        ╱    ╲
              I        AsP
                        │
                       As'
                     ╱      ╲
                  As           VP
                ╱    ╲       ╱    ╲
              V        As   V        S'
             嚇ᵢ       得    tᵢ       △
                              Pro 話都説不出來
```

We will not enter into a full discussion of pros and cons with regard to this analysis, however.

in ⑳ as a unitary verb which is followed by an object NP and a sentential complement with an empty subject, but never with a lexical NP as subject, as illustrated in ⑳.

⑳　a.　〔ᵥ 走得〕〔ₙₚ 我〕〔ₛ' Pro 累死了〕。

　　b.　〔ᵥ 吃得〕〔ₙₚ 他〕〔ₛ' Pro 越來越胖〕。

This structural analysis can be justified on syntactic and semantic as well as phonological grounds.

First, a pause or pause particle may occur between the NP and the complement, but not between 得 and the NP, as illustrated in ㉑, which seems to indicate that the NP in question is in act the matrix object rather thafn the complement subject ❶.

㉑　a.　走得我啊，累死了。/*走得啊，我累死了。

　　b.　吃得他啊，越來越胖。/*吃得啊，他越來越胖。

Second, sentences ⑳ entail sentences ㉒, which may be termed as the 'inchoative' counterpart to the 'causative' ⑳. Note that in sentences ㉒ a pause or pause

---

❶ The relevant examples and acceptability judgements are mainly from Zhu (1984:136).

particle may occur not only between the NP and the matrix verb but also between 得 and the rest of the complement.

㉒ a. 我走得累死了。/我啊，走得累死了。/我走得啊，累死了。

b. 他吃得越來越胖。/他啊，吃得越來越胖。/他吃得啊，越來越胖。

Third, sentences ⑳ are cognitively synonymous with sentences ㉓, in which the NPs following the matrix verbs in ⑳ have been preposed to the preverbal position along with 把, and so are ㉔a with ㉔b and ㉔c, in which the NP following the matrix verb has been fronted to the sentence-initial position in the BA-construction and passive sentence, respectively.

㉓ a. 把我走得累死了。

b. 把他吃得越來越胖。

㉔ a. 凍得兩個耳朵通紅。

b. 把兩個耳朵凍得通紅。

c. 兩個耳朵被凍得通紅。

Fourth, an NP indicating a 'causer' may be placed at

the head of the sentences in ⑳ so as to function as the subject or topic of these sentences, as shown in ㉕.

㉕ a. 那一段山路{走得我/把我走得}累死了。
　 b. 一連十天的山珍海味{吃得他/把他吃得}越來越胖。

Finally, when a 'causer' NP is present, the ergative complement may sometimes be omitted, as in ㉖. ⓬

㉖ a. 我看他那個可憐樣子，我就覺得是我累得他〔s, φ〕。
　 b. 還不是那個沒有良心東西氣得我〔s, φ〕。

The analysis of the matrix verb and 得 as a unitary causative-transitive verb is not only justified on synchronic grounds but also supported by historical evidence. According to Yue (1984), in the Pre-Qin Period as well as in oracle and bronze inscriptions, 得 is used as a transitive and intransitive verb meaning 獲得, then during the Han Dynasty 得 combines with a preceding verb (e.g., 捕得, 採得) to form a complex verb that subceategorizes for NP. During the Southern

---

⓬ The relevant sentences are from Li (1963: 400), which are said to be quoted from Cao Yu's (曹禺) plays. We have changed the 的 in the original to 得.

and Northern Dynasties, the complex verb further subcategorizes for QP (e.g., 鋤得五遍), and finally during the Tang Dynasty the complex verb subcategorizes for AP (e.g., 洗得潔), S' (e.g., 煉得離心成死灰, 練得身形似鶴形), and NP followed by S' (e.g., 擄得你 Pro 來) functioning more and more like a phase marker meaning 完成. Note that in '說是擄得你來，交我如何賣你', which is quoted fron 廬山遠公話, we see the beginning of the causative use of 得. Drawing examples from 水滸全傳, Li (1988: 147-148) points out that 得 was used in this novel as a causative verb meaning 'cause' (致使), for example:

㉗　a.　把梯子上去拆了，也得耳根清淨。

　　b.　若得此人上山，宋江情願讓位。

　　c.　似此怎得城子破？

Li (1988:152) also gives the following examples which contain a transitive verb followed by 得.

㉘　a.　打的(＝得)蔣門神在地下叫饒。

　　b.　你若不依得我，去了，我只咒得你肉片幾飛。

　　c.　我今只殺的(＝得)你片甲不回才罷。

Both the simple verb 得 in ㉗ and the complex verb V

＋得 in ㉘ may be plausibly analyzed as a three-term causative predicate and, furthermore, as an object-control verb, as illustrated below.

㉙　a.　把梯子上去拆了，也〔v 得〕〔NP 耳根〕i〔Proi 清淨〕。
　　b.　……，我只〔v 咒得〕〔NP 你〕i〔Proi（的）肉片幾飛〕。
　　c.　e〔v 打得〕〔NP 蔣門神〕i〔Proi 在地下叫鐃〕。

It is possible that 得 was originally used as a verb of 'causing' (致使) as well as a verb of 'obtaining' (得到) or 'acquiring' (獲得), and thus comes to combine with a preceding verb to form a causative complex verb which subcategorizes for an object NP followed by a sentential complement (i,e., ＋〔__NP S'〕).

Our analysis also reveals an interesting correspondence between verbs which take ergative complements and those which take extent complements: while the former may fall under the 'causative transitive' verb that subcategorizes for an object NP and a sentential complement (i.e.,＋〔__NP S'〕), the latter may be subsumed under the ' inchoative-intransitive ' verb that subcategorizes for a sentential complement only 〔i.e., ＋〔__S'〕〕. This 'causative-transitive' versus 'inchoative-intransitive' contrast is prototypically represented in the more fully lexicalized verbs 使得 and 變得 in Mandarin:

㉚　a.　〔老師的話〕使得〔學生〕〔Pro 很興奮〕。

　　b.　〔學生〕變得〔Pro 很興奮〕。

Though the inchoative use of V+得 occurs in Southern Min, the causative use does not. My informants have told me that the same situation holds in Hakka, Foochow, Cantonese and several other dialects. If their information is correct, then we might venture to postulate that the causative use of V+得, which seems to be limited to Mandarin and a few other northern dialects, is a marked extension of the unmarked inchoative V+得, whose equivalents are found in most Chinese dialects. It is possible that the inchoative V+得 originated in the combination of a regular verb with the 得 denoting 'obtain, acquire', which acquired the causative meaning and function later; or alternatively, that the preposition-conjunction 到 (equivalent in semantic and syntactic function to Southern Min 甲) was incorporated into the preceding verb by virtue of reanalysis, thereby resulting in an inchoattive verb, which was later generalized to include a causative use.

Heretofore we have been intentionally vague about the morphological status of the V+得 and the categorial status of its sentential complement; that is, is the V+得 a compound or a complex verb? And is the sentential complement of the inchoative and causative V+得 an S or an S'? Though the distinction between a complex verb and a compound verb in Chinese is sometimes rather fuzzy, we will analyze the V+得 as complex verb, because the 得 in question receives neutral tone ⑬ in marked contrast with the second stem 得 in coordinate compounds such as 獲得，取得，贏得，博得，which receive full tone, and because the 得, and not the preceding verb, determines the subcategorization feature of the entire complex verb. We are not claiming, of course, that any verb in Mandarin can form a complex verb with 得, just as we cannot claim that any verb in Mandarin may cooccur with aspect markers 了，過 and 著. But the attachment of 得 to a verb to form an inchoative verb that subcategorizes for a sentential complement is quite productive, and the same morphological process utilized to form a causative

---

⑬ Note that the second stem in more fully lexicalized verbs such as 認得，記得，懂得，顯得，變得，覺得 also receive neutral tone.

verb that subcategorizes for an object NP and a sentential complement, though not as productive as its inchoative counterpart, is sufficiently productive to win for 得 the morphological status of a phase marker **⓮**.

As for the categorial status of the sentential complement, we are still undetermined about whether it should be analyzed as an S or an S'. Aspect markers and modal auxiliaries do arise in the complement, which seems to indicate that it is at least an S, and perhaps a finite one**⓯**. But while the possibility of an extrac-

---

⓮ In general, transitive and actional verbs are more subject to taking the causative 得 than intransitive and stative verbs, and adjectives denoting a physical condition (e.g., 累，痛，閑，忙) or a psychological state (e.g., 急，氣，怕，窘) take the causative 得 much more freely than adjectives denoting other qualities. In addition, colloquial monosyllabic verbs and adjectives form the causative complex verb much more easily than literary bisyllabic verbs and adjectives.

⓯ The most telling piece of evidence in favor of the finiteness of the sentential complement is, in our opinion, the fact that the complement may form a V-not-V question, as illustrated in '{老張醉得／醉得老張}〔Pro 是不是站不起來了〕?'. But C.J. Tang (p.c.) has informed me that even this piece of evidence is not irrefutable; for 常 ('often'), which is a frequency adverb, may form a V-not-V question (e.g., '你常不常看電影？'), and the sentence '他在家讀書', which contains a PP as a locational adverbial, may form a V-not-V question either with the locational PP or with the predicate verb (e.g., '他在不在家讀書？', '他在家讀不讀書？'.

tion of the object NP across the constituent sentence
(as in ㉛) seems to suggest that the CP specifier
position is available as an escape hatch for movement,
the impossibility of an extraction of the subject NP
across the constituent sentence (as in ㉜) indicates
otherwise ⓰.

㉛　a.　他病得〔Pro 再也無法經營這家公司{了〕/〕了}。

　　b.　〔這家公司〕ᵢ 他病得〔Pro 再也無法經營 tᵢ {了〕/〕了}。

㉜　a.　他病得〔我們再也無法期望他的康復{了〕/了}。

　　b.　*〔我們〕ᵢ 他病得 tᵢ 再也無法期望他的康復{了〕/〕了}。

We have argued in several of our previous papers
that, in Chinese, while the CP specifier position is to
the left of the IP, the complementizer position is to the
right of the IP and is occupied by (sentence-)final
particles (e.g., 的, 了, 嗎, 呢, 呀). But at this stage we
are not absolutely sure whether these final particles
occur in the constituent or the matrix complementizer
position ⓱, or whether they occur in the constituent

⓰　This seems to be another manifestation of the subject-
　　object asymmetry in Chinese.

⓱　In the sentence '你認爲誰會贏呢？'，the final particle 呢
　　seems to occur in the constituent complementizer posi-
　　(→)

complementizer position and are then raised to the matrix complementizer position. For ordinary control verbs, final particles seem to occur outside the constituent sentence (as in ㉝), and with a few exceptional cases⓲ final particles do not normally occur inside relative clauses, appositional clauses, sentential subjects and objects (as in ㉞), though they may occur in adverbial clauses of result as in ㉟).

㉝ a. 我已經派人叫他〔Pro 來{*了〕/〕了}。

　　b. 你請誰〔Pro 來幫忙{*呢〕/〕呢}？

㉞ a. 〔你昨天看完(*了吧)〕的書放在什麼地方？

　　b. 〔我們怎麼樣籌措經費(*呢)〕這個問題以後再討論。

　　c. 我們今天要討論的是〔究竟誰來支持這個計畫(*呢)〕。

　　d. 〔小明學數學(*哩)〕最適合。

　　e. 〔他來不來(*呢)〕跟我有什麼關係？

(→) tion at D-structure (i.e., 〔CP 你認爲〔CP 〔IP 誰會贏〕〔C 呢〕〕〔C e〕〕?) but is raised to the matrix complementizer position at S-structure or LF to have a wide-scope reading.

⓲ For example, question particles occurring in the wh-complement of such 'semantically bleached' or 'parenthetical' verbs as 認爲，以爲，想，猜. But even in this class of wh-complements, the question particle could be raised into the matrix sentence to have a wide-scope interpretation.

f. 我們都知道〔地球是圓的(*哩)〕。

g. 我不知道〔他要來(*呢)還是他太太要來(*呢)〕。

㉟ a. 李先生病了〔所以(他)不能跟我們一起去旅行了〕。

b. 李先生病了〔所以我們要派誰做他的工作呢?〕。

Thus we have been forced to tentatively treat the sentential complement as S' without very firm conviction.

With the foregoing observation and discussion, we are now in a position to offer our views on the issues raised in the beginning of this paper.

（ I) First, what is the morphological and syntactic status of the so-called particle 得 in the Mandarin resultative complement? In our analysis the particle 得 could have two different sources: (a) the particle 得 could derive from the preposition-conjunction 到, which could in turn derive from the verb 到 ('arrive'), later lost its phonological and syntactic independence and was cliticized to the preceding verb, resulting in a complex verb V+得 that subcategorizes for a sentential complement; or alternatively, (b) the particle 得 could derive from the verb 得 denoting 'obtain, acquire', which was later attached to a verb to indicate 'achievement', gradually losing its phono-

logical and syntactic independence, and has finally
become a phase marker to form a complex verb that
subcategorizes for a sentential complement. This com-
plex verb V+得, which was originally used in 'in-
choative' sense and subcategorized for a sentential
complement, came to acquire a 'casuative' use in
Mandarin and subcategorize for an object NP and a
sentential complement. As for the degree resultative,
which is found in Mandarin but not in Southern Min,
it may have come into existence by analogy to the
extent resultative already in use. Consider, for example,
sentences ㊱ through ㊵:

㊱ a. 我跑得{累死了/脚都酸了}。
   b. 我走{了/著/甲}{忝死矣/脚攏酸矣}。

㊲ a. 跑得我{累死了/脚都酸了}。
   b. ??走甲我{忝死矣/脚攏酸矣}。

㊳ a. 那段山路跑得我{累死了/脚都酸了}。
   b. ?*彼段山路走甲我{忝死矣/脚攏酸矣}。

㊴ a. 他{怕/緊張}得要死。
   b. 伊{驚/緊張}{了/著/甲}會死。

㊵ a. 他{怕/緊張}得很。
   b. *伊{驚/緊張}{了/著/甲}{真/足}。

The treatment of 得 as an achievement phase marker, or a quasi-aspect marker, not only accounts for the fact that V+得 disallows cooccurrence with aspect markers and duration complements, but also explains why 得 must be attached to the preceding verb and why it is impossible for an object NP to occur between the precedind verb and 得. Note that while 得 receives full tone in coordinative compounds such as 獲得, 取得, 贏得, 博得, it receives neutral tone in complex verbs such as 認得, 記得, 變得, 使得. Note also that the Mandarin 得 is parallel in syntactic and semantic function to the Southern Min phase markers 了 (〔liau; lə〕) and 著 (〔tioh〕). Note further that 得 must occur along with the preceding verb, but may occur without the following complement, as showu in ㉖ and ㊶.

㊶ a. 看你美得〔s, φ〕。
    b. 瞧你説得〔s, φ〕。

(II) Second, which is the main predicate of the sentence, the matrix verb that precedes the particle 得, or the constituent verb phrase that follows it? Both are predicates in terms of predication theory and their syntactic behaviors, but the matrix predicate seems to function more like the main predicate, because it is the matrix predicate that is the obligatory constituent of the sentence (as shown in ㉖ and ㊶) and it is also the matrix predicate that subcategorizes the occrrence of the complement sentence. Nevertheless, the constituent verb phrase and adjective phrase contained in the sentential complement is also a 'main' predicate within its own clause, which means that there are two predications, one in the matrix sentence and the other in the complement sentence. Thus rather than making a hard-and-fast choice between 'the Primary Predication Hypothesis' and 'the Secondary Predication Hypothesis' ❶, we opt for 'the Double Predication Hypothesis'. Note that there are a few three-term predicates in Mandarin (e.g., 待, 做) which subcategorize for an object NP followed by an adjective complement. Note also that in Southern Min adjectives may occur as a descriptive complement without 了, 著, 甲 preceding them. In both cases, adjective complements may form a V-not-V question, as illustrated in ㊷ and ㊸.

㊷ a. 他待朋友很親切。/他待朋友親切不親切？

---

❶ See the discussion of these two hypotheses in Huang (1988).

  b. 他做事情一向很謹慎。/他做事情一向謹慎不謹慎？

㊹ a. 伊走足緊。/伊走有緊(抑)無緊？

  b. 伊跳舞跳真水。/伊跳舞跳有水(抑)無水？

If a V-not-V question is triggered by the '+〔WH〕' morpheme dominated by INFL as argued in Huang (1988), then these adjectives should be contained in a sentence (IP), regardless of whether they are analyzed as occurring in a complement position or in an adjunct position. Although it is easier for the complement predicate to form a negation and a V-not-V question than the matrix predicate (as in ㊷ through ㊹), yet this may be due to Eɹnst's 'Chinese Information Principle', which states in effect that Chinese keeps the new, asserted information as focused as possible by isolating it after the verb, or more generally 'From Old to New Principle', which states in effect that in unmarked cases constituents representing new and important information tend to be placed at the end of the sentence. In this sense, the matrix predicate is predicated of the matrix subject, and the resultative complement containing the constituent predicate is in turn predicated of the matrix sentence. This will account for the fact that the focus of negation and question tends to fall on the focus of information which is represented by the resultative complement in this case.

㊹   a.   他跑得很累。

b.   他{不*(是)/沒有}跑得很累。

c.   他跑得{不(是)/沒有}很累。

d.   ??他跑不跑得很累?

e.   他跑得累不累?

（Ⅲ）Third, what is the syntactic category and constituent structure of the resultative complement? Is it simply an AP or a VP, or is it an S （=IP/TP）or an S' （=CP）? And how is it related to the rest of the sentence? We have analyzed both inchoative and causative complements as S or S', which may have as subject a lexical NP or an empty pronoun in the case of inchoative complement, but only an empty pronun in the case of causative complement. The S-structure as well as D-structure representations of inchoative and causative complements are schematically shown below.

㊺　他累得站不起來。

$$
\begin{array}{c}
\text{TP} \\
\diagup \quad \diagdown \\
\text{NP} \qquad \text{T'} \\
\text{他}_i \quad \diagup \quad \diagdown \\
\quad \text{T} \qquad \text{AgP/PrP ㉔} \\
\qquad \diagup \quad \diagdown \\
\quad (\text{t}_i) \qquad \text{Ag'/Pr'} \\
\qquad \diagup \quad \diagdown \\
\text{Ag/Pr} \qquad \text{VP} \\
\text{累得}_j \qquad | \\
\qquad \text{V'} \\
\qquad \diagup \quad \diagdown \\
\text{V} \qquad \text{S'} \\
\text{t}_j \qquad \triangle \\
\qquad \text{Pro}_i \text{ 站不起來}
\end{array}
$$

㉔　'AgP' and 'PrP' stand for 'agreement phrase' and 'predicate phrase', respectively. See Larson (1988) and Bowers (1989) for the justification of motivating a rule of Verb-Raising and postulating a structural configuration similar to the one presented here.

⑯ （那段山路)累得他站不起來。

```
                    TP (=S)
                  /        \
               NP           T'
            (那段山路)      /    \
                        T       AgP/PrP
                                   |
                                Ag'/Pr'
                                /      \
                            Ag/Pr       VP
                            累得ⱼ      /    \
                                   NP        V'
                                   他ᵢ      /    \
                                         V       S'
                                         tⱼ      △
                                              Proᵢ 站不起來
```

The empty pronoun occurring in the resultative
complement is very much like the controlled empty
pronoun (PRO in English) in the control construction.
In the case of the inchoative complement, the controller
is the matrix subject, while in the case of the causative
complement, the controller is the matrix object, as
illustrated in ⑰, ⑱ and ⑲.

⑰ a. 〔他〕ᵢ 醉得 〔〔Pro〕ᵢ 站不起來〕。

   b. （那瓶酒) 醉得 〔他〕ᵢ 〔〔Pro〕ᵢ 站不起來〕。

   c. ? 〔他〕ᵢ, 那瓶酒醉得 〔〔Pro〕ᵢ 站不起來〕。

⑱　a.　〔他〕ᵢ 騎得〔〔Pro〕ᵢ 很累〕。

　　b.　〔他〕ᵢ 騎那一匹馬騎得〔〔Pro〕ᵢ 很累〕。

　　c.　那一匹馬，〔他〕ᵢ 騎得〔〔Pro〕ᵢ 很累〕。

⑲　a.　他騎得〔那匹馬〕ᵢ 〔〔Pro〕ᵢ 很累〕。

　　b.　他把〔那一匹馬〕ᵢ 騎得〔〔Pro〕ᵢ 很累〕。

　　c.　?〔那一匹馬〕ᵢ，他騎得〔〔Pro〕ᵢ 很累〕。

The empty pronoun may also refer to, or be controlled by, the entire matrix sentence⑫, as illustrated in ⑳.

⑳　a.　〔他輸〕ᵢ 得〔〔Pro〕ᵢ 出了大家意料之外〕。

　　b.　〔他慘敗〕ᵢ 得〔連自己也無法相信 (Proᵢ?)〕。

㉑　The Pro in sentence ⑲c may also be interpreted as coreferential to the matrix subject ('他'), in which case the S-structure is derived from the D-structure underlying ⑲b (=⑱b=(i)) by preposing the object NP (as in (ii)) and deleting one of the reduplicated verbs ('騎') (as in (iii)) as a consequence of haplology.

　（ⅰ）〔他〕ᵢ 騎那一匹馬騎得〔〔Pro〕ᵢ 很累〕。

　（ⅱ）那一匹馬〔他〕ᵢ 騎騎得〔〔Pro〕ᵢ 很累〕。

　（ⅲ）那一匹馬〔他〕ᵢ 騎得〔〔Pro〕ᵢ 很累〕。

㉒　This may be subsumed under what Williams (1985) calls 'S-control', and furthermore, the empty subject occurring in the descriptive complement seems to fall under this category; e.g., '〔他寫字〕ᵢ 寫得〔〔Pro〕ᵢ 很快〕'.

In addition, the constituent subject can be an overt NP instead of an empty pronoun, as illustrasted in (51).

(51) a. 他氣得〔他太太都嚇壞了〕。

b. 他罵得〔所有在場的人不敢抬頭看他〕。

(Ⅳ) Lastly, what is the syntactic motivation which lies behind the reduplication or copying of the matrix verb when followed by an object NP, and how is this reduplication or copying licenced? Li (1985) attempts to account for the presence of the 'reduplicated' verb occurring between the object and the complement (e.g., the underlined verbs 氣 and 躺 in (52) by resorting to the Case Filter; namely, the reduplicated verb is required in order to assign Case to the complement. However, this would mean, among other things, that even intransitive verbs like 躺 in (52)b will assign Case and, furthermore, adjective phrases like 很舒服 and embedded setences like 渾身發抖 in (52) must also receive Case. In addition to this seemingly unnecessary extension of the Case Filter, the proposed mechanism of Verb-Copying, which creates a new node in the P-marker and inserts a phonologically realized lexical item, is descriptively too powerful a device to employ.

㊾ a. 他(氣太太)氣得渾身發抖。

　　b. 他(躺在水床上)躺得很舒服。

Furthermore, examples in ㊳ show that Verb-Copying is not obligatory at least in some dialects, and sentences ㊷a, b show that with certain verbs an AP may occur immediately after the object NP without triggering Verb-Copying. ❷

㊳ a. 我們實在感激你的了不得。(丁西林)

　　b. 他掛念小明得不得了。(巴金)

　　c. …，早就恨得小芹了不得。(趙樹理)

　　d. 在會上數他發言次數多攻得我也最猛烈。(《人民文學》)

　　cf. 我們剛吃完了飯，你的電話就來了，急得我要命。(丁西林)

C.J. Tang (1990a, b), on the other hand, suggests that the so-called 'reduplicated' or 'copied' verb following the object is in fact base-generated as a main verb, while the 'root' verb preceding the object is also base-generated and along with its complement functions as

---

❷ Examples in ㊳ are indirectly quoted from Li (1963:402, fn.1).

an preverbal adjunct, or what she calls a 'domain' adverbial. Thus in her analysis the structural description of (52) will be something like (54).

(54) a. 他〔VP〔AdP 氣太太〕〔VP 氣得渾身發抖〕〕。
b. 他〔VP〔AdP 躺在水床上〕〔VP 躺得很舒服〕〕。

Our proposal concerning the structural description of (52) is closer to her analysis, but instead of analyzing a VP as an adverbial phrase, we will simply treat (52) as a case of independently existing 'serial VP' constructions with the structural description of (55).

(55) a. 他〔VP 氣太太〕〔VP 氣得渾身發抖〕。
b. 他〔VP 躺在水床上〕〔VP 躺得很舒服〕。

Sentences (56) show that structural descriptions like those in (55) are independently necessary, and (57) and (58) show schematically how these structural descriptions might be generated ('JP' means 'conjoined' or 'coordinate' phrase).

(56) a. 會場上〔AP 一片寂靜〕〔AP 靜得針落地上的聲音都聽得見〕。(朱自清)

b. 昌林〔ᵥₚ 可把腦袋扭過一邊〕〔ᵥₚ 光笑〕〔ᵥₚ 笑得傻裏傻氣的〕。(康濯)

c. 問得大家〔ᵥₚ 又笑起來〕，〔ᵥₚ 比剛才笑得更響亮、更長久〕。(趙樹理)

d. 當初我〔ᵥₚ 賣給你〕〔ᵥₚ 賣得真便宜〕。(老舍)

e. 他講呀、講呀、講的一直講個不停。

f. 他說話，說了半天，說得不清不楚。

㊄ a.

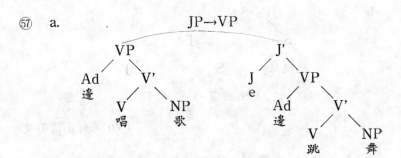

b.

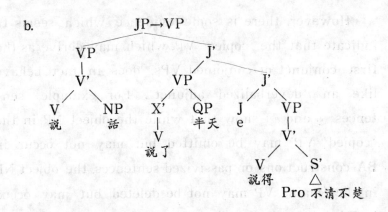

㊿ a.

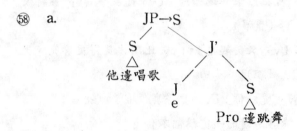

b.

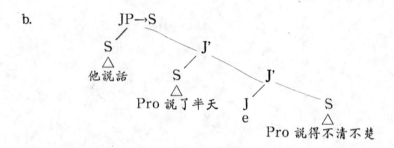

However, there is some evidence which seems to indicate that the 'copied' VP, which may derive as the first conjunct of conjoined VPs, does in fact behave like an 'deverbalized adjunct'. For example, sentences ㊾ and ㊿ show that while the object NP in the 'copied' VP' may be omitted but may not occur in BA-constructions or passivized sentences, the object NP in the 'main' VP may not be deleted but may occur in BA-constructions and passivized sentences.

㊾　a.　張三ᵢ〔〔騎馬〕〔騎得〔Proᵢ 很累〕〕〕。

　　b.　*張三ᵢ把馬騎得〔Proᵢ 很累〕。

　　c.　*馬被(張三ᵢ)騎得〔Proᵢ 很累〕。

　　d.　張三ᵢ(騎馬)騎得〔Proᵢ 很累〕。

㊿　a.　(張三)〔騎得馬ᵢ〔Proᵢ 很累〕〕。

　　b.　(張三)〔把馬ᵢ 騎得〔Proᵢ 很累〕〕。

　　c.　馬ᵢ〔被(張三)騎得〔Proᵢ 很累〕〕。

　　d.　(張三)〔騎得*(馬ᵢ)〔Proᵢ 很累〕〕。

The ungrammaticality of ㊾c and the grammaticality of ㊿c are reminicent of Visser's Generalization, which states to the effect that only object-control predicate undergo Passivization, but subject-control predicate cannot ㉔. On the other hand, the grammaticality of ㊾d and the ungrammaticality of ㊿d are in agreement with Bach's Generalization, which states to the effect that only subject-control verbs, but not object-control verbs, may omit their objects ㉕. These grammatical judgments are in accord with our analysis that the inchoative resultative are subject-control complements while the causative resultative are object-control complements.

㉔　cf. Visser (1973) and Huang (1989b).
㉕　cf. Bach (1979) and Huang (1989b).

Our analysis, though similar to Huang (1989b) in its basic treatment of the resultative complement, differ from each other in the following respects.

（I）While Huang (1989b:2, fn.8) seems to think that the resultative clause does not occur as an obligatory complement that is a sister to the V+得, but rather as an optional adjunct, we explicitly treats the resultative clause as an obligatory complement that is a sister to the V+得. However, Huang (1989b, 17) also says that the V in the V+得 'selects and theta-marks the resultative', which should mean that the V+得 subcategorizes for the resultative clause.

（II）While Huang (1989b: 28, fn.13) maintains that '張三哭得李四很傷心', with the D-structure representation of '〔張三〕ᵢ 哭得〔李四〕ⱼ〔Proᵢ/ⱼ 很傷心〕' could be interpreted in two ways (i.e., transitive and causative), we think that these two interpretations are derived from two different D-structure representations; namely, '〔張三〕ᵢ 哭得〔〔李四〕ⱼ 很傷心〕' and '〔張三(的死)〕哭得〔李四〕ⱼ〔Proⱼ 很傷心〕'. In other words, our analysis allows lexical subjects for the inchoative resultative, but not for the causative resultative, This also shows that while Huang (1989b) makes a three-way distinction (i.e., (pure) intransitive, transitive and causative) among the resultative complements, our analysis makes only a two-way distinction (i.e., inchoative-intransitive and causative-transitive).

(Ⅲ) While Huang (1989b) analyzes the V+得 as a 'complex predicate' without committing himself to the final analysis of the morphological and syntactic status of 得, our analysis ventures to postulate the 得 as a phase marker that forms a complex verb with a preceding verb.

(Ⅳ) Huang (1989b:28, f.13) maintains that the NP in 'NP 哭得〔Pro 很傷心〕' may be understood as Agent or as Patient and that the addition of an internal Theme argument would turn the sentence with the Agent NP into the transitive while the addition of an external Causer argument would turn the sentence with the Theme NP into the causative. Our analysis, however, proposes that the NP in 'NP 哭得〔Pro 很傷心〕' may be only understood as Agent while the NP in 'NP 傷心得〔Pro 流出眼淚〕' may be only understood as Patient (or Experiencer). In other words, 'NP 哭得〔Pro 很傷心〕', in which the only NP is Agent, is an inchoative-intransitive sentence, while 'NP 哭得 NP〔Pro 很傷心〕', in which the second NP is Patient, is a causative-transitive sentence, and they derive from entirely different D-structures with two distinct pre-dicates: the inchoative-intransitive 哭得 (+〔__S'〕) and the causative-transitive 哭得 (+〔__NP S'〕).

（V）While Huang (1989b:28ff) uses the structural analysis '〔張三〕ᵢ 哭得〔他〕*ᵢ/ⱼ〔Pro 很傷心〕' to explain the disjoint reference between 張三 and the pronoun 他, and the structural analysis '〔張三〕ᵢ 哭得〔自己〕ᵢ〔Pro 很傷心〕' to explain the binding of the anaphor 自己 by 張三, our analysis suggests the structural analy-sis '〔張三〕ᵢ 哭得〔{*他ᵢ/Proᵢ/自己ᵢ}很傷心' to account for the relevant phenomena. ㉖

　　* 本文初稿應邀於1991年5月3日至5月5日在美國 Cornell University 舉辦的 The Third North American Conference on Chinese Linguistics 上發表。

㉖ We are not sure at this stage whether the embedded resultative clause contains AGR and thus constitutes the smallest governing category for the relevant pronominal and anaphor. Note that sentences like '〔張三〕ᵢ 哭得〔(連)〔自己〕ᵢ 都不好意思起來〕' and '〔張三〕ᵢ 哭得〔(連)〔〔他〕ᵢ 的太太〕都難過起來〕' are perfectly grammatical. And a con-trast between '〔張三〕ᵢ 哭得〔Proᵢ 很傷心〕' and '*〔張三〕ᵢ 哭得〔他ᵢ很傷心〕' might be parallel to the following contrast in English, which may be accounted for by the 'Avoid Pronoun' Principle.

（ i ） *He*ᵢ admitted 〔{*Pro*ᵢ/?? *his*ᵢ} crying miserably〕.

（ii） *He*ᵢ was sad enough 〔{*Pro*ᵢ/*for *him*ᵢ} to cry miserably〕.

對比分析篇

從動詞的「論旨網格」談英漢對比分析

一、前　言

　　在這一篇文章裏，我們就英語與漢語之間語意與句法功能相近的述語動詞比較其句法屬性(包括「論元屬性」、「論旨屬性」、以及論元的「範疇屬性」與「句法功能」等)，並設法把這些句法屬性簡要而明確地記載於述語動詞的「論旨網格」中。這些述語動詞「論旨網格」中所記載的句法訊息依照一定的原則與條件「投射」成為句子。因此，我們可以從英語與漢語之間有關述語動詞論旨網格內涵的比較以及投射這些論旨網格內涵的原則條件的對照中，發現並預測這兩種語言之間有關句子結構相同與相異之處

。本文共分六節：除了第一節的前言之外，第二節提出這篇文章
的理論與分析的前提與基本概念；第三節介紹論元的「論旨角色」
；第四節討論述語動詞的論旨網格與其投射條件；第五節舉例說
明英漢兩種語言之間述語動詞論旨網格與其投射的異同；而第六
節的結語則概述論旨網格在語文教學、辭典編纂、機器翻譯等各
方面的意義、功能與價值。又文中涉及較爲理論性或技術性的部
份，盡量移到註解裏，以做爲有志研究此一問題的人的參考。

二、對比分析的理論前提

在未談正題之前，我們先把這篇文章有關對比分析的理論前
提與基本概念做一個扼要的介紹。我們所依據的語法理論，基本上
是「原則參數語法」（principles-and-parameters approach)
的「模組理論」（modular theory)。這個語法理論認爲：人類
自然語言的語法體系由各自獨立存在而互相密切聯繫的「原則」
（principle）與數值未定但值域確定的「參數」（parameter）
構成。英語與漢語等個別語言，根據該語言所呈現的實際語法現
象，把原則參數語法這個「普遍語法」（universal grammar)
裏各種原則或條件的參數值加以確定以後，就獲得「個別語法」
（particular grammar）的「核心語法」（core grammar)。
個別語法，除了以核心語法爲主要內容以外，還包含「周邊」
（periphery）來掌管邊緣的、例外的或「有標」（marked）的句
法結構。如此，每一種個別語言都必須遵守普遍語法的原則系統
；這就說明了爲什麼語言與語言之間有這麼多相似的句法特徵。
另一方面，原則系統所包含的參數則由個別語言來選定其數值，

因而各個原則在個別語言的適用情形並不盡相同。同時，各個原則之間的互相聯繫與交錯影響，以及周邊現象與有標結構的存在，更導致個別語言之間的變化與差異。這就說明了為什麼語言與語言之間有不少相異的句法特徵。

其次，我們認為述語動詞是句子的核心；句子的基本結構可以視為由述語動詞的句法屬性經過「投射」（projection）而成。述語動詞的句法屬性主要有下列四種。

(一) 動詞的「論元結構」（argument structure）：動詞是「一元述語」（不及物動詞）、「二元述語」（單賓及物動詞）、還是「三元述語」（雙賓及物動詞，複賓及物動詞）❶？；論元與動詞的關係是「必用論元」（內元與外元）❷還是「可用論元」（意元）❸？

(二) 論元的「論旨屬性」（thematic property）：必用論元在語意表達上所扮演的「論旨角色」是什麼？是「客體」、「起點」、「終點」、「主事者」、「感受者」、「受惠者」、「工具」、「時間」、「處所」、「數量」、「命題」、「起因」、還是其他論旨角色？

---

❶ 「雙賓及物動詞」（ditransitive verb）與「複賓及物動詞」（complex transitive verb）分別指以名詞組與名詞組（或介詞組）以及名詞組與子句為賓語與補語的及物動詞。

❷ 「必用論元」（obligatory argument）的「（域）內（論）元」（internal argument）與「（域）外（論）元」（external argument）分別指充當賓語（或補語）與主語的論元。

❸ 「可用論元」（optional argument）的「（語）意（論）元」（semantic argument）充當「附加語」（adjunct）或「狀語」（adverbial）。

（三）　論元的「範疇屬性」(categorial feature)：扮演各種論旨角色的論元應該屬於什麼樣的句法範疇？是「名詞組」、「介詞組」、「形容詞組」、「數量詞組」、「命題」？如果是「命題」，是那一類命題，那一類子句？

（四）　論元的「句法功能」(syntactic function)：扮演各種論旨角色的論元應該擔任什麼樣的句法功能？是「賓語」、「補語」、「主語」、「狀語」、「定語」？這些論元從左到右的「線性次序」如何？上下支配的「階層組織」又如何？

　　如果把動詞所表達的語意內涵比喻做劇本，那麼「論元」可以說是這個劇本所需要的演員，「論旨角色」是這些演員所扮演的劇中角色，「句法範疇」好比是扮演劇中角色所應具備的性別、年齡、身材等條件，而「句法功能」、「線性次序」、「階層組織」等則相當於演員的角色分擔、出場順序以及劇中人物的身份關係等。如果「必用論元」相當於主要演員，那麼「可用論元」則相當於佈景、道具等附屬品。而動詞的「論旨網格」(theta-grid; θ-grid)，則是把上面有關動詞的句法屬性盡量以簡單而明確的方式記載下來的最簡明扼要的劇本。

三、論元的論旨角色

　　這裏所設計的「論旨網格」是以「論元」所扮演的「論旨角色」(theta-role; θ-role) 爲單元來記載的。因此，我們在下面簡單介紹文中所出現的主要論旨角色；包括這些論旨角色的簡寫符號、語意內涵、句法範疇以及與介詞之間的連用關係等。❹

---

❹　有關論旨角色更詳細的討論，請參湯 (1991a, 1991c)。

（一）「主事者」（Agent; Ag）：自願、自發或積極地參與行動的主體，常由有生名詞組來擔任，而且經常與動態動詞連用；在主動句中充當主語，而在被動句中則常充當介詞 'by；被' 的賓語。例如：

① 〔Ag Mary〕hit John. //
　〔Ag 小華〕打了小明。

② John was hit〔Ag *by* Mary〕. //
　小明〔Ag 被小華〕打了。

（二）「感受者」（Experiencer; Ex）：非自願、非自發或消極地參與有關知覺、感官、心態等的事件或因而受影響的論元，常由有生名詞組來擔任，並常與靜態動詞運用；可能充當主動句的主語或賓語，也可能在被動句中充當介詞 'by; 被' 的賓語。例如：

③ 〔Ex Mary〕saw John. //
　〔Ex 小華〕看到小明。

④ John was seen〔Ex *by* Mary〕. //
　小明〔Ex 被小華〕看到了。

⑤ Mary surprised〔Ex John〕. //
　小華使〔Ex 小明〕感到驚訝。

（三）「客體」（Theme; Th）：指'存在'、'改變位置'或'發

生變化'的人或東西，常由名詞組來擔任；可能充當主語、賓語
或介詞 'of；把（動態動詞），對（動態形容詞）'的賓語。例如：

⑥ 〔Th The rock〕rolled down the slope. //

　〔Th 那塊岩石〕沿著山坡滾下去。

⑦ 〔Ag John〕rolled〔Th the rock〕down the slope. //

　〔Ag 小明〕〔Th 把那塊岩石〕沿著山坡滾下去。

⑧ 〔Ag Mary〕has finished reading〔Th the book〕. //

　〔Ag 小華〕看完了〔Th 書〕了；

　〔Ag 小華〕〔Th 把書〕看完了。

⑨ 〔Ex Mary〕likes〔Th music〕.；〔Ex Mary〕is fond
　〔Th of music〕. //〔Ex 小華〕很喜歡〔Th 音樂〕。

⑩ 〔Ex John〕is very concerned〔Th about Mary〕. //

　〔Ex 小明〕很關心〔Th 小華〕；

　〔Ex 小明〕〔Th 對小華〕很關心。

　（四）「工具」（Instrument; In）：主事者爲達成某種目的
所使用的器具或手段，常由無生名詞組或「動名詞組」（gerun-
dive phrase）來擔任；常充當介詞 'with（工具，具體名詞），
by（手段，抽象名詞）；用（坐，搭）'的賓語做狀語使用，但是在
主事者未出現的情形下可能升格成爲主語。例如：

⑪ 〔Ag You〕can open〔Th the door〕〔In with this
　key〕. //

〔Ag 你〕可以〔In 用這把鑰匙〕開〔Th 這個門〕。

⑫ 〔In This key〕can open〔Th the coor〕. //

〔In 這把鑰匙〕可以開〔Th 這個門〕。

⑬ 〔Ag We〕go to school〔In *by* bus〕. //

〔Ag 我們〕〔In 坐公車〕上學。

(五)「終點」(Goal; Go)：客體或主事者移動(包括具體或抽象的移動)的目的地、時間訖點或接受者，常分別由處所、時間、有生名詞組來擔任；常充當動詞的賓語或介詞 'to (目的地與接受者)，till (時間訖點)；到 (目的地與時間訖點)，給(接受者)' 等的賓語做補語，但是在主事者未出現的情形下也可能充當主語。又因為客體發生變化而產生的結果，也可以分析為「終點」；常由名詞組來擔任，並充當介詞 'into；成' 等的賓語。例如：

⑭ 〔Ag They〕traveled from Boston〔Go *to* New York〕. //

〔Ag 他們〕從波斯頓旅行〔Go 到紐約〕。

⑮ 〔Ag We〕will be staying here from May〔Go *to* December〕. //

〔Ag 我們〕從五月〔Go 到十二月〕會留在這裏。

⑯ 〔Th The letter〕finally reached〔Go John〕. //

〔Th 那一封信〕終於到達了〔Go 小明那裏〕。

⑰ 〔Go John〕finally received〔Th the letter〕. //

〔Go 小明〕終於收到了〔Th 那一封信〕。

⑱ 〔Ag Mary〕sent〔Th a letter〕〔Go *to* { John/ John's address}〕. //

〔Ag 小華〕寄了〔Th 一封信〕〔Go {給小明/到小明的地址}〕。

⑲ 〔Th The prince〕turned〔Go *into* a frog〕. //

〔Th 王子〕變〔Go 成(了)青蛙〕。

(六)「起點」(Source; So):起點與終點相對,而常與終點連用。起點常表示行動開始的地點或時間,或表示發生變化以前的事態;而終點則表示行動終了的地點或時間,或表示發生變化以後的事態。起點與終點一樣,常由表示處所、時間或人物的名詞組來擔任;而且,除了與表示交易與變化的動詞連用時可以充當主語或賓語以外,一般都在介詞 'from, since;從,由,自從'等引介之下充當狀語。例如:

⑳ 〔Ag They〕moved〔So *from* a city〕〔Go *to* a coun- tryside〕. //

〔Ag 他們〕〔So 從都市〕搬〔Go 到鄉間〕。

㉑ 〔Th The meeting〕lasted〔So *from* 9〕〔Go to 11〕. //

〔Th 會議〕〔So 從九點〕開〔Go 到十一點〕。

㉒ 〔Ag The gang〕stole〔Th the money〕〔So *from* the bank〕. //

〔Ag 匪徒〕〔So 從銀行裏〕偷了〔Th 錢〕。

㉓ 〔Ag The gang〕robbed〔So the bank〕〔Th *of* the

money〕. //

〔Ag 匪徒〕〔So 從銀行裏〕搶了〔Th 錢〕。

㉔ 〔Ag,Go John〕 bought 〔Th the house〕〔So *from* Mary〕. //

〔Ag,Go 小明〕〔So 從小華那裏〕買了〔Th 那棟房子〕。

㉕ 〔Ag,So Mary〕 sold 〔Th the house〕〔Go *to* John〕. //

〔Ag,So 小華〕賣了〔Th 那棟房子〕〔Go 給小明〕。

㉖ 〔Ag,So Mary〕 sold 〔Go John〕〔Th the house〕. //

〔Ag,So 小華〕〔Th 把那棟房子〕賣〔Go 給小明〕。

㉗ 〔In The magic wand〕 turned 〔Th,So the prince〕〔Go into a frog〕. //

〔In 魔杖〕〔Th,So 把王子〕變〔Go 成(了)青蛙〕。

(七)「受惠者」(Benefactive; Be)：指因主事者的行為或事件的發生而受益或受損的人❺，經常由有生名詞組來擔任；受益者通常由介詞 'for；替(狀語)，給(補語，狀語)' 引介之下充

---

❺ 因此，「受惠者」除了「受益者」(beneficiary) 以外，還可以包括「受損者」(maleficiary)。受損者，與受益者一樣，常由有生名詞組來擔任，除了充當介詞 'on；對(著)，衝著' 等的賓語以外，也可能充當主語。例如：

(i) Don't play jokes 〔Be *on* me〕.//不要〔Be 對我〕開玩笑。

(ii) 〔Be John〕 underwent an operation yesterday.//〔Be 小明〕昨天開了刀。

(iii) 〔Be Mary〕 got her arm broken by accident. //〔Be 小華〕不小心把手臂給弄斷了。

當補語或狀語，但是英語的受益者名詞組與雙賓動詞連用時則可能出現於客體名詞組的前面充當賓語，而受損者名詞組甚至可能充當主語。

㉘ 〔Ag John〕bought〔Th a coat〕〔Be *for* Mary〕. //

　　〔Ag 小明〕買了〔Th 一件大衣〕〔Be 給小華〕。

㉙ 〔Ag John〕bought〔Be Mary〕〔Th a coat〕. //

　　〔Ag 小明〕〔Be 給小華〕買了〔Th 一件大衣〕。

㉚ 〔Ag John〕cleaned〔Th the room〕〔Be *for* Mary〕.//

　　〔Ag 小明〕〔Be {替/給}小華〕打掃了〔Th 房間〕。

㉛ 〔Be John〕suffered a stroke last night. //

　　〔Be 小明〕昨天晚上中風了。

　　(八)「處所」(Location; Lo)：表示事件發生的地點，或客體出現或存在的地點，經常都由處所名詞組來擔任；並常由處所介詞(與方位詞) 'at, in, on, under, beside, across；在……{裏(面)/上(面)/下(面)/旁邊/對面}'等引介而充當狀語或補語，但也可能不由介詞引介而充當句子的主語。例如：

㉜ 〔Ag She〕stayed〔Lo *in* the room〕. //

　　〔Ag 她〕留〔Lo 在房間(裏)〕。

㉝ 〔Ag He〕is studying〔Lo *in* the library〕. //

　　〔Ag 他〕〔Lo 在圖書館(裏)〕讀書。

㉞ 〔Ag John〕put〔Th {a/that} pistol〕〔Lo *on* the

table]. //

〔Ag 小明〕放了〔Th 一把手槍〕〔Lo 在桌子上〕;

〔Ag 小明〕〔Th 把那一把手槍〕放〔Lo 在桌子上〕。

㉟ It is very noisy 〔Lo *in* the city〕.；〔Lo The city〕 is very noisy. //

〔Lo 都市裏〕很吵鬧。

㊱ 〔Lo This restaurant〕 can dine fifty people. //

〔Lo 這家餐館〕可以供五十個人用餐。

　　(九)「時間」(Time; Ti)：表示事件發生的時刻、日期、年月等，經常由時間名詞組來擔任；並常由時間介詞(與方位詞) 'at, in, on, during, before, after；在……{的時候/當中/以前/以後 }' 等引介而充當狀語或補語 ❻，但是與「連繫動詞」 (copulative　verb) 連用時可以不由介詞引介而充當主語。例如：

㊲ 〔Th The train〕 arrives 〔Ti *at* 10:00〕 and departs 〔Ti *at* 10:05〕. //

〔Th 火車〕〔Ti (在)十點〕到站〔Ti (在)十點五分〕離站。

---

❻　但是「由名詞充當的時間副詞」("bare-NP" time adverb)，如 'today, tomorrow, yesterday, day after tomorrow, day before yesterday, { next/last}{week/month/year } ；今天，明天，昨天，後天，前天，{上/下} {星期/個月}，明年，去年'等，則可以不由介詞引介而充當狀語。

㊳ 〔Ag Mary〕 set 〔Th the date〕 〔Ti *on* Sunday〕. //

　　〔Ag 小華〕〔Th 把日期〕訂〔Ti 在星期天〕。

㊴ 〔Ti Tomorrow〕 will be another day. //

　　〔Ti 明天〕又是一個新的日子。

　　(十)「數量」(Quantity; Qu)：表示概化的「範域」(Range)，包括「數目」(number; Qn)、「期間」(duration; Qd)、「金額」(cost; Qc)、「長度」(length; Ql)、「重量」(weight; Qw)、「面積」(area; Qa)、「容量」(volume; Qv)、「回數」(the number of times; Qt)、「頻率」(frequency; Qf) 等；常由數量詞組（含有數量詞的名詞組）擔任，在英語裏常由介詞 'for' 引介(而在漢語裏則不需要由介詞引介)來充當狀語，但是與少數動詞連用之下也可能充當主語、賓語或補語。例如：

㊵ 〔Ag We〕 studied (〔Th English〕) 〔Qd *for* two hours〕. //

　　〔Ag 我們〕(讀〔Th 英語〕) 讀了〔Qd 兩個小時〕。

㊶ 〔Th The conference〕 lasted 〔Qd two days〕. //

　　〔Th 會議〕繼續了〔Qd 兩天〕。

㊷ 〔Qd Eight years〕 have elapsed 〔So *since* 〔my son left〕〕. //

　　〔So 自從〔兒子離開〕以後〕已經過了〔Qd 八年〕了。

㊸ 〔Ag I〕 bought 〔Th the book〕 〔Qc *for* 50 dollars〕. //

　　〔Ag 我〕〔Qc 以五十塊美金(的代價)〕買了〔Th 這一本

書〕。

㊹ 〔Ag I〕paid〔Qc 50 dollars〕〔Ca *for* the book〕. //

〔Ag 我〕〔Ca 為了這一本書〕付了〔Qc 五十塊美金〕。

㊺ 〔Th The book〕cost〔Be me〕〔Qc 50 dollars〕. //

〔Th 這一本書〕花了〔Be 我〕〔Qc 五十塊美金〕。

㊻ 〔Th The forest〕stretches〔Ql *for* miles〕. //

〔Th 這座樹林〕延伸〔Ql 好幾英里〕。

㊼ 〔Th John〕stands〔Ql six feet〕. //

〔Th 小明〕身高〔Ql 六英尺〕；〔Th 小明〕有〔Ql 六英尺〕高。

㊽ 〔Th Mary〕weighs〔Qw 100 pounds〕. //

〔Th 小華〕體重〔Qw 一百磅〕；〔Th 小華〕有〔Qw 一百磅〕重。

㊾ 〔Th The cell〕measured〔Qv 8 feet by 5 by 8 high〕.//

〔Th 那個小房間〕有〔Qv〔Ql 八英尺〕寬、〔Ql 五英尺〕長、〔Ql 八英尺〕高〕。

㊿ 〔Lo This hotel〕can accomodate〔Qn 500 guests〕. //

〔Lo 這家飯店〕可以容納〔Qn 五百位旅客〕。

(51) 〔Ag We〕meet〔Qf〔Qt twice〕〔Qd a week〕〕. //

〔Ag 我們〕〔Qf〔Ti 每星期〕〕見面〔Qf〔Qt 兩次〕〕。

(十一)「命題」(Proposition; Po)：具有「主述關係」(即含有主語與述語)並以「狀態」、「事件」或「行動」等為語意內涵的子句。依「語意類型」可以分為「陳述」(declarative; statement; Pd; 'that; ϕ')、「疑問」(interrogative; question; Pq; 'whether, if, wh-phrase; 是否，什麼(等疑問詞)')與「感嘆」(exclamatory; exclamation; Px; 'what (a), how (very); 多(麼)，這麼，那麼')。英語的命題還可以依「句法類型」(syntactic type) 分為「限定子句」(finite clause; Pf)、「不定子句」(infinitival clause; Pi)、「動名・分詞子句」(gerundive-participial clause; Pg)、「小子句」(small clause; Ps)、「過去式限定子句」(finite clause with the past-tense verb; Pp)、「原式限定子句」(finite clause with the root-form verb; Pr)、「以空號代詞為主語的不定子句或分詞子句」(infinitival-participial clause with an empty subject; Pe) 等幾種，但是漢語則只需區別「一般子句」(Pd, Pq, Px) 與「以空號代詞為主語的子句」(Pe) 兩種類型。命題可以充當賓語、補語、主語；除了英語的「wh疑問子句」以外，一般都不能與介詞連用，但是可以與從屬連詞連用來充當狀語。

(52) 〔Ex I〕 know 〔Pf *that* John *is* a nice boy〕.//
〔Ex 我〕 知道 〔Pd 小明是個好男孩〕。

(53) 〔Ag I〕 asked 〔Go Mary〕〔Pq {*whether*/ *if*} she *knew* the answer〕. //
〔Ag 我〕 問 〔Go 小華〕〔Pq 她{是否知道/知(道)不知道}答案〕。

(54) Could 〔Ag you〕 tell 〔Go us〕〔Pq *what* {*we should*/ *PRO to*} do〕? //

〔Ag 你〕能告訴〔Go 我們〕〔Pq （我們）該怎麼做〕嗎？

55 〔Ex I〕am surprised〔Px *what a* smart girl she is〕. //

〔Ex 我〕沒有料到〔Px 她（竟然）是這麼聰明的女孩子〕。

56 〔Ex They〕never imagined〔Px *how very* smart she *is*〕. //

〔Ex 他們〕沒有想到〔Px 她（竟然）這麼聰明〕。

57 〔Ex We〕consider〔Pf *that* Shakespeare *is* a great poet〕. //

〔Ex 我們〕認為〔Pd 莎士比亞是偉大的詩人〕。

58 〔Ex We〕consider〔Pi Shakespeare *to be* a great poet〕. //

〔Ex 我們〕認為〔Pd 莎士比亞是偉大的詩人〕。

59 〔Ex We〕consider〔Ps Shakespeare φ a great poet〕.//

〔Ex 我們〕認為〔Pd 莎士比亞是偉大的詩人〕。

60 〔Ex John〕wanted (it) very much〔Pi *for* Mary *to* succeed〕. //

〔Ex 小明〕渴望〔Pd 小華成功〕。

61 〔Ex John〕expects〔Pf *that* Mary *will succeed*〕. //

〔Ex 小明〕預料〔Pd 小華會成功〕。

62 〔Ex John〕expects〔Pi Mary *to succeed*〕. //

〔Ex 小明〕預料〔Pd 小華會成功〕。

63 Do〔Ex you〕mind〔Pg { *me/my* } wear*ing* your necktie〕? //

〔Ex 你〕在乎〔Pd 我打你的領帶〕嗎？

⑭ Would 〔Ex you〕 mind if 〔Pf I *wore* your necktie〕?//
   如果 〔Pd 我打你的領帶〕 〔Ex 你〕 在乎嗎？

⑮ 〔Ex I〕 wish 〔Pp I *were* a bird〕. //
   〔Ex 我〕 希望 〔Pd 我是一隻鳥〕。

⑯ 〔Ex They〕 found {〔Pf *that* the place *was* deserted〕/
   〔Ps the place φ deserted〕}. //
   〔Ex 他們〕 發現 〔Pd 那個地方一個人影也沒有〕。

⑰ 〔Ex John〕 saw {〔Pg Mary walk*ing* into the res-
   taurant〕/〔Ps Mary φ walk into the restaurant〕}. //
   〔Ex 小明〕 看見 〔Pd 小華走進餐廳〕。

⑱ 〔Ag Mary〕 suggested 〔Go to John〕 〔Pr *that* he {*be/
   stay/not remain*} there〕. //
   〔Ag 小華〕 〔Go 向小明〕 提議 〔Pd (他){在/待在/不要留
   在}那裏〕。

⑲ 〔Ag John〕ᵢ tried 〔Pe *PRO*ᵢ *to reach* Mary〕. //
   〔Ag 小明〕ᵢ 設法 〔Pe *PRO*ᵢ (去)連絡小華〕。

⑳ 〔Ag John〕ᵢ promise 〔Go Mary〕 〔Pe *PRO*ᵢ *to marry*
   her〕. //
   〔Ag 小明〕ᵢ 答應 〔Go 小華〕 〔Pe *PRO*ᵢ 跟她結婚〕。

㉑ 〔Ag John〕 forced 〔Go Mary〕ᵢ 〔Pe *PRO*ᵢ *to marry*
   him〕. //
   〔Ag 小明〕 強迫 〔Go 小華〕ᵢ 〔Pe *PRO*ᵢ 跟他結婚〕。

(十二) 其他論旨角色：「情狀」 (Manner; Ma)，常由副詞

（在漢語裏常由形容詞）或由介詞組（由介詞 'in, with; 用，以
（……的態度）'來引介）來擔任，並充當狀語或補語（限於少數動
詞）；「起因」（Cause; Ca）常由名詞組或介詞組（由介詞 'by,
for, because of；被，爲了，因爲，由於' 引介）來擔任，並充
當狀語或主語（如表示天變地災等的動詞）；「結果」（Result;
Re）常由名詞組或介詞組（由介詞 'in, into；成，爲' 引介）來擔
任，並充當狀語或「創造動詞」（verb of creation）的賓語。

⑫ 〔Ag He〕behaved 〔*Ma* {badly/*with* great courage}〕.//
　〔Ag 他〕表現得 〔*Ma* {很差/很勇敢}〕。

⑬ 〔Ag She〕always treated 〔Be us〕〔*Ma* { well/*with*
　the utmost courtesy}〕. //
　〔Ag 她〕經常待 〔Be 我們〕〔*Ma* {很好/非常有禮貌}〕。

⑭ 〔Ag I〕{ phrased/worded } 〔Re my excuse〕〔*Ma*
　politely〕. //
　〔Ag 我〕{措詞 〔*Ma* 很禮貌地〕/〔*Ma* {以/用}很禮貌的措
　詞〕} 說出我的辯解。

⑮ 〔*Ca* A fire〕burned down 〔Th the house〕. //
　〔*Ca* 一場火警〕燒燬了 〔Th 房子〕。

⑯ 〔Th The house〕was burned down 〔*Ca* *by* a fire〕.//
　〔Th 房子〕〔*Ca* 被一場火警〕燒燬了。

⑰ 〔Ag John〕burned down 〔Th the house〕〔*In with*
　fire〕. //
　〔Ag 小明〕〔*In* {用/放}火〕燒燬了 〔Th 房子〕。

⑱ [Th The house] was burned down ([*Ag by* John])
[*In with* fire]. //

[Th 房子] ([*Ag* 被小明]) [*In* {用/放}火] 燒燬了。

⑲ [Ag John] { destroyed [*Th* the house] / built [*Re* the house]}. //

[Ag 小明] {拆毀了 [*Th* 房子] / 建造了 [*Re* 房子]}。

⑳ What [Ag John] did to [*Th* the house] was destroy it;
*What [Ag John] did to [*Re* the house] was build it.//

[*Th* 房子] [Ag 被小明] 拆毀了；

*[*Re* 房子] [Ag 被小明] 建造了。

㉑ [*Re* John didn't come] [*Ca* {*because of* [NP illness]/
because [*Ca* he was ill]}]. //

[*Ca* 因為{有病/病了}] [*Re* (所以)小明沒有來]。

四、述語動詞的論旨網格與其投射條件

論旨網格以論旨角色爲單元來規劃（如‘+[Xx, Yy, Zz]’）
，原則上只登記必用論元(卽內元(賓語、補語)與外元(主語))，
而可用論元(卽意元(狀語))則可以用「詞彙冗贅規律」(lexical
redundancy rule) 來處理。例如，下面㉒的詞彙冗贅規律表示
：凡是以主事者爲外元的論旨網格，都可以與情狀、工具、處所
、時間等論旨角色連用，並以這些論旨角色爲狀語。

㉒　a.　+[···Ag] → +[···(Ma) (In) (Lo) (Ti) Ag]//

b.　+〔…Ag〕 → +〔…(Ti) (Lo) (In) (Ma) Ag〕❼

同樣的，述語動詞的論旨網格原則上依照主動句的形式出現
❽；因此，被動句的論旨網格可以利用詞彙冗贅規律從主動句的
論旨網格引導出來，例如：

㉝　a.　V (+〔{Th/Be/Go}…{Ag/Ex/Ca}〕) →
　　　　Be V-en (+〔by{Ag/Ex/Ca}…{Th/Be/Go}〕)

　　b.　V (+〔{Th/Be/Go}…{Ag/Ex/Ca}〕) →
　　　　(給)V (+〔被{Ag/Ex/Ca}…{Th/Be/Go}〕)

又論旨網格裏論旨角色依內元（賓語與補語）先、外元（主語）後
的次序，而內元裏則以賓語先、補語後的次序，加以登記。這個
登記的前後次序原則上決定有關論元在表層結構的「線性次序」
(linear order)：卽主語、賓語、補語。但是漢語裏及物動詞與
及物形容詞的賓語出現的位置可能有兩種不同的選擇：一種是出
現於及物動詞與及物形容詞的後面而由這些及物動詞與形容詞獲

---

❼　在英語與漢語裏，意元狀語的前後次序形成詞序正好相反的「鏡像現
　　象」(mirror image)。這是由於在英語裏論旨角色（或「固有格位」
　　(inherent Case)) 的指派方向是由左到右(或前到後)，而在漢語裏
　　則是由右到左(或後到前)的緣故所致。參湯 (1990b, 1990f, 1991a,
　　1991c) 有關這個參數的討論。

❽　英語裏有些動詞例外的只能以被動句的形式出現；例如，'It *is*
　　rumored that John has eloped with Mary' 與 'John *is*
　　rumored to have eloped with Mary'。

得「賓位」(accusative Case)；另一種是出現於及物動詞與及
物形容詞的前面而分別由介詞'把'與'對'獲得「斜位」(oblique
Case)。❾例如：

㉘　a.　我看完了這本書了；我把這本書看完了。
　　b.　小明很關心小華；小明對小華很關心。

　　關於論旨網格裏所使用的各種括弧所代表的意義與其他應注
意事項，則扼要分述如下。

　　（一）「可以省略的論旨角色」(optional θ-role) 用「圓括
弧」（如'(Xx)'）來表示；「必須任選一個的論旨角色」(obliga-
tory choice of one and only one θ-role) 用「花括弧」與
「斜槓」來表示（如'{Xx/Yy/Zz}'）；而「可以調換前後次序的
論旨角色」(permutable θ-roles) 則用「角括弧」與「逗號」
來表示（如' ⟨Xx, Yy⟩ ＝{Xx, Yy/Yy, Xx}'）。

　　（二）「交叉的圓括弧」（如'(Xx⟨Yy)'）表示'Xx'與'Yy'
的任何一方論旨角色都可以省略，但是不能把'Xx'與'Yy'同時
加以省略。例如，英語動詞'write'的論旨網格'+⟨ ⟨Re⟨Go)⟩
Ag)' 經過投射而衍生㉟a-d的例句，但是不能衍生㉟e的例句。

---

❾　漢語裏經過「主題變形」（如'這本書我已經看完了'）與「賓語提前」
　　（如'我這本書已經看完了'）可以分析爲經由「移動α」(Move α)
　　「加接」(adjoin) 到「小句子」（即'S'或'IP'）的結果。這裏不擬
　　詳論。

⑧ a. 〔Ag John〕 wrote 〔Re a letter〕 〔Go to Mary〕.

b. 〔Ag John〕 wrote 〔Re a letter〕.

c. 〔Ag John〕 wrote 〔Go to Mary〕.

d. 〔Ag John〕 wrote 〔Go Mary〕 〔Re a letter〕.

e. *〔Ag John〕 wrote.

(三)「花括弧」裏用「逗號」畫開的論旨角色（'{Xx,Yy}'）
表示出現於這個位置的論元可以解釋成'Xx'或'Yy'兩種不同的
論旨角色。例如，英語動詞'roll'與漢語動詞'滾'的論旨網格都
是'+〔Ro { Ag,Th }〕'，因而可以衍生⑧a 的例句並可以有⑧ b
的漢語例句所表示的兩種不同的解釋。❿

⑧ a. 〔{Ag,Th} John〕 rolled down the slope.

b. 小明（{故意 (Ag)/不小心 (Th)}）沿著山坡滾下來。

(四)可以出現於述語動詞的後面而不必由動詞或介詞指派格
位的名詞組論元，在這個論元下面標下線（如'Xx'）。例如英語
動詞'sell'的論旨網格'+〔〈Th (Go)〉Ag〕'經過投射而衍生
⑧的例句；其中⑧b句的客體名詞組 'the car' 雖然出現於終點

---

❿ '{Xx,Yy}' 表示同一個論元在兩個（表層結構相同的）句子裏擔任兩
種不同的論旨角色；因此，並不違背要求論元與論旨角色的搭配必須
是「一對一的對應關係」(one-to-one correspondence) 的「論旨
準則」(theta-criterion; θ-criterion)。又'roll'與'滾'的論旨網
格裏的符號'Ro'表示「途徑」(Route; 又稱 Path)。

名詞組'the customer'後面仍然能獲得格位。**⓫**

⑧ a. 〔Ag John〕sold〔Th the car〕〔Go to the customer〕.

　b. 〔Ag John〕sold〔Go the customer〕〔Th *the car*〕.

　c. 〔Ag John〕sold〔Th the car〕.

　(五)需要由介詞來指派格位的名詞組,「無標」的介詞不必加以登記,只需要把「有標」的介詞在論旨網格裏加以登記。例如,英語裏無標的客體介詞是'of',所以述語形容詞'fond'的論旨網格'+〔Th, Ex〕'不必標明客體的介詞;但是述語形容詞'concerned'的論旨網格'+〔about Th, Ex〕'則把介詞'about'填入客體的前面。如此,可以衍生下面⑧a,b 這樣的例句。

⑧ a. John is fond〔Th *of* Mary〕.

　b. John is concerned〔Th *about* Mary〕.

　(六)以「成語」或「片語」的形式出現的述語動詞,把論旨網格賦給這個成語動詞或片語動詞。例如,英語的'kick the bucket, pass away, die'與漢語的'翹辮子、兩腳伸直、穿木長衫、死(翹翹)'的論旨網格都是'+〔Be〕',因而可以衍生下

⓫ 有些語法學家 把這種格位 分析為在 深層結構中 獲得的「 固有格位」(inherent Case),藉以與及物動詞或介詞所獲得的「 結構格位」(structural Case) 加以區別。

面⑧a,b 這樣的例句。

⑧ a. The old man {kicked the bucket/passed away/ died} last night.

b. 老頭子昨天晚上 { 翹辮子/兩脚伸直/穿木長衫/ 死（翹翹）} 了。

其他如 'give rise to', 'look down（up）on, despise', 'take … into consideration'等也分別賦給 '+〔Go, So〕', '+〔Th, Ex〕', '+〔Th, Ag〕'的論旨角色，並與漢語的'引起'（+〔Go, So〕），'輕視,看不起'（+〔Th, Ex〕），'考慮（……在內）'（+〔Th, Ag〕）等相對比。

　　(七)英語的「填補詞」（pleonastic; expletive）'there' 與'it'⑫分別出現於「存在句」（existential sentence）、「非賓位句」（unaccusative sentence）與「非人稱結構」（impersonal construction）等。例如，英語裏表示存在的 'Be' 動詞針對客體名詞組的定性可以有 '+〔{Lo, Th〈+def〉/Th〈−def〉, Lo, there}〕' 的論旨網格，而漢語裏則以 '在'（+〔Lo, Th〈+def〉〕）與'有'（+〔Th〈−def〉, Lo〕）兩個不同語音形態的動詞來對應⑬。試比較：

⑫ 以「that 子句」（that-clause）與「不定子句」（infinitival clause）爲補語時，填補詞 'it' 可能出現於「論元、非論旨位置」（argument/θ-bar position; 卽主語的位置）；而以名詞組爲補語時，'there' 則出現於這個位置而充當主語。

⑬ '〈+def〉'與'〈−def〉'分別表示「定指」（definite）與「非定指」（non-definite）。

⑨ a. 〔Th The book〕is〔Lo on the desk〕.//
   〔Th（那一本）書〕在〔Lo 桌子上〕。

b. 〔There〕is〔Th a book〕〔Lo on the desk〕. //
   〔Lo 桌子上〕有〔Th（一本）書〕。

又如，英語的「非賓位動詞」(unaccusative verb) 如 'arise,
emerge, arrive' 等都有'+〔Th (there)〕'的論旨網格，而與
此相對應的漢語動詞'發生，顯現(出來)；到，來'則有'+〔(有)
Th (φ)〕'的論旨網格。試比較：

⑨ a. 〔There〕arose〔Th a problem〕; 〔Th A problem〕
   arose. //
   有〔Th 一件問題〕發生了；發生了〔Th 一件問題〕。

b. 〔There〕emerged〔Th some important facts〕
   as a result of the investigation; 〔Th Some
   important facts〕emerged as a result of the
   investigation. //
   (由於)調查的結果，{有〔Th 一些重要的事實〕顯現
   了/顯現了〔Th 一些重要的事實〕}。

c. 〔There〕arrived〔Th a guest〕yesterday; 〔Th
   A guest〕arrived yesterday.//
   有〔Th 一位客人〕昨天{到/來}了；昨天{到/來}了
   〔Th 一位客人〕。

再如,英語的「氣象動詞」（meteorological verb）如 'rain, snow, hail' 等都具有'＋〔it〕' 的論旨網格，而與漢語氣象動詞'下'的論旨網格'＋〔{雨/雪/雹}(φ)〕'相對應。試比較：

(92) a. 〔It〕 is still {raining/snowing/hailing}. //
b. 還在下{雨/雪/雹}；{雨/雪/雹}還在下。

最後，英語的「提升動詞」(raising verb) 如 'seem, appear, happen, chance' 等可以以「that 子句」爲補語，而以塡補詞 'it' 爲主語；也可以以「不定子句」爲補語，然後由不定子句的主語提升進入母句充當主語；因此，可以用'＋〔{ Pd, it/Pe, Th}〕'的論旨網格來表示。另一方面，與英語的提升動詞相對應的漢語是「整句副詞」（sentential adverb）或「情態副詞」(modal adverb) 如'好像，似乎，湊巧，偶然'等，而可以用'＋〔Pd〕'的論旨網格來表示。試比較：

(93) a. 〔It〕{seemed/ appeared /（so）happened /（so）chanced} 〔Pd that John was sick〕; 〔Th John〕 {seemed/ appeared/ happened/chanced} 〔Pe e⑭ to be sick〕. //

⑭ 嚴格說來，這裏的「空號」（'e'）是因爲不定子句主語（即 'John'）提升移位後所產生的「痕跡」(trace)。由於我們盡量設法不經過「移動 α」而直接由論旨網格衍生句子結構，所以就採用這樣的權宜辦法。

b. 小明{好像/似乎/湊巧/偶然}病了。

(八)副詞與狀語在動詞組、小句子、大句子等裏面出現的位置，也可以依照這些副詞與狀語的語意類型來分類與規畫。例如，英語的「動前副詞」(preverb adverb) 如'hardly, scarcely, simply, just' 等可以指派'+〔__V'〕' 的論旨網格，而修飾整句的「情態副詞」'possibly, perhaps, very likely, certainly, undoubtedly'等則可以指派'+〔__S'(=CP)〕'❶。同樣的，介詞與連詞也可以指派適當的論旨網格。例如，'because of, owing to, due to' 等表原因的介詞可以指派 '+〔Ca〕' 的論旨網格，'by {means/ dint / virtue} of' 等表手段的介詞可以指派'+〔In〕'的論旨網格，而表示原因的連詞 'because, since, as' 等則可以指派 '+〔Ca, Re〕' 的論旨網格。而且，與英語這些副詞、介詞、連詞相對應的漢語副詞、介詞、連詞也可以指派適當的論旨網格來加以對照。

從以上的介紹，我們可以了解論旨網格的內容、結構與功能。論旨網格是以必用論元的論旨角色為單元來記載的；而可用論元則可以用詞彙冗贅規律來衍生，因而不必一一記載於論旨網格之中。論旨網格中，論旨角色的數目表示述語動詞是一元述語、二元述語還是三元述語；而論旨角色的語意內涵則表示有關論元的句法範疇是名詞組、介詞組、數量詞組、形容詞組、副詞組還

---

❶ 我們可以利用 '+〔__S'〕 → +{ {S'__/__VP} }' 這樣的詞彙冗贅規律讓這些情態副詞可以出現於句首、句尾、句中等位置。參湯廷池 (1990g)〈英語副詞與狀語在「X標槓結構」中出現的位置：句法與語意功能〉。

是命題⑯。如果是命題，還表示究竟是那一類命題(陳述、疑問、
感歎)或那一類句式(限定子句、不定子句、動名子句、分詞子句
、小子句、過去式限定子句、原式限定子句、以空號爲代詞的不
定子句、動名子句或分詞子句)。又論旨角色是以內元(賓語、補
語)先，外元(主語) 後 (而內元又以賓語先、補語後)的線性次序
排列的，而由詞彙冗贅規律安插的意元(狀語)則出現於內元與外
元之間。因此，各種論旨角色在句子結構中所擔任的句法範疇、
所充當的句法功能以及所出現的線性次序都可以從論旨網格所提
供的資訊中推演出來。而且，論旨角色的語意內涵與介詞的選擇
之間具有極密切的共存限制，無論是無標的介詞或有標的介詞都
可以從有關的論旨角色推定或在論旨網格中規定。⑰結果，英語
述語動詞的論元，除了外元(主語)出現於動詞的左方(前面)以外
，內元 (賓語與補語) 與意元 (狀語) 原則上都出現於動詞的右方
(後面)。另一方面，漢語述語動詞的論元，則除了賓語與表示終
點或處所的補語可以出現於動詞的右方以外，主語與狀語原則上

---

⑯ Chomsky (1986) *Knowledge of Language: Its Nature, Origin,
 and Use* 把這種論旨角色與句法範疇之間的推演關係稱爲「典型的
 結構顯現」(canonical structural realization)。又形容詞組可
 能 (在英語裏) 擔任「屬性」(Attribute: At) 這個論旨角色而充當
 連繫動詞的補語 (如 'John {is/remains/stays} 〔AP single〕}')
 或小子句的述語 (如'I found 〔John 〔AP quite intelligent〕〕)。

⑰ 湯 (1991a)＜論旨網格與英漢對比分析＞、(1991c)＜原則參數語法
 、對比分析與機器翻譯＞更進一步討論，如何依照「投射理論」、「X
 標槓理論」、「格位理論」與「論旨理論」等從英、漢、日三種語言裏
 述語動詞的論旨網格投射出句子裡各種句法成分的階層組織與線性次
 序來。

都出現於動詞的左方。⑱ 又漢語的賓語也可以在介詞（如‘把、對’）的引介下出現於動詞的左方（如‘我昨天把這本書看完了’），甚至於可以移位而加接到小子句的左端（如‘我這本書昨天看完了’與‘這本書我昨天看完了’）。⑲ 另外，無論是英語與漢語的名詞組都必須由及物動詞（在漢語裏則包括及物形容詞）或介詞從左到右的方向指派「（結構）格位」；而且指派格位的時候，及物動詞與名詞組或介詞與名詞組之間不能有其他句法成分的介入。⑳

五、英漢兩種語言述語動詞論旨網格與投射的異 同比較

從以上的介紹與討論，大致可以了解如何從英語與漢語述語動詞的論旨網格與其投射來推演或詮釋這兩種語言在句法結構上的異同。在這一節裏，我們再舉幾類較爲特殊的動詞來比較這些動詞在論旨網格上的異同如何經過投射而導致在句法結構上的異同。

（一） 「雙句動詞」（"bi-clausal" verbs）

英語與漢語的動詞（如‘mean, imply, entail；表示，暗示

---

⑱ 英語與漢語之間這個詞序上的差異，可以用「固有格位」或「論旨角色」指派方向的參數來說明。

⑲ 這種移位不必由論旨網格的直接投射來衍生，而可以在「語音形式」（Phonetic Form; PF）部門裏適用「移動α」的「體裁變形」（stylistic transformation）來衍生。

⑳ 這個限制由「格位理論」中格位指派語與被指派語之間的「鄰接條件」（Adjacency Condition）來規定。

，含蘊'等)除了客體以外，也可以用命題做外元主語；而且，還可以用命題做內元賓語。結果，這些動詞可以同時以子句做主語與賓語，形成所謂的「雙句動詞」而賦有 '+〔Pd, Pd'〕'這個論旨網格。試比較：

㊴ 'mean, imply, entail' vt., +〔Pd, Pd'〕//

'表示，暗示，含蘊' vt., +〔Pd, Pd'〕

〔Pd That Mary went to the movies with John〕 doesn't mean 〔Pd' that she fell in love with him〕.//

〔Pd 小華跟小明一起去看電影〕 並不表示〔Pd' 她愛上了他〕。

(二) 「心理動詞」(psych-verbs)

英語裏 'surprise, amaze, astonish, astound, frighten, excite, worry, disgust, terrify, bore, confuse, threaten, irritate, please, amuse, annoy' 等表示心理狀態、過程、屬性的動詞可以統稱爲「心理動詞」。㉑這類動詞都具有 'vt.,+〔Ex, Th〕' 與 'a.,+〔at Th, Ex〕'㉒兩種論旨網格；而與此相對應的漢語動詞則具有 'vi.,+〔使 Ex, Th〕' 與 'vi.,+〔對 Th, Ex〕'兩

㉑ 又稱「心理述語」(psychological predicate)。Grimshaw (1990:28-29) *Argument Structure* 又把心理動詞分爲「心理狀態」(psychological state)、「心理使動」(psychological causative)、「主事心理使動」(agentive psychological causative)三類。

㉒ 有些心理動詞的形容詞用法亦可以與介詞 'with' 等連用。

種論旨網格。試比較：

(95) 'frighten, surprise, excite, …' vt.,+〔Ex, Th〕; a., +〔at Th, Ex〕// '感到{驚嚇/驚訝/興奮/…}' vi.,+〔使 Ex, Th〕; vi., +〔對 Th, Ex〕

a. 〔Th The news〕{frightened/surprised/excited}〔Ex John〕. //

〔Th 這個消息〕使〔Ex 小明〕感到{驚嚇/驚訝/興奮}。

b. 〔Ex John〕was {frightened/surprised/excited} at 〔Th the news〕. //

〔Ex 小明〕對〔Th 這個消息〕感到{驚嚇/驚訝/興奮}。

(三)「中間動詞」(middle verbs)

英語裏幾乎所有的動態及物動詞，除了以主事者或客體爲主語的二元述語用法以外，還可以有以客體或工具爲主語的一元述語用法。這個時候，動詞通常都用現在單純式，而且必須與情狀副詞連用。這種用法的動詞就叫做「中間動詞」，並可以用'+〔Ma, Th〕'、'+〔Ma, Ex〕'或'+〔In, Ma〕'的論旨網格來表示。試比較：

(96) 'bribe, open, sell, wax, …' vi.,+〔Th, Ma〕//

'賄賂，驚嚇，打開，銷售，上臘，…' vi.,+〔Th, Ma〕

{〔Th This bureaucrat〕bribes/〔Th This door〕opens/〔Th This book〕sells/〔Th This floor〕waxes}〔Ma easily〕. //

〔Th 這一位官員〕〔Ma 很容易〕賄賂;〔Th 這一本書〕
〔Ma 很容易〕銷售;〔Th 這一扇門〕〔Ma 很容易〕打開;
〔Th 這個地板〕〔Ma 很容易〕上臘。

⑨⑦ 'frighten, surprise, excite, …' vi.,+〔Ma, Ex〕//
'驚嚇,驚訝,興奮,…' vi.,+〔Ma(使他)Ex〕
〔Ex John〕{frightens/surprises/excites}〔Ma easily〕.//
〔Ex 小明〕〔Ma 很容易〕(使他){驚嚇/驚訝/興奮}。㉓

⑨⑧ 'write, cut, …' vi.,+〔Ma, In〕//
'寫,切,…' vi.,+〔得 Ma, In〕
〔In This pen〕writes〔Ma smoothly〕;〔In This
knife〕cuts〔Ma sharply〕. //
〔In 這枝筆〕寫得〔Ma 很順〕;〔In 這把刀〕切得〔Ma 很利〕
。㉔

(四) 「作格動詞」(ergative verbs)

㉓ 'John {frightens/surprises/excites} easily',除了「中間動
詞」用法以外,還可以有以感受者為外元主語的不及物用法而做'小
明很容易 {驚嚇/驚訝/興奮}'解。同樣的,⑨⑥ 裏含有「作格動詞」
'open'的'This door opens easily'也除了「中間動詞」用法以外
,還可以有以客體為外元主語的起動不及物用法而做'這扇門很容易
(=動不動就)打開'解。

㉔ 在漢語裏只有'很容易、很不容易、很難'等形容詞可以出現於中間動
詞的前面擔任情狀的論旨角色;而其他形容詞則在'得'字引介之下出
現於中間動詞的後面充當情狀補語。又有一些人把⑨⑧的漢語例句說成
'這枝筆寫起來很順'或'這把刀切起來很利'。

英語裏'open, close, move, sink, roll, thicken, beau-
tify, …'等動詞可以兼有以主事者或起因爲外元主語的「使動及
物」(causative transitive) 用法與以客體爲外元主語的「使動
不及物」(inchoative intransitive) 用法。這種動詞的用法就
叫做「作格動詞」，並可以用'+〔Th (Ag)〕'或'+〔Th (Ca)〕'
的論旨網格來表示。試比較：

⑲　'open, close, …'v(t).,㉕ +〔Th (Ag)〕//

　　'(打)開,關(閉), …'v(t).,+〔Th (Ag)〕

　　〔Ag John〕opened 〔Th the door〕;〔Th The door〕
　　opened. //〔Ag 小明〕(打)開了〔Th 門〕;〔Th 門〕(自
　　動的) (打)開了。

⑩　'thicken, deepen, lengthen, …'v(t).,+〔Th ({Ca/Ag})〕//

　　'(使)變{{ 厚/濁/濃/複雜 }/{ 深/濃 }/長}' v(t).,+〔Th
　　({Ca/Ag})〕

　　〔Ca Smog〕has thickened 〔Th the air〕;〔Th The
　　air〕has thickened (〔Ca with smog〕). //

　　〔Ca 煙霧〕使 〔Th 空氣〕變混濁了；

　　〔Th 空氣〕(〔Ca 因爲煙霧〕)變混濁了。

⑪　'beautify, magnify, fortify, …'v(t).,+〔Th ({Ca/Ag})〕

　　//'美化,擴大,(使)堅固, …' v(t)., +〔Th ({Ca/Ag})〕

　　〔Ca Flowers 〕have beautified 〔Th the garden〕;

　㉕　我們用'v(t).'的符號來代表兼具「使動及物」與「起動不及物」的「作
　　　格動詞」。

〔Th The garden〕has beautified (〔Ca with flowers〕).//
〔Ca 花卉〕美化了〔Th 庭園〕;〔Th 庭園〕(〔Ca 因花卉〕)美化了。

(五) 「控制動詞」(control verbs)

英語與漢語裏有些二元與三元及物動詞的補語子句以空號代詞 (empty pronoun; 或「大代號」(PRO)) 為主語。一般說來,二元及物動詞 (如 'remember, forget, try, attempt, manage, begin, continue; 記得,忘記,嘗試,試圖,設法(辦到),開始,繼續' 等)補語子句的空號代詞以母句的主語為「控制語」(controller; 即空號代詞與母句主語名詞組的指涉相同,叫做「受主語控制」(subject-control)), 而三元及物動詞 (如'warn, force, order, persuade; 警告,強迫,命令,說服' 等)補語子句的空號代詞則以母句的賓語為控制語(即空號代詞與母句賓語名詞組的指涉相同,叫做「受賓語控制」(object-control)); 但是也有三元及物動詞而補語子句的空號代詞卻與母句主語名詞組的指涉相同的少數例外 (如'promise; 答應')。試比較:

⑩² 'remember' vt., +〔{Pe, Ag/ Pg, Ex}〕//
'記得({要V/ V過})' vt., +〔{Pe, Ag/Pd, Ex}〕
〔Remember 〔Pe to turn off the lights〕; I remember 〔Pg {having seen/seeing} him once〕; I re-

member 〔Pg him saying that〕.㉖ //

我記得〔Pe 要關燈〕；我記得〔Pe 見過他一次〕；我記得
〔Pd 他說過那樣的話〕。

⑩③ 'try' vt., +〔{Pe/ Pg} Ag〕//

'試著(去)，嘗試過，試一試' vt., +〔Pe, Ag〕

I tried〔Pe to help him〕; I tried〔Pg communi-
cating with him〕; Why don't you try〔Pg taking this
medicine〕? // 我試著〔Pe 去幫助他〕；我試過〔Pe 跟他
溝通〕；你不妨試一試〔Pe 吃這個藥〕。

⑩④ 'manage' vt., +〔Pe, Ex〕//

'設法(辦到)' vt., +〔Pe, Ex〕

I managed〔Pe to see him in his office〕. //

我設法〔Pe 在他辦公室裏見到他〕。

⑩⑤ 'warn' vt., +〔Go, ·Pe, Ag〕//

'警告' vt., +〔Go, Pe, Ag〕

He warned〔Go me〕〔Pe not to see his daughter
any more〕.// 他警告〔Go 我〕〔Pe 不要再見他女兒〕。㉗

㉖ 最後兩個例句顯示：英語的動名子句還可以進一步分爲：(一)以領位
名詞組爲主語的動名子句（如 'I don't mind〔*your* wearing
my necktie'）；(二) 以賓位名詞組爲主語的動名子句（'I don't
mind〔*you* wearing my necktie'）;(三)以空號代詞爲主語的動
名子句(如 'I_i don't mind〔PRO_i. wearing your necktie'）。
同時，除了以上的「事實動名子詞」(factive gerundive) 以外，
還可以有「行爲動名子句」(actional gerundive；如 '{John's/
The} constant questioning of Mary's motives annoyed
her'）。

㉗ 動詞'warn'內元賓語的論旨角色是終點。這一點可以從'his warn-
ing〔Go *to* me〕〔Pe not to see his daughter any more〕'
裏'to me'的介詞裏看得出來。

⑩⑥　'promise' vt., +〔Go, Pe, Ag〕//

'答應' vt., +〔Go, Pe, Ag〕

She promised 〔Go me〕〔Pe to buy me a new bicycle〕.// 她答應〔Go 我〕〔Pe 買一部腳踏車給我〕。

(六)「例外指派格位的動詞」(exceptional Case-marking verbs)

英語裏有些及物動詞(如'expect, believe, find; 料想，認為，發現'等)可以兼以限定子句、不定子句與小子句爲賓語。以不定子句與小子句爲賓語時，這些子句的主語名詞組例外的由母句及物動詞獲得賓語。但是在漢語裏卻沒有限定子句、不定子句或小子句的區別，所以一律以陳述子句爲賓語。試比較：

⑩⑦　'expect, believe, find, …' vt.,+〔{Pd/Pi/Ps} Ex〕//

'料想，認為，發現，…' vt., +〔Pd, Ex〕

We believe {〔Pd that he is innocent〕/ 〔Pi him to be innocent〕/ 〔Ps him innocent〕}.㉘//

我們認為〔Pe 他是無辜的〕。

(七)「交易動詞」(verbs of trading)

㉘　因此，這一類動詞與由「補語連詞」(complementizer) 'for' 來指派格位的 'want, prefer' 等不同；如'I {want/ prefer} very much *for him* to go with me'; 'I { want/prefer} *him* to go with me'; 'I want to go with him'。

　　英語與漢語裏表示交易的動詞（如‘buy, sell, cost;（購）買
，賣，花’等）都可能牽涉到買的人（「終點」）、賣的人（「起點」）
、買賣的東西（「客體」）與錢（「金額」）這些論旨角色；而其中買
的人或賣的人充當外元主語的時候，還兼具「主事者」這個論旨
角色。

⑩　‘buy’ vt., ＋〔Th (So) (Qc) {Ag,Go}〕//

　　‘（購）買’vt., ＋〔Th ⟨(So) (以Qc)⟩ {Ag,Go}〕

　　〔Ag,So John〕bought〔Th the book〕(〔So from
　　Mary〕) (〔Qc for ten dollars〕).//

　　〔Ag,So 小明〕(〔Qc 以十塊美金〕) (〔So 從小華〕)買了
　　〔Th 這本書〕；〔Ag,So 小明〕(〔So 從小華〕) (〔Qc 以
　　十塊美金〕)買了〔Th 這本書〕。

⑩　‘sell’ vt., ＋〔⟨Th (Go)⟩ (Qc) {Ag,So}〕// ‘賣’ vt.,
　　＋〔Th (Go) (Qc) {Ag,So}〕

　　〔Ag,So Mary〕sold〔Th the book〕(〔Go to John〕)
　　(〔Qc for ten dollars〕); 〔Ag,So Mary〕sold (〔Go
　　John〕)〔Th the book〕(〔Qc for ten dollars〕). //
　　〔Ag,So 小華〕(〔Qc 以十塊美金〕)賣了〔Th 這本書〕
　　(〔Go 給小明〕)；〔Ag,So 小華〕(〔Qc 以十塊美金〕)〔Th
　　把這本書〕賣 (〔Go 給小明〕)了。

⑩　‘cost’ vt., ＋〔(So) Qc, Th〕//‘花’ vt., ＋〔(So) Qc, Th〕
　　〔Th The book〕cost (〔So John〕)〔Qc ten dollars〕.//
　　〔Th 這本書〕花了(〔So 小明〕)〔Qc 十塊美金〕。

（八）「雙賓動詞」(ditransitive verbs; double-object verbs)

英語動詞'spare, forgive, deny, envy'等可以以兩個名詞組爲內元賓語，而與此相對應的漢語動詞'饒，原諒，拒絕，嫉妒'等卻只能以一個名詞組爲內元賓語；結果，英語的第二個賓語名詞組在漢語裏就被省略，或者第一個賓語名詞組在漢語裏就成爲第二個賓語名詞組的領位修飾語。試比較：

⑾ 'spare' vt., +〔(Be〕Th) Ag〕// '饒'vt., +〔Be（的），Th Ag〕Please spare (〔Be me〕) (〔Th my life.〕) // 請饒〔Be 我（的）〕〔Th 命〕)〕吧。

⑿ 'forgive' vt., +〔(Be〕Th) Ag〕//
'原諒，赦免' vt., +〔Be（的Th），Ag〕
Please forgive (〔Be us〕) (〔Th our trespasses〕). //
請原諒〔Be 我們（的〔Th 罪〕)〕吧。

⒀ 'deny' vt., +〔Go, Th, Ag〕//
'拒絕' vt., +〔Go（的），Th, Ag〕
〔Ag He〕cannot deny〔Go us〕〔Th our privileges〕;
〔Ag He〕never denied〔Go us〕〔Th anything〕. //
〔Ag 他〕不能拒絕〔Be 我們（的）〕〔Th 權利〕; 他從來沒有拒絕〔Go 我們〕〔Th 任何事情〕。

⒁ 'envy' vt., +〔Be, Ca, Ex〕// '嫉妒、羨慕' vt., +〔Be（的），Ca, Ex〕
〔Ex John〕envied〔Be Bill〕〔Ca (because of) his {good luck/beautiful girl friend}〕. //

〔Ex 小明〕〔Ca 因為小剛 {運氣好/女朋友漂亮}〕而嫉妒
〔Be 他〕；〔Ex 小明〕嫉妒〔Be 小剛的〕〔Th {漂亮女朋
友/運氣好}〕。

又英語動詞 'send, give, telex' 等可以以客體名詞組爲賓語，
而以終點介詞組爲補語，但也可以以終點名詞組爲賓語而以客體
名詞組爲補語；而與此相對應的漢語動詞'送，給，打 telex（傳
眞）'等則具有與英語動詞相類似但並不盡相同的句法表現。試比
較：

⑮ 'send' vt., +〔<u><Th, Go></u> {Ag,So}〕//
'送' vt., +〔<u><Th, (給) Go></u> {Ag,So}〕
〔Ag,So John〕will send〔Th some cookies〕〔Go to
Mary〕；〔Ag,So John〕will send〔Go Mary〕〔Th some
cookies〕.//〔Ag,So 小明〕會送〔Th 一些餅乾〕〔Go 給小
華〕；〔Ag, So 小明〕會送〔Go（給)小華〕〔Th 一些餅乾〕。

⑯ 'give' vt., +〔<u><Th, Go></u> {Ag,So}〕//
'給' vt., +〔<u><Go, Th></u> {Ag,So}〕
〔Ag,So John〕gave〔Th a present〕〔Go to Mary〕；
〔Ag,So John〕gave〔Go Mary〕〔Th a present〕. //
〔Ag,So 小明〕給了〔Go 小華〕〔Th 一件禮物〕；
〔Ag,So 小明〕給了〔Th 一件禮物〕〔Go 給小華〕㉙ 。

㉙ 漢語裏第二種說法多見於北平話。

⑪⑰ 'telex' vt., +〔<Th, Go> { Ag,So }〕// '打 telex (傳真)，用 telex 通知' vt., +〔Th, Go, {Ag,So}〕

〔Ag,So John〕 telexed 〔Th the news〕〔Go to Bill〕;

〔Ag,So John〕 telexed 〔Go Bill〕〔Th the news〕. //

〔Ag,So 小明〕〔Th 把消息〕{打 telex/傳真}〔Go 給小剛〕;〔Ag,So 小明〕用 telex〔Th 把消息〕通知〔Go 給小剛〕。

另外，英語動詞 'introduce, explain, describe, suggest, recommend' 等可以以客體名詞組為賓語而以終點介詞組為補語；而與此相對應的漢語動詞中雖然 '介紹，解釋，描寫' 等有類似的用法，但是 '提議、建議' 等用法卻不相同。試比較：

⑪⑱ 'introduce' vt., +〔Th, Go, Ag〕//

'介紹' vt., +〔Th, Go, Ag〕

〔Ag John〕 introduced 〔Th Mary〕〔Go to Bill〕. //

〔Ag 小明〕介紹〔Th 小華〕〔Go 給小剛〕;

〔Ag 小明〕〔Th 把小華〕介紹〔Go 給小剛〕。

⑪⑲ 'suggest' vt., +〔Th, Go, Ag〕//

'提出' vt., +〔Th, 向 Go, Ag〕

〔Ag John〕 suggested 〔Th a new idea〕〔Go to Mary〕.//

〔Ag 小明〕〔Go 向小華〕提出〔Th 新的主意〕。

(九)「以"可以調換詞序"的名詞組與介詞組為補語的動詞」

(verbs with "alternating" NP-PP complements)

英語動詞 'blame, load, tap' 等可以同時用兩種論旨角色爲內元，而且這兩種論旨角色可以依照不同的詞序以名詞組先、介詞組後的前後次序出現；而與此相對應的漢語動詞 '怪罪，裝(載)，輕敲' 等則只能依照一種詞序出現。試比較：

⑿ 'blame' vt., +〔{Be, for Ca/ Ca, on Be} Ag〕//
'怪罪，責難' vt., +〔Be, Ca, Ag〕
〔Ag John〕 blamed 〔Be Mary〕 〔Ca for the accident〕;
〔Ag John〕 blamed 〔Ca the accident〕 〔Be on Mary〕.//
〔Ag 小明〕 〔Ca 爲了車禍〕 怪罪 〔Be 小華〕。

⑿ 'load' vt., +〔{Th, Lo/ Lo, with Th} Ag〕//
'裝(載)' vt., +〔Lo, Th, Ag〕
〔Ag John〕 loaded 〔Th the furniture〕 〔Lo {on/onto/into} the truck〕;
〔Ag John〕 loaded 〔Lo the truck〕 〔Th with the furniture〕. //
〔Ag 小明〕 〔Th 把家具〕 裝 〔Lo 在卡車{上面/裏面}〕。

⑿ 'tap' vt., +〔{Lo, In/ In, on Lo} Ag〕 //
'輕輕的敲' vt., +〔Lo, In, Ag〕
〔Ag John〕 tapped 〔Lo the desk〕 〔In with a pencil〕;
〔Ag John〕 tapped 〔In a pencil〕 〔Lo on the desk〕.//
〔Ag 小明〕 〔In 用鉛筆〕 輕輕的敲 〔Lo 桌子〕。//

(十) 「以 "可以調換詞序" 的兩個介詞組爲補語的動詞」 (verbs with "alternating" double PP complements)

　　英語不及物動詞‘talk, hear’等可以同時用兩個介詞組爲補語，而且這兩個介詞組補語還可以調換詞序；但是與此相對應的漢語動詞‘談(論)，聽到’等則只能以其中一個介詞組爲補語，而另一個介詞組則必須出現於動詞前面充當狀語。試比較：

⑫　‘talk’ vi., +〔 〈Go, about Th〉 Ag〕//
　　‘談(論)’ vi., +〔(有關)Th的事情, 跟Go, Ag〕
　　〔Ag John〕talked〔Go to Mary〕〔Th about the party〕;
　　〔Ag John〕talked〔Th about the party〕〔Go to Mary〕.
　　//〔Ag 小明〕〔Go 跟小華〕談〔Th (有關)宴會的事情〕。
⑭　‘hear’ vi., +〔 〈So, about Th〉 Ex〕//
　　‘聽到’ vi., +〔(有關)Th的消息, So, Ex〕
　　〔Ex I〕heard〔So from him〕〔Th about the accident〕;
　　〔Ex I〕heard〔Th about the accident〕〔So from him〕.
　　〔Ex 我〕〔So 從他(那裏)〕聽到〔Th (有關)車禍的消息〕。

(十一)　「以處所爲“轉位”主語的動詞」(verbs with Locative as "transposed" subject)

　　英語不及物動詞‘swarm, dazzle, reek’等可以用客體爲外元主語，亦可以用處所爲外元主語，因而可以衍生兩種不同的表面結構。另一方面，與此相對應的漢語動詞‘充滿，閃耀，有…的氣味’等則只能以處所爲主語或主題，因而只能衍生一種表面結構❸。

---

❸　參註❸。

⑫⑤　'swarm' vi., +〔〈with Th, Lo〉〕//

　　　'充滿' vt., +〔Th, Lo〕

　　　〔Lo The garden〕is swarming 〔Th with bees〕. //

　　　〔Th Bees〕are swarming 〔Lo in the garden〕;

　　　〔Lo 院子裏〕充滿了〔Th 蜜蜂〕。

⑫⑥　'dazzle' vi., +〔〈with Th, Lo〉〕//

　　　'閃耀' vi., +〔Th, Lo〕

　　　〔Lo The setting〕dazzled 〔Th with diamonds〕. //

　　　〔Th Diamonds〕dazzled 〔Lo in the setting〕;

　　　〔Lo 鑲臺中〕閃耀著〔Th (許多)鑽石〕**❽** 。

⑫⑦　'reek' vi.' +〔〈with Th, Lo〉〕//

　　　'有…的氣味' vi., +〔Th, Lo〕

　　　〔Lo His breath〕reeks 〔Th with garlic〕. //

　　　〔Th Garlic〕reeks 〔Lo in his breath〕;

　　　〔Lo 他的呼吸裏〕有〔Th 大蒜〕的氣味。

（十二）「"併入論元"的動詞」（" argument-incorporating "
　　　　verbs）

　　英語動詞'butter (=put *butter* on), bottle (=put into
a *bottle*), gut (=take out the *guts* of), knife (=strike
with a *knife*)'等本來由名詞衍生；因此，這些動詞的含義都

---

❽　漢語裏亦可以有'〔Th 鑽石〕〔Lo 在鑲臺中〕閃耀著'的說法。因此
　　，'閃耀'的論旨網格可以改寫成'+〔<Th, Lo>〕'。

把有關的名詞「併入」(incorporate) 在內。另一方面，在與此相對應的漢語動詞(如'塗奶油，裝進瓶子，取出內臟，用刀刺')裏這些被併入的名詞都要顯現出來。試比較：

⑫ 'butter' vt., +〔Lo, Ag〕// '塗奶油' vi., +〔Lo, Ag〕
〔Ag He〕buttered〔Lo the bread〕heavily.//
〔Ag 他〕〔Lo 在麵包上〕厚厚的塗(一層)奶油。

⑫⑨ 'bottle' vt., +〔Th, Ag〕//'裝進瓶子' vi., +〔Th, Ag〕
〔Ag They〕are bottling〔Th the wine〕.//
〔Ag 他們〕正在〔Th 把葡萄酒〕裝進瓶子。

⑬⓪ 'gut' vt., +〔So, Ag〕//
'拿掉(So的)內臟' vi., +〔So, Ag〕
〔Ag I〕have already gutted〔So the fish〕.//
〔Ag 我〕已經拿掉了〔Th〔So 魚的〕內臟〕;
〔Ag 我〕已經〔Th 把〔So 魚的〕內臟〕拿掉了。

⑬① 'knife' vt.,+〔Be, Ag〕//'用刀子捅'vt.,+〔Be, Ag〕
〔Ag John〕knifed〔Be Mary's boy friend〕.//
〔Ag 小明〕用刀子捅了〔Be 小華的男朋友〕;
〔Ag 小明〕捅了〔Be 小華的男朋友〕一刀。

六、結　語

以上根據原則參數語法的基本概念，以論旨角色爲單元來設計述語動詞的論旨網格，並利用論旨網格的投射來衍生英語與

漢語的句子。本文所提議的論旨網格的內容簡單、扼要而明確，而所提供的訊息卻相當豐富，包括：（一）述語動詞必用論元的數目、（二）重要的可用論元、（三）這些論元所扮演的論旨角色、（四）這些論元所歸屬的句法範疇、（五）這些論元所擔任的句法功能、（六）這些論元可能包含的介詞或連詞、（七）這些論元在表面結構的前後次序與可能的詞序變化、（八）填補詞 'it' 與 'there' 的出現等。如果有需要，還可以在「X標槓理論」與「格位理論」等的搭配下，提供述語動詞與各種論元（包括內元、意元與外元）之間的階層組織以及這些論元本身的內部結構。同時，利用共同的符號與統一的格式把英語與漢語兩種語言之間相對應的述語動詞的論旨網格並列而加以對照的結果，不但可以利用論旨網格的訊息把英語翻譯成漢語，而且也可以利用同樣的信息把漢語翻譯成英語。

對於不習慣當代語法理論的術語或分析方法的讀者而言，論旨網格的內容與投射可能顯得太複雜、太麻煩。但是如果把論旨網格的內容拿來與 *Advanced Learner's Dictionary of Current English* 或 *Longman Dictionary of Contemporary English* 所採用的動詞與句型的分類來比較的話，那麼本文所提議的論旨網格，不但內容較為簡單而且資訊非常豐富，就是用英文單字的簡寫來代表的論旨角色也比較便於查詢或記憶。因為前一部辭典的分類，主要依據 A.S. Hornby (1959) 的 *A Guide to Patterns and Usages in English* 一書中第一頁到八十二頁的 'Verbs and Verb Patterns'。根據這裏的動詞分類，英語的動詞類型分為二十五大類與六十九小類，遠超過一般人的記

憶負擔。而後一部辭典的動詞分類看似比第一部辭典簡單，但是除了「不及物動詞」、「連繫動詞」、「單賓動詞」、「雙賓動詞」與「複賓動詞」分別用 'I, L, T, V, X' 的符號代表之外，還根據賓語與補語在句法結構上的不同而加上 '1' 到 '18' 等不同的阿拉伯數字來區別。因此，無論是查詢或記憶都相當麻煩而不方便。但是更重要的是，我們並沒有一部漢語辭典，用同樣的符號與分類方法提供漢語動詞的分類；更沒有一部漢英辭典或英漢辭典用共同的符號與分類系統來提供英漢兩種語言相關動詞之間類型的比較或功能的對照。本文所提議的論旨網格或許可以彌補這個缺憾。

在語言教學上，英漢兩種語言的論旨網格分析可能做出的貢獻是：(一)為英漢對比分析提供具體可行而簡便有效的方法；(二)可以利用英漢兩種語言論旨網格的比較來預測英美學生學習漢語時可能遭遇的問題與困難，以及中國學生學習英語時可能遭遇到的問題與困難；(三)英漢兩種語言論旨網格的分析、比較與對照以及從此所獲得的結論，可以促進對這兩種語言共同性與相異性的了解，因而有助於這兩種語言教材教法的改進；(四)論旨網格的設計與改良，對於英語辭典、漢語辭典、英漢辭典、漢英辭典裏動詞與句型分類以及例句的選擇方面提供寶貴的參考；(五)在文法、翻譯、作文、修辭教學上，對於如何用詞或選詞，提供簡單扼要的說明。不過，本文是從論旨網格討論英漢對比分析的初步嘗試，許多問題可能尚未發現或尚待解決。因此，虔誠的希望有更多的學者、老師對這個問題感到興趣，大家共同來研究論旨網格在語文教學、辭典編纂、機器翻譯等各方面的應用價

值。

* 本文原於1991年12月27日至30日臺北市劍潭青年活動中心舉行
 的「第三屆世界華語文教學研討會」上發表，並刊載於《國立
 編譯館六十週年紀念專輯》(1992)361-401頁。

原則參數語法、對比分析與機器翻譯

(A Theta-Grid-Driven Approach to Contrastive Analysis and Machine Translation)

一、前　言

　　最近有不少從事語言學、資訊科學以及語文敎學研究的同道希望我就「管轄約束理論」（Government-and-Binding Theory；現已改稱「原則參數語法」(Principles-and-Parameters Approach)）與對比分析以及機器翻譯的關係寫一篇既能深入又能淺出的文章。但是原則參數語法的理論內涵相當抽象而龐雜，在有限的篇幅內，恐怕無法講解清楚，更不容易討論到這一語法理論對對比分析與機器翻譯的應用。因此，在這一篇

文章裏，我們設法把原則參數語法的一些基本概念與原則集中在
「論旨網格」(theta-grid; θ-grid) 的「程式」(program) 與
「投射」(projection) 上面，然後就英、漢、日三種語言之間相
關述語動詞的論旨網格的內容與投射條件加以比較，並藉此來討
論論旨網格與對比分析以及機器翻譯的關係。

　　在未講正題之前，先把我們對於語法理論、對比分析與機器
翻譯的基本概念列在下面。

(一)　述語動詞❶是句子的核心，句子的基本結構可以看做是述
　　　語動詞句法屬性的投射或映射。

(二)　述語動詞的句法屬性登記於這個動詞的「詞項記載」(lex-
　　　ical entry) 裏，而詞項記載則儲存於「詞庫」(lexicon;
　　　database) 裏面。

(三)　所有的句法結構，包括各種詞組、子句與句子，都由述語
　　　動詞以及名詞、形容詞、副詞、介詞、連詞等主要語投射
　　　而成，而這些投射必須遵守一定的條件與限制。

(四)　我們承認「普遍語法」(universal grammar) 的存在，
　　　而所有「個別語言」(particular language) 的「核心語
　　　法」(core grammar) 都要同受普遍語法裏「原則系統」
　　　(the subsystem of principles) 的支配。因此，無論是
　　　論旨網格的內涵、程式與投射等都要依照這些原則系統來
　　　規畫或認可。這就說明了個別語言之間在句法結構、句法
　　　功能與句法現象上的共同性或相似性。

(五)　原則系統所提出的各個原則或條件可能含有若干「數值」

---

❶　廣義的「述語」(predicate; predicator) 包括動詞、形容詞與名詞
　　等，不過在這一篇文章裏我們集中討論述語動詞。

(value) 未定的「參數」(parameter)，委由個別語言來選定參數的數值。 這些參數與數值可以用特定的「屬性」(feature) 與其「正負值」(＋／－) 來表示，或者從特定少數的「項目」(item) 中加以選擇。因此，普遍語法的原則系統在個別語言的適用情形並不盡相同。而且，個別語法，除了以核心語法爲主要內容以外， 還包含少許「周邊」(periphery) 的部分來掌管個別語言特有的或「 有標」(marked) 的句法結構。這就說明了爲什麼個別語言之間有不少相異的句法特徵。

(六) 我們既然以述語動詞與其他各類主要語爲句法結構的核心，那麼對機器翻譯也就趨向於採取「由詞彙驅動」(lexi-con-driven) 的立場。也就是說，盡量設法把機器翻譯所需要的資訊統統儲存於個別語言裏各個「詞項」(lexical item) 的詞項記載裏，然後依照普遍語法的原則系統與個別語言的參數差異投射成爲句子。因此，有關述語動詞句法屬性的詞項記載力求簡要而富於資訊，而有關這些述語動詞詞項記載的投射則力求明確而周延。就這一點意義而言，在我們的理論架構中，詞彙與投射居於核心的地位，而「剖析」(parsing) 與「轉換」(transfer) 則只具有附屬的作用。這一種理論架構的優點是：大量裁減在剖析的過程中可能衍生的詞組結構分析上的歧義；而且，轉換的方向是「雙向」(bidirectional) 或「多向」(multidirec-tional) 的，不必爲兩種語言或多種語言之間制定兩套或多套不同的「剖析規律」(parsing rules) 或「轉換規律」

〈transfer rules〉。

在以下幾節裏，我們分別討論述語動詞的句法屬性（包括論元屬性、論旨屬性、論元的語法範疇與語法功能）、論旨角色、論旨網格與其投射的條件與限制等，並舉例說明如何從語義相同或相近的英、漢、日三種語言述語動詞的論旨網格與投射來衍生這三種語言的句子，並以此做爲這三種語言之間機器翻譯的基礎或參考。

二、述語動詞的句法屬性

我們把所有大大小小的句法結構視爲述語動詞、形容詞、名詞以及其他非述語名詞、形容詞、副詞、數量詞、介詞、連詞等的「投射」（projection），並主張把這些詞語的句法屬性盡量詳細而簡明地登記於詞項記載裏來儲存於詞庫中。以述語動詞爲例，動詞的詞項記載裏應該登記下列幾種句法屬性。

（一）　有關動詞的論元屬性；卽這些動詞究竟是「一元述語」、「二元述語」還是「三元述語」？也就是說，這些動詞應該與幾個「必用論元」（obligatory argument）連用才能形成合語法的句子？

（二）　有關動詞的論旨屬性；卽與這些動詞連用的必用論元在語義表達上究竟扮演什麼樣的論旨角色？是「客體」、「起點」、「終點」、「主事者」、「感受者」、「受惠者」、「受事者」、「工具」、「起因」、「時間」、「處所」、「數量」、「命題」，還是其他的論旨角色？

（三）　有關論元的範疇屬性；卽扮演各種論旨角色的論元應該擔

任什麼樣的句法範疇？是「名詞組」、「介詞組」、「形容詞組」、「數量詞組」，還是「命題」？如果是命題，那麼究竟是「陳述命題」、「疑問命題」還是「感歎命題」？又如果是陳述命題，那麼究竟是「限定子句」、「不定子句」、「動名子句」、「小子句」、「過去式限定子句」、「原式限定子句」還是「以空號代詞爲主語的不定子句、動名子句、分詞子句」？

(四) 有關論元的句法功能；卽扮演各種論旨角色的論元應該擔任什麼樣的句法功能？是「賓語」、「補語」、「主語」、「狀語」還是「定語」？又這些論元之間「前後位置」(precede; precedence) 的「線性次序」(linear order) 與「上下支配」(dominate; dominance) 的「階層組織」(hierarchical structure) 如何？

　這些句法屬性的內容相當龐雜；因此，如何把這些句法屬性加以整合，並利用簡明扼要的程式表達出來，就成爲我們當前研究的重要課題之一。過去的語法理論，曾經利用「次類畫分框式」(subcategorization frame) 把部分的句法屬性表達出來。例如，一元述語（卽不及物動詞）‘cry；哭；泣く’，二元述語（卽及物動詞或「單賓」動詞）‘beat; 打；叩く’與三元述語（卽「雙賓」與「複賓」動詞等）‘send；送；送る’，‘call；叫；呼ぶ’，‘ask；問；訊ねる’等動詞的句法屬性可以分別用 "+〔__〕"，"+〔__NP〕"，"+〔__NP PP〕"，"+〔__NP NP〕"，"〔__NP S〕"❷

---

❷　嚴格說來，日語的述語動詞經常出現於論元的右端，因此日語動詞次類畫分框式中表示動詞出現位置的「破折號」(dash;‘__’) 應該標在論元的右端。

的次類畫分框式表達出來，並且可以衍生①到⑤的例句。

① John cried；小明哭了；太郎が泣いた。

② John beat Dick；小明打了小剛；太郎が次郎を叩いた。

③ John sent a book to Dick；小明送了一本書給小剛；太
郎が次郎に本を一冊送った。

④ John called Dick a fool；小明叫小剛傻瓜；太郎が次郎
を阿呆と呼んだ。

⑤ John asked Dick when he could come；小明問小剛他
什麼時候能夠來；太郎が次郎に何時來られるかと訊ねた。

但是次類畫分只標明「(域)內(論)元」(internal argument；
卽賓語與補語)，卻沒有提到「(域)外(論)元」(external ar-
gument；卽主語)；而且只提供論元的句法範疇，卻完全沒有提
到這些論元的論旨角色。因此，對於介詞組(包括英語與漢語的
「前置詞組」(prepositional phrase)與日語的「後置詞組」
(postpositional phrase))裏介詞(包括「前置詞」(preposition)
與「後置詞」(postposition))的選擇也毫無線索可言。針對著次
類畫分框式這種缺失，我們提議利用「具有線性次序的論旨網格」
(linearly-ordered θ-grid) 來把上面幾種句法屬性整合在一起
。但是在未介紹「論旨網格」之前，我們應該先討論各種論元所
扮演的語義角色，也就是這裏所謂的「論旨角色」(theta-role;
θ-role)。

三、論旨角色的內涵、分類與分布

　　普遍語法裏應該承認那一些論旨角色？這一些論旨角色的內涵與外延應該如何界定？對於這個問題，我們至今尚無定論。論旨角色的選定應該具有相當的「普遍性」(universality) 來保證能共同適用於一切自然語言；論旨角色的數目應該符合「最適宜性」(optimality) 的要求來防止論旨角色漫無限制的擴張；而論旨角色的界定則應該有相當客觀明確的標準或「準則」(criteria) 來幫助大家的分析都能盡量趨於一致。這裏我們省略煩瑣的理論探討❸，暫且為英、漢、日三種語言共同提出下面的論旨角色，並就這些論旨角色所代表的語義內涵、所歸屬的句法範疇、所擔任的句法功能、以及論旨角色與介詞或連詞等的選擇關係舉例加以說明。

(一)　「主事者」(Agent; Ag)：“自願”(voluntary)、“自發”(self-controllable) 或“積極”(active) 參與行動的“主體”(instigator)，原則上由「有生」(animate) 名詞組來充當，而且經常與「動態」(actional) 動詞連用。由於主事者在「論旨階層」(thematic hierarchy) ❹ 中居於最顯要 (prominent) 的地位❺，所以常出現於主動句主

---

❸　關於這個問題的初步討論，請參考拙著＜論旨網格與英漢對比分析＞。

❹　Jackendoff (1972:43) 為英語提出“主事者＞{處所/起點/終點}＞客體”的「論旨階層條件」(Thematic Hierarchy Condition) 來規定：在論旨角色的階層上，主事者的位階高於處所、起點或終點的位階，而處所、起點或終點的位階又高於客體的位階。

❺　參考 Grimshaw & Mester (1988) 與 Y.F. Li (1990)。不過，(→)

・257・

語的位置，不能出現於賓語的位置；而在被動句裏則常由
介詞 "by；被，讓，給；に" 來引介，例如：

⑥　a.　〔Ag John〕rushed into the fire；〔Ag 小明〕衝進
　　　　火坑裏；〔Ag 太郎が〕火の中に駆け込んだ。

　　b.　〔Ag John〕opened the door with a passkey；
　　　　〔Ag 小明〕用總鑰匙打開了門；〔Ag 太郎が〕親鍵で戶
　　　　を開けた。

　　c.　The door was opened〔Ag by John〕with a
　　　　passkey；門〔Ag 被小明〕用總鑰匙（給）打開了；戶は
　　　　〔Ag 太郎に〕親鍵で開けられてしまった。

（二）「感受者」（Experiencer: Ex）："非自願"（non-volun-
　　　tary），"非自主"（ non-self-controllable) 或 "消極"
　　　（passive) 的參與者，而跟知覺、感官、心態等有關的事
　　　件或因而受到影響的論元，與主事者一樣經常由有生名詞
　　　組來充當，可能出現於主動句主語的位置，或在被動句裏
　　　由介詞 'by；被，讓；に' ❻ 來引介。但是感受者與主事

（→）Gruber (1976) 與 Jackendoff（1972) 卻認爲主事者名詞組在主
　　語的位置出現時常兼充「客體」（他們稱「客體」爲「論旨」（Theme))
　　，所以客體才是論旨關係中居於最「核心」（central) 的地位。

❻　日語裏常依據以感受者抑或以客體爲主語而選用不同的知覺或感官動
　　詞（例如 '（見るv.）見える，（聞くv.）聞こえる'），因此這類動詞常
　　沒有被動式。又爲了對照論旨角色，我們把在⑦a,b 的日語例句裏出
　　現的'太郎（の耳）'分析爲感受者，不過也可能分析爲「終點」。

者不同，只能與「靜態」(stative) 的知覺、感官、心態動詞或形容詞連用，並且可以出現於主動句賓語的位置，例如：

⑦ a. 〔Ex John〕({ unintentionally/*intentionally })
   heard Mary's words；〔Ex 小明〕({無意中/*有意的})聽到了小華的話；〔Ex 太郎˚(の耳)に〕({偶然/*わざと})花子の話が聞こえた。

   b. Mary's words were ({ unintentionally/*intentionally}) heard 〔Ex by John〕；小華的話〔Ex 被小明〕({無意中/*有意的}) 聽到了；花子の話が〔Ex 太郎(の耳)に〕({偶然/*わざと}) 聞こえた。❼

   c. 〔Ex Mary〕felt very sorry for John('s situation)；〔Ex 小華〕為小明(的處境)覺得很難過；〔Ex 花子は〕太郎(の境遇)を氣の毒に思った。

   d. John's remarks greatly surprised〔Ex exeryone〕；小明的話使〔Ex 大家〕大為驚訝；太郎の話は〔Ex 皆を〕あっと驚かせた。

   e. John struck〔Ex Mary〕as pompous；小明給〔Ex 小華〕的印象是為人自大；太郎は〔Ex 花子に〕傲慢な感じを與えた。

---

❼ ⑦b 的日語例句裏感受者名詞組與客體名詞組之間的倒序，並不是由於被動變形(或「移位 α」(Move α))而產生，而是由日語裏論元詞組之間的「攪拌規律」(Scrambling) 而產生。

(三) 「客體」(Theme; Th)：指"存在"、"移動位置"或"發生變化"的人或東西。與「存放動詞」(locational verb) 連用時，客體常表示存在的人或東西 (如⑧句)；與「移動動詞」(motional verb) 連用時，客體常表示移動的人或東西(如⑨句)；而與「變化動詞」(transitional verb) 連用時，客體經常表示變化的人或東西(如⑩句)。客體原則上由名詞組來充當，但是不限於有生名詞組或具體名詞組，也可能是無生名詞組或抽象名詞組。由於英語的形容詞與名詞不能指派「格位」(Case)，所以出現於英語形容詞或名詞後面的客體名詞組常由介詞'of'來引介並指派格位(如⑪句)。另一方面，漢語的客體名詞組常出現於及物動詞或及物形容詞的後面或右邊，並由這些及物動詞或形容詞獲得格位；但是漢語的客體名詞組也可能出現於述語動詞或形容詞的前面或左邊，並由'把，將'(與動詞連用)、"對"(與形容詞連用)等介詞獲得格位。至於日語，格位一概由介詞來指派，與述語動詞或形容詞無關；因而客體名詞組必須由介詞('が'(與不及物動詞連用)或'を'(與及物動詞連用))獲得格位。又客體與不及物動詞連用時常充當句子的主語，而與及物動詞連用時則常充當主語或賓語。試比較：

⑧ a. 〔Th The dot〕 is inside of the circle；〔Th 點〕在圓圈裏；〔Th 點は〕圓の中にある。

b. The circle contains 〔Th the dot〕；圓圈裏含有

〔Th 點〕；圓の中に〔Th 點が〕ある。

c. We keep〔Th a dog〕；我們養〔Th 一隻狗〕；私達は〔Th 犬を一匹〕飼っている。

d. John put〔Th the book〕on the bookshelf；小明〔Th 把書〕放在書架上；太郎は〔Th 本を〕本棚の上に置いた。

⑨ a. 〔Th The rock〕rolled down the slope；〔Th (那塊)大石頭〕沿著山坡滾下去；〔Th あの石は〕坂に沿って轉落した。

b. John rolled〔Th the rock〕down the slope；小明〔Th 把(那塊)大石頭〕沿著山坡滾下去；太郎は〔Th あの石を〕坂に沿って轉落させた。

c. John gave〔Th the book〕to Mary；小明〔Th 把(那一本)書〕給了小華；太郎は〔Th (その)本を〕花子に上げた。

d. Mary got〔Th the book〕from John；小華從小明(那裏)得到了〔Th (那一本)書〕；花子は太郎から〔Th (その)本を〕もらった。

⑩ a. 〔Th The prince〕turned into a frog；〔Th 王子〕變成了青蛙；〔Th 王子樣は〕蛙に變わってしまった。

b. The magic wand turned〔Th the prince〕into a frog；魔杖〔Th 把王子〕變成了青蛙；魔法の杖が〔Th 王子樣を〕蛙に變えてしまった。

e. 〔Th Mr. Lee〕converted from a Republican into

a Democrat;〔Th 李先生〕由共和黨員轉為民主黨員;
〔Th リーさんは〕共和黨員から民主黨員に轉向してし
まった。

d. The Watergate scandal converted〔Th Mr. Lee〕
from a Republican into a Democrat;水門案醜聞
〔Th {使/把}李先生〕由共和黨員轉為民主黨員;ウォ
ーターゲート事件のスキヤンダルは〔Th リーさんを〕
共和黨員から民主黨員に轉向させてしまった。

⑪ a. John {likes/is fond *of*}〔Th music〕;小明(很)喜
歡〔Th 音樂〕;太郎は〔Th 音樂が〕好きだ。

b. Mary {does not fear/is not afraid *of*} danger;
小華(並)不{恐懼/怕}〔Th 危險〕;花子は〔Th 危險
を〕恐れなかった。

c. Nobody has expected that the enemy should
destroy〔Th the city〕;誰也沒有料到敵人竟然會摧
毀〔Th (這座)城市〕;誰も敵軍が〔Th この都市を〕
破壞することを予想していなかった。

d. The destruction〔Th *of* the city〕by the enemy
is quite unexpected;敵人的摧毀〔Th 城市〕出了
大家意料之外;敵軍の〔Th 都市〕破壞は思いがけな
いことだった。

(四)「工具」(Instrument; In):主事者所使用的器具或手段
,經常由無生名詞組來充當,但器具常用具體名詞組而手

段則常用抽象名詞組來充當。工具與主事者連用時，常做狀語使用，並用介詞'with；用；で'來指派格位❽；但是在主事者不出現的情況下，工具也有可能升格成爲主語，例如：

⑫ a. John crushed the piggybank 〔In with a hammer〕；小明〔In 用鐵鎚〕打碎了撲滿；太郎は〔In 金槌で〕貯金箱を打ち壞した。

　 b. 〔In John's hammer〕crushed the piggybank；〔In 小明的鐵鎚〕打碎了撲滿；〔In 太郎の金槌が〕貯金箱を打ち壞した。

　 c. John got the money from Mary〔In by a trick〕；小明〔In 用詭計〕從小華(那裏)得到了錢；太郎は〔In トリックで〕花子から金を取った。

　 d. Mary went to Boston〔In by {plane/car/sea}〕；小華〔In {搭飛機/坐汽車/經海路}〕到波斯頓；花子は〔In {飛行機/車/船}で〕ボストンへ行った。

(五) 「終點」(Goal；Go)；客體或主事者移動(包括具體或抽象的移動)的「目的地」(destination)、「時間(的)訖點」(end-point) 或「接受者」(recipient)；目的地與時間訖點通常都分別由處所與時間名詞組來充當，而接受者則一

---

❽ 英語裏表示手段的抽象名詞組常由介詞'by'來引介，而與此相對應的漢語介詞或動詞則有'搭，坐，經'等。參例句⑫c, d。

般都由有生（包括社團）名詞組來充當。出現於及物動詞後面並與動詞相鄰接的終點名詞組，由這個動詞獲得格位；但是出現於不及物動詞後面或及物動詞賓語後面的終點名詞組則必須由介詞來引介，並從這個介詞獲得格位。英語的終點名詞組常由介詞‘to’來引介❾，而訖點介詞則除了‘to’以外還可以用‘till, until, through’等。漢語的終點名詞組，目的地與訖點常由介詞‘到’來引介，而接受者常由介詞‘給’來引介❿。而日語的終點名詞組，則目的地與接受者由介詞‘に’❶來引介，而訖點則由介詞‘まで’來引介。終點名詞組一般都充當賓語、補語或狀語，但是在主事者未出現的情形下也有可能充當主語。又英語與漢語的終點名詞組與雙賓動詞連用的時候，常與客體名詞組之間形成兩種不同的詞序。試比較：

⑬ a. The letter finally reached 〔Go John〕；那一封信終於到達了〔Go 小明（那裏）〕；手紙は遂に〔Go 太郎の{ところ/手元}に〕届いた。

  b. 〔Go John〕finally received the letter；〔Go 小明〕終於收到了那一封信；〔Go 太郎は〕遂に手紙を受け取った。

---

❾ 但是終點介詞‘to’也可能併入處所介詞‘in, on’等而合成爲‘into, onto’。

❿ 我們也可以把這個與介詞‘給’連用的「接受者」分析爲「受惠者」。

❶ 日語裏的目的地終點也可以由介詞‘へ’來引介。

c. They traveled from Boston〔Go to New York〕
；他們從波斯頓旅行〔Go 到紐約〕；彼らはボストンか
ら〔Go ニューヨークへ〕旅行した。

d. We will be staying here from May〔Go {to/till/
until/through} December〕；我們從五月〔Go 到十
二月〕會留在這裏；私達は五月から〔Go 十二月まで〕
ここに滞在する。

e. John sent a Christmas card〔Go { to Mary/to
Mary's address}〕；小明寄了一張聖誕卡〔Go {給小
華/到小華的地址 }〕；太郎はクリスマスカードを一枚
〔Go {花子/花子の住所}に〕送った。

f. John sent〔Go Mary〕a Christmas card；小明寄
〔Go 給小華〕一張聖誕卡；太郎は〔Go {花子/花子の
住所}に〕クリスマスカードを一枚送った。⓬

(六) 「起點」(Source; So)：起點與終點相對，而常與終點連
用。起點常表示行動開始的時點或地點，或表示發生變化
以前的狀態；而終點則表示行動終了的時點或地點，或表
示發生變化以後的狀態。起點與終點一樣，常由表示時間
或處所的名詞組來充當；但是如果與「交易動詞」連用時

⓬ 英語與漢語裏客體名詞組與終點（接受者）名詞組的倒序是「間接賓語
移轉」(Dative Shift) 的結果；而日語裏客體名詞組與終點（包括
接受者與目的地）名詞組是一般「攪拌變形」的結果。

，也可能以「屬人」（human）名詞組爲起點❸。起點名
詞組，除了與交易動詞或變化動詞連用時可以充當主語或
賓語以外，一般都在介詞'from, since；從，由，自從，
打從；から'等引介之下出現於述語動詞的前面充當狀語
。試比較：

⑭　a.　They moved 〔So from a city〕 into the country
　　　　；他們〔So 從都市〕搬到鄉間；彼達は〔So 都會から〕
　　　　田舍へ引っ越した。

　　b.　The meeting lasted 〔So from nine〕 to eleven；
　　　　會議〔So 從九點〕開到十一點；會議は〔So 九時から〕
　　　　十一時まで續いた。

　　c.　John bought the house 〔So from Mary〕；小明
　　　　〔So 從小華那裏〕買了(那一棟)房子；太郎は〔So 花子
　　　　から〕あの家を買った。

　　d.　〔{So, Ag} Mary〕 sold the house to John；
　　　　〔{So, Ag} 小華〕把 (那一棟) 房子賣給了小明；

---

❸　如果依照 Jackendoff (1972) 的論旨關係分析，下面主事者名詞組
　　也兼充起點的論旨角色。
　　（i）〔{Ag, So} John〕 sold the house to Mary; 〔{Ag, So}
　　　　小明〕把房子賣給小華；〔{Ag, So} 太郎は〕家を花子に賣っ
　　　　た。
　　（ii）〔{Ag, So} Mary〕 mailed the check to John's ad-
　　　　dress; 〔{Ag, So} 小華〕把支票寄到小明的地址；〔{Ag,
　　　　So} 花子は〕小切手を太郎の住所に送った。

〔{So, Ag} 花子は〕あの家を太郎に賣った。

e. I want to translate this article 〔So from English〕 into Chinese；我要把這一篇文章〔So 從英文〕翻成中文；私はこの文章を〔So 英語から〕中國語に譯したいと思っている。

f. The magic wand turned 〔{Th, So} the prince〕 into a frog；魔杖〔{Th, So} 把王子〕變成了青蛙；魔法の杖は〔{Th, So} 王子樣を〕蛙に變えてしまった。

g. 〔{Th, So} The prince〕turned into a frog；〔{Th, So} 王子〕變成了青蛙；〔{Th, So} 王子樣は〕蛙に變わってしまった。

(七) 「受惠者」(Benefactive; Be)：指因主事者的行動或事情的發生而受益或受損的人⑭，因而經常都由有生名詞組來

---

⑭ 因此，「受惠者」這個論旨角色，除了狹義的「受惠者」(beneficiary) 以外，還包括「受損者」(maleficiary)。如果有需要，下面以方括弧標明的名詞組或介詞組都可以分析爲受惠者(或受損者)：

(i) The joke was 〔Be on me〕；那個玩笑是〔Be 對著我〕開的；その冗談は〔Be 私に〕向けられたものだ。

(ii) Don't play jokes 〔Be on him〕；不要開〔Be 他(的)〕玩笑；〔Be 彼に〕いたずらをするのはよせ。

(iii) 〔Be John〕{suffered a stroke/underwent an operation}last night；〔Be 小明〕昨天晚上{中了風/接受手術}；〔Be 太郎は〕昨夜{腦溢血で倒れた/手術を受けた}。

(iv) 〔Be Mary〕{had/got} her arm broken by accident；〔Be 小華〕不小心把手臂給弄斷了；〔Be 花子は〕うっかりして手を折ってしまった。

充當。受惠者通常在介詞引介之下充當補語或狀語，但是
與雙賓動詞連用時則可能出現於客體名詞組的前面充當賓
語，受損者名詞組甚至可能充當主語❽。英語的受益者名
詞組多由介詞 'for' 來引介，而受損者名詞組則多由介詞
'on' 來引介。漢語的受益者名詞組多由介詞 '給' 來引介
，但是出現於述語動詞前面做狀語用法的受益者名詞組多
由介詞'替，給'來引介，而受損者名詞組則似乎沒有什麼
特別的介詞可以用來引介。至於日語，則無論是受益者或
受損者都一律由介詞'に，のために'來引介。試比較：

⑮ a. John bought a mink coat〔Be for Mary〕；小明
買了一件貂皮大衣〔Be 給小華〕；太郎はミンクのコー
トを〔Be 花子に〕買っ(てあげ)た。

b. John bought〔Be Mary〕a mink coat；小明〔Be
給小華〕買了一件貂皮大衣；太郎は〔Be 花子に〕ミン
クのコートを買っ(てあげ)た。

c. John cleaned the room〔Be for Mary〕；小明〔Be
{替/給}小華〕打掃了房間；太郎は〔Be 花子のために〕
部屋を掃除し(てあげ)た。

d. John bought the book〔Be for Mary〕〔Be on
behalf of her mother〕；小明〔Be {替/給}小華的母
親〕買了那一本書〔Be 給小華〕；太郎は〔Be 花子の

---

❽ 參⑭的例句。

母親に代わって〕〔Be 花子(のため)に〕あの本を買
っ(てあげ)た。

(八) 「處所」(Location; Lo)：表示事情發生的地點，或客體
出現或存在的地點，經常都由處所名詞來充當，並且常由
介詞 'at, in, on, under, beside, across ；在……({裏
(面)/上(面)/下(面)/旁邊/對面)})；(の {中/上/下/横/
向い }) {に/で }⑯' 等來引介而出現於狀語或補語的位置
；但是也可能不由介詞引介而充當句子的主語。試比較：

⑯ a. He is studying 〔Lo at the library〕；他〔Lo 在圖
書館〕讀書；彼は〔Lo 圖書館で〕勉强している。

b. She stayed 〔Lo in the room〕；她留〔Lo 在房間
裏〕；彼女は〔Lo部屋の中に〕留まった。

c. John put the pistol 〔Lo on the table〕；小明把手
槍放〔Lo 在桌子上〕；太郎はピストルを〔Lo 机の上
に〕置いた。

d. {It is very noisy 〔Lo in the city〕}/〔Lo The
city〕 is very noisy}；〔Lo 城市裏〕很吵鬧；〔Lo 都
會〕は喧しい。

(九) 「時間」(Time; Ti)：表示事情發生的時刻、日期、年月

---

⑯ 一般說來，日語的處所介詞'に'與存放動詞連用，而處所介詞'で'則
與存放動詞以外的動詞連用。

等⑰，經常由時間名詞組來擔任，並常由時間介詞 'at. in, on, during, before, after；在……(的時候，當中，以前，以後)⑱；時(に)，前(に)，後(に)'等來引介而出現於狀語或補語的位置。但是「由名詞充當的時間副詞」("bare-NP" time adverb)；如 'today, tomorrow, day after tomorrow, yesterday, day before yesterday, {next/last} {week/month/year}；今天，明天，後天，前天，{上/下}{星期/個月}，明年，去年；今日，明日，あさって，昨日，一昨日，{來/前}{週/月}，來年，去年' 等則可以不由介詞引介而充當狀語或補語，甚至可以充當「連繫動詞」(copulative verb) 的主語。試比較：

⑰ a. They arrived〔Ti at 10〕and departed〔Ti at 10: 30〕；他們〔Ti (在)十點鐘〕到達，〔Ti (在)十點半〕離開了；彼らは〔Ti 十時に〕到着し、〔Ti 十時半に〕(此處を)出發した。⑲

　 b. Mary set the date〔Ti on Monday〕；小華把日期訂〔Ti 在星期一〕；花子は日取りを〔Ti 月曜日に〕決めた。

---

⑰ 我們把表示事情延續的時量或「期間」(Duration) 歸入下面(十)的「數量」裏面。

⑱ 在漢語裏時間名詞組可能在介詞 '於' 的引介之下充當狀語或補語(如⑰c的例句)，不過這是較為正式的書面語說法。

⑲ ⑰a例句裏漢語介詞 '在' 與日語介詞 'に' 都可以刪略，似乎顯示這些時間詞具有名詞組與「由名詞充當的時間副詞」這雙重性格。

c. Edison was born〔Ti in 1847〕and died〔Ti in 1931〕；愛迪生{〔Ti 於 1847年〕出生，〔Ti 於 1931〕逝世/出生〔Ti 於 1847年〕，逝世〔Ti 於 1931年〕}；エヂソンは〔Ti 1847年に〕生まれ、〔Ti 1931年に〕亡くなった。

d. I met John〔Ti yesterday〕；我〔Ti 昨天〕遇到了小明；私は〔Ti 昨日〕太郎に會った。

e. 〔Ti Tomorrow〕will be another day；〔Ti 明天〕又是一個新的日子；〔Ti 明日は〕また新しい日が來る。

(十) 數量 (Quantity; Qu)：在我們的分析下，「數量」是一個「大角色」("archrole")，其語義內涵是「概化的範域」(the generalized Range)，除了一般的「數目」(number; Qn) 以外，還包括下面許多「同位角色」("allorole") ❷：「期間」(duration; Qd)、「金額」(cost; Qc)、「長度」(length; Ql)、「重量」(weight; Qw)、「面積」(area; Qa)、「容量」(volume; Qv)、「頻率」(frequency; Qf) 等。數量多由「數量詞組」(quantificational phrase；即含有「數量詞」(quantifier) 的名詞組) 來擔任，而且除了與特定的少數動詞連用時可以充當內元(即

---

❷ 這裏「大角色」與「同位角色」的關係，基本上與「大音素」(archphoneme) 與「音素」(phoneme) (或「音素」與「同位音」(allophone)) 的關係相似。

　　賓語或補語）以外，一般都充當「（語）意（論）元」（sem-
antic argument；卽狀語或定語）。英語裏充當意元的期
間、金額、長度（或距離）等常由介詞‘for’來引介充當狀
語。而漢語與日語，則除了表示金額的狀語用介詞‘以；
て’來引介外，其他很少由介詞來引介；一般都在不由介
詞引介的情形下充當狀語、補語、賓語、或主語❹。試比
較：

⑱　a. We studied (English)〔Qd for two hours〕；我們
　　　（讀英語）讀了〔Qd 兩小時〕；私達は（英語を）〔Qd 二
　　　時間〕勉強した。

　　b. The conference lasted〔Qd two hours〕；會議持
　　　續了〔Qd 兩小時〕；會議は〔Qd 二時間〕續いた。

　　c. 〔Qd Eight years〕have elapsed since my son
　　　left；兒子走了以後已經過了〔Qd 八年〕了；息子が亡
　　　くなってから〔Qd 八年〕經った。

　　d. I bought the book〔Qc for fifty dollars〕；我
　　　〔Qc 以五十塊美金（的代價）〕買了這一本書；私は〔五
　　　十ドル（の價格）で〕この本を買った。

　　e. I paid〔Qc fifty dollars〕for the book；我為了這
　　　一本書付了〔Qc 五十塊美金〕；私はこの本（のため）に

---

❹　但是注意⑱g的日語例句裏介詞‘に’的用例。又⑱l日語裏的介詞‘を’
　　是「賓語標誌」（accusative marker）是由語法關係（賓位）而得來
　　的格位，而不是由數量這個論旨角色的語意內涵來指派的介詞。

〔Qc 五十ドル〕拂った。

f. The book cost me 〔Qc fifty dollars〕；這一本書花了我〔Qc 五十塊美金〕；{この本は私に〔Qc 五十ドル〕費やさせた/私はこの本に〔Qc 五十ドル〕費やした。}}

g. The forest stretches 〔Ql for miles〕；那座森林延伸〔Ql 好幾英里〕；その森は〔Ql 幾マイル(に)も〕廣がっていた。

h. John stands 〔Ql two feet〕；{小明身高〔Ql 兩英尺〕/小明有〔Ql 兩英尺〕高}；{太郎の背丈は〔Ql 2フィート〕だ/太郎は背丈が〔Ql 2フィート〕ある}。

i. The boat measures 〔Ql 20 feet〕；{這條船長〔Ql 20英尺〕/這條船有〔Ql 20英尺〕長}；{このボートの長さは〔Ql 20フィート〕だ/このボートは長さが〔Ql 20フィート〕ある}。

j. Mary weighs 〔Qw one hundred pounds〕；{小華體重〔Qw 100磅/小華有〔Qw 100磅〕重；{花子の體重は〔Qw 100ポンド〕だ/花子は體重が〔Qw 100ポンド〕ある}。

k. The cell measured 〔Qv eight feet by five eight high〕；那個房間有〔Qv 8英尺寬、5英尺長、8英尺高〕；その個室は〔Qv 幅8フィート、長さ5フィート、高さ5フィート〕ある。

l. This hotel can accomodate 〔Qn five hundred guests〕；這家飯店可以容納〔Qn 五百位旅客〕；この

ホテルは〔Qn 五百人のお客さんを〕收容することが
できる。

m. This large dinner table can dine〔Qn twenty
persons〕；這一張大飯桌可以坐〔Qn 二十個人〕；この
大きな食桌は〔Qn 二十人〕坐れる。

n. We meet〔Qf twice a week〕；{我們〔Qf 每星期〕
見面〔Qf 兩次〕/我們〔Qf 每星期〕見〔Qf 兩次〕面}；
私達は〔Qf 每週二度〕會っている。

o. They dine together〔Qf every three days〕；{他
們〔Qf 每三天〕一起吃飯〔Qf 一次〕/他們〔Qf 每三天〕
一起吃〔Qf 一次〕飯}；彼らは〔Qf 三日置きに一度〕
一緒に食事をしている。

(十一) 「命題」(Propositon; Po)：具有「主述關係 (predi-
cation；即含有外元主語與述語)，並以「狀態」(state)
、「事件」(event) 或「行動」(action) 等爲語意內涵
的子句。命題與數量一樣，是一個「大角色」，底下可以
依照子句的「語意類型」(semantic type) 分爲「陳
述」(declarative 或 statement; Pd)、「疑問」(inter-
rogative 或 question; Pq) 與「感嘆」(exclamatory
或 exclamation; Px)。英語的命題，因爲動詞具有
「時制」(tense) 與「動貌」(aspect) 等的「屈折變
化」(inflection)，所以可以依照子句的「句法類型」
(syntactic type) 細分爲：(Ⅰ)「限定子句」(finite
clause; Pf)、(Ⅱ)「不定子句」(infinitival clause; Pi)

、(Ⅲ)「動名子句」（gerundive clause; Pg）、(Ⅳ)「小子句」（small clause; Ps）、(Ⅴ)「過去式限定子句」（finite clause with the past-tense verb; Pp）、(Ⅵ)「原式限定子句」（finite clause with the root-form verb; Pr)㉒、(Ⅶ)「以空號代詞為主語的不定子句」（infinitival clause with an empty subject; Pe) 等七種。另一方面，漢語與日語的命題則雖然有陳述、疑問與感嘆等語意類型上的區分；卻沒有英語裏那麼多句法類型上的差別，只要區別一般(陳述)子句 (Pd) 與「以空號代詞為主語的不定子句」(Pe) 兩種就夠了。也就是說，除了「控制動詞」(control verb；包括「主語控制」(subject-control) 的'try, attempt, promise；設法，試圖，答應；試みる，企てる，約束する' 與「賓語控制」（object-control）的 'order, force, warn；命令，強迫，警告；命令する，強要する，警告する')等需要以「以空號代詞為主語的不定子句」(Pe) 為賓語或補語以外，其他述語動詞都一概以「一般(陳述)子句」(Pd) 句為賓語或補語㉓。試比較：

㉒ 也就是含有所謂「假設法現在式動詞」（subjunctive present verb) 的子句，參考英語例句⑲q,r。

㉓ 但是請注意日語裏常在子句之後帶上「形式名詞」（如例句⑲ a,i,j, m,p,q,s,u 裏面的'こと') 或「名物化標誌」（如例句⑲c,o 裏面的'の'），甚至要加上動詞(如例句⑲a裏面的'いう')。另外，日語的動詞也有些「屈折變化」(如例句⑲c裏面的'すれば（<V-(r)e)'、⑲l 裏面的'着けて（<V-Te)'與⑲m裏面的'であった（<V-Ta)'，而 (→)

⑲ a. I know〔Pf *that* John *is* a nice boy〕；我知道〔Pd 小明是個好男孩〕；私は〔Pd 太郎がよい子だということを〕知っている。

b. I asked Mary〔Pq {*whether/if*} she *knew* the answer〕；我問小華〔Pq 她{是否知道/知不知道}答案〕；私は花子に〔((彼女が)答えを知っているかどうか〕と〕訊ねた。

c. Could you tell us〔Pq *what* {we *should*/PRO *to*} do〕？；你能告訴我們〔Pq (我們)該怎麼做〕嗎？〔Pq (私達が)どうすればよいか〕教えていただけますか。

d. I didn't know〔Px *what* a smart girl Mary *is*〕；我不知道〔Px 小華(竟然)是這麼聰明的女孩子〕；私は〔Px 花子がこんなに頭がよい子(だ)とは〕知らなかった。

e. They never imagined〔Px *how very* smart she *is*〕；他們(做夢也)沒有想到〔Px 她(竟然)這麼聰明〕；私は〔〔Px 花子がこんなに頭がよい〕とは〕(夢にも)思わなかった。

f. We consider〔Pd *that* Shakespeare *is* a great poet〕；我們認為〔Pd 莎士比亞是偉大的詩人〕；私達は〔Pd シェクスピーアが偉大な詩人だ〕と〕思っている。

(→)且表示疑問的「句尾語氣助詞」也出現於補語子句裏面(試比較例句⑲c 裏漢語的疑問助詞'嗎'與日語的疑問助詞'か'在母句與子句中出現的位置)。關於這些語法上的細節，我們將在另一篇文章裏詳細討論。

g. We consider [Pi Shakespeare *to be* a great poet]
；我們認為〔Pd 莎士比亞是偉大的詩人〕；私達は〔〔Pd
シェクスピーアが偉大な詩人だ〕と〕思っている。

h. we consider [Ps Shakespeare φ a great poet]；
我們認為〔Pd 莎士比亞是偉大的詩人〕；私達は〔〔Pd
シェクスピーアが偉大な詩人だ〕と〕思っている。

i. John wanted (it) very much [Pi *for* Mary *to
succeed*]；小明渴望〔Pd 小華成功〕；太郎は〔〔Pd 花
子が成功する〕ことを〕願っている。

j. John expects [Pf *that* Mary *will succeed*]；小明
{期待/預料}〔Pd 小華會成功〕；太郎は〔〔Pd 花子が
{成功する〕ことを〕期待している/成功するだろう〕と〕
予測している}。

k. John expects [Pi Mary *to succeed*]；小明{期待/
預料}〔Pd 小華會成功〕；太郎は〔〔Pd 花子が {成功す
る〕ことを〕期待している/成功するだろう〕と〕予測し
ている}。

l. Do you mind [Pg {*me/my*} *wearing* your ne-
cktie?；〔Pd 我用你的領帶〕可以嗎？；〔Pd 貴方のネ
クタイを着けても〕構いませんか。

m. I wish [Pp I *were* a bird]；但願〔Pd 我是隻鳥〕；
〔〔Pd 私が鳥であった〕ら〕（どんなによいことか）。

n. They found [Ps the place φ deserted]；他們發覺
〔Pd 那個地方空無人影〕；彼らは〔〔Pd その場所には

　　　誰もいないこと〕發見をした。

o.　John saw〔Ps Mary φ walk into the restaurant〕
　　　；小明看見〔Pd 小華走進餐廳〕；太郎は〔〔Pd 花子が
　　　食堂に入って行く〕のを〕見た。

p.　Mary made〔Ps John φ admit that he was spying
　　　on her〕；小華逼小明〔Pe PRO 承認他在暗中偵察她〕
　　　花子は(太郎に)〔〔Pd (太郎が)こっそり彼女を監視し
　　　ていた〕ことを〕白狀させた。

q.　John insisted〔Pr *that* Mary {*be/stay*} here with
　　　him〕；小明堅持〔Pb 小華(一定要)跟他在一起〕；太
　　　郎は〔〔Pd 花子が彼と一緒にいること〕を〕(強く)求
　　　めた。

r.　Mary suggested to John〔Pr *that* he not *see* her
　　　any more〕；小華向小明提議〔Pd (他)不要再來找她〕
　　　；花子は太郎に〔Pd (彼が)今後(彼女を)訪ねて來な
　　　いよう〕提案した。

s.　John tried〔Pe PRO to reach Mary〕；小明設法
　　　〔Pe PRO (去)聯絡小華〕；太郎は〔〔Pe PRO 花子に
　　　連絡しよう〕と〕試みた。

t.　John promised Mary〔Pe PRO to marry her〕；
　　　小明答應小華〔Pe PRO 跟她結婚〕；太郎は花子に
　　　〔〔Pe PRO 彼女と結婚する〕ことを〕約束した。

u.　John forccd Mary〔Pe PRO to marry him〕；小
　　　明强迫小華〔Pe PRO 跟他結婚〕；太郎は花子に〔〔Pe

PRO 彼と結婚する〕{ことを/よう}〕強要した。㉔

以上我們根據（一）「每句一例的原則」（the Principle of One-Instance-per-Clause；即每一種論旨角色在同一個單句裏只能出現一個㉕）；（二）「互補分佈的原則」（the Principle of Complementary Distribution；即形成互補分佈而絕不對立的兩個以上的論旨角色必屬於同一種論旨角色）、（三）「連接可能性的原則」（the Principle of Conjoinability；即只有論旨角色相同的論元纔能對等連接）與（四）「比較可能性的原則」（the Principle of Comparability；只有論旨角色相同的論元

㉔ 請注意配合著英語的「原式動詞」或「不定式動詞」，日語的動詞也帶上'だろう'（如⑲ k句）、'よう'（如⑲ r,s,u句）等「情態助動詞」（modal auxiliary）；就是漢語裏面也帶上'一定要'（如⑲ q 句）與'去'（如⑲s句）等表示情態與趨向的動詞。

㉕ 但是「每句一例的原則」應該允許「必用論元」與「可用論元」之間出現兩個同樣的論旨角色；因爲在下面的例句裏，「處所」與「受惠者」同時出現於「內元」（補語）與「意元」（狀語）：

（Ⅰ）(While)〔Lo in the classroom〕Mary placed the flowers〔Lo on the teacher's desk〕；〔Lo 在教室裏〕（的時候）小華把花擺〔Lo 在老師的桌子上〕；{〔Lo 敎室の中で〕/〔Lo 敎室の中に〕いた時} 花子は花を〔Lo 先生の机の上に〕置いた。

（Ⅱ）John bought a wristwatch〔Be for Mary〕〔Be on behalf of her mother〕；小明〔Be {替/給}小華的母親〕買了一隻手錶〔Be 給小華〕；太郎は〔Be 花子の母親{に代って/のために}〕〔Be花子に〕腕時計を買ってあげた。

同時，英語裏由'out-'與不及物動詞所形成的及物動詞（如'outrun,（→）

纔能互相比較❷來擬設英、漢、日三種語言所需要的論旨角色，

(→)outtalk, outshoot；跑得過（跑得比……{快/遠}）、說得過（說得比
……{好/大聲}）；言い貪かす（……より｛うまく/大聲で｝しゃべる）
、射ち貪かす（……より巧みに射擊する）'等}似乎也應該以兩個論旨
角色相同的論元爲主語與賓語（卽＋〔Xx, Xx'〕，而必須以「語意上
複數的名詞組爲主語」(semantically plural subject) 的「對稱
述語」(symmetric predicate；如 'kiss, meet, consult；接吻
、見面、商量；接吻（キッス）する、（出）會う、相談する'）以兩個
或兩個以上的名詞組爲主語時，這些名詞組也似乎應該具有相同的論
旨角色（卽＋〔Xx, Xx'〕），例如：

(Ⅲ) 〔Ag John〕can {outrun/outtalk/outshoot} 〔Ag' Bill〕；
〔Ag 小明〕能{跑得過/說得過/射得過}〔Ag' 小華〕；
〔Ag 太郎は〕〔Ag' 次郎より〕{速く走る/うまくしゃべる/
巧みに射擊する}。

(Ⅳ) 〔〔Ag John〕and 〔Ag' Mary〕〕{kissed/met/consult-
ed}；
〔〔Ag 小明〕跟〔Ag' 小華〕〕{接了吻/見了面/商量了}；〔〔Ag
太郎〕と〔Ag' 花子〕〕が}{キッスした/出會った/相談した}。

❷ 這個原則也引導我們把英、漢、日三種語言的「比較結構」(com-
parative construction) 分析爲由兩個論旨結構相同的主句與從句
來合成，例如：

(ⅰ) 〔Ex John〕is 〔AP more intelligent 〔PP than 〔S 〔Ex
Bill〕pro〕〕〕；
〔Ex 小明〕〔AP 〔PP 比 〔S 〔Ex 小剛〕pro〕還要聰明〕〕；
〔Ex 太郎は〕
〔AP 〔PP 〔S 〔Ex 次郎〕pro〕より〕かしこい〕。

(ⅱ) 〔Ag John〕ran 〔Adp faster 〔PP than 〔S 〔Ag Bill〕
pro〕〕〕；
〔Ag 小明〕跑得 〔AP 〔PP 比 〔S 〔Ag 小剛〕pro 快〕〕；
〔Ag 太郎が〕〔AP 〔PP 〔S 〔Ag 次郎〕pro〕より〕早く〕走っ
た。

例句裏的「小代號」(pro) 代表從句裏與主句裏相同的句法成分：例
如：(ⅰ) 句裏的 'pro' 代表 'is intelligent；聰明；かしこい'；而
(ⅱ) 句裏的 'pro' 則代表 'run fast；跑得快；早く走った'。

以及這些論旨角色所表達的語意內涵、所歸屬的句法範疇、所擔任的語法功能、以及論旨角色與介詞間的選擇關係等。❷

　　如果我們更進一步仔細討論充當意元的副詞或狀語，那麼我們可能還需要「情狀」(Manner; Ma)、起因 (Cause; Ca)、「結果」(Result; Re)、「條件」(Condition; Co) 等論旨角色。有了這些額外的論旨角色，我們就可以爲述語動詞與形容詞提出更細緻而明確的論旨網格。例如，在⑳的例句裏，「情狀」副詞與狀語充當內元補語；在㉑的例句裏「工具」與「起因」的區別可以說明二者在被動句裏不同的句法表現；在㉒的例句裏「客體」（或「受事」）與「結果」的區別也說明二者在「準分裂句」裏不同的句法表現。試比較：

⑳　　a.　He behaved {[Ma badly] to his wife/[Ma with
　　　　　great courage]}；他{對太太（表現得）[Ma 很不好]/
　　　　　表現得[Ma 很勇敢]}；彼は{妻に[Ma 辛く]あたった

---

❷　也有人主張在一般「客體」之外，擬設表示眞正「受影響」(affected)
　　而限於有生名詞組的「受事（者）」(Patient; Pa)。如此，「受事者」
　　與「感受者」的區別可以說明二者在「準分裂句」(pseudo-cleft
　　sentence) 裏不同的句法表現。試比較：
　　(i) a. [Pa John] suffered a stroke last night.
　　　　　b. What happened to [Pa John] last night was that
　　　　　　 [Pa he] suffered a stroke.
　　(ii) a. [Ex John] saw a friend last night.
　　　　　b. *What happened to [Ex John] last night was
　　　　　　 that [Ex he] saw a friend.

/〔Ma とても勇敢に〕ふるまった}。

b. She always treated us {〔Ma well〕/〔Ma with the utmost courtesy〕};她經常待我們 {〔Ma 很好〕/〔Ma 非常有禮貌〕};彼女は何時も {私達に〔Ma よく〕してくれた/私達を〔Ma とても禮儀正しく〕あつかってくれた}。

c. I {phrased/worded} my excuse 〔Ma politely〕;我（措辭）〔Ma 很禮貌地〕說出我的辯白;私は〔Ma丁重に〕私の辯解(の言葉)を述べた。

㉑ a. John burned down the house 〔In with fire〕;小明〔In {用/放}火〕燒毀了房子;太郎は〔In 火{で/をつけて}〕家を焼き拂ってしまった。

b. The house was burned down by John 〔In with fire〕;房子被小明〔In {用/放}火〕燒毀了;家は太郎が〔In {火で/火をつけて}〕焼き拂ってしまった。

c. 〔Ca A fire〕 burned down the house;〔Ca 一場火警〕燒毀了房子;〔Ca 火事が〕家を焼いてしまった。

d. The house was burned down 〔Ca by fire〕;房子〔Ca 被一場火警〕給燒毀了;家は〔Ca 火事で〕焼けてしまった。

㉒ a. They finally destroyed 〔Th the house〕/〔Th The house〕 was finally destroyed;他們終於拆毀了〔Th 房子〕/〔Th 房子〕終於被拆毀了;彼らはついに〔Th家を〕取り壊した/〔Th家は〕ついに取り壊された。

b. What they finally did to 〔Th the house〕was destroy 〔Th it〕.

c. They finally bulit 〔Re the house〕/〔Re The house〕was finally built by them；他們終於蓋了〔Re房子〕/*〔Re 房子〕終於被他們蓋了；彼らはついに〔Re 家を〕建てた/*〔Re 家は〕ついに彼らに建てられた。

b. *What they finally did to 〔Re the house〕was build 〔Re it〕.

又如，表示「處所」（如'at, in, on；在；で，に'）、「工具」（如'with；用；で'）、「客體」（如'of；把，對；を'）、「起點」（如'from；從；から'）、「終點」（如'to；到，給；へ，に'）、「受益者」（如'for；替，給；に'）、「起因」（如'for, because of；為了；のために'）等介詞都可以分別用'+〔Lo〕，+〔In〕，+〔Th〕，+〔So〕，+〔Go〕+，〔Be〕，+〔Ca〕'等符號來表示其論旨功能。而表示「起因」（如'because, for；因為，由於；ので，から'）、「結果」（如'so that；所以；ので'）、「條件」（如'if, unless；如果，除非；（る）と，（た）ら，（（なけ）れ）ば'）等連詞也都可以分別用'+〔Ca, Re〕、+〔Re, Ca〕、+〔Ca, Pd〕'等論旨網格來表示其論旨功能。

四、論旨網格與其投射

從以上的討論可以知道：如果把所有大大小小的句法結構視為述語動詞、形容詞、名詞以及主要語介詞、連詞、名詞、副詞、數量詞等的投射，那麼我們必須在這些詞語的詞項記載裏把有

關的句法屬性登記下來，纔可以設法投射出去。如前所說，動詞
的詞項記載裏應該登記下列幾種句法屬性。

(一) 有關動詞的論元屬性；卽這些動詞究竟是一元述語、二元
述語、還是三元述語？

(二) 有關動詞的論旨屬性；卽與這些動詞連用的必用論元究竟
扮演什麼角色？是客體、起點、終點、主事者、感受者、
受惠者、工具、起因、時間、處所、數量、命題、還是其
他論旨角色？

(三) 有關論元的範疇屬性；卽扮演各種角色的論元應該屬於什
麼樣的句法範疇？是名詞組、介詞組、數量詞組、還是命
題？如果是命題，那麼究竟是陳述命題、疑問命題、還是
感歎命題？如果是陳述命題，那麼究竟是限定子句、不定
子句、動名子句、小子句、過去式限定子句、原式動詞限
定子句、還是以空號代詞爲主語的不定子句、動名子句與
分詞子句？

(四) 有關論元的語法功能；卽扮演各種論旨角色的論元應該擔
任什麼樣的句法功能？是賓語、補語、主語、狀語、還是
定語？

我們可以用「論旨網格」(theta-grid; θ-grid) 把以上四種
句法屬性整合起來。以一元述語 'cry；哭；泣く' 爲例，可以用
'+〔Ag〕' 這個論旨網格來表示有關的句法屬性；卽這個動詞是
只需要主事者這個必要論元的一元述語；而主事者這個論旨角色
必須由有生名詞組來擔任，而且也由這一個主事者論元來充當外
元或主語；因而能投射成爲 'John cried；小明哭了；太郎が泣

いた'這樣的例句。再以二元述語'see;看到;見つける'爲例，可以用'+〔Th, Ex〕'這個論旨網格來表示有關的句法屬性：卽這個動詞是需要以客體爲內元，而以感受者爲外元的二元述語；客體內元由名詞組來擔任並充當賓語，感受者外元由有生名詞組來擔任並充當主語；因而能投射成爲'John saw Mary;小明看到小華;太郎は花子を見つけた'這樣的例句。更以三元述語'force;強迫;強いる'爲例，則可以用'+〔Go, Pe, Ag〕'這個論旨網格來表示有關的句法屬性：卽這個動詞是以終點與以空號代詞爲主語的不定子句命題爲內元，而以主事者爲外元的三元述語；終點內元由名詞組來擔任並充當賓語❷，命題內元由以空號代詞爲主語的不定子句來擔任並充當補語，而主事者外元則由有生名詞組來擔任並充當主語；因而能投射成爲'John forced Mary to study English;小明強迫小華讀英語;太郎が花子に英語を勉強することを強いた'這樣的例句。又以三元述語'rob;搶(走)'爲例，則可以用'+〔 〈Th (So)〉 Ag〕'❷這個論旨網格來表示有關的句法屬性：卽這個動詞在英語裏是以客體名詞組爲賓語、起點介詞組爲補語、主事者名詞組爲主語（卽'+〔Th, So, Ag〕'），或以起點名詞組爲賓語、客體介詞組❸爲補語、主事者

---

❷ 充當不及物動詞內元賓語或及物動詞內元補語的終點一概由介詞組來擔任，但是充當外元主語或及物動詞內元賓語的終點則由於必須獲得「格位」(Case)的指派而一概由名詞組來擔任。

❷ 「角括弧」(angle brackets)'〈…,…〉'表示：括弧裏面的兩個符號可以調換位置；因此，'〈Th, So〉'可以有'Th, So'與'So, Th'兩個不同的詞序。又「圓括弧」(parentheses)'(…)'表示：括弧裏面的符號可有可無；因此，'(So)'表示起點這個論旨角色可以不出現。

❸ 客體名詞組充當及物動詞的賓語時，由及物動詞直接獲得格位；而客體名詞組充當及物動詞的補語時，則必須由客體介詞'of'獲得格位。

名詞組爲主語（卽‘＋〔So, Th, Ag〕’）的三元述語；因而能投射成爲 'John robbed the money from the bank' 或 'John robbed the bank of the money' 這樣的例句。另一方面，在漢語與日語裏，‘搶(走)’是以客體名詞組爲賓語、起點介詞組爲狀語❸，而以主事者名詞組爲主語；因而投射成爲‘小明從銀行搶(走)了錢’與‘太郎が銀行から金を奪った’這樣的句子。最後以‘buy；買；買う’爲例，則可以用‘＋〔〈Th (Be)〉Ag〕；＋〔Th (Be) Ag〕；＋〔Th (Be) Ag〕’這些論旨網格來表示：卽這個動詞是以客體名詞組爲賓語、受惠者介詞組爲補語、而以主事者名詞組爲主語的三元述語；因而可以投射成爲 'John bought a coat (for Mary)；小明買了一件大衣(給小華)；太郎は(花子に)コートを買ってあげた' 這樣的句子。另外出現於英語動詞 'buy' 的論旨網格裏的客體下面的「下線」（underline）（卽 'Th'）表示出現於受惠者後面的客體具有「固有格位」（inherent Case），所以不必再由介詞來引介或指派格位；因而可以投射成爲 'John bought Mary a coat' 這樣的例句❸。

從以上的舉例與說明，我們可以知道：論旨網格是以論旨角

---

❸ 漢語的起點，與終點、處所不同，無法出現於賓語名詞組後面充當補語，只能出現於述語動詞前面充當狀語。同樣的，英語裏出現於賓語名詞組後面的起點（'from the bank'）或客體（'of the money）也可以分析爲狀語。

❸ 與及物動詞 'buy' 相隣接而出現於後面的受惠者名詞組 'Mary' 由動詞直接獲得格位，不必再由介詞 'for' 來引介或指派格位。與英語 'buy' 相應的漢語 '買'，在論旨網格裏找不到 '〈Th, Be〉' 的符號，所以不能投射成爲 '*小明買(給)小華一件大衣' 這樣的句子。

色爲單元來規畫的。在論旨網格裏所登記的論元，原則上都屬於
必用論元，所以論旨網格裏所登記的論元數目決定這個動詞是幾
元述語。又論旨角色的語意內涵，與擔任這些論旨角色的語法範
疇之間有極密切的關係，所以我們常可以從論旨角色來推定這個
論旨角色的句法範疇❸。另外，論旨角色是依內元(賓語先、補
語後)到外元(卽主語)的前後次序排定的，所以我們也可以從論
旨角色的排列次序來推定由那些論旨角色來分別充當動詞的賓語
、補語或句子的主語。關於論旨網格的設計；我們還應該注意下
列幾點：

(一)　在論旨網格裏，我們原則上只登記必用論元，不登記可用
　　　論元。但是有些動詞可以兼做「及物」與「不及物」動詞用
　　　，而有些及物動詞又可以帶上「單一」或「雙重」賓語。這個
　　　時候，把及物與不及物用法，或單賓與雙賓用法，合併登
　　　記的結果，論旨網格裏必然有些論旨角色出現於圓括弧裏
　　　面。例如，英語'eat, dine, devour'這三個動詞都與'吃；
　　　食べる'有關，但是這三個動詞的論旨網格分別是'+〔(Th)
　　　Ag〕'(如'What time do we *eat* (dinner)？')，'+
　　　〔Ag〕'(如'What time do we *dine?*')❹與'+〔Th,

---

❸　Chomsky（1986a）把這種論旨角色與句法範疇之間的連帶關係稱
　　爲「典型的結構顯現」(canonical structural realization; CSR)。

❹　英語動詞'dine'除了'+〔Ag〕'的論旨網格以外，還可以有'+〔Qu,
　　Lo〕'這個論旨網格(如'This table can dine twelve persons'
　　，'How many people can this restaurant dine?')而'+
　　〔Ag〕'與'+〔Qu, Lo〕'這兩種論旨網格可以吉併爲'+〔{Ag/Qu,/
　　Lo}〕'。

Ag〕'（如'The lion *devoured* the deer'）。再如英語、漢語與日語的「作格動詞」（ergative verb）'open；開；開く'與'close; 關；閉じる'都可以有「使動」（causative）及物用法（如'John {opened/closed} the door；小明{開/關}了門；太郎が戸を{開いた/閉じた}'）與「起動」（inchoative）不及物用法（'The door {opened/closed}；門{開/關}了；戸が{開いた/閉じた}'）㉟；因而可以用'＋〔Th（Ag）〕'的論旨網格來表示。也就是說，如果動詞是及物動詞，那麼以主事者名詞組為主語而以客體名詞組為賓語；如果動詞是不及物動詞，那麼以客體名詞組為主語㊱。又如英語、漢語與日語的「雙賓動詞」'teach；敎；敎える'與'ask；問；聞く'都可以有雙賓用法（如'Mr. Lee taught us English；李先生敎我們英語；リー先生が私達に英語を敎えられた'，'We asked Mr. Lee a question；我們問了李先生一個問題；私達がリー先生に問題を聞いた'）與單賓用法（如'Mr. Lee taught {us/English}；李先生敎{我們/英語}；リー先生が{英語/私達}を敎えた'，'We asked {Mr. Lee/a question}；我們問了{李先生/一個問題}；私達が

㉟ 日語及物動詞'開ける'有與此相對應的不及物動詞'開く'；而及物動詞'閉める'也有與此相對應的不及物動詞'閉まる'；所以這些動詞的論旨網格分別是'＋〔Th, Ag〕'（及物）與'＋〔Th〕'（不及物）。

㊱ 這是由於不及物動詞無法指派格位，所以客體名詞組只得出現於主語的位置來獲得主位。

{問題を/リー先生に}聞いた')；因此，英語、漢語與日語
的 'teach；敎；敎える' 與 'ask；問；聞く' 可以分別用
'+〔＜(Th ⟩Go)＞ Ag〕；+〔(Go ⟩Th) Ag〕；+〔Th)
(Go) Ag〕' 與 '〔 ＜(Th ⟩of So)＞Ag〕;+〔(So ⟩Th) Ag〕
　　　　　(一)
；+〔(Th)(So)Ag〕' [37]

(二) 可用論元不必一一登記於論旨網格裏，而可以用「詞彙冗
贅規律」(lexical redundancy rule) 來處理。例如，以
主事者爲主語的動態動詞一般都可以與情狀、工具、受惠
者、時間、處所等可用論元連用的情形可以用 '+〔……
Ag〕 → +〔……(Ma) (In) (Be) (Lo) (Ti) Ag〕' 這
樣的詞冗贅規律來表示。如此，英語、漢語與日語的二元
述語 'cut；切；切る' 不但可以衍生 'John cut the cake
；小明切了蛋糕；太郎がケーキを切った' 這樣只含有必
用論元的例句，而且還可以衍生 'John cut the cake
*carefully with a knife for Mary at the party last
night*；小明昨天晚上在宴會裏替小華用刀子小心地切了

---

[37] 「交叉的圓括弧」(linked parentheses)'(…⟩…)' 表示：圓括弧裏
的兩個成分中，任何一個成分都可以在表層結構中不出現，但是不能
兩個成分都不出現。又英語動詞論旨網格裏的「角括弧」表示角括弧
裏的兩個成分在表面結構中可以有兩種不同的詞序；而論旨角色底下
的「下線」則表示這些論旨角色可以直接出現於賓語的後面充當補語，
而不必由介詞來引介或指派格位。因此，除了前面所舉的例句以外，
英語還可以有 'Mr. Lee taught English to us', 'We asked
Mr. Lee of a question', 'We asked of a question' 這樣的
句子。

蛋糕；太郎が昨晩宴會で花子のために注意深くケーキを
切った'這樣含有許多可用論元的例句。

(三)　對於必用論元，我們嚴格遵守「每句一例的原則」；即在同
一單句裏不能由兩個或兩個以上的同一種論旨角色來充當
必用論元。但這個原則並不排斥以下三種情形：(甲)同一
個論旨角色可以同時充當必用論元與可用論元；(乙)「對
稱述語」(symmetric predicate；如'kiss；接吻；接吻
する/meet；見面；出會う/consult；商量；相談する/
mix；混合；混ぜる')在語意上要求複數主語或賓語，因
此允許兩個或兩個以上的同一種論旨角色為內元或外元；
(丙) 有些述語（例如由'out-'與不及物動詞形成的及物
動詞'outrun；跑得過（跑得比……快）；より早く走る/
outtalk；談得過（談得比……好）；よりうまく話す/
outshoot；射得過（射得比……準）；より巧みに射擊す
る')在語意上要求以同一種論旨角色為賓語(內元)與主語
(外元)❸。因此，我們可以從'place；擺；置く'的論旨網
格'+〔Th, Lo, Ag〕'衍生'〔Lo In the classroom〕
John placed the flowers 〔Lo on the teacher's
desk〕；小明〔Lo 在教室裏〕把花擺〔Lo 在老師的桌子
上面〕；太郎が〔Lo 教室で〕〔Lo 先生の机の上に〕花を
置いた'這樣的例句；也可以從'kiss；接吻；接吻する'
的論旨網格'+〔Ag, Ag'〕'衍生'〔Ag John〕and 〔Ag'

---

❸　這三種情形的例句與說明，請參照❷。

Mary〕kissed；〔Ag 小明〕跟〔Ag' 小華〕接吻了；〔Ag
太郎〕と〔Ag' 花子〕が接吻した'這樣的例句❸；還可以
從'outrun；跑得過；より早く走る'的論旨網格'+〔Th,
Th'〕衍生'〔Th John〕outran〔Th' Mary〕；〔Th 小
明〕跑得過〔Th' 小華〕；〔Th 太郎〕が〔Th' 花子〕より早
く走った'這樣的例句。

(四) 關於論元與論旨角色之間，我們也嚴格遵守「論旨準則」
(theta-criterion) 的規定：卽論元與論旨角色之間的關
係是一對一的對應關係；每一個論元都只能獲得一種論旨
角色，而每一種論旨角色也只能指派給一個論元。但是一
個句子有兩種以上的涵義的時候，我們例外允許以'{Xx,
Yy }'的符號 ❹ 來表示這一個論元可以解釋為'Xx'或
'Yy'兩個不同的論旨角色。例如，英語、漢語與日語
的動詞'roll；(翻)滾；轉落する'都具有'+〔{ Ag, Th}
(Ro)〕'❹ 的論旨網格。因此，'John rolled down the

---

❸ 英語的'kiss'還具有'+〔Th, Ag〕'的論旨網格，因而還可以衍生
'〔Ag John〕kissed〔Th Mary〕'這樣的句子。

❹ 請注意'{Xx, Yy}'與'{Xx/Yy}'兩種不同符號代表兩種不同的情
形；前者（如'{Ag, Th}'）表示這一個論元可以解釋為兩種不同的論
旨角色（如主事者與客體），而後者（如'{Ag/Th}'）則表示這兩種論
旨角色中任選一種（如主事者或客體）。

❹ 'Ro'代表「途徑」(Route; Ro)，常由'along, up, down；沿着…
…({上/下} {來/去})；に沿って，上に向かって，下に向かって')
來引介。嚴格說來，'roll；(翻)滾；轉落する'的論旨網格應該寫成
'+〔Th (Ro (Ag))〕'；如此，不但可以衍生'{John/The rock}
rolled down the slope；{小明/石塊}沿着山坡(翻)滾下來；
{太郎/石}が坂に沿って轉落した'的例句，而且還可以衍生'John
rolled the the rock down the slope；小明把石塊沿着斜滾下
去；太郎は石を坂に沿って轉落させた'的例句。

hill；小明沿着山坡滾下來；太郎が坂に沿って轉落した'
這樣的例句可以解釋'小明（故意）沿着山坡滾下來（'小
明'是主事者），也可以解釋爲'小明（不小心）沿着山坡滾
下來'（'小明'是客體）。又如，'buy；買；買う'與'sell
；賣；賣る'分別具有 '+〔Th (So) {Ag, Go}〕' 與 '+
〔Th（Go）{ Ag, So }〕' 的論旨角色。因此，'John
bought a book from Mary；小明從小華（那裏）買
了一本書；太郎が花子から本を一册買った' 的 'John；
小明；太郎' 都可以解釋爲主事者，也可以解釋爲終點。
'Mary sold a book to John；小華賣了一本書給小明
；花子が太郎に本を一册賣った'的'Mary；小華；花子'
都可以解釋爲主事者，也可以解釋爲起點。

(五)　爲了不使論旨角色的數目無限制的膨脹，也爲了適當的處
理論旨角色裏介詞與名詞組之間的選擇關係，我們在某種
情況下把特定的介詞或名詞直接登記於論旨網格中。例如
，英語的不及物動詞 'talk' 具有 '+〔 〈Go, about Th〉
Ag〕'的論旨網格（與此相對應的漢語動詞'談'與日語動詞
'話す'則分別具有 '+〔（有關）Th 的事情，跟Go, Ag〕'
與 '+〔Go, Th について, Ag 〕'的論旨網格）；因而可以
衍生 'John talked to Mary about the party；小明
跟小華談了（有關）宴會的事情；太郎が花子に宴會（のこ
と）について話した'與 'John talked about the party
to Mary'這樣的例句。又如，英語的及物動詞' load '具
有 '+〔{Th, on Lo/Lo, with Th} Ag〕'的論旨網格（與

此相對應的漢語動詞‘裝（載）’與日語動詞‘積む’，則分別具有‘+〔Th, Lo上面, Ag〕’與‘+〔Th, Lo, Ag〕’的論旨網格）；因而可以衍生‘John loaded the furniture on the truck；小明把家具裝在卡車上面；太郎は家具をトラック（の上）に積んだ’與‘John loaded the truck with the furniture’這樣的例句。再如，英語的及物動詞‘blame’具有‘+〔{Be, for Ca/Ca, on Be}Ag〕’的論旨網格（與此相對應的漢語動詞‘怪罪’與日語動詞‘責める’則都具有‘+〔Be, Ca, Ag〕’的論旨網格）；因而可以衍生‘John blamed Mary for the accident；小明為了車禍怪罪了小華；太郎は花子を事故のことで責めた’與‘John blamed the accident on Mary’這樣的例句❷。

(六) 以「成語」(idiom) 或「片語」(phrase) 的形式出現的述語動詞，把論旨網格賦給這個成語動詞或片語動詞。例如，英語的成語動詞‘kick the bucket (＝pass away＝die)’具有‘+〔Be〕’的論旨網格（與此相當的漢語成語動詞‘翹辮子’、‘兩腳伸直’、‘穿木長衫’等也具有‘+〔Be〕’的論旨網格）；因而可以衍生‘John kicked the bucket last night；小明昨天晚上翹辮子了’這樣的例句。他如，英語的片語動詞‘give {birth/rise} to’都具有‘+〔Go,

---

❷ ‘blame’是及物動詞，因此無論是受事者或起因出現於動詞的後面當賓語時，這些名詞組都不經過介詞的引介而直接由及物動詞獲得格位。但是受事者或起因出現於賓語的後面充當補語時，這些名詞組都必須由介詞來引介並指派格位。

So〕'的論旨網格(與此相對應的漢語'生(產)'與'引起；導致'以及日語的'生む'與'引き起こす，招く'也都具有'+〔Go, So〕'的論旨網格)；因而可以衍生' She gave birth to a son last night；她昨天晚上生了一個男孩子；彼女は昨夜男の子を生んだ'與 'A privilege often gives rise to abuses；特權常導致濫用；特權は往往にして濫用を招く'這樣的例句。又如英語的片語動詞'look down (up)on (=despise)'與'take…into consideration'都具有'+〔Th, Ag〕'的論旨網格(與此相對應的漢語動詞'輕視'與'考慮'以及日語動詞'輕蔑する'與'考慮に入れる'也都具有'+〔Th, Ag〕'的論旨網格)；因而可以衍生'Never look down on your neighbors；絕不要輕視你的鄰居；けっして貴方の隣人を輕蔑してはならない'與'Please take my health into consideration；請考慮我的健康；どうか私の健康を考慮にいれて下さい'這樣的句子。

(七) 英語的「塡補語」(pleonastic; expletive) 'there'與 'it'分別出現於「存在句」(existential sentence) 與「非人稱結構」(impersenal construction) 中。例如，表示"存在"的 Be 動詞可以有'The book is on the desk'與 'There is a book on the desk'兩種說法，而與此相對應的漢語與日語的例句則分別是'書在桌子上；桌子上有一本書'與'本は机の上にある；本が机の上に一册ある'。因此，我們爲英、漢、日存在動詞'Be；在，有；

ある'分別用'+〔{Lo, Th ＜+def＞/Th ＜-def＞, Lo, there}〕；('在')+〔Lo, Th ＜+def＞〕，('有')+〔Th ＜-def＞, Lo〕；+〔{Lo, Th ＜+def＞は/Lo, Th ＜-def＞ が}〕'的論旨網格 ❸ 來表示。又如英語的氣象動詞 ' rain snow, hail'等都以塡補語'it'爲主語(如'*It* is {raining /snowing/hailing}')，而與此對應的漢語與日語則分別 是'正在下{雨/雪/雹}'與'{雨/雪/雹}が降っている'。因 此，我們可以爲英語'rain'、漢語'下雨'與日語'降る'分 別擬設'+〔it〕；+〔　〕；+〔Th〕'的論旨網格。再如，英語動詞'seem, happen, chance'等以「that 子句」爲 補語的時候，必須以 'it' 爲主語(如'*It* seems that he is sick'，'*It* happened that I was out')；因此可以 有'+〔Pd, it〕'的論旨網格 ❹。漢語裏與 這些動詞相對應 的說法卻是用情態副詞'好像・湊巧・偶然'(如'他好像病 了'、'我湊巧不在家')，所以可以用 'ad.,+〔Pd〕'的論旨 網格來表示。另一方面，與此相對應的日語說法卻是用情 態助動詞 'らしい'與情狀副詞'偶然'(如'彼は病氣らし

---

❸ '＜+def＞'與'＜-def＞' 分別表示「有定」(definite; determi- nant) 與「無定」(indefinite; indeterminant)。

❹ 英語裏還可以說成'He seems to be sick'('+〔Pe, Th〕')。又動詞 'become；成爲，變得；なる'等可以用名詞或形容詞充當補語(如 'He became {a famous doctor/obedient}；他{成爲有名的醫 生/變得很溫順了}；彼は{有名な醫者/素直}になった')。這些動詞 的論旨網格可以分析爲 '+〔Go, Th〕'或'+〔At, Th〕'。'At' 代表 「屬性」(Attribute)，常由名詞組或形容詞組來充當。英語的 Be 動 詞、漢語的'是'與日語的'だ'等都具有'+〔At, Th〕' 的論旨網格， 例如 'He is {a doctor/rich}；他{是個醫生/很有錢}；彼は{醫者 /金持に}なった'。

い’、‘私は偶然外出していた’)，所以可以用‘aux.,＋
〔Pd〕’或‘ad.,＋〔Pd〕’的論旨網格來表示。

(八) 英語裏有不少動詞（如‘bottle, gut, knife’）本由名詞
演變而來。因此，這些動詞的含義裏常把有關的名詞加以
「併入」(incorporate) 或「合併」(merge) 進去；例如
‘bottle’＝‘put into a bottle’, ‘gut’＝‘take out
the guts of’, ‘knife’＝‘strike with a knife’。但
是在與這些動詞相對應的漢語與日語的說法裏，則必須把
所併入的名詞交代出來。試比較：

㉓ a. ‘bottle’＋〔Th, Ag〕;‘裝入瓶子’＋〔Th, Ag〕;‘瓶
詰めにする,瓶に詰める’＋〔Th, Ag〕
He is bottling wine；他正把葡萄酒裝入瓶子裏；彼
は葡萄酒を瓶に詰めている。

b. ‘gut’＋〔So, Ag〕;‘取出 (So 的) 內臟’＋〔So, Ag〕;
‘(Soの)內臟を取り出す’＋〔So, Ag〕
She has already gutted the fish；她已經{從魚裏
取出內臟/取出魚的內臟}了；彼女は既に{魚から內臟/
魚の內臟}を取り出した。

c. ‘knife’＋〔Th, Ag〕;‘用刀刺,刺…一刀’＋〔Th, Ag〕
;‘ナイフで刺す’＋〔Th, Ag〕
She knifed him in a rage；她在暴怒之下用刀刺了
他；彼女は激怒のあまり彼をナイフで刺した。

(九) 日語動詞的論旨網格與英語或漢語動詞的論旨網格最大的
差別是：所有日語動詞的論旨網格‘＋〔…〕’都應該在論旨
網格裏所有論旨角色的兩端加上「角括弧」(卽‘＋〔＜…

＞ʃˈ）。因爲在英語與漢語裏，論元的格位都要靠及物動詞或介詞從左到右的方向來指派❹，而在日語裏所有論元都一律靠介詞從右到左的方向來指派格位。結果是，只要有介詞陪伴，所有的日語論元都可以隨意在句子中不同的位置出現。惟一的限制條件是：所有論元都必須出現於述語動詞的左邊。根據這個理由，我們在以後的討論裡，凡是日語動詞的論旨網格都不用方括弧（‘＋〔…〕’），而一律用角括弧（‘＋〈…〉’）來表示。❹。試比較：

㉔ ‘buy’＋〔〈T̲h̲, Be〉Ag〕；‘買’＋〔, Be, ThAg〕；‘買ぅ’＋〈Th, Be, Ag〉

John bought a car for Mary/John bought Mary a

---

❹ 但是主語論元的格位則由「呼應語素」（agreement morpheme）在呼應語素與主語名詞組「指涉相同」（coindexed）的條件下指派主位。

❹ 日語裏這幾乎所有論元都可以不拘詞序地隨意在句子中不同的位置出現的現象，叫做「攪拌現象」（Scrambling）。又儘管日語允許表面結構上相當自由的攪拌現象，但是日語動詞論旨網格裡論旨角色從左到右的線性次序仍然有其重要性；因爲在一般無標的情形下，論旨網格左端的論旨角色都由介詞‘を’來指派賓位，而論旨網格右端的論旨角色則由介詞‘が’來指派主位。例如，日語動詞‘塗る’（相當於英語動詞的‘paint’與漢語動詞的‘擦’與‘搗く’）相當於英語的‘pound’與漢語的‘樁’）分別具有‘vt.,＋〈〈（Lo⟮In）〉Ag〉’與‘vt.,＋〈（{Th, So}⟮Go⟮In）〉’

(i) a.〔Ag 太郎が〕〔Lo 壁を〕（〔In 白いペンキで〕）塗つた。

(ii)〔Ag 太郎が〕〔In 白いペンキを〕（〔Lo壁に〕）塗った。

(比較：John painted the wall（with white paint/white paint（on the wall）；小明{（用白油漆）塗了牆壁／把白油漆塗在牆壁（上）}。）

(ii) a.〔Ag 花子が〕〔Th,So 米を〕（〔Go 餅に〕）（〔In 臼で〕）搗いた。

b.〔Ag 花子が〕〔Go 餅を〕（〔In 臼で〕）搗いた。

c.〔Ag 花子が〕〔In 臼を〕搗いた。

(比較：Mary pounded rice（into rice cake）（in a mortar）；小華（用臼子）把米樁成糯糕糬。）

關於這一點，我們將在以後的論文裡做更詳細的討論。

car；小明買了一部汽車給小華；太郎が車を一臺花子に買って上げた/太郎が花子に車を一臺買って上げた/車を一臺太郎が花子に買って上げた/車を一臺花子に太郎が買って上げた/花子に太郎が車を一臺買って上げた/花子に車を一臺太郎が買って上げた。

（十）　論旨網格裏的述語動詞原則上都以主動句的形式出現[47]。因此，被動句的論旨網格可以利用詞彙冗贅規律從主動句的論旨網格引導出來，例如：

㉕　a.　V→Be V-en；+〔{Th/Go/So}…{ Ag/Ex/Ca}〕→
　　　　+〔…by{Ag/Ex/Ca},{Th/Go/So}〕
　　　　John put the kitten in the basket →
　　　　The kitten was put in the basket by John;
　　　　Mary heard what John said →
　　　　What John said was heard by Mary.

　　　b.　V→(給) V；+〔{ Th/So }…{ Ag/Ex/Ca }〕→
　　　　+〔被{Ag/Ex/Ca}…{Th/So}〕
　　　　小明把小猫放在籃子裏 → 小猫被小明(給)放在籃子裏；
　　　　小華聽到小明説的話 → 小明説的話被小華(給)聽到了。

　　　c.　V→V-(r)are-；+ ⟨{Th/So}…{Ag/Ex/Ca}⟩ →
　　　　⟨{Ag/Ex/Ca}に…{Th/So}⟩
　　　　太郎が小猫を籠の中に入れた →
　　　　小猫が太郎に籠の中に入れられた；
　　　　花子が太郎の話し(たこと)を聞いた →
　　　　太郎の話し(たこと)が花子に聞かれた。

---

[47]　英語有些動詞（如'rumor'）必須以被動句的形式出現；例如，'It is rumored that there will be a holiday tomorrow ('be rumored'，+〔Pd, it〕)'。

同樣的，日語動詞的「使役形」(causative) 也可以用下面㉖的詞彙冗贅規律來處理。

㉖　V→V-(s)ase- ; +⟨…Ag⟩→+⟨…(Ag⟩) {Be/Pa} Ag⟩ **❹**

a.　花子が本を讀んだ → 太郎が花子に本を讀ませた。

b.　次郎が公園へ行った → 花子が次郎 { に/を}公園に行かせた。

五、論旨網格的投射條件

關於論旨網格的投射條件，必須遵守下面的原則或條件。

（一）　述語動詞的論旨網格，包括論元屬性與論旨屬性，都要從詞項記載裏原原本本的投射到句法結構。如果違背這個條件，那麼所衍生的句子必屬不合語法❹ 。

（二）　述語動詞的論旨網格裏，論元與論旨角色的關係是「一對

---

❹ 論旨網格裏的'(Ag⟩) {Be/Pa}'表示：原來的「主事者」(Ag) 在使役句裏轉爲「受惠者」(Be)或「受事者」(Pa)；因此介詞常用'に'或'を'。又例句㉖b裏的'次郎'用介詞'に'時則表示「受益者」(卽次郎本來想去公園)，而用介詞'を'時則表示「受事者」(卽次郎本來不想去公園)。但是用表示受事的'を'有一個限制；卽句子裏不可以另外出現'を'。因此，在㉖a的例句裏，已經有表示「客體」的'本を'；所以不能再加上表示「受事者」的'花子を'，而只能加上表示「受惠者」的'花子に'。

❹ 原則參數語法，把這個條件稱爲「投射原則」(Projection Principle) 與「擴充的投射原則」(Extended Projection Principle)；前一原則規範內元，而後一原則規範外元。

一的對應關係」（one-to-one correspondence）。如果某一個論元同時扮演兩個或兩個以上的論旨角色，或同一個論旨角色同時指派給兩個或兩個以上的論元，那麼所衍生的句子必然不合語法⑩。

(三) 述語動詞的內元、意元與外元之間的「上下支配關係」（dominance）或「階層組織」（hierarchical structure），必須依照「X標桿理論」（X-bar Theory）的規定來投射。X標桿理論，簡單的說，是規定句子「詞組結構」（phrase structure）的「合格條件」（well-formedness condition）的規律，可以用下面㉗的「規律母式」（rule schema(ta)）來表示：

㉗ a. XP → XP, X'（詞組 → 指示語，詞節）「指示語規律」

　b. X' → XP, X'（詞節 → 附加語，詞節）「附加語規律」

　c. X' → XP, X（詞節 → 補述語，主要語）「補述語規律」

規律母式裏的「詞語」（word）'X'是「變數」（variable），代表'N'（名詞）、'V'（動詞）、'A'（形容詞）、'P'（介詞、連詞）等；'XP'則代表這些不同詞類的「最大投射」（maximal projection，卽'NP'（名詞組）、'VP'（動詞組）、'AP'（形容詞組）、'PP'（介詞組、連詞組）等「詞組」（phrase））。'X''代表介於最大投射'XP'（詞組）與'X'（詞語）之間的「中介投射」（intermediate projection），我們姑且稱爲「詞節」。㉗a的規律母式規定：詞組由詞節與

---

⑩ 原則參數語法把這個條件稱爲「論旨準則」（theta-criterion）或「θ準則」（θ-criterion）。

「指示語」(specifier) 合成，而指示語則可能由任何詞類的最大投射（卽詞組‘XP’）來充當。㉗b與㉗c的規律母式規定：詞節可能由詞節與「附加語」(adjunct)合成㉗b，也可能由詞語（也就是詞組與詞節的「主要語」(head) 或「中心語」(center)) 與「補述語」(complement) 合成㉗c；而附加語與補述語也都可能由任何詞類的最大投射（卽詞組）來充當。又在㉗b的規律母式中，詞節(X’) 出現於「改寫箭號」(rewrite arrow；卽‘→’) 的左右兩邊；因此，附加語在理論上可以毫無限制地「連續衍生」(recursively generate)。也就是說，修飾名詞節的「定語」(adjectival) 以及修飾動詞節、形容詞節、介詞節、子句等的「狀語」(adverbial) 在句法結構中出現的數目原則上不受限制。關於英語、漢語與日語的X標桿結構，湯(1988a，1988b，1989c，1990a，1990b，1990c，1990d)有相當詳細的討論，這裏不再贅述。

(四) 述語動詞與內元、意元、外元之間的「前後出現位置」(precedence) 或「線性次序」(linear order) 則可以從「格位理論」(Case Theory) 中「固有格位」(inherent Case) 與「結構格位」(structural Case) 的指派方向推演出來。我們假定英語的固有格位原則上由主要動詞、形容詞、名詞從左方（前面）到右方（後面）的方向指派給充當內元、意元與外元的名詞組、介詞組、小句子與大句子；而英語的結構格位原則上由及物動詞、介詞、連詞、補語連詞從左方到右方的方向指派「賓位」(accusative

Case；包括「斜位」（oblique Case））給名詞組與子句，而「主位」（nominative Case）則由「呼應語素」（AGR）在「同指標」的條件下指派給出現於小句子指示語位置的主語名詞組。另一方面，漢語的固有格位則原則上由主要語動詞、形容詞、名詞從右方（後面）到左方（前面）的方向指派給充當內元、意元與外元的名詞組、介詞組、小句子與大句子；而結構格位則與英語一樣原則上由及物動詞、及物形容詞、介詞、連詞從左方到右方的方向指派賓位給名詞組與子句❺❶，並由呼應語素在同指標的條件下指派主位給出現於小句子主語位置的主語名詞組。至於日語的固有格位，則與漢語相同，由主要語動詞形容詞、形容名詞、名詞從右方到左方的方向指派格位給充當內元、意元與外元的名詞組、介詞組、小句子與大句子。但是結構格位則與英語、漢語不同，一律由介詞與連詞從右方到左方的方向指派給名詞組與子句。英語與漢語之間，固有格位指派方向之差異，說明為什麼這兩種語言之間有那麼多詞序相反的「鏡像現象」（mirror image）❺❷；而結構格位指

---

❺❶ 漢語表示「終點」的內元介詞組與名詞組例外地出現於動詞或賓語的右方。關於這一點，我們不在此討論。

❺❷ 有些英語的副語（如‘hardly, scarcely, simply, merely, just, not, never’等）只能出現於主要語動詞的左方，而有些英語的副詞與狀語(如表示情態與頻率的副詞以及修飾整句的副詞與狀語等)則可以出現於句子裏幾種不同的位置，包括各種主要語的左方位置。這些副詞與狀語的「獨特性」（idiosyncracy）都在有關的論旨網格裏加以登記（例如‘hardly, scarcely simply, merely, not, never’等都登記為‘＋〔__V’〕’）或依照其語意類型用詞彙冗贅規律加以處理（例如表示時間（＋Lo）與起因（＋Ca）的副詞與狀語可以出現於句首與句尾的位置）；參 湯 (1989e)。

派方向之相同，則說明爲什麼漢語的賓語出現於動詞或形容詞的右方時不要由介詞來引介，而出現於動詞或形容詞的左方時則常由介詞'把，對'等來引介。各種格位的指派也說明，爲什麼除了出現於及物動詞(與形容詞)右方的賓語名詞組可以從這些動詞(與形容詞)獲得格位以外，其他名詞組都必須由介詞來引介並指派格位㊿。另外，日語的結構格位一律由介詞來指派，而與述語動詞、形容詞、形容名詞、呼應語素等完全無關。這就說明了爲什麼日語裏存在著詞序相當自由的「攪拌現象」(Scrambling)。下面以'1 study linguistics in the university；我在大學讀語言學；私が大學で言語學を勉強している'爲例，以「樹狀圖解」(tree diagram)來說明這三種語言的例句在深層結構與表層結構中固有格位與結構格位的指派(「箭號」的起點、終點與方向表示「格位指派語」(Case-assigner)、「格位被指派語」(Case-assignee)與「格位指派方向」(Case-assignment directionality))。試比較：㊾

㊾ 漢語裏出現於大句子指示語位置的「主題名詞組」(topic NP)(如'魚，我喜歡吃魚')與加接小句子左端的名詞組(如'{我那一本書/那一本書我}昨天看完了')則例外的不必指派格位。

㊾ 這裏爲了說明原則參數語法的內容，簡略介紹了深層結構、表面結構與其衍生過程。但是，以機器翻譯的目標而言，不必擬設深層結構的存在而可以直接投射出表層結構來。又有關英、漢、日三語言各種句法結構的X標槓結構與格位指派的討論，參 湯(1988a,1990d,1990e,1990f,1990g,1990h)。

㉘　a．I study linguistics in the university.

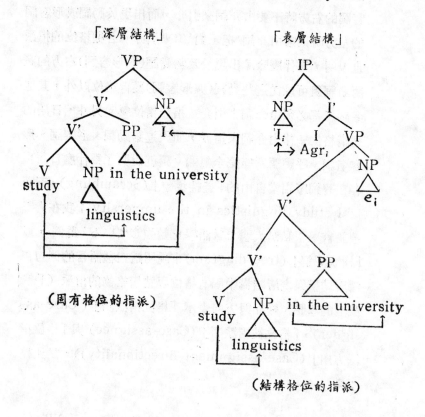

（固有格位的指派）

（結構格位的指派）

b. 我在大學讀語言學。

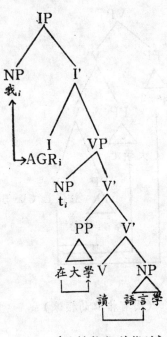

「深層結構」

（固有格位的指派）

「表層結構」

（結構格位的指派）

c. 私が大學で言語學を勉強している。

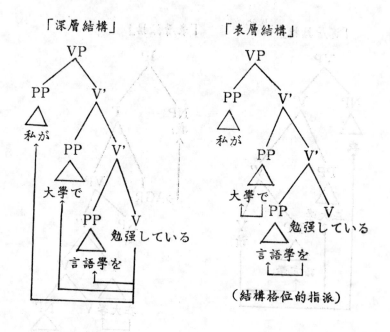

（五） 述語動詞與內元、意元、外元之間的線性次序，除了由論
旨網格裏論旨角色從左到右的排列次序以及固有格位與
結構格位的指派方向來規範以外， 還可能因為「移動 α」
(Move α) 的變形規律（如「從名詞組的移出」(Extra-
position from NP)、「重量名詞組的轉移」(Heavy NP
Shift)、「主題化變形」(Topicalization) 等）而改變詞序
；而這些移位變形都要受原則參數語法裏原則系統理論或

條件一定的限制㊵。

㉙ a. 〔The rumor〔that Mary has eloped with John〕〕
is going about in the village/〔The rumor〕is
going about in the village〔that Mary has
eloped with John〕;〔小華與小明私奔的謠言〕傳遍
了村子;〔花子が太郎と驅け落ちした噂〕は村中に廣
がっている。

b. You can say〔exactly what you think〕to him/
You can say to him〔exactly what you think〕
;你可以把你真正的想法告訴他;君が考えていること
を彼に正直に言ってもよい。

c. I am not fond of〔his face〕, but I despise〔his
character〕/〔His face〕I am not fond of,〔his char-
acter〕I despise;我不喜歡〔他的面孔〕,我瞧不起
〔他的為人〕/〔他的面孔〕我不喜歡,〔他的為人〕我瞧不
起;私は〔彼の顔〕が好きではない、私は〔彼のひとと
なり〕をさげすんている/〔彼の顔〕を私は好きではな
い(し)、〔彼のひととなり〕を(私は)さげすんでいる。

六、英、漢、日三種語言述語動詞論旨網格與其
　　投射的異同

從以上的介紹與討論,大致可以了解如何從英語、漢語與日

㊵ 關於原則參數語法與英漢對比分析,參 湯 (1989c)。

語述語動詞的論旨網格與其投射來推演或詮釋這三種語言在句法結構上的異同。在這一節裏，我們再舉幾類較爲特殊的動詞來比較這些動詞在論旨網格上的異同如何經過投射導致這三種語言在表層結構上的異同。

(一)「交易動詞」(verbs of trading)：

㉚ a. 'spend' vt.,+〔Qc (on Th) Ag〕；'花(費)'vt., +〔Qc (Th上面) Ag〕；'使う'vt.,+〈(Thに) Qc, Ag〉
John spent ten dollars (on the book)；小明(在這本書上)花了十塊錢/小明花了十塊錢買這本書[56]；太郎は(この本に)十圓使った/太郎は十圓でこの本を買った。

b. 'pay', vt.,+〔〈Qc (Go)〉(for Th) Ag〕；'付' vt., +〔〈Qc (Go)〉(為了Th)〕；'拂う'vt.+〈(Th (のため)に) (Goに) Qc, Ag〉
John paid {ten dollars (to Mary)/(Mary) ten dollars} (for the book)；小明(為了這本書)付了{十塊錢(給小華)/(小華)十塊錢}/小明付了{十塊錢(給小華)/(小華)十塊錢}買這一本書；太郎は(この本のために)(花子に)十圓拂った/太郎はこの本に十圓拂った。

c. 'buy' vt.,+〔Th (So) (Qc) Ag〕；'買' vt.,+〔Th

[56] 有兩個相對應的漢語或日語的例句時，一般說來前一例句比較偏向「直譯」，而後一例句則比較偏向「意譯」。

(So) (以 Qc) Ag〕；'買う'vt.,+〈Th (Qc) (So) Ag〉
John bought the book (from Mary.) (for ten
dollars)；小明(以十塊錢)(從小華)買了這本書；太郎
がこの本を(十圓で)(花子から)買った。

d. 'sell' vt.,+〔〈Th (Go)〉(Qc) Ag〕；'賣'vt.,+〔Th
(Go) (Qc) Ag〕；'賣る'vt., +〈Th (Qc) (Go) Ag〉
Mary sold{the book (to John)/(John) the book}
(for ten dollars)；小華(以十塊錢)賣了這本書(給小
明)；花子がこの本を(十圓で)(太郎に)賣った。

e. 'cost' vt., +〔(So) Qc, Th〕；'花' vt.,+〔(So) Qc,
Th〕；'かかる'vi.,+〔Qc, Th〕，'かける'vt., +〈Qc,
Go, Ag〉
The book cost (me) ten dollars；這本書花了(我)
十塊錢 ；この本は十圓かかった/私はこの本に十圓か
けた/私は十圓かけてこの本を買った。

(二) 「雙賓動詞」(ditransitive verbs; double-object verbs)

㉛ a. 'spare' vt.,+〔(Be) Th, Ag〕；'饒，不給' vt.,+
〔(Be 的) Th, Ag〕；'勘免する'vt.'+〈Be の Th, Ag〉
Please spare (me) my life/Please spare (me)
your opinions；請饒我的命吧/請不要{給我/跟我談}
你的意見 ❺ ；どうか私の命は勘免してください/御説
教は勘免ください。

---

❺ 英語動詞 'spare' 還可以有'+〔<{Du/Am} (Be)>Ag〕'的論旨
網格，而與漢語動詞'撥出 (Du)，借 (Am)' (+〔{Du/Am} (Be)
(→)

b. 'forgive' vt.,+〔Be (Th) Ag〕；'原諒，赦免'vt.,+
〔Be(的Th), Ag〕；'許す'vt.,+〈Beの(Th), Ag〉
Please forgive us (our {sins/trespasses})；請{原
諒/赦免}我們(的罪)吧❺❽；なにとぞ私達(の罪)を許し
たまえ。

c. 'deny' vt.,+〔Be, Th, Ag〕；'拒絕'vt.,+〔Be(的)Th,
Ag〕；'否定する,拒む'+〈Be, Th, Ag〉
He cannot deny us our privileges; he never
denied us anything；他不能拒絕我們(的)權利/他
從來沒有拒絕我們任何事情；彼は私達{に/の}權利を
否定することはできない/彼は未だかつて私達に何ご
とも拒んだことがない。

d. 'envy' vt., +〔Be (Ca) Ex〕；'嫉妬'vt.,+〔Be((的)

_____

(→)Ag〕)與日語動詞'さく，借す'(+<{Du/Am} (Be) Ag >) 相
對應，例如：Can you spare a few {minutes/dollars} (for
me)/Can you spare me a few {minutes/dollars}？；你能
{撥出幾分鐘/借幾塊錢}(給我)嗎？；{何分か(私に)さいて/何圓か
(私に)借にて}いただけますか。

❺❽ 英語動詞'forgive'還有'+〔Be, Am, Ag〕'的論旨網格，而與漢語
的動詞'寬免，不要'(+〔Be, Am, Ag〕)與日語動詞'免除する，大
目に見る，いらない'(+<Am, Ag>)相對應，例如：'I lent you
fifty-two dollars a month ago; I'll forgive you the two
dollars but I want the fifty dollars back；我一個月以前借
給你五十二塊錢；我不要你兩塊錢，但我要你還我五十塊錢；私は一
月前君に五十二圓貸しました；二圓はいりませんが、五十圓は御返
し下さい'。

Ca), Ex〕；'羨む，妬む'，vt.,＋〈Be(のCa, Ex),〉
John envied Bill ((because of) his {good luck/
beautiful girl friend})❺❾；小明(因為小剛{運氣好/
女朋友漂亮}而)嫉妒他/小明羨慕小剛(的{漂亮女朋友/
運氣好})；太郎は次郎(の{美人のガールフレンド/幸
運})を羨んだ。

e. 'give' vt.,＋〔<u>〈Th, Go〉Ag</u>〕；'給'vt.,＋〔Go, Th,
Ag〕；'上げる'vt., ＋〈Th, Go, Ag〉
John gave {a present to Mary/ Mary a present}
；小明給了小華一件禮物；太郎が{プレゼントを花子
にあげた/花子にプレゼントを}あげた。

f. 'introduce' vt.,＋〔Th, Go, Ag〕；'介紹' vt.,＋〔Th,
Go, Ag〕；'紹介する' vt., ＋〈Th, Go, Ag〉
John introduced Mary to Bill；小明{介紹小華給小
剛/把小華介紹給小剛}；太郎が{花子を次郎に紹介し
た/次郎に花子を}紹介した。

g. 'telex' vt.,＋〔<u>〈Th, Go〉Ag</u>〕；'打telex' vi., '用
telex 通知' vt.,＋〔Th, Go, Ag〕；'テレックスで知
らせる'vt., ＋〈Th, Go, Ag〉

---

❺❾ 述語動詞 'envy' 的論旨網格裏，'Ca' 底下加圓括弧的下線 '(—)'
表示：這個論旨角色可以不由介詞來引介(如㉛d 句的'his {good
luck/beautiful girlfriend}'，也可以由有關的介詞來引介(如㉛d
句的'bccause of his {good luck/beautiful girlfriend}')。
在此相對應的漢語與日語的動詞論旨網格裏(Ca) 底下沒有畫加圓括
弧的下線；所以沒有類似的用法。

John telexed {the news to Bill/Bill the news}
；小明｛把消息打 telex 給小剛/用 telex 把消息通知
小剛｝；太郎がテレックスでニュースを次郎に知らせ
た。

h. 'send' vt.,+〔<u>Th</u>, Go> Ag〕；'送' vt.,+〔<Th,（給）
Go> Ag〕；'送る' vt., +<Th, Go, Ag>

John will send {some cookies to Mary/J Mary
some cookies}；小明會送｛一些餅乾給小華/（給）小華
一些餅乾｝；太郎が｛ビスケットを花子に/花子にビス
ケットを｝送った。

（三）「以"可以調換詞序"的名詞組與介詞組爲補語的動詞」
（verbs with "alternating" NP-PP complements)

③ a. 'blame' vt., +〔{Be, for Ca/Ca, on Be} Ag〕；'怪
罪,責難' vt.,+〔Be, Ca, Ag〕；'責める' vt., +<Be
Ca, Ag>

John blamed {Mary for the accident/J the
accident on Mary}；小明為了車禍而怪罪小華；太
郎が花子を事故のことで責めた。

b. 'load' vt.,+〔{Th, Lo/Lo, with Th} Ag〕；'裝（載）'vt.,
+〔Lo, Th, Ag〕；'（どっさり）積む' vt.,+<Th, Lo, Ag>

John loaded {the furniture { on/onto/into} the
truck/the truck with the furniture}；小明把家具
裝在卡車{上面/裏面}；太郎は家具をトラックの{上/
中}にどっさり積んだ。

c. 'tap' vt.,+〔{ Lo, In/In, on Lo} Ag〕；'輕輕的敲'
vt.,+〔Lo, In, Ag〕；'こつこつ叩く' vt., +〈Lo は,
In, Ag〉

John tapped {the desk with a pencil/a pencil
on the desk}；小明用鉛筆輕輕的敲桌子；太郎は机
を鉛筆でこつこつ叩いた。

(四) 「以"可以調換詞序"的兩個介詞組爲補語的動詞」(verbs
with "alternating" double PP complements)

㉝ a. 'talk' vi.,+〔〈Go, about Th〉Ag〕；'討論' vt.,+
〔(有關)Th的事情，跟Go, Ag〕；'話す' vt., +〈Th
(のこと)について，とGo, Ag〉

John talked {to Mary about the party/about
the party to Mary}；小明跟小華談(有關)宴會的事
情；太郎は{宴會(のこと)について花子と/花子と宴會
について}話した。

b. 'hear' vi.,+〔〈So, about Th〉Ex〕⑥；'聽到' vt.,
+〔(有關)Th的消息, So, Ex〕；'聞く' vi.,+〈So,
Th(のこと)について, Ex〉

---

⑥ 英語動詞'hear'另外具有'vt., +〔{Th, So/So, Pd}Ex〕'的論旨網
格(與漢語動詞'聽到 Th、聽 So 說 Pd, vt., +〔{Th/So 說Pd}
Ex〕'與日語動詞'聞く,vt., +〈{Th/Pdこと} So, Ex〉'相對應)
而衍生'I heard {the news from him/ from him that his
wife was ill}；我從他(那裏)聽到這個消息/我聽他說他的太太病
了}；私は彼から{この消息/彼の妻が病氣であること}を聞いた'。

I heard {from him about the accident/about the accident from him}；我從他(那裏)聽到(有關)車禍的消息；私は彼から事故(のこと)について聞いた。

(五) 「以處所爲“轉位”主語的動詞」(verbs with Locative as “transposed” subject)[61]

㉞ a. ‘swarm’ vi.,+〔〈with Th, Lo〉〕；‘充滿’ vt.,+〔Th, Lo〕；‘羣がる,(大勢)寄り集まる’ vt., +〈Lo, Th〉

The garden is swarming with bees/Bees are swarming in the garden；院子裏充滿了許多蜜蜂；庭に蜜蜂が(大勢)寄り集まっている。

b. ‘dazzle’ vi., +〔〈with Th, Lo〉〕；‘閃耀’ vi.,+〔Th, Lo〕；‘(眩しく)光り輝く’ vi.,+ 〈Lo, Th〉

The setting dazzled with diamonds/Diamonds dazzled in the setting；鑲臺中閃耀著許多鑽石；はめこみ臺の中にダイヤモンドが光り輝いている。[62]

c. ‘reek’ vi.,+〔〈with Th, Lo〉〕；‘有…的氣味’ vi., +〔Th, Lo〕；‘…くさい’ vi.,+ 〈Th, Lo〉

His breath reeks/Garlic reeks in his breath

---

[61] 關於這類動詞的詳細討論，參 Slakoff (1983)。

[62] ㉞a 句裏述語動詞的動貌詞尾用‘了’，而㉞b 句裏述語動詞的動貌詞尾用‘著’；顯然與處所詞的出現於句首(因而處所介詞‘在’常加以省略)以及‘充滿’的及物用法與‘閃耀’的不及物用法有關。

with garlic；他的呼吸裏有大蒜的氣味；彼の呼吸は
にんにくくさい。

(六) 「非賓位動詞」(unaccusative verbs)

㉟ a. 'arise' v., +〔Th (there)〕；'發生' v., +〔(有)Th
(φ)〕；'生じる,起る' vi., +〈Th〉 ⑬

There arose a problem/A problem arose；發生
了一件問題/有一件問題發生了；問題が生じた。

b. 'arrive' v.,+〔Th (there)〕；'到,來'v.,+〔(有)Th
(φ)〕；'着く,到着する' vi., +〈Th〉

There arrived a guest yesterday/A guest ar-
rived yesterday；昨天{到/來}了一位客人/有一位客
人昨天{到/來}了；昨日お客さんが一人到着した。

c. 'emerge' v.,+〔Th (there)〕；'顯現(出來)' v., +
〔(有) Th (φ)〕；'現れる,浮かび上がる'vi.,+〈Th〉

{There emerged some important facts/Some
important facts emerged} as a result of the
investigation；(由於)調查的結果,{顯現了一些重要
的事實/有一些重要的事實顯現(出來)了}；調査の結果

---

⑬ 我們暫用'v.'的符號來代表「非賓位動詞」(unaccusative verbs)
。這類動詞後面雖然可以出現名詞組,卻不宜分析爲賓語。根據「格
位理論」,出現於這類動詞後面的名詞所獲得的不是「賓位」(accu-
sative Case),而是「分位」(partitive Case)。因此,這些名詞
組通常都是「無定」(indefinite) 的,而且常可以出現於述語動詞
的前面或後面。又例句㉟的討論似乎顯示:英語或漢語具有非賓位動
詞,而日語則沒有這一類動詞。

、重要な事實が浮かび上がった。

(七) 「作格動詞」(ergative verbs)[64]

㊱ a. 'open' v(t).,+〔Th (Ag)〕; '(打)開' v(t).,+〔Th (Ag)〕; '開く'v(t).,+ ⟨Th (Ag)⟩

John opened the door/The door opened (automatically); 小明(打)開了門/門(自動的)打開了; 太郎が戸を開いた/戸が(自動的に)開いた。

b. 'thicken' v(t).,+〔Th ({Ca/Ag})〕; '(使…)變{厚/濁/濃/複雜}' v(t).,+〔Th ({Ca/Ag})〕; '濁る(濁らせる)'v(t)., + ⟨Th ({Ca/Ag})⟩

Smog has thickened the air/The air has thickened (with smog); 煙霧使空氣變濁了/空氣(因煙霧)變濁了; スモッグが空氣を濁らせた/空氣が(スモッグで)濁った。

c. 'beautify' v(t).,+〔Th ({Ca/Ag})〕; '美化' v(t)., +〔Th ({Ca/Ag})〕; '美しく見える(美しく見せる)' v(t)., + ⟨Th ({Ca/Ag})⟩

Flowers have beautified the garden/The garden has beautified (with flowers); 花卉美化了庭園/庭園(因花卉)美化了; 花は庭を美しく見せた/庭は

---

[64] 「作格動詞」兼有「使動及物」(causative transitive) 與「起動不及物」(inchoative intransitive) 兩種用法,而且在起動不及物用法時並不含蘊主事者的存在。我們使用 'v(t).' 的符號來代表作格動詞。

（花で）美しく見えた。

（八）「非人稱動詞」(impersonal verbs)⑥

㊲ a. 'rain' vi., +〔it〕；'下' v., +〔雨 (φ)〕；'降る' vi.,
　　　　 +〈雨〉

　　　 It is (still) raining；下雨了/雨還在下；雨は(まだ)
　　　 降っている。

　　 b. 'snow' vi.,+〔it〕；'下' v.,+〔雪 (φ)〕；'降る' vi.,
　　　　 +〈雪〉

　　　 It has already stopped snowing；已經沒有下雪了/
　　　 雪{沒有下/停}了；雪はもう{降っていない/止んだ}。

　　 c. 'seem' vi.,+〔Pd, it/Pe, Th〕；'好像'ad.,+〔Pd〕；
　　　　 'らしい' aux., +〈Pd〉⑥

　　　 It seems that he is sick/He seems to be sick；
　　　 好像他不舒服/他好像不舒服；彼は病氣らしい。

　　 d. 'happen' vi.,+〔{ Pd, it/Pe, Th }〕；'湊巧' ad.,+
　　　　 〔Pd〕；'偶然' ad., +〈Pd〉

---

⑥ 「非人稱動詞」包括「氣象動詞」(meteorological verbs) 與「提
　 升動詞」(raising verbs) 等。

⑥ 與英語動詞 'seem' 相對應的是漢語副詞'好像'（論旨網格'＋〔Pd〕'
　 表示：'好像'是修飾整句的(情態)副詞，因此可以出現於句首或主語
　 謂語之間）。請注意：'seem'與'好像'都分別要求補語子句與所要修
　 飾的句子裏面的述語是靜態動詞（比較：'He seems to { know/*
　 study} English；他好像 {懂/*學}英語'），但是與動貌助動詞或動
　 貌詞尾連用的動態動詞則視爲靜態動詞（例如'He seems to {have
　 studied/dy studying} English；他好像 {在學/學過}英語'）。

It happened that she was at home/She happened
to be at home；湊巧她在家/她湊巧在家；偶然彼女
は家に居なかった/彼女は偶然家に居なかった。

(九) 「控制動詞」(control verbs)

㊳ a. 'remember' vt.,+〔{Pe, Ag/Pg, Ex}〕㊿；'記得(要
V/V過)' vt.,+〔{Pe, Ag/Pd, Ex}〕；'忘れずに…す
る，記憶している，憶えている' vt.,+ <{Pe, Ag/Pd,
Ex}>
Remember to turn off the lights/I remember
{having seen/sesing} him once/I remember him
saying that；記得要關燈/我記得見過他一次/我記得
他說過那樣的話 ； 忘れずに電燈を消して下さい/彼に
一度會ったと記憶しています/彼がそんなことを言っ
たと記憶しています。

b. 'try' vt.,+〔{Pe/Pg} Ag〕；'試著(去)，(嘗)試過，
試一試' vt.,+〔Pe, Ag〕；'努める，試みる，やって

㊿ 英語動詞 'remember' 還有 'vt.,+〔{Pd/Pq} Ex}〕'(與漢語'記得
vt.,+〔{Pd/Pq}Ex}〕'與日語'記憶している vt.,+〔{Pd/Pq} Ex}〕'
相對應，如'I remembered {that he came too/who else come}
；我記得{他也來了/還有誰來了}；私は{彼も來たと/外に誰が來た
か}記憶している'與' vt.,+〔Be, Go (Ag)〕'(與漢語的'問候/致
意，vt.,+{向Be, Go (Ag)〕'與日語的'宜しく言う，vt.,+〔Be
に代わって,Go に (Ag)〕'相對應，如'Please remeber me to
your wife；請替我向您太太問候 ； 私に代わって奥樣に宜しく申
し上げて下さい')等論旨網格。

見る’ vt., +〈Pe, Ag〉

I tried to help him/I tried communicating with him/Why don't you try taking this medicine；我試著去幫助他/我試過跟他溝通/你不妨試一試(吃)這個藥；私は彼を助けようと努めた/私は彼と連絡しようと試みた/この藥を飲んで見ませんか。

c. ‘manage’ vt., +〔Pe, Be〕⑱；‘設法(辦到)’vt.,+〔Pe, Be〕；‘(どうにかして)やる，(どうやら)出來る’ vt.,+〈Peこと，Be〉

I managed to see him in his office；我設法在他辦公室裏見到了他；私はどうやらオフィスで彼に會うことが出來ました。

d. ‘warn’ vt.,+〔Go, Pe, Ag〕；‘警告’vt.,+〔Go, Pe, Ag〕；‘警告する’vt., +〈Go, Peと, Ag〉

He warned me not to see his daughter any more ；他警告我不要再見他女兒；彼は私に彼の娘にまたと會うなと警告した。

e. ‘promise’ vt.,+〔Go, Pe, Ag〕；‘答應’vt.,+〔Go, Pe, Ag〕；‘約束する’vt., +〈Go, Pe, Ag〉

---

⑱ 英語動詞‘manage’除了‘+〔Pe, Be〕’的及物用法之外，還有‘+〔Be〕’的不及物用法而與漢語的‘應付，vi.,+〔(Th) Ag〕’與日語的‘どうにかやって行く，vi.,+〔Be〕’相對應，例如‘I think I can manage by myself；我想我能自個兒應付；自分でどうにかやって行けると思う’。

　　　She promised me to buy me a new bicycle；她
　　答應我買一輛脚踏車給我；彼女は私に自轉車を一臺買
　　ってくれると約束した。

(十)「"併入論元"的動詞」("argument-incorporating"
　　verbs)⑥⑨

㊴　a.　'butter' vt.,＋〔Lo, Ag〕；'塗奶油' vi.,＋〔Lo, Ag〕
　　　　；'バターを塗る' vi., ＋〈Lo, Ag〉
　　　　He buttered the bread heavily；他在麵包上厚
　　　　厚的塗奶油；彼は食パン(の上)にバターを分厚く塗っ
　　　　た。

　　b.　'bottle' vt.,＋〔Th, Ag〕；'裝進瓶子' vi.,＋〔Th,
　　　　Ag〕；'瓶詰めにする，瓶に詰める' vt.,＋〈Th, Ag〉
　　　　They are bottling the wine；他們把葡萄酒裝進瓶
　　　　子；彼はぶどう酒を瓶に詰めた。

　　c.　'gut' vt.,＋〔So, Ag〕；'拿掉(So的)內臟' vi.,＋〔So,
　　　　Ag〕；'(So の)內臟を取り出す' vi., ＋〈So, Ag〉
　　　　I have already gutted the fish；我已經拿掉了魚
　　　　的內臟/我已經把魚的內臟拿掉了；私は既に魚の內臟

---

⑥⑨　所謂「"併入論元"的動詞」是這些動詞本來是名詞，但是轉爲動詞以
　　後原來的名詞就變成動詞語意的一部分；也就是說，原來的論元名詞
　　被動詞「併入」(incorporation)進去。原來的名詞在動詞用法裏可
　　能充當客體(如㊴a、㊴c句)、終點(如㊴b句)、工具(如㊴d句)等；
　　這種論元名詞被動詞併入的情形，以及這些論元名詞所充當的論旨角
　　色，可以從與英語動詞相對應的漢語與日語動詞裏清楚的看出來。

を取り出した。

d. 'knife' vt., +〔Be, Ag〕;'用刀子捅' vt., +〔Be, Ag〕;'ナイフで刺す' vt., +〈Be Ag〉

John knifed Mary's boyfriend；小明{用刀子捅了小華的男朋友/捅了小華的男朋友一刀}；太郎は花子のボイフレンドをナイフで刺した。

七、論旨網格與析句及轉換的關係

　　從以上英、漢、日三種語言述語動詞論旨網格的並列對照與其投射的表面結構的比較中，我們可以發現：不同語言之間述語動詞論旨網格的對照無異是這幾種不同語言之間主要句法成分與結構的比較。因此，不同語言之間述語動詞論旨網格的內容似乎可以做爲這些語言之間機器翻譯「轉換」(transfer) 的重要信息之一。論旨網格不但交代述語動詞必要論元的數目，而且還交代這些論元的論旨功能、句法範疇、語法關係與線性次序。可見，有關句子句法結構最重要的信息都充分登記於述語動詞論旨網格的內容中。至於這些論元本身的句法結構(如名詞組、介詞組、形容詞組、副詞組、數量詞組、大句子、小句子等)構成成分的階層組織與線性次序，則都可以根據「X標槓理論」與「格位理論」來規範或分析其內部結構，包括各種補述語、附加語與指示語在各種詞組結構中出現的位置。⑩ 就是各種副詞與狀語，也可以根

---

⑩　關於英、漢、日三種語言各種詞組結構與「X標槓理論」以及「格位理論」之間的關係，參 湯 (1989c, 1990a)。

據這些副詞與狀語的形態、語意內涵、句法功能加以分類後，根據其類別在各種詞組結構中適當的位置出現❼。因此，論旨網格不但以其簡單明確的記載內容清楚地交代句子的主要成分而有利於句子的剖析，而且以不同語言之間語意相當的述語動詞論旨網格的對照比較來幫助句子的轉換。

Pritchett (1988) 主張把原則參數語法的理論應用於「語言處理」(language processing) 中的「院徑現象」(garden path phenomenon)。我們以他的例句，並參考他的說明，來討論如何利用論旨網格來剖析英語的句子並轉換成漢語與日語的句子。

⑩ a. Without her contributions failed to come in.

　　b. 沒有她捐款無法進來。

　　c. 彼女なしに寄付は入ってこない。

在⑩ a 的例句裏，述語動詞 'fail' 的論旨網格是 'vi., +〔(Pe) Th〕' 而介詞 'without' 的論旨網格是 'p.,+〔Th〕'（卽'+〔＿NP〕'）。介詞 'without' 可以指派格位給名詞組；因此，'without her' 與 'without her contribution' 都是可能的分析。但是不及物動詞 'fail' 以 'Pe'（卽 'PRO to come in'）為補語，並且要求以 'Th'（名詞組）為主語，因此必須以 'contributions' 為主語，並指派格位。如此，⑩a的例句只能分析為 '〔PP without her〕〔s contributions failed to come in〕'。與英語 'without' 與 'fail' 相對應的漢語是 '沒有(p.,+〔Th〕)' 與 '失敗 (vi,,+

---

❼　有關英語各類副詞與狀語在句子結構中不同位置出現的情形，參 湯 (1990b)的詳細討論。

〔Th〕）；無法,不能(ad/vi.,＋〔Pe, Th〕)'，而相對應的日語是'な
しに (p.,＋〈Th〉)'與'失敗する (vi.,＋〈Th〉)，(出來)ない
(aux.,＋〈Pd〉)'。只要把相關的動詞、名詞、介(副)詞、代詞
等加以代換，便可依照論旨網格的投射獲得漢語與日語的句子。

㊶ a. We know her contribution failed to come in.

b. 我們知道她的捐款未能進來。

c. 私達は彼女の寄付が入ってこない {こと/の} を知って
   いる。

在㊶ a 的例句裏，母句述語動詞 'know' 的論旨網格是 ' vt.,＋
〔{Th/Pd} Ex〕'❼❷；因而可以指派格位給名詞組 'her' (Th) 與
'her contributions' (Th)，也可以指派格位給限定子句 'her
contributions failed to come in' (Pd)。但是子句述語動詞
'fail' 的論旨網格要求有自己的主語，因此名詞組 'her contri-
butions' 必須分析爲這個主語。如果只把 'contributions' 分析
爲主語，那麼所留下來的名詞組 'her' 既無論旨角色可擔任，又
無格位可指派；因此是錯誤的分析。與英語動詞 'know' 相對應
的漢語動詞與日語動詞分別是 '知道' (vt.,＋〔{Th/Pd} Ex〕)❼❸

---

❼❷ 在漢語裏，如果動詞的賓語是屬人名詞（特別是人稱代名詞），那麼
'知道'就常改爲'認識'（試比較：'我{??知道/認識}這一個人；我{*
知道/認識}他)'。

❼❸ 英語的'know' 在 'know thyself'（認識你自己）這種用法裏係以
主事者爲主語的動態用法。

與'知っている'（vi., +〈{Th/Pd} Ex〉），因而分別投射成爲
㊶b與㊶c的句子。

㊷　a.　While Mary mended a sock fell on the floor.

　　b.　當小華修補東西的時候一只襪子掉到地上。

　　c.　花子が繕い物をしているとき靴下が一足床の上に落ち
　　　　た。

在㊷a的例句裏，從句的述語動詞 'mend' 有及物與不及物兩種
用法(卽 'vt/vi., +〔(Th) Ag〕')，而主句的述語動詞'fall'則只
有不及物用法 (vi.,+〔(Go) Th〕)；因此可以有 'While Mary
mended a sock' 與 'While Mary mended' 兩種分析。但是
主要子句的述語動詞'fell'要求必須以'a sock'爲外元主語，因
此'mended'必須分析爲不及物動詞。與英語動詞 'mend; fall'
相對應的漢語與日語動詞分別是 '修補 (vt/i.,+〔(Th) Ag〕)；
掉 (vi.,+〔(Go (Th)〕)' 與'繕う(vt., +〈Th, Ag〉)，(Thの)
修繕をする(vt., +〈Th, Ag〉)；落ちる(vi., +〈(Go) Th〉)
，因而分別投射成爲㊷b與㊷c的句子。

㊸　a. Since John jogs always a mile seems like a short
　　　　distance.

　　b.　因爲小明經常慢跑，一英哩對他來說好像是短距離。

　　c.　太郎はいつもジョギングをしているので，一マイルは
　　　　(彼にとって)短距離に{見える／過ぎない}。

在㊸a的例句裏，從句的述語動詞‘jog’是可以帶上「距離」（Qd）
爲補語的不及物動詞（卽 ‘vi., +〔（Qd）Ag〕’），因此可以有
‘Since John jogs always’ 與 ‘Since John jogs always a
mile’兩種可能的分析。但是主句的述語動詞 ‘seem, like’（vi.,
+〔At, Th〕）要求必須以 ‘a mile’ 爲外元主語，因此從句只得
分析爲 ‘Since John jogs always’ （‘always’ 只能修飾動詞
‘jogs’，不能修飾名詞組 ‘a mile’）。與英語‘jog; seem like’
相對應的漢語與日語分別是 ‘慢跑 （vi.,+〔（Qd）Ag〕）；好像是
(vi.,+〔At, Th〕)’與‘ジョギングをする (vi., +〈(Qd) Ag〉)
；に見える (vi.,+〈At, Th〉)’，因而分別投射成爲㊸b與㊸c的
句子。

八、結　論

　　以上應用原則參數語法的基本概念來設計述語動詞的論旨網
格，並利用論旨網格的投射來衍生句子。論旨網格的內容，簡單
而明確，所提供的信息卻相當豐富，包括：㈠述語動詞必用論
元的數目、㈡重要的可用論元、㈢這些論元所扮演的論旨角
色、㈣這些論元所歸屬的句法範疇、㈤這些論元所擔任的句
法功能、㈥這些論元在表面結構的前後次序與可能的詞序變化
、㈦塡補詞 ‘it’與 ‘there’的出現等。如果有需要，還可以在
X標槓理論與格位理論的搭配下，提供述語動詞與各種論元（包
括內元、意元與外元）間的階層組織以及這些論元本身的內部結
構。同時，利用共同的符號與統一的格式把英、漢、日三種語言
之間相對應的述語動詞的論旨網格加以並列對照的結果，不但可

以利用論旨網格的信息把英語翻譯成漢語或日語，而且也可以利用同樣的信息把漢語翻譯成英語或日語，或把日語翻譯成漢語或英語。

　　論旨網格這些特徵與功能，或許對於機器翻譯的應用有些意義與作用。因為論旨網格的設計不但把詞項記載豐富的內容加以簡化，因而可以達到「由詞彙來驅動」(lexicon-driven) 的目的；而且不必為英譯中、中譯英、英譯日、日譯英、中譯日、日譯中等機器翻譯設計幾套不同的「詞組結構規律」(phrase struc-ture rule) 與「詞庫」(lexicon; data base)。理論上，無論是多少種語言，只要能設計適當的論旨網格，並明確地規畫其投射條件，機器翻譯就可以依照「多方向」（multidirectional）進行。另外，論旨網格的設計似乎有助於裁減在剖析過程中可能衍生的詞組結構分析上的歧義，而且不同語言之間相關述語動詞論旨網格的並列對照又似乎具有轉換規律的功能。❼

---

❼　顧及不諳日文的讀者，本文的日文例句盡可能使用漢字，以方便讀者的了解。又在日文例句中使用的漢字並未採用日人常用的簡體字，而一律採用國人熟悉的正體字。

參 考 文 獻

Grimshaw, J. and A. Mester, 1988, 'Light Verbs and θ-Marking', Linguistic Inquiry 19, 182-205.

Gruber, J.R., 1965, Studies in Lexical Relation, Doctoral dissertation, MIT, Cambridge, Mass.

Jackendoff, R.S., 1972, Semantic Interpretation in Generative Grammar, MIT Press, Cambridge, Mass.

Li, Y., 1990, 'On V-V Compounds in Chinese', Natural Language and Linguistics Theory 8, 177-207.

Pritchett, B. L., 1988, 'Garden Path Phenomena and the Grammatical Basis of Language Processing', Language 64, 339-376.

Slakoff, M., 1983, 'Bees are Swarming in the Garden: a Systematic Synchronic Study of Productivity', Language 59, 288-346.

Tang, T.C. (湯廷池), 1988, 《漢語詞法句法論集》, 臺灣學生書局.

Tang, T.C. (湯廷池), 1989a, 《漢語詞法句法續集》, 臺灣學生書局.

Tang, T.C. (湯廷池), 1989b, <「X標槓理論」與漢語名詞組的詞組結構>, 《中華民國第六屆英語文教學研討會論文集》, 1-36.

Tang, T.C. (湯廷池), 1989c, <「原則參數語法」與英漢對比分析>, 《新加坡華文教學研討會論文集》, 75-117.

Tang, T.C. (湯廷池), 1990a, <對照研究と文法理論(一)：格理論>, 《東吳日本語教育》, 13：37-68.

Tang, T.C. (湯廷池), 1990b, <英語副詞語狀語在「X標槓結構」中出

現的位置：句法與語意功能＞《中華民國第七屆英語文教學研討會論文集》.

Tang, T.C. (湯廷池), 1990c, <「限定詞組」、「數量詞組」與「名詞組」的「X標槓結構」：英漢對比分析＞, ms.

Tang, T.C. (湯廷池) 1990d, <「句子」、「述詞組」與「動詞組」的「X標槓結構」：英漢對比分析＞, ms.

Tang, T.C. (湯廷池), 1991, <「論旨網格」與英漢對比分析＞,《中華民國第八屆英語教學研討會論文集》, 253-289.

＊ 本文應邀於1991年8月18日至20日在懇丁舉行的第四屆計算語言學研討會上以「原則參數語法、論旨網格與機器翻譯」的題目宣讀；經過修改後應邀於1992年6月24日至26日在新加坡舉行的第一屆國際漢語語言學會議上以「原則參數語法、對比分析與機器翻譯」的題目發表。

參 考 文 獻

Bach, E., 1979, 'Control in Montague Grammar', Linguistic Inquiry 10:515-531.

Baker, M., 1988, Incorporation: A Theory of Grammatical Function Changing, University of Chicago Press, Chicago.

Borer, H. 1989, 'Annphoric Agr', in C. Jaeggli and K. Safir (eds.), The Null Subject Parameter, Kluwer Academic Publishers, Dordrecht.

Bowers, J., 1989, 'Predication in Extended X-Bar Theory', ms.

Chao, Y.R. (趙元任), 1968, A Grammar of Spoken Chinese, University of California Berkeley, California.

Cheng, R. (鄭良偉) et al., 1988, 《國語常用虛詞及其臺語對應詞釋例》, 文鶴出版有限公司.

Chomsky, N., 1986, Knowledge of Language: Its Nature, Origin, and Use, Praeger, New York.

Dragnov, A.A., 1952. Issledovanija po Grammatike Sovremennogo Kitaj-skogo Jazgka: Akademija Nauk, Chasti rechi.

Ernst, T., 1986a, 'Restructuring and the Chinese VP', ms.

..............., 1986b, 'Duration Adverbials and Chinese Phrase Structure', ms.

Grimshaw, J., 1990, Argument Structure, The MIT Press, Cambridge.

.... and A. Mester, 1988, 'Light Verbs and θ-marking',

Linguistic Inquiry 19,182-205.

Gruber, J.R., 1965, Studies in Lexical Relation, Doctoral dissertation, MIT, Cambridge, Mass.

Hashimoto, A.Y., 1966, Embedding Structures in Mandarin, P.O.L.A. 12. Colombus, Ohio.

Hsieh, H.-I. (謝信一), 1991, 'Cognitive Grammar of Chinese: Four Phases in Research', ms.

Hornby, A.S., 1959, A Guide to Patterns and Usages in English, Oxford University Press, London.

·············· 1963, Advanced Learners' Current English, Oxford University Press, London.

Huang, C.-R. (黃居仁), and L. Mangione, 1985, 'A Reanalysis of *de*: Adjuncts and Subordinate Clauses', Proceedings of the West Coast Conference on Formal Linguistics 4.80-91.

Huang, James C.-T. (黃正德), 1982, Logical Relations in Chinese and Theory of Grammar, Doctoral dissertation, MIT, Cambridge, Mass.

··············, 1984, 'Phrase Structure, Lexical Integrity, and Chinese Compounds', Journal of the Chinese Language Teacher's Association, 19: 2, 53-78.

··············, 1985, 'Phrase Structure', ms. (revised version of Huang 1982, chapter 2).

··············, 1987, 'Remarks on Empty Categories in Chinese', Linguistic Inquiry 18, 321-336.

··············, 1988, 'Wo Pao De Kuai in Chinese Phrase Structure', Language 64, 274-311.

..............., 1989a, 'Pro-drop in Chinese: A Generalized Control Theory', in O. Jaggeli and K. Safir (eds.), The Null Subject Parameter, 185-214.

..............., 1989b, 'Complex Predicates in Generalized Control', ms.

Jackendoff, R.S., 1972, Semantic Interpretation in Generative Grammar, MIT Press, Cambridge, Mass.

Koopman, H., 1985, The Syntax of Verbs, Floris, Dordrecht.

Larson, R.K., 1988, 'On Double Object Constructions', Linguistic Inquiry 19, 335-391.

Li, C.N., 1975, 'Synchrony vs. Diachrony in Language Structure', Language 51,873-886.

Li, C.N. and A. Thompson, 1981, Mandarin Chinses: A Functional Reference Grammar, University of California Press, L.A., California.

Li, Siming (李思明), 1988, <《水滸全傳》得字的初步考察>, 《語言學論叢》, 915.146-161.

Li, Linding (李臨定), 1963, <帶得字的補語句>, 《中國語文》, 5.396-410.

Li, Y.F., (李亞非) 1990, 'On V-V Compounds in Chinese', Natural Language and Linguistics Theory 8, 177-207.

Li, Y.H. (李艷惠), 1985, Abstract Case in Chinese, Doctoral dissertation, University of Southern California, L.A., California.

Longman 1978, Longman Dictionary of Contemporary English, Longman Group Limited, Harlow and London.

Lu, Zhuwei (陸志韋) et al., 1975,《漢語的構詞法 (修訂本)》,中華書局.

Lü, Shuxiang (呂叔湘), 1984,《漢語語法論文集 (增定本)》,商務印書館.

—————, et al., 1980,《現代漢語八百詞》,商務印書館.

Matumura, F. (松村文芳), 1981, <現代漢語得字結構研究>,《語言研究論叢》, 1987, 3:202-243, 天津:天津人民出版社.

Mei, K. (梅廣), 1972, Studies in the Transformational Grammar of Modern Standard Chinese, Doctoral dissertation, Harvard University.

—————, 1990, 'On Generalized Control', ms.

Mei, Tsulin (梅祖麟), 1981, < 現代漢語完成貌句式和詞尾的來源 >,《語言研究》, 1.65-77.

—————, 1988, <漢語方言裏虛詞 '著' 字三種用法的來源>,《中國語言學報》, 3.193-216.

Ohta, Tasuo (太田辰夫), 1958,《中國語歷史文法》,江南書院.

Paris, Marie-Claude, 1978, 'De and Sentence Nominalization in Mandarin Chinese', Proceedings of 26th Conference of Chinese Studies 83-90.

—————, 1979, Nominalization in Mandarin Chinese, Department de Rechrches Linguistiques, Universite Paris VII, Paris.

—————, 1988, 'Durational Complements and Verb Copying in Chinese',《清華學報》, 18:423-440.

Pritchett, B.L., 1988, Garden Path Phenomena and the Grammatical Basis of Language Processing', Language 64, 339-

376.

Ross, Claudia, 1984, 'Adverbial Modification in Mandarin', Journal of Chinese Linguistics 12, 207-234.

Shimura, Ryohji（志村良治）, 1984,《中國中世語法史研究》, 三多社.

Slakoff, M., 1983, 'Bees are Swarming in the Garden: a Systematic Synchronic Study of Productivity', Language 59, 288-346.

Tai, J. H-Y.（戴浩一）, 1986, 'Duration and Frequency Expressions in Chinese Verb Phrase', ms.

Tang, C.J.（湯志眞）, 1990a, Chinese Phrase Structure and the Extended X'-Theory, Doctoral dissertation, Cornell University, Ithaca, N.Y.

................, 1990b, <漢語動後成分的分布與限制>, ms.

Tang, T.C.（湯廷池）, 1977,《國語變形語法研究: 第一集移位變形》, 臺灣學生書局.

..............., 1988,《漢語詞法句法論集》, 臺灣學生書局.

................, 1989a,《漢語詞法句法續集》, 臺灣學生書局.

................, 1989b, <漢語複合動詞的形態、結構與功能>, ms.

................, 1990a, <漢語語法的併入現象>,《漢語詞法句法研究三集》, (139-242), 臺灣學生書局.

................, 1990b, <原則參數語法與英華對比分析>,《漢語詞法句法研究三集》, (243-382), 臺灣學生書局.

................, 1990c, <漢語的詞類: 畫分的依據與功用>,《漢語詞法句法研究三集》, (59-92), 臺灣學生書局.

................, 1990d, <漢語動詞組補語的句法結構與語意功能: 北平話與

閩南話的比較分析＞,《漢語詞法句法四集》,1-94,臺灣學生書局.

‥‥‥‥‥‥ 1990e, ＜漢語的空號代詞：「小代號」與「大代號」＞, ms.

‥‥‥‥‥‥ 1990f, ＜對照研究と文法理論㈠：格理論＞,《東吳日本語教育》, 13:37-68.

‥‥‥‥‥‥ 1990g, ＜英語副詞與狀語在「X標槓結構」中出現的位置：句法與語意功能＞,《英語認知語法(中集)》,(115-230),臺灣學生書局.

‥‥‥‥‥‥ 1991a, ＜「論旨網格」與英漢對比分析＞,《英語認知語法(中集)》,(253-332),臺灣學生書局.

‥‥‥‥‥‥ 1991b, ＜從動詞的「論旨網格」談英漢對比分析＞,《漢語詞法句法四集》,205-250,臺灣學生書局.

‥‥‥‥‥‥ 1991c, ＜原則參數語法、對比分析與機器翻譯＞,《漢語詞法句法四集》,251-326,臺灣學生書局.

‥‥‥‥‥‥ 1991d, ＜對照研究と文法理論㈡：Xバー理論＞,《東吳日本語教育》14:5-25.

‥‥‥‥‥‥, 撰寫中 a,《漢語詞法研究》.

‥‥‥‥‥‥, 撰寫中 b,《漢語句法研究》.

Tsao, F. (曹逢甫), 1987, 'On the So-called "Verb Copying" Constructions in Chinese', Journal of the Chinese Language Teachers' Association 22: 2, 13-44

‥‥‥‥‥‥, 1990, Sentence and Clause Structure in Chinese: A Functional Perspective, Student Book Co., Taipei.

Wang, Li (王力) ,1957,《漢語史稿 (中册) 》,商務印書館.

Visser, F.T., 1973, An Historical Syntax of the English Language, Brill, Leiden.

Wang, Yu-de (王育德), 1969, ＜福建語における‘著’の語について＞,

《中國語學》, 192 (1969.7), 1-5.

Williams, E.S., 1985, 'PRO and the Subject of NP', Natural Language and Linguistic Theory, 3:297-315.

Xing, Gongwan（邢公畹）1979, <現代漢語和臺語裏的助詞'了'和'著'（下）>,《民族語文》, 206-211.

Yang, H.F.（楊秀芳）, 1990, <從歷史語法的觀點看閩南語'了'及完成貌>, ms.

Yue, Junfa（岳俊發）, 1984, <'得'字句的產生和演變>,《語言研究》, 7:10-30.

Zhao, Jinming（趙金銘）, 1979, <敦煌變文中所見的'了'和'著'>,《中國語文》, 65-69.

Zhou, Chiming（周遲明）, 1958, <漢語的使動性複式動詞>,《漢語論叢》, 175-226．

Zhu, Dexi（朱德熙）, 1980,《現代漢語語法研究》, 商務印書館.

..........................., 1984,《語法講義》, 商務印書館．

綜合報告篇

華語文敎學仍需推廣與提升

第三屆世界華語文敎學研討會，自一九九一年十二月二十七日至三十日，假臺北市劍潭青年活動中心隆重舉行。在這次研討會裏，敎材敎法組前後舉行了十一場討論。所提出的論文共四十四篇，論文作者總共四十八人。下面根據大會秘書處所提供的資料做一個小小的統計。

(一)就論文來源的地理分布而言，按論文發表人數的多寡依次是：美洲二十二人，國內八人，香港五人，大陸與新加坡各三人，日本與澳洲各兩人，英國、德國與馬來西亞各一人。

(二)以論文作者的性別來分，男性學者共二十二人，而女性

學者則共二十人，幾乎呈現了由兩性學者平分秋色的局面。

(三)就發表論文的內容而言，按論文篇數的多寡依次是：屬於教材教法的共十篇，屬於社會語言學的共八篇，屬於漢字教學的共七篇，屬於電腦輔助教學的共六篇，屬於聽說教學的也共六篇，屬於語法教學的共四篇，其他三篇。有些論文的內容可能同時可以分屬於兩個或兩個以上的類別，但是我們根據論文的主要內容做了如此的分類。同時，由於論文篇數過多，我們無法一一列舉主講人姓名或介紹論文的主旨。

從以上簡單的統計，我們似乎可以獲得下列四點結論。

(一)在上屆華語文教學研討會裏，教材教法組只舉行了八場討論，論文總數也只有三十八篇(其中還有六篇只是簡單的摘要)。而今年的教材教法組，則舉行了十一場討論，發表的論文也從三十八篇增加到四十四篇。而且，雖然有字數長短的不同，所提出的都是完整的論文，沒有一篇是摘要。無論就論文的篇數或人數而言，都在語文分析A組(二十九篇、三十九人)、語文分析B組(十八篇、二十三人)、教材教法組(四十四篇、四十八人)與教學報告組(十篇、十人)裏面居四組之冠，似乎顯示了這次會議的論文在「量」方面的成長。不過有一些與會人士也表示：論文在「質」的方面仍然有待提升與改進，特別是要從抽象的「教學觀」(approach)與原則性的「教學法」(method)更進一步跨入具體而微、確實可行的「教學技巧」(technique)的層次。因此，「理論」(theory)、「分析」(analysis)與「教學」三者的密切配合更加顯得迫切而重要。

(二)這次會議裏發表論文的島內學者與島外學者的比例正好

是一比六；而島內學者論文篇數與島外學者論文篇數的比例則正好是一比八。這個數據，一方面顯示國外學者對於華語文教學的關心與努力，一方面也表示今後需要更多的國內學者來投入華語文教學的研究。同時，發表論文的國內學者中，只有兩人是在大學或研究所主修中文的，而其他則來自外文、資訊或其他學系。因此，大家希望：國內的中文系與中文研究所也能酌情加開華語文分析與華語文教學的課程，共同致力於培養華語文研究與華語文教育的人才。

(三)這次會議的另一特色是女性主講人的大量增加。在教材教法這一組裏，女性主講人的人數幾乎佔了論文主講人總人數的一半(即百分之四十七點六)。因此，本組女性主講人人數之多也居全體四組之冠。女性學者在討論問題的深度與氣勢上都與男性學者平分秋色，絲毫不讓鬚眉。大家認為華語文教育界裏的兩性和諧，是十分可喜的現象。

(四)在論文的主題裏，有關教材教法、社會語言與電腦輔助教學的論文佔了全部論文的百分之五十五，而比較具體而微的聽說教學、漢字教學與語法教學的論文則只佔百分之三十八強。其中最需要語言理論與分析來配合進行的語法教學研究，則只佔百分之九。這個數據似乎顯示：華語語言學家與華語文教師之間的溝通還不十分順暢，依然保持著彼此之間敬而遠之的保守作風。大家盼望：華語語言學家與華語文教師之間分道揚鑣、各自為政的局面能早日改觀，應該互相攜手合作努力來提升華語文的教學水平。

在這四天的會期中，與會學者不但在會場內積極參與討論，

在會場外也熱心交換心得，充分發揮了學術交流的功能。綜合會場內的討論與會場外的交談，並參酌上兩屆會議裏的綜合報告，我們教材教法組的參加人員達成了下列六點結論與建議。

（一）現有的華語文教材越來越不能滿足當前的需要。希望華語語言學家在致力於理論研究與語言分析之餘，也能夠抽空從事華語語言與語法教科書的編寫。華語文老師也應該以其教學經驗與心得貢獻意見，甚至可以自行編寫華語語文與語法的教科書。教科書的編寫應以特定的學生為對象。不同背景、程度與需要的學生，應有不同內容與性質的教材。因此，當地社會文化、風俗習慣的了解以及與中國社會文化、風俗習慣之間的對比研究是當前刻不容緩的工作，

（二）在海外從事華語文教學的老師迫切需要華語語音、詞彙、語法與當地語言語音、詞彙、語法的對比分析，並且以此做為藍本替海外各地的學生設計適當的華語文教材。希望國內與國外的語言學家及語文教師都能攜手協力，共同編寫簡明扼要而有系統的對比語音、詞彙與語法的教材或參考書。

（三）現有的華語辭典偏重字音與字義，卻忽略了字形與字音、字義之間的對應關係，以及詞的內部結構、外部功能或詞與詞的連用。這種辭典對於非以華語為母語的海外學生而言，顯然不夠。至於雙語辭典，則更加缺乏，幾無選擇的餘地。希望今後國內華語辭典的編寫能夠獲得國內外華語語言學家與語文教師的協助，除了注音與注解這兩項內容以外，還能扼要說明結構、分類、聲符與意符的分布以及詞的內部結構、外部功能，在風格體裁上的區別等問題。

(四)為了培養與提升海外華語文教學的師資，希望國內的語言學研究所能夠定期舉辦短期的講習班或長期的訓練班，並以國立大學的名義頒發正式的結業證書。如果將來人力與財力允許的話，最好能研究成立「華語教學」(Teaching of Chinese as a Foreign Language) 的碩士班或博士班，藉以提升海外華語文教師的專業水平與學術地位。又今年本組裏有三位大陸學者及時提出論文，但是未能親自出席宣讀論文。大家期待今後海峽兩岸的學術交流更加暢通，更加自由。

(五)為了幫助海外幼齡兒童與外籍學生有效學習華語，應該有專人研究華裔幼童與外籍學生學習華語的過程，以及這些人在學習上可能遭遇到的困難。另外，為了幫助海外華人從小有效學習華語，國內有關當局應該積極編寫海外兒童的華語教材，包括認字、用詞、造詞、造句、語法的練習本，以及各種生動有趣的課外讀物。

(六)成功的華語教學可以促進海外華人對祖國的認識，增進海外華人彼此的情感與華人社會的團結。為了普及華語文教育、培植優秀的華語文師資、改進華語的教材教法，希望今後能夠繼續召開世界性或區域性的華語文教學研討會，並積極鼓勵國內外的華語文老師與研究所學生來參加。如果有關當局能夠專設機構來負責蒐集資訊進行研究以及推廣華語文教育的工作，那是最好不過。如果專設機構有事實上的困難，那麼不妨暫由世界華文協進會、國語日報社、師大國語中心、清大語言學研究所等單位來共同負擔推廣與提升華語文教學的工作。又《華文世界》的發行讓海內外的華語文老師獲得吸取新知與交換心得的機會，希望

今後能夠改爲雙月刊並不定期出版專題論集。

　　＊ 本文原於1991年12月27日至30日在臺北市劍潭青年活動
　　　 中心舉辦的第三屆世界華語文教學研討會綜合討論中代
　　　 表教材教法組以口頭發表，並刊載於《國語日報》，〈
　　　 國語文教育專欄〉1992年1月23日與《華文世界》63期
　　　 21至23頁。

參加第三屆北美洲漢語語言學會議歸來

第三屆北美洲漢語語言學會議 (The Third North American Conference on Chinese Linguistics) 於今年五月三日至五日假美國紐約州 Ithaca 城舉行。北美洲漢語語言學會是由美國傑出的漢語語言學家所主辦的漢語理論語言學的學術會議，其前身爲 Northeast Conference on Chinese Linguistics。第一、二屆分別於 Ohio State University 與 University of Pensylvania 舉行。自本屆起改稱 North American Conference on Chinese Linguistics，並由 Cornell University 主辦。去年十二月間主辦單位來函邀請本人發表有關漢語語言學

的論文，因而撰寫 'The Syntax and Semantics of Com-
plement Constructions in Chinese: A Comparative
Study of Mandarin and Southern Min' (漢語動詞組補語
的句法結構與語意功能：北平語與閩南話的比較分析)的論文，
並獲得行政院國家科學委員會的資助參加。今年的邀請學者共十
二人，其中七人爲在美國大學任敎的學者，由國外邀請的學者則
共五人；除了本人以外，還有來自法國的 Marie-Claude Paris
女士與 Alain Peyraube 先生，以及來自新加坡的陳重瑜女士
與來自大陸的朱德熙先生。另外據主辦單位透露，今年提出論文
摘要的國內外學者共達一百多人，經過評審之後選出四十一人，
因此共有六十三篇論文發表。國內外參加者，除了本人以外尚有
高雄師範大學的鍾榮富博士與中央研究院的湯志眞博士，共三人
。會議於五月三日上午假康乃爾大學 Morris Hall 開始。是日
上午九時，先由康乃爾大學現代語言與語言學系主任 John
Bowers 博士致歡迎詞，接著於九時十分由康乃爾大學榮譽敎
授 Nicholas Bodman 發表專題演講 'A Comparative Study
of Southern Min Finals'，然後自九時五十五分起分 A、B
兩組舉行論文發表與討論。本人與湯志眞博士參加以語法爲主的
A組，而鍾榮富博士則參加以語音爲主的B組。A組的論文發表
人、所屬學校與論文題目如下：

(一)五月三日

　　(1) Y.-H. Audrey Li (University of Southern
　　California) 'Wh-words and Unselective Binding in
　　Chinese'

(2) Fan Duy (Yale University) 'Compatibility of Multiple WH-Phrases for Absorption'

(3) Feng-Hsi Liu (University of California, Los Angeles) 'On Wh-phrases'

(4) Thomas Ernst (University of Delaware) 'Chinese A-Not-A Questions and the ECP'

(5) James D. McCawley (University of Chicago) 'Justifying Part-of-Speech Assignment in Mandarin'

(6) Jo-Wang Lin and C.-C. Jane Tang (National Tsing-Hua University & Academia Sinica) 'Modals in Chinese'

(7) Lisa Lai Shen Cheng & Yafei Li (MIT) 'Double Negation in Chinese and Multi-Projections'

(8) Angela K.-Y. Tzeng, Daisy Hung, & Ovid J.L. Tzeng (University of California, Riverside) 'Automatic Activation of Linguistic Information in Character Recognition'

(9) Lydia K.H. So & Rosemary Varley (University of Hong Kong) 'Age Effects in Lexical Comprehension in Cantonese'

(10) Jeong-Shik Lee (University of Connecticut) 'Extraction from Complex NP Constructions in Chinese'

(11) Chunyan Ning (Heilongjiang University and Cornell University) 'Null Subject and Null Object as Variables'

(二)五月四日

(12) Ting-Chi Tang (National Tsing Hua University) 'The Syntax and Semantics of Resultative Complements in Chinese: A Comparative Study of Mandarin and Southern Min'

(13) Marie-Claude Paris (University of Paris, VII) 'Lian...ye/dou Revisited'

(14) Yang Gu (Cornell University) 'The Prenominal Frequency/Duration Expressions in Chinese'

(15) William X.F. Yu (University of London) 'Logophoricity with Chinese Reflexive'

(16) Peter Cole & Li-May Sung (University of Delaware) 'Long Distance Reflexives'

(17) Haihua Pan (University of Texas) 'Pro and Long Distance Reflexive Ziji in Chinese'

(18) Jingqi Fu (University of Massachusetts) 'VP in Chinese Deverbal Nouns'

(19) Wynn Chao (University of London) 'Specificity and Functional Projections in Chinese'

(20) Lianqing Wang (Ohio State University) 'On the Distinctions Between Classifiers and Measure

Words in Chinese'

(21) Xinmin Gai (University of Hawaii) 'The Contrasts of *You* and *Zai*: A Case Study of Grammatical Interactions'

(22) Jixiong Zhu (University of Hawaii) 'Interaction Theory and the Distribution of *duoshao* and *ji*'

(23) Miao-Ling Hsieh (University of Hawaii) 'Analogy as a Type of Interaction: the Case of Verb Copying'

(24) One-Soon Her (Brigham Young University) 'Variation of Transitivity in Mandarin Chinese VO Compound Verbs'

(25) Zhu Dexi (Peking University) 'The Comparative Dialectal Study of the Particle DE in Chinese'

(三)五月五日

(26) James H.-Y. Tai (Ohio State University) 'Spatial Expressions in Chinese: In Reference to Jackendoff's Conceptual Semantics'

(27) Ying-Yu Sheu (Ohio State University) 'Category Changing Rules and Marking of *de* in Complex CN Constructions'

(28) Mary Wu (University of Illinois) 'Existentiality, (In)definiteness and Existential *You* Con-

structions in Mandarin Chinese'

(29) Baozhang He (Indiana University) 'Accomplishments in Mandarin Chinese'

(30) Wei-Tien Dylan Tasi (MIT) 'The Case Requirement of Chinese CP and Its Implications'

(31) Grant Goodall (University of Texas, El Paso) 'Mandarin Chinese Passives and the Nature of Case Absorption'

(32) Shu-Ying Yang (University of Connecticut) 'Location, Goal and Thematic Hierarchy in Chinese'

參加本屆會議歸來，主要的感想、心得與建議有下列三點：

(一)研究漢語語言學的理論與方法，眞夠得上說是日新月異。這一次會議裡，新的理論與新的分析不斷的出現。

(二)研究漢語語言學的學者與人材，眞有後浪推前浪之勢。這一次會議裡，除了被邀請的十二位學者以外，發表論文的學者幾乎都是屬於年輕的一代。

(三)爲了迎頭趕上漢語語言學的理論與方法，也爲了栽培國內漢語語言學界的新生代，我國應考慮在國內舉辦漢語理論語言學的國際會議。新加坡與香港已答應分別於一九九二年與一九九三年主辦漢語理論語言學的國際會議，與會學者莫不期望我國能主辦一九九四年的漢語理論語言學的國際會議。

中華民國第一屆全國大學英語文教育檢討會議語言學組綜合報告

　　語言學組同仁經過一個半小時的交換心得與熱烈討論，初步達成下列五點共識與建議。

　　一、了解語言與運用語言是學習文學以及語言學的先決條件；沒有語言能力扎實的基礎，就不可能有文學與語言學優美的上層建築。因此，英語文學系的課程設計應該從語言能力的訓練與加強開始。至於聽、說、讀、寫四種技能的比重分配與優先次序則由各校根據學生的程度與需要、教師的陣容與專長以及各校的發展特色做富有彈性的調整。

　　二、文學、語言學與語文教學分屬於三個不同的專業領域，

但是「分屬」並不表示「對抗」或「排斥」，因為這三門學問都寄生在語文教學上面形成命運共同體。特別是文學與語言學，不但要互相聯繫，而且還要彼此支援。文學與語言學，無論是課程與師資，都必須相輔相成，否則只有兩敗俱傷。語言學在 metaphor, symbolism, stylistics, metrics, poetics, discourse and text analysis 等方面有相當豐碩的成果，對於文學的研究應該有所貢獻；而文學也可以為語言學的研究提供有意義的語料與問題。

三、英語文學系的課程設計，不能單方面的從教師的專業背景或主觀評價來著想，還要謹慎考慮學生的性向志趣與現實社會的需要。系所主管與教育當局在商討課程設計之前，必須與系所同仁密切磋商，彙集正反兩方面的意見往上峯反映。在校學生與畢業校友有關課程內容的意見與建議，例如文學與語言學之間的選擇取向等問題，也應該利用面談或問卷調查等管道來讓他們有充分表達的機會。這些意見應該做為各系課程設計與發展計畫最重要的資料根據之一。

四、大家認為「語言學導論」或「英語語言學導論」確實需要列為共同必修科目。設立共同必修科目的意義在於：承認該科目確實是日後學習其他科目不可或缺的基礎學科，因而不容許各大學或系所主管個人主觀的好惡而有所改易。至於其他科目，則完全授權各校由系所內部同仁以全體合議的方式來決定必選或選修以及學分與時數的多寡等問題。與會同仁所建議的語言學課程還有「英語語言史」、「對比語言學」、「英漢對比分析」、「語言教學的理論與實際」、「語言與人生」等，並且相信這些課程的

開設對於提升學生的語文能力與文學造詣以及他們將來在國內外的進修與就業應有莫大的幫助。又語言學課程的講授不能偏重理論或過於艱深，務必「生活化」、「本土化」與「多元化」，以便教學的過程能生動活潑而又能啓發學生思考。因此，有人建議最好能舉辦語言學課程的 workshop，好讓大家有觀摩、學習與交換經驗心得的機會。

　　五、除了開設系內語言學課程以外，還可以考慮「校內跨系」(intramural inter-disciplinary) 語言學課程甚至「校外跨校」(intermural) 語言學課程的開設。由於各校語言學師資與專長的不平均，學生跨校選讀語言學課程的權益應該受到保障。教育部也應該鼓勵語言學教授利用休假期間前往外校擔任客座教授，以符合「人」盡其才，「知」暢其流的目的。

　　本組同仁的建議原不只這些，但是由於時間的限制只能提出以上最重要的五點，以供大家參考。

　　＊ 本文原於1992年 2 月間在懇丁舉辦的「第一屆全國大學英語文教育檢討會議」上綜合報告中代表語言學組以口頭發表。

英漢術語對照與索引

A

A'-position	非論元位置	28 fn. 25
A-position	論元位置	28 fn .25
accomplishment verb	完成動詞	7 fn. 8, 13, 60, 97, 110 fn. 11, 115
accusative Case	賓位	4 fn. 3, 140 fn. 25, 141, 144 fn. 30, 224, 238 fn. 26, 272 fn. 21, 301-306, 315 fn. 53
accusative marker	賓位標誌	272 fn. 21
achievement verb	終結動詞	7 fn. 8, 13, 60, 97, 115, 175, 187,
action	行動	217, 274
actional (verb)	動態(動詞)	38, 104, 145 fn. 31, 209, 210, 257, 317 fn. 66, 324fn. 73
actional gerundive	行為動名子句	238fn.26
active nominalization	動作(性名物)子句	18

activity verb	行動動詞	13,97,115,161
actor; ACT	施事	125
Adjacency Condition	鄰接條件	232 fn. 20
adjectival	定語	301
adjoin	加接	224 fn. 9
adjunct	附加語	25,28 fn. 25,34,77, 198,200,207 fn. 3, 300-301
adverbial (modifier)	狀語	26,207 fn. 3,301
adverbial marker	狀語標誌	26,43
adverbial particle	介副詞	14
affected	受影響(者)	281 fn. 27
Agent; Ag	主事者	41,130,154,203,209, 210,257-258
agentive causative (verb)	主事使動(動詞)	162,233 fn. 21
agentive psycho-logical causative (verb)	主事心理使動(動詞)	158,159 fn. 45,162, 233 fn.
agreement; AGR; Agr	呼應(語素)	30 fn. 26,204 fn. 26, 297 fn. 45,302
agreement phrase; AgrP	呼應詞組	193 fn. 20

allomorph	同位語	28
allophone	同位音	271 fn. 20
alternation	語音變換	57 fn. 57
alternative question	選擇問句	44
angle brackets	角括弧	224, 285 fn. 29
analogy	比照；類推	121
archphoneme	大音素	271 fn. 20
'archrole'	大角色	271, 274
A-not-A question; V-not-V question	正反問句	27, 28 fn. 25, 29, 30 fn. 26, 63 fn. 65, 64 fn. 66, 92, 169.169fn. 4, 184 fn. 15,191
appositional clause	同位子句	186
argument property	論元屬性	114, 117, 205, 254, 284
argument structure	論元結構	158, 207
argument-incorporating verb	併入論元的動詞	246-247, 320-321
aspect (marker)	動貌(標誌)	29, 43, 53-54, 60, 61, 61 fn. 61, 97, 100 fn. 6, 175 fn.10, 184, 189, 274
aspect phrase; AsP	動貌詞組	100 fn. 6
aspectual relation	動貌關係	159
aspectual structure	動貌結構	24 fn. 20, 158
aspectual suffix	動貌詞尾	見 aspect marker

aspectural marker 完成貌標誌 見 aspect marker

assertion 主張 91

asymmetrically 片面的C統制 82
  c-command

atelic 不受限制(的) 24 fn. 20

attached to (be) 依附(於) 30 fn. 26

attemptive aspect 嘗試貌 7 fn. 8, 115

Attribute; At 屬性 231 fn. 16, 295 fn. 44

Avoid Pronoun 避免稱代詞的原則 204 fn. 26
  Principle

B

BA-construction 把字句 4 fn. 1, 22, 33, 36, 37,
                    71, 98, 104, 106, 107,
                    131, 142, 155, 157, 200-
                    201

Bach's Generaliza- Bach 的原理 78, 201
  tion

backward deletion 逆向刪除 21

'bare-NP' time 由名詞充當的時間 215 fn. 6, 270
  adverb 副詞

barrier 屏障 149

BEI-construction; 被字句 22, 36, 77, 200-201,
  passive sentence 209, 223

Benefactive; Be　　　受惠者　　　　　　154 fn. 39, 213-214,
　　　　　　　　　　　　　　　　　　　　264 fn. 10, 267-269, 279
　　　　　　　　　　　　　　　　　　　　fn. 25

Beneficiary　　　　　受益者　　　　　　154 fn. 39, 213 fn. 5,
　　　　　　　　　　　　　　　　　　　　267 fn. 14

'bi-clausal' verb　　雙句動詞　　　　　232-233
bidirectional　　　　雙向(的)　　　　　253
binary branching　　二叉分枝　　　　　49
Binary Branching　　二叉分枝的限制　　116
　　Constraint

Binding Principle　　約束原則　　　　　82-83
bound (form)　　　　黏著性(語素)　　　見 bound morph
bound morph　　　　黏著語　　　　　　12, 30 fn. 26, 97, 124
'bound' predicate-　黏合式述補結構　　6 fn. 7
　　complement
　　construction
bounded (event)　　受限制的(事件)　　24 fn. 20, 31
braces　　　　　　　花括弧　　　　　　225

C

c-command　　　　　C 統制　　　　　　28 fn. 25
canonical structural　典型的結構顯現　　231 fn. 16, 287 fn. 33
　　realization
Case　　　　　　　　格位　　　　　　　4 fn. 3, 196, 260

Case-assign(ment)	格位指派	72,140 fn. 25,144 fn. 30,145,149,196,231-232,260,288 fn. 36
Case Filter	格位濾除	48-49,131,196
Case theory	格位理論	48,231 fn. 17,301-306
Case-assignee	格位被指派語	73,303-306
Case-assigner	格位指派語	72,157,303-306
Case-assignment directionality	格位指派方向	303-306
categorial feature	範疇屬性	205,208,254,284
causative	使動(式)	34
causative affix	使動化詞綴	149 fn. 33
causative complement	使動補語	192,194,201
causative complex verb	使動合成動詞	184 fn. 14
causative sentence	使動句	41
causative (transitive)	使動(及物)	9-11,69-71,82,96,98, 108-113,119,153,169 ff,176,177,179,181, 184 fn. 14,188,203ff, 236-237,288,316 fn.64
causativization	使動化	117
Cause; Ca	起因	83,153,162,178,179, 221-222,281-282

causer	起因	83,178,179
central	核心(的)	258 fn. 5
center	中心語	20 fn. 19,301
Chinese Information Principle	漢語信息原則	191
clausal COMP of S'	引導子句的補語連詞	42
cleft sentence	分裂句	20 fn. 19
cliticize(d)	依附(於)	187
cognate object	同源賓語	150 fn. 36
cognitively synonymous	認知意義上同義	40
coindexed	同指標	136,156,297 fn. 45
collocation	搭配	124
comment	評論	71 fn. 79
comparative construction; comparative expression	比較結構	169,280 fn. 26
complement	補述語	34,62,300-301
complement clause	補語子句	24
complement construction	補語結構	1~126,165-204
complementizer; COMP	補語連詞	26,43,186,239 fn. 28

complex predicate　　合成述語　　　　49,125,203

complex transitive　複賓及物動詞　　207 fn. 1
　verb

complex verb　　　　合成動詞　　　　49,78 fn. 86,167,168,
　　　　　　　　　　　　　　　　　　174,180,183-184

compound verb　　　複合動詞　　　　63,86,90,167,168,
　　　　　　　　　　　　　　　　　　180,183-184

conceptual role　　　概念角色　　　　126-131

conceptual　　　　　概念結構　　　　126f見 iconic structure
　structure

condition; Co　　　　條件　　　　　　281

Condition C　　　　　條件 C　　　　　82-83

conjunct　　　　　　連接項　　　　　76 fn. 83

conjunction　　　　　連詞　　　　　　57,171

constituent　　　　　詞組單元　　　　133

constituent　　　　　詞組結構　　　　126
　structure;
　c-structure

Constraint on　　　　移位領域的限制　57 fn. 56
　Extraction
　Domain

continuous aspect　　繼續貌(標誌)　　7 fn. 8,55,175
　(marker)

control　　　　　　　控制結構　　　　5 fn. 5,46,69,194,201
　construction

control verb	控制動詞	237-239, 275, 318-320
controller	控制語	46-47, 194, 237ff
conversion	詞類轉化	119
coordinate phrase; CoP	並列詞組	75-76
coordinate structure	並列結構	44, 75-76
Coordinate Structure Reduction	並列結構刪簡	132, 141
coordinative compound (verb)	並列式複合(動)詞	140 fn. 27, 189
copulative verb	連繫動詞	215, 270
copy	替身	128, 143 fn. 29
core grammar	核心語法	206, 252
covert pronominal	隱形(的)稱代詞	見 empty pronoun
CP; S'	大句子	184, 186

D

data base	資料庫	見 lexicon
Dative Shift	間接賓語移位	265 fn. 12
declarative	陳述	27 fn. 24, 217
definite; determinant	定指	227 fn. 13, 295 fn. 44

degree adverb	程度副詞	169
degree complement	程度補語	38 fn. 33, 168, 170 fn. 5, 188
deictic complement	趨向補語	13 fn. 14
deictic verb	趨向動詞	8, 96
derivational suffix	派生詞尾；構詞詞尾	43
descriptive adequacy	描述上的妥當性	133
descriptive complement	狀態補語；描述補語	17-80, 34 fn. 29, 165, 190, 195 fn. 22
descriptive event	敍述的事件	127
descriptive generalization	描述上的條理化	48
descriptive power	描述能力	72
descriptive predicate	描述(性)述語	169
deverbalized adjunct	由動詞演變而來的附加語	77, 200
diachronic	異時；連代	85, 85-88, 92, 113, 119-122
dialectal variation	方言差別	155 fn. 155
didactic predicate; two-term predicate	二元述語	160, 163, 207, 237, 254, 255
discourse analysis	交談分析	116

disjoint reference   指涉相異   204

ditransitive verb   雙賓動詞   見 double-object verb

domain   領域   51

domain adverbial   領域狀語   198

dominate;   上下支配   255,300
    dominance

double-headed   主要語在兩端   151

double-object verb   雙賓動詞   4,207 fn. 1,241-243,
                                            288,309-312

Double Predication   雙重述語假設   78,91,190
    Hypothesis

D-structure   深層結構   166,174

duration   期間補語   175,270 fn. 17
    complement

dynamic (verb)   動態(動詞)   見 actional

E

economic need   經濟的需要   128

emotive (meaning)   情緒(意義)   36

Empty Category   空號原則   149
    Principle

empty pronoun;Pro   空(號)代詞；空代   5 fn. 5,38,38 fn. 34,
                      號   39,41,46,50,58,65 fn.
                                            68,82,83-84,153,162,
                                            171,172,195 fn. 21,
                                            280 fn. 26

enclitic	依前成分	2,14 fn. 16,26
Endocentric Constraint	同心結構的限制	116
endocentric construction	同心結構	95
entail	涵蘊	70,153
Equi-NP Deletion	同指涉名詞組刪除	21
ergative complement	作格補語	169ff,181ff
ergative verb	作格動詞	10 fn. 10,109–113, 115,176,235–237,288, 316–317,316 fn. 64
ergativized; ergativization	作格化	118,150
evaluative event	評斷的事件	127
event	事件	217,274
event structure	事件結構	158
exceptional Case- marking verb; ECM verb	例外指派格位的動詞	239
exclamatory; exclamation	感嘆	218
existential sentence	存在句	227–228,294–295
Experiencer; Ex	感受者	41,153,203,209–210, 258–259

experiencial aspect　經驗貌(標誌)　　7
　(marker)

explanatory　　　詮釋上的妥當性　　133
　adequacy

explanatory power　詮釋功效　　　　48

expletive　　　　填補詞；冗贅詞　　見 pleonastic

expressive need　　表達的需要　　　128

extended meaning　引申意義　　　　100,152

Extended　　　　擴充的投射原則　　38 fn. 34,299 fn. 49
　Projection
　Principle

extent　　　　　程度　　　　　　42

extent complement　程度補語　　　　168,169 fn. 3,172

external argument　(域)外(論)元　　158,223

Extraposition　　從名詞組的移出　　306
　from NP

F

factive　　　　　事實(性名物)子句　18
　nominalization

feature　　　　　屬性　　　　　　253

feature percolation　屬性滲透　　　　99,114 fn. 13-14

figurative　　　　譬喻意義　　　　14,99,152
　(meaning)

figurative reading	比喻意義	見 figurative
final particle	句尾語氣詞	43, 54 fn. 51, 185, 185 fn. 17, 276 fn. 23
foot-feature percolation	非主要語屬性滲透	114 fn. 14, 151
formal noun	形式名詞	275 fn. 23
forward deletion	順向刪除	21
free morph	自由語	15
'free' predicate-complement construction	組合式述補結構	7 fn. 7
frequency adverb	頻率副詞	184 fn. 15
From Old to New Principle	從舊到新的原則	79, 92, 191
functional category	功能範疇	28 fn. 25
functional perspective	功能背景	51 fn. 45, 79, 115
functional structure; f-structure	功能結構	126
function word	虛詞；助詞	67, 85 fn. 92
fused form	融合語式	30 fn. 26

G

garden path phenomenon	院徑現象	322-325
GEI-Construction	給字句	36
generalized Benefactive	概化的受惠者	154,162 fn. 50
generalized null pronoun; Pro	概化的空號代詞	171,172
generalized QP	概化的數量詞組	81,169
generalized Range	概化的範域	271
generic statement	有關一切時的陳述	41,45,46 fn. 38
generic time	一切時	36
genitive	領位	238 fn. 26
gerundive phrase;gerundive clause	動名詞組；動名子句	210,238 fn. 26
Goal; Go	終點	211-212,238 fn. 27, 263-265
Government-and-Binding Theory	管轄約束理論	251
grammatical category	語法範疇	76 fn. 83,140 fn. 27
grammaticalization	虛化	2,3,58,59,87,90,97, 118

H

haplology	疊音刪減	80, 80 fn. 88, 91, 195 fn. 21
head	主要語	9, 54, 300-301
Head (-to-Head) Movement	主要語(至主要語)的移位	27 fn. 24, 148, 149 fn. 33
head-feature percolation	主要語屬性滲透	114 fn. 13, 135, 136, 139, 140-148, 149
head-final	主要語在尾	32
head-initial	主要語在首	32
Heavy NP Shift	重量名詞組的移出	306
hierarchical structure	階層組織	76 fn. 83, 116, 208, 255, 300
hierarchically structured theta-grid	階層組織的論旨網格	134-148, 149, 158
host clause	主要子句	24

I

iconic conceptual image	圖像概念	128
iconic-structure; i-structure	圖像結構	126-131
Identical Topical Deletion	相同主題刪略	71 fn. 79

identification   認同類型   139 fn. 20
  pattern

idiolectal difference 個人差異   155 fn. 41

idiom   成語   226-227, 293-294

idiosyncratic   特異屬性   12, 124, 302 fn. 52
  (property);
  idiosyncracy

imperative sentence   祈使句   104, 105

impersonal   非人稱結構   227, 294-296, 317-318
  construction

implicit agent   暗含的主事者   109

inceptive aspect   起始貌(標誌)   175
  (marker)

inchoative aspect   起動貌(標誌)   175
  (marker)

inchoative   起動補語   192, 194, 201, 202
  complement

inchoative   起動(不及物)   10, 34, 82, 98, 109-113,
  (intransitive)   153, 178, 181, 188, 203
                                        ff, 236-237, 316 fn. 64

inchoativization   起動化   161 fn .49

incorprate;   併入   33, 124, 247, 296, 320
  incorporation   fn. 69

indefinite   無定   見 non-definite

infix	詞嵌；中間成分	89
inflection; INFL	屈折變化；屈折語素	30,43,191,274
information focus	信息焦點	27 fn. 24,51 fn. 45,64 fn. 66,92
information(al) structure	信息結構	71 fn. 79,115
information value	信息價值	64 fn. 66
inherent Case	固有格位	51 fn. 45,223 fn. 7, 226 fn. 11,232 fn.18, 286,301-306
Instrument;In	工具	210-211,262-263
intermediate projection	詞節；中介投影；中間投射	116,300
internal argument	(域)內(論)元	144,158,223,279 fn.25
interrogative	疑問	27 fn. 24,218
interrogative pronoun	疑問代詞	19
IP; S	小句子	184,224 fn. 9
island	孤島	57 fn. 56

J

JP; Conjoined phrase;coordinate phrase	並列詞組	198-200

L

language processing 語言處理 322

left-headed 主要語在左端 95,114,151

lexical category 詞彙性範疇 148-149

lexical 使動複合動詞 34
causativization

lexical entry 詞項記載 252

lexical item 詞項 253

lexical redundancy 詞彙冗贅規律 160 fn. 48,222-223,
rule 230,231,289,298-299

lexicalized verb 詞彙化的動詞 174,183 fn. 13

lexicalized with 與…形成詞語 30 fn. 26
(be)

lexicon 詞庫；詞彙 252,327

lexicon-driven 由詞彙驅動的 253,327

LF;logical form 邏輯形式 見 logical form

linearly-ordered 具有線性次序的論 256
θ-grid 旨網格

linear order 線性次序 208,223,255,301-306

linked parentheses 交叉的圓括弧 224,289 fn. 37

literal meaning; 字面意義 14,100,152
literal reading

Location; Lo 處所 214-215,269,279 fn.25

locational verb	存放動詞	260
logical form; LF	邏輯形式	28 fn. 25

M

main predicate	主要謂語	18
main verb	主要動詞	24
Maleficiary	受害者；受損者	154 fn. 39, 213 fn. 5, 267 fn. 14
Manner; Man	情狀	220-221, 281-282
manner adverb	情狀副詞	42
marked	有標(的)	15, 91, 206, 226, 253
marker of the following AP as an adverbial modifier	表示後面的形容詞組是狀語的標誌	42
maximal projection	最大投影	116, 149
merge(r)	合併	119, 296
meteorological verb	氣象動詞	229, 295
middle verb	中間動詞	234-235
mirror image	鏡像現象	140 fn.23, 223 fn.7, 302
modal adverb	情態副詞	229, 230
modal (auxiliary) verb	情態(助)動詞	85-86, 184, 279
modality element	情態詞	31

modular theory	模組理論	206
monodactic predicate; one-term predicate	一元述語	207, 254
monomorphemic word	單語詞	119
monosyllabic word	單音詞	119
morph(eme)	語(素)	99 fn. 4, 116, 149 fn. 34, 151
motional verb	移動動詞	260
movement verb	移動動詞	8, 96
Move α	移動 α	224 fn. 9, 229 fn. 14, 232 fn. 19, 259 fn. 7, 306
multidirectional	多(方)向(的)	253, 326
multiple membership	一詞多類	119

N

narrow-scope interpretation	狹域解釋	28 fn. 24
negative; NGR	否定詞；否定語素	30 fn. 30, 33
negation focus	否定焦點	92, 191
neutral tone	輕聲	2, 14, 67
nominal	體語	20
nominalization	體語化；名物化	5, 159

nominalizer　　　　　體語化語素　　　　　26,43

nominative Case　　　主位　　　　　　　　141,144 fn.30,302–306

non-causative　　　　非使動及物　　　　　9
　　transitive

non-definite;　　　　非定指；無定　　　　227 fn. 13,295 fn. 44,
　　indefinite;　　　　　　　　　　　　　315 fn. 63
　　indeterminant

non-referential;　　　非指涉性；虛指　　　4 fn. 3,151,152
　　non-referring

NP-control　　　　　名詞組控制　　　　　66 fn. 69

NP-incorporation　　名詞組併入　　　　　48–49

null pronoun　　　　空(號)代詞　　　　　見 empty pronoun

O

object control　　　　(受)賓語控制(的)　66 fn. 69,90–91,181,
　　　　　　　　　　　　　　　　　　　201,237 ff,275

object-control verb　賓語控制動詞　　　　90–91,181

object-preposing　　　賓語名詞的提前　　　33,224 fn. 9

object-　　　　　　　賓語名詞的主題化　　33
　　topicalization

obligatory　　　　　　必用論元　　　　　　44–45,207,254,279
　　argument　　　　　　　　　　　　　　fn. 25

obligatory control　　義務控制　　　　　　46

oblique Case　　　　　斜位　　　　　　　　145,224,302–306

observational　　　　觀察上的妥當性　　　133
　　adequacy

optimality 最適宜性 257

optional argument 可用論元 47, 49, 207, 279 fn. 25

overt NP 顯形名詞組 38 fn. 34

P

parameter 參數 206, 223 fn. 7, 232 fn. 18, 253, 303-306

parentheses 圓括弧 224, 285 fn. 29

parsing 剖析 253, 323-326

particle 語氣助詞 見 final particle、 pause particle 與 question particle

particular grammar; PG 個別語法 206, 252

partitive Case 分位 315 fn. 53

partner; PART 受事 127

passivization 被動 223, 223 fn. 8, 298 fn. 47

past-experience aspect (marker) (過去)經驗貌 (標誌) 175

path 途徑 225 fn. 10

Patient; Pa 受事者 41, 154, 162, 203, 281 fn. 27

pause particle 停頓語氣詞 26, 39

Pd;declarative clause	陳述子句	218-220
Pe; infinitival- participial clause with an empty subject	以空號代詞爲主語 的子句	218-220,274-279
percolate	滲透	76 fn. 83,99,114 fn. 13-14
perfective aspect (marker)	完成貌(標誌)	7,53-54,55,175
periphery	周邊	206,253
Pf; finite clause	限定子句	218-220,274-279
Pg; gerundive- participial clause	動名·分詞子句	218-220,274-279
phase (marker)	動相(標誌)	8,43,52,53,56,56 fn. 53,60-61,67,89,96, 97,117,131,174,175, 180,184,188,189
phoneme	音素	271 fn. 20
Phonetic Form; PF	語音形式	50,232 fn. 19
phrasal causativization	使動結構	34
phrasal verb	片語動詞	13,99,103
phrase	詞組;片語	7 fn. 7,226,293-294

phrase structure constraint	詞組結構限制	32-34,48
phrase structure rule	詞組結構規律	326
Pi; infinitival clause	不定子句	218-220,274-279
pivotal construction	兼語式	69-71
pivotal object	兼語	69,70,143
pleonastic	填補詞；冗贅詞	227,294
polysemy	一詞多義	119
potential complement	可能補語	13 fn. 14,36,165
Pp; finite clause with the past-tense verb	過去式限定子句	218-220,274-279
Pq; interrogative clause	疑問子句	218-220,274-279
Pr; finite clause with the root-form verb	原式限定子句	218-220,274-279
precedence	前後出現(的)位置	301
predicate; predicator	述語；述詞	100-103,252 fn. 1
predicate phrase; PrP	述詞組	49,100-103,193 fn. 20

predicate-　　　　　述補式複合動詞　　4 fn. 2,6-16,95-164,
complememt　　　　　　　　　　　　　　96,148
compound（verb）

predicate-　　　　　述補式片語動詞　　6,13-15
complement
phrasal verb

predication　　　　主謂關係；敍述　　91,217,274

Predication Theory　主謂理論　　　　78,91,189

predicative　　　　謂詞　　　　　　5

preposition　　　　介詞　　　　　　14,57

preverb adverb　　 動前副詞　　　　230

primary predicate　主要述語　　　　2,78

Primary Predication 主要述語假設　　25 f. 25,78,81-85,91,
Hypothesis　　　　　　　　　　　　190

Principle of　　　　比較可能性的原則　279
Comparability

Principe of　　　　互補分佈的原則　　279
Complementary
Distribution

Principle of　　　　成分組合性的原則　127f
Compositionality

Principle of　　　　連接可能性的原則　279
Conjoinability

Principle of One-　 每句一例的原則　　279,279 fn. 25,290
Instance-Per-
Clause

Principle of Temporal Sequence	時間先後次序的原則	127f
principle	原則	206,252
Principle of Argument Realization	論元顯現原則	49
Principles-and-Parameters Approach	原則參數語法	4,71 fn. 79,206f,251f
Pro	空號代詞	見 empty pronoun
pro	小代號	38 fn. 34,280 fn. 26, 見 empty pronoun
PRO	大代號	5 fn. 5,38 fn. 34,237, 見 empty pronoun
progressive aspect (marker)	進行貌(標誌)	175
projection	投射	207,222-232,252,254, 299-307
Projection Principle	投射原則	38 fn. 34,50,299 fn. 49
prominent	(最)顯要(的)	135,257
proper government	適切(的)管轄	25 fn. 25,149
proposition; Po	命題	27 fn. 24,217-220, 274-279

Ps; Small Clause	小子句	218-220,274-279
pseudo-cleft sentence	準分裂句	20 fn. 19,281 fn. 27
psych-verb; psychological predicate	心理動詞	233-234
psychological causative verb	心理使動動詞	158,159 fn. 45,233 fn. 21
Px; exclamatory clause		218-220,274-279
psychological state verb	心理狀態動詞	158

Q

Qa; area	面積	216-217,271-274
Qc; cost	金額	216-217,271-274
Qd; duration	期間	216-217,271-274
Qf; frequency	頻率	216-217,271-274
Ql; length	長度	216-217,271-274
Qn; number	數目	216-217,271-274
Qt; the number of times	回數	216-217,271-274
Qv; volume	容量	216-217,271-274
Qw; weignt	重量	216-217,271-274

quantificational expression	量化詞	169
quantificational phrase; quantifier phrase; QP	數量詞組	38 fn. 33, 81, 168, 180, 271
Quantity; Qu	數量	216–217, 271–274
quasi-predicate	準謂詞組	5 fn. 6
question; Q	疑問	27 fn. 24, 見 interrogative
question focus	疑問焦點	64 fn. 65, 92, 192
question particle	疑問助詞	64 fn. 66, 186 fn. 18

R

R-expression	指涉詞	83
raising verb	提升動詞	229, 317 fn. 65
Range; Ra	範域	271
realization	具現	154
Realized	已實現(＋)；未實現(－)	16
reanalysis	重新分析	48–49, 67, 117, 146 fn. 31
recursively generate	連續衍生	301
reduplication	重叠	23, 35 fn. 30–31, 36, 144, 195 fn. 21, 196ff

reference	指涉	152
referential pronoun	指涉代詞	19
relative clause	關係子句	186
relative-clause marker	關係子句標誌	43,186
reordering (rule of)	詞序調整規律	2
restructuring	重新建構	1
result	結果	42
Result; Re	結果	221-222,281
resultative complement	結果補語	20,34 fn.29,37,81-85, 165-204
resultative V-V compound (verb)	述補式複合動詞	148
resultant causative (verb)	結果使動(動詞)	162
resultant state	結果狀態	161
rheme	評論	51 fn. 45
right-headed	主要語在右端	114,151
root compound	根幹複合詞	151
Route;Ro	途徑	225 fn. 10,291 fn. 41
rule schema(ta)	規律母式	300

S

S; IP	小句子	見 IP

S'; CP   大句子   見 CP

s-control   句子控制   47, 66 fn. 69, 195 fn. 22

scope (of   (修飾)範域   19
    modification)

scope of negation   否定範域   30, 92

scope of question   疑問範域   28 fn. 24, 30, 92

scrambling   攪拌規律   259 fn. 7, 265 fn. 12,
     297 fn. 46, 303

secondary predicate   次要述語   1, 25, 78, 82

Secondary   次要述語假設   25 fn. 21, 78, 82, 91,
    Predication   190
    Hypothesis

secondary topic   次要主題   143 fn. 29, 145, 157

semantically plural   以語意上(屬於)複   280 fn. 25
    subject   數的名詞組爲主語

semantic argument   (語)意(論)元   49, 160 fn.48, 207, 272,
     279 fn. 25

semantic   語意解釋   129
    interpretation

semantic operator   語意運符   136

semantic-thematic   語意與論旨上的對   34
    parallelism   稱性

semantically   語意空靈的動詞；   27 fn. 24, 186 fn. 18
    bleached verb   語意淡化的動詞

semantic type	語意類型	217, 274
sentence grammar	句子語法	71 fn. 79
sentential adverb	整句副詞	229
sentential object	句子賓語	186
sentential subject	句子主語	186
separable word	離合詞	7 fn. 7
serial verb construction	連動結構	131, 132, 155, 163, 198–201
serial VP construction	連謂結構	44, 71–77, 91, 131, 132, 155, 163, 198–201
Source; So	起點	212–213, 265–267
special question; wh-question	特殊問句	28 fn. 25
specifier	指示語	34, 185, 301
S-structure	表層結構	80 fn. 88, 166
S-structure Filter	表層結構濾除	34
state	狀態	217, 274
statement	陳述	27 fn. 24, 見declarative
stative (verb)	靜態(動詞)	38, 104, 145 fn. 31, 209, 259, 317 fn. 66
stipulative filter	規範性濾除	48
structural accusative Case	結構賓位	140 fn. 25
structural node	結構節點	72

structure Case 結構格位 51 fn. 45, 226 fn. 11, 301-306

Structure-
Preserving
Hypothesis 結構保存的假設 72

stylistic
transformation 體裁變形 232 fn. 19

subcategorization;
strict
subcategorization 次類畫分；嚴密的
次類畫分 49 fn. 44, 62, 63, 123, 140 fn. 27, 168, 179, 180, 181, 204, 255

subject control (受)主語控制(的) 66 fn. 69, 201, 237ff, 275

subjectless
sentence 無主句 69

subject-object
asymmetry 主語與賓語間的非
對稱性 185 fn. 16

subject selection 主語(的)選擇 158

subjective
(evaluation) 主觀(評價) 36

subjunctive present
verb 假設法現在式動詞 275 fn. 22

substrantive 體詞 5-6

subordinate
conjunction 從屬連詞 171

suffix 詞尾；後綴 26, 42

surface structure	表面結構	50,80 fn. 88,102
symbolic structure	記號結構	128f
symmetric predicate	對稱述語	290
synchronic	共時；斷代	85,92
syntactic function	句法功能	205,208
syntactic predicate- complement construction	(句法上的)述補結構	6
syntactic property	句法屬性	114,117
syntactic rule	句法規律	122
syntactic type	句法類型	218

T

telic	受限制(的)	24 fn. 20
tense; Tns	時制(語素)	30 fn. 26,274
tentative aspect (marker)	短暫貌(標誌)	7 fn. 8,115,175
ternary-branching	三叉分枝	48
thematic hierarchy	論旨階層；論旨角色高低	158,257
Thematic Hierarchy Condition	論旨階層條件	257 fn. 4
thematic property	論旨屬性	114,117,205,207,254, 284

thematic relation	論旨關係	158,159
thematic structure; θ-structure; t-structure	論旨結構	126,129
theme	主題	51 fn. 45
Theme; Th	客體	130,203,209-210,258 fn. 5,260-262
theta-assignment	論旨指派	149
theta-criterion; θ-criterion	論旨準則	134,156,225 fn. 10, 291
theta-government; θ-government	論旨管轄	45,49 fn. 44
theta-grid; θ-grid;	論旨網格	208ff,222-232,232- 247,252,283-299,308- 321
theta-identification	論旨認同	136ff,149
theta-mark	論旨指示	201
theta-role prominency	論旨角色顯要次序	135,139,140-148,149, 158 fn. 44,256
theta-role; θ-role	論旨角色	49,130-144,206,208 ff,209-222,224-225, 232 fn.18,254-283
three-argument compound	三元複合動詞	141,181

three-word verb	三詞動詞；三字動詞	99
tier	分層	158
Time; Ti	時間	215–216, 269–271
topic	主題	71 fn. 79, 107 fn. 9, 143 fn. 29, 145, 179, 303 fn. 54
Topical-raising	主題提升	71 fn. 79, 145, 224 fn. 9
Topicalization	主題化變形	306
trace	(移位)痕跡	25 fn. 25, 229 fn. 14
transfer	轉換	253, 321
transitional verb	變化動詞	260
transitivization	及物化	117
tridactic predicate; three-term predicate	三元述語	47 fn. 41, 62 fn. 64, 160, 207, 230, 237, 254, 255, 285–286
two-word verb	雙詞動詞；雙字動詞	99

U

unaccusative sentence	非賓位句	227
unaccusative verb	非賓位動詞	227, 228, 315–316, 315 fn. 53

unbounded	不受限制(的)	24 fn. 20
underline	下線	225,286,289 fn. 37
universal grammar; UG	普遍語法	252
universality	普遍性	257
unmarked	無標(的)	92,226

V

value	數值	252-253
variable	變數	300
V-movement; Verb-movement	動詞移位	34
V-raising; Verb-raising	動詞提升	33,49-50,193 fn. 20
verb creation	創造動詞	221
Verb-copying	動詞重複	33,68-80,91,143,157, 196-201
verbs of (dis)appearance	隱現動詞	115
verb reduplication	動詞重疊	143 fn. 29,195 fn. 21, 196
verb suffix	動詞後綴	42,43
verb-movement	動詞移位	30
verbs of trading	交易動詞	239-240,265,308-309

verbs with 'alternating' NP-PP complements	以可調換詞序的名詞組與介詞組爲補語的動詞	243-244, 312-313
verbs with 'alternating' double PP complements	以可調換詞序的兩個介詞組爲補語的動詞	244-245, 313-314
verbs with Locative as 'transposed' subject	以處所爲轉位主語的動詞	245-246, 314-315
Visser's Generalization	Visser 的原理	77-78, 201
V-not-V question	正反問句	見 A-not-A question

W

well-formedness condition	合格條件	300
WH (interrogative); Q	疑問屬性	27 fn. 24, 30, 30 fn. 26, 33, 47, 191
wh-clause	wh(疑問)子句	218
wide-scope interpretation	寬域解釋	28 fn. 24, 186 fn. 17
word	詞(語)	7 fn. 7, 116, 149 fn. 34, 151, 300

| word-formation rule | 構詞規律 | 122, 149 fn. 33 |

X

X' category; intermediate projection	X單槓範疇；中介投影；詞節	32, 300
X-bar structure	X標槓結構	49, 76, 57
X-bar theory	X標槓理論	116-117, 300-301
X°-movement	主要語移位	148

國立中央圖書館出版品預行編目資料

漢語詞法句法四集／湯廷池著. --初版. --台北市: 台灣
學生, 民81
　　面: 　　公分, --(現代語言學論叢, 甲類; 16)
　參考書目: 面
　含索引
　ISBN 957-15-0443-2(精裝). --ISBN 957-15
-0444-0 (平裝)

　1.中國語言-文法-論文, 講詞等

802.6　　　　　　　　　　　　　　　　81004795

漢語詞法句法四集(全一冊)

著 作 者：湯　　　　廷　　　　池
出 版 者：臺 灣 學 生 書 局
本書局登
記證字號：行政院新聞局局版臺業字第一一〇〇號
發 行 人：丁　　　　文　　　　治
發 行 所：臺 灣 學 生 書 局
　　　　　臺北市和平東路一段一九八號
　　　　　郵政劃撥帳號〇〇〇二四六六八號
　　　　　電話：3 6 3 4 1 5 6
印 刷 所：淵 明 印 刷 有 限 公 司
　　　　　地　址：永和市成功路一段43巷五號
　　　　　電　話：9 2 8 7 1 4 5
香港總經銷：藝 文 圖 書 公 司
　　　　　地址：九龍偉業街99號連順大厦五字
　　　　　　　　樓及七字樓　電話：7959595
　　　　精裝新台幣四一〇元
定價　　平裝新台幣三五〇元
中 華 民 國 八 十 一 年 十 月 初 版

ISBN 957-15-0443-2 (精裝)
ISBN 957-15-0444-0 (平裝)

現代語言學論叢書目

甲類① 湯 廷 池著：國語變形語法研究第一集：移位變形

② 鄭 良 偉
鄭謝淑娟著：臺灣福建話的語音結構及標音法

③ 湯 廷 池著：英語教學論集

④ 孫 志 文著：語文教學改革芻議

⑤ 湯 廷 池著：國語語法研究論集

⑥ 鄭 良 偉著：臺語與國語字音對應規律的研究

⑦ 董 昭 輝著：從「現在完成式」談起

⑧ 鄧 守 信著：漢語及物性關係的語意研究

⑨ 溫 知 新
楊 福 綿編：中國語言學名詞滙編

⑩ 薛 鳳 生著：國語音系解析

⑪ 鄭 良 偉著：從國語看臺語的發音

⑫ 湯 廷 池著：漢語詞法句法論集

⑬ 湯 廷 池著：漢語詞法句法續集

⑭ 石 毓 智著：肯定和否定的對稱與不對稱

⑮ 湯 廷 池著：漢語詞法句法三集

⑯ 湯 廷 池著：漢語詞法句法四集

乙類① 鄧 守 信著：漢語主賓位的語意研究（英文本）

② 溫知新等
十 七 人著：中國語言學會議論集（英文本）

③ 曹 逢 甫著：主題在國語中的功能研究（英文本）

④ 湯廷池等
十 八 人著：1979年亞太地區語言教學研討會論集

⑤ 莫 建 清著：立陶宛語語法試論（英文本）

⑥ 鄭謝淑娟著：臺灣福建話形容詞的研究（英文本）

⑦ 曹逢甫等
十 四 人著：第十四屆國際漢藏語言學會論文集（英文本）

⑧ 湯廷池等著：漢語句法、語意學論集（英文本）
　十　　人
⑨ 顧 百 里 著：國語在臺灣之演變（英文本）
⑩ 顧 百 里 著：白話文歐化語法之研究（英文本）
⑪ 李 梅 都 著：漢語的照應與刪簡（英文本）
⑫ 黃 美 金 著：「態」之探究（英文本）
⑬ 坂本英子著：從華語看日本漢語的發音
⑭ 曹 逢 甫 著：國語的句子與子句結構（英文本）
⑮ 陳 重 瑜 著：漢英語法，語意學論集（英文本）

語文教學叢書書目

① 湯 廷 池 著：語言學與語文教學
② 董 昭 輝 著：漢英音節比較研究（英文本）
③ 方 師 鐸 著：詳析「匆匆」的語法與修辭
④ 湯 廷 池 著：英語語言分析入門：英語語法教學問答
⑤ 湯 廷 池 著：英語語法修辭十二講
⑥ 董 昭 輝 著：英語的「時間框框」
⑦ 湯 廷 池 著：英語認知語法：結構、意義與功用（上集）
⑧ 湯 廷 池 著：國中英語教學指引
⑨ 湯 廷 池 著：英語認知語法：結構、意義與功用（中集）